文庫

水の眠り 灰の夢

桐野夏生

文藝春秋

目次

水の眠り　灰の夢

一九六三年九月

1

熱風と轟音《ごうおん》が開け放たれた窓から入ってくる。

地下鉄はどうも好きになれない。村野は風であおられる頁を両の指で押さえ、苛立ちを堪《こら》えながら朝刊紙を読んでいた。九月五日午後八時過ぎ。こんな時間に朝刊を読んでいる人間なんていやしないが、目を通す暇がなかったのだ。脇の下には、サマーウールの上着と共に買ったばかりの夕刊紙もしっかりと挟まれている。

今日、木曜は『週刊ダンロン』の校了日だった。徹夜で原稿を書いて朝一番で入稿し、夕方起きだして神田の印刷屋に出張校正に行く、という目まぐるしい一日がようやく終わったところだ。

解放感はあるものの、一晩中原稿用紙に向かっていた疲れが澱《おり》のように頭の芯に滞《とどこお》っている。だがこれで、時間と戦うという身の細る思いとは少し離れていられるのだ。ほんの一日に過ぎないが、原稿を入れたこの日だけが村野に束の間訪れる安寧の時間だった。

しかし、普段の癖で、何かネタになる記事はないかと貪《むさぼ》るように新聞を読んでしまう。いつも獲物を嗅ぎつけた猟犬みたいに耳が立っている、そんな冗談を後輩に言われたことがあった。

社会面の〈釣りの小学生が海に投げ込まれる〉という山口県での記事に目を引かれた。このところ頻発しているいやがらせ犯罪かと思ったのだ。数年前から、雑踏に花火を投げこんだり、日劇で催涙液を流したり、と死傷者は出ないものの悪質ないたずらが続いていた。昨年から世間を騒がせている爆弾魔〈草加次郎〉事件もそうだ。

これらの事件との関連で世相物を一本書けるかもしれない、と村野は思った。が、よく読んでみると、酔っ払いが小学生を海に突き飛ばしただけのことらしい。悪質だが、三段抜きの見出しをつけるほどでもない。「冷たい海」と記事にあるが、昨日は山口県もまだ暑かっただろう。最近のブンヤはどうも大仰過ぎる、俺たちトップ屋の影響だろうか、と村野は苦笑した。

「国鉄ぅ、負けんなよ」

ワイシャツの袖をまくりあげた隣の男のつぶやきが聞こえてきた。スポーツ新聞をがさがさと広げて読んでいる。村野は昨日の時点で、中日が首位巨人に二ゲーム差に追いついたことを思い出した。その記事をまだ読んでいなかった。窓からの風に逆らって慌てて新聞をめくる。大きく〈中、決勝の三塁打〉とある。中日ファンの村野は思わずにやりとした。巨人は七連敗中だ。これは二リーグにわかれてからの新記録らしい。今夜は川崎球場で大洋・巨人戦、追う中日は神宮で対国鉄との試合を今やっているはずだ。今夜の中日はたぶん、権藤でいくはずだがどうだろう。

村野は隣の男の真剣な横顔をちらっと見た。国鉄・中日戦で国鉄を応援するということは、中日の追い上げを心配している巨人ファンなのかもしれない。『路子』に着いたら、真っ先にナイターの結果を聞いてみよう。これからトップ屋の集団〈遠山軍団〉のみんなと銀座の馴染みの店で落ち合い、徹夜で酒を飲むことになっている。それが校了日の習慣だった。

その時突然、パッと車内の照明が消えた。地下鉄銀座線にはよくあることだ。村野は新聞から目を離した。再び照明がついた時、同じ一両目の車両の中を見るともなく眺めた。車内の混み具合は半分程度。五、六十人ほどの乗客のほとんどが座っている。疲れた様子で眠りこんでいる者も多かった。勤め帰りの会社員ばかりだ。

ふと最後部の座席下に新聞紙の包みが置いてあるのが、何となく気になった。そばの女の持ち物か。いや、それにしては新聞紙の包みというのが妙だし、ゴミにしてはきちんとくるんである。捨て忘れた生ゴミのような嫌な印象があった。

急にトンネルを抜けたように車内が明るくなった。京橋駅構内に滑り込んだのだ。「きょうばしー」という間延びしたアナウンスと同時にドアが開き、数人が降りてまた数人が乗り込んだ。

ドアが閉まろうとした瞬間、「ガーン」という大音響と共に、青白い閃光《せんこう》が車内に走った。

「爆弾だ！」

誰かが叫び、皆、われ先にと開いたままのドアからホームへ飛び出した。村野も思わず走りかけたが、白い煙が立ちこめるなか、へたりこんでいる女の白いスカートが血に染まっているのが見えたのでそちらへと向かった。

爆発は一両目最後部の左側らしい。そのあたりは怪我した乗客が血まみれになって呻《うめ》き、ちぎれた新聞紙と金属片のようなものが散乱していた。村野は自分が見た新聞紙の包みが爆発したことを確信した。あの時に覚えた嫌な感じが的中したことに驚きがある。

村野は腰を抜かした中年の女に駆け寄った。

「大丈夫ですか」

「あ痛っ」

女は両足から血を流して呻き続けている。新聞紙の包みの近くに腰掛けて読書していた女だ。ずたずたになったナイロンストッキングにたくさんの金属片が刺さっているのが見えた。

「一体、何が起きたの」

女は動転したように村野に問うと、自分の足の怪我を見て悲鳴を上げた。

「ホームに運び出しましょう」

喪服を着た初老の男が村野に提案した。村野は頷《うなず》き、怪我した女を両脇から支えてホームに運んだ。ほかにも怪我をした人たちが駆けつけた駅員や乗客に運ばれてホームに横たえられ、あちこちに小さな血溜まりができていた。「救急車！」と誰かが叫んでいる。車内にはまだもうもうと煙がたちこめ、火薬の強い匂いが充満していた。村野の耳も少し遠くなっている。

「時限爆弾ですか」

ホームに立って茫然としていると、一緒に女を運んだ喪服の男が村野に話しかけてきた。

「そうかもしれませんね」

最初に新聞紙の包みに気づいた時は何事もなかったのだから、時限装置でもついていたのか、あるいは偶然爆発したのか、そのどちらかだった。

「あたしはガダルカナルの生き残りだから、ちょっとやそっとの爆弾じゃ驚きませんが、まさか地下鉄で遭《あ》うとはねえ」

男はしわくちゃのハンカチで汗を拭う。村野は思わず尋ねた。

「どのあたりに座っていらしたんですか」

「そこんとこですよ」

男は、車両の真ん中より後部寄りの座席を指さした。村野は一両目の二番目のドア付近に腰掛けていたから、男は同じ座席のもっと爆発物寄りに座っていたことになる。

「爆発物らしい物をご覧になりましたか」

「いや、ずっと寝てたから。あたしは最初、座席のスチームでも爆発したのかと思った」

村野は男の背広に無数の細かい焼け焦げがあるのに気づいた。

「ここ、焦げてますよ」

「ああ……」と男は驚いたように穴を眺め、それからつぶやいた。「今日は暑いから喪服なんか着るの嫌だったんですが。上着を持っているのも邪魔だし、着ていたから怪我しなかったんだねえ」

「その通りですよ」

「葬式に感謝しなくちゃ」

無数の焼け焦げを見て、男の汗は流れる速度をはやめたようだ。男はせわしなくハンカチを使っている。駅の構内が異常に暑い。ふと見ると、いつの間にか周りを弥次馬が取り囲んでいて、ただでさえ暑い地下の空気がどんよりと淀んでいるのだった。拳銃を右手で押さえながら、数人の警官が前方の階段を駆け降りて来るのが見えた。

警官が来て制止される前にもう一度現場を見ておこうと、村野は停車したままの地下鉄に再度入って行って爆発現場を眺めた。場所はやはり新聞紙の包みが置いてあった一両目最後部の左側に違いない。その座席のあたりは、下部が少しへこんで塗料が剝《は》げている。

床には金属片と新聞紙が散乱し、血が飛び散り、惨状としかいいようがない。しかし、爆発力そのものはたいしたことはなさそうだ。村野の頭のなかに、当然のことのように爆弾魔〈草加次郎〉の名が浮かんだ。つい七月にも東横百貨店で爆破脅迫騒ぎがあり、〈草加次郎〉の仕業ではないかと疑われていたばかりだった。

「そこから出てくださいよ」

到着したばかりの興奮した警官に邪険に追い出された。仕方なしにホームに出て、まだ何が起こったのかわけがわからないという表情の怪我人に尋ねまわった。

「あそこに新聞紙の包みを置いた人を見ませんでしたか」

ほとんどが首を横に振った。が、腕と顔を怪我して、ズボンからまだきな臭い煙が出ている若い会社員らしい男がこう言ったのでメモした。

「僕は浅草から乗ってましたけど、男の人があの包みを持って立っていたような気がします」

「幾つぐらいの人ですか」

「さあ、幾つかなあ」と男は首を傾《かし》げた。「後ろ姿なんで、はっきりとはわかりません」

男は困ったように怪我した額のあたりをさわった。そこには応急処置で、血染めのタオルを巻いて留めてあった。

「その人はここにいませんか」

愉快犯ならばこの現場にいて、皆が右往左往するありさまを眺めていやしないかと思ったのである。会社員はあたりをぐるっと見まわした。

「いや、いないようですね。今、降りた様子もなかったから、少なくとも京橋の前の駅、日本橋までには降りていた、ということですよね」

「じゃ、包みを置いたところは見ましたか」

「いやあ、全然気づきませんでした」

村野がメモを取っているので、刑事だとでも思ったのか、協力的だった。

「服装をもっと詳しく」

「そうですね」と考えこんでいる。「僕らみたいなのかな。どうってことない会社員て感じですよ」

男は、ホンコンシャツといわれている半袖の白いワイシャツに黒っぽい柄の地味なネクタイ、グレイのズボンという典型的な勤め人の夏の格好だった。村野は溜め息をついた。村野がこの電車に乗ったのは印刷所のある神田からだった。せっかく事件のあった地下鉄に乗り合わせたのに、その男をまったく覚えていないのが残念だったのだ。村野は礼を述べながら会社員の連絡先を尋ねた。彼は二十五歳の都市銀行員だと名乗った。

「おい、ブンヤさんか」

いきなり背後から肩をたたかれた。経験から、村野は警官の声だと感じて振り向いた。はたして、中央署の刑事だった。たしか市川とかいったはずだ。いつも灰色の鳥打ち帽を被っているのでよく目立つ。昭和三十五年に京橋署と日本橋署が合併して中央署となったのだが、その時の取材で彼を紹介されたことがあった。

それからも取材で時々中央署を訪れる村野は顔を知っているが、向こうは思い出せないらしく首を捻《ひね》った。白い開襟シャツの胸ポケットから、紐付きの黒い警察手帳が透けて見えているが気にもとめていない。

「あんた、どこの社だっけな」

村野は懐を探って名刺を差し出した。名刺には、『週刊ダンロン　特約記者　村野善三』とある。市川は一目見るなり、こう言った。

「なんだ、トップ屋か」

その口調に軽蔑と揶揄《やゆ》が混じっているのを村野は聞き逃さなかった。トップ屋というと、人のスキャンダルをほじくりだし、ネタを摑むためにはどんなこともし、場合によっては弱みにつけこんで脅迫まがいの阿漕《あこぎ》な仕事をしている、と思われているところがあった。たしかに同業者の中にはそういう人間もいる。だが、ほとんどは村野のような若いフリーランスの取材記者だった。村野は思わず苦笑しかけたが、市川の思い込みを利用することにした。そういうイメージを持っている人間にはよく思ってもらおうなどと考えず、プロとして振る舞ったほうがいい結果が得られる。

「何か出ませんか」

「まだ何も出ないよ。それより、随分早いじゃないか」

「実は僕もこれに乗り合わせていたんです。しかも一両目でした」

「ほう、それはそれは」と市川は驚いたように言って笑うような表情をした。少し口調が丁寧に変わっている。「で、怪我は」

「幸い、何もありませんよ。耳が遠くなったくらいです。怪我人は全部で何人いたんですか」

「十人てえとこかな」村野は自分が数えた数と一致したので頷いた。市川は抜け目ない顔で訊いてきた。「ところで、あんたこそ何か見なかったかね」

「京橋駅に入る前に、最後部の座席下に新聞紙の包みが置いてあったのに気がついたんですが、それが爆発したのではないかと思います」

市川の目が光った。「それは確かかね」

「あの人が……」村野はさきほどの若い銀行員を指さしたが、彼は担架に乗せられて横になったところだった。「その包みを持った男を見たと言ってますよ」

「そうか。ちょっと失敬」

市川は急いで走って行く。病院に運ばれる前に少し訊いておきたいのだろう。村野はあたりを見まわした。弥次馬は整理されて、さっきよりももっと遠い位置からこちらを眺めている。怪我人は病院に運ばれたらしく、もう誰も残っていなかった。

制服警官がやってきて村野に住所、氏名と状況を訊いた。村野はもう一度、新聞紙の包みのことを話した。

「なあ、あんた村野さんだっけ」

さっきの市川が戻って来た。真っ正面から向き合うと、永年の疲れと不満とが皺《しわ》となって市川の顔に刻まれているのに気づいた。従来の輪郭のほかに、もうひとつ職業上の屈託という輪郭が穿《うが》たれた印象の顔だった。しかも、もうじき定年という年頃だ。

「そうです」

「あんた、これ記事にするのかね」

「さあ。うち向きのネタにできれば。ところで市川さん、これ〈草加次郎〉の犯行じゃないですか。だったら面白いんだが」

村野はあてずっぽうに不穏当なことを言ったが、市川は目は笑わずに首だけ捻ってみせた。

「さあねえ。鑑識がこなくちゃわからないが、関連は考えられるかもな」

「とすると、さっきの人が見たという男が〈草加次郎〉という可能性もあるわけですよね」

村野が問うと、市川は曖昧に目を伏せた。そう考えているのだ、と村野は感じる。もしかすると、あれだけ世間を騒がせている〈草加次郎〉は俺のすぐそばにいたのだ。擦れ違ったかもしれない。あるいは俺の前に立っていたのかもしれない。その考えは村野に鳥肌を立たせた。

にわかに現場が騒がしくなった。これまた見覚えのある警視庁の捜査四課長と鑑識課長の二人が乗り込んできたのだ。大勢の鑑識課員を連れている。

「警視庁だ。早いお着きですね」

村野が言うと市川はさっと緊張した面持ちになり、村野のほうを見ずに言った。

「さぁさ、出た出た」

「ここで見ていちゃ駄目ですか」

「お断りだ」

「僕は事件の当事者なんですよ」

「駄目だ」

市川は舌打ちしながら、村野の口を封じるように胸をどんと押した。これから大捜査が始まるのだ。警視庁がお出ましということは、やはり〈草加次郎〉を疑っていることは間違いなかった。

「お客様に申し上げます。この電車はこのまま渋谷車庫入りとなりますので、これから先にお越しのお客様は、今しばらくこのホームでお待ちください。後続の電車が参ります」

アナウンスがあった。車庫でじっくり現場検証する気らしい。銀座までならひと駅だ、歩いて行こう。村野はホームを歩き、明治屋の横に出てくる地下鉄出口から銀座大通りに出た。

2

火薬臭い地下から地上に出てきたせいか、ほっとした思いがあった。村野は涼しい外気を感じながら電話ボックスに入り、談論社に電話を入れた。

「はい、『週刊ダンロン』編集部です」

小林の声がした。

「村野だが、坂東《ばんどう》デスクを頼む」

「それが……来客中で」と小林は困ったように言う。「ちょっと手が離せないと思いますが」

「何だ。こんな時間に」

村野は腕時計を見た。校了明けで、しかも午後九時。普段なら来客などありそうもない時間だ。

「……はあ、それが突然でして」

「それなら伝言してくれ。今、銀座線京橋駅で爆発事件があった。怪我人は十人程度。もしかすると〈草加次郎〉だ。写真班をよこしてくれよ」

一瞬、驚いたように息をのんだ小林が勢いよく返事した。

「わかりました。写真班には僕が行ってきます」

電話を切ると、キャバレー『クインビー』の裏にある『路子』に行くつもりだった村野は、予定を変更して銀座大通りをまっすぐ談論社に向けて歩きだした。小林の、奥歯に飯粒がくっついたような言い方が気になった。

大映本社ビルの前を歩きながら、向かい側の赤煉瓦づくりの第一生命館のドームを見上げると、その上に月が出ている。地下の騒ぎが信じられないような静けさだ。

村野は石畳が敷かれて古いビルが並ぶ、この京橋あたりの風景が好きだった。特に銀座側から眺めた時の、このビルとその手前の浜野繊維ビルの美しさといったらない。しかし、今は無粋な高速道路の橋桁《はしげた》が京橋と銀座の間を低く遮《さえぎ》っていた。

ものすごい速度で東京は変わっていた。道路はどこも穴だらけで、古い建物はどんどん取り壊されていく。昨日見た風景が今日はもう変わっているから、自分の記憶が違っていたのだろうかと不安になって街角で佇《たたず》むことすらある。

せっかく戦災にも遭わずに残った建物や道が、オリンピックのために、高度経済成長のために、と惜しげもなく壊されていくのだ。この銀座の商店街も例外ではなかった。松屋百貨店も松坂屋百貨店も小松ストアーも皆、大改装工事中だ。

談論社でさえも、手狭になったとかで移転、新築の予定だという。風格あるビルディングを、と村野は内心、残念に思っていた。自身が目まぐるしい仕事をしているくせに、この、背後から追い立てられて走っているような時代の気分だけは気に入らない。

涼しい風が吹いてきて、銀座のしだれ柳がすすり泣くように仄《ほの》かに揺れた。村野はシャツの中に風を入れ、ほっとして肩の力を抜いた。こんな涼しい風は今夏初めてだ。秋風一号だな、と村野は懐を探ってしわくちゃになった麻のハンカチを出し、額の汗を拭った。

舗道で擦れ違った若いアイビーファッションの男たちから共通の匂いが漂ってきた。これは去年あたりから流行している男性用整髪料の匂いだ。村野はその甘い匂いにはっとして立ち止まった。

そうだ。神田駅で地下鉄改札口を抜けたら、ちょうど電車から降りてホームを駆けて来た男と肩が触れ合って転びそうになった。男のあまりの勢いに思わず、この野郎、と村野は振り向きざま睨みつけたが男は振り返りもせずに駆け抜けて行った。その男が微《かす》かにこの匂いをさせていたのだ。顔は見なかったが、バイタリスの匂いだけははっきりと覚えている。

もしや、あいつが爆破犯人だとしたら？　村野はホンコンシャツにグレイのズボン姿、という男の服装を思い出し、さきほどの銀行員の証言と無意識に突き合わせていた。犯人が神田で降りることは大いにありうる。

（そんな馬鹿な……）

村野は笑って打ち消した。そして数歩歩きだすと、その可能性もないわけではないのだと思い直し、また立ち止まった。通行人が村野の顔を不思議そうに見て通り過ぎて行った。

村野は四丁目の信号を渡り、タイプライターで有名な黒沢商店の角を曲がった。みゆき通りを数寄屋橋方向に少し行くと、談論社の石造りのビルが見える。見上げると、三階の編集部の窓だけ明かりがついていた。

3

社の通用口の暗がりに黒のマーキュリーが停まっている。

社用車ではない。村野は何げなく中を覗いた。男が暗がりの中から、逆に村野の目をまっすぐ見据えている。外車の後部座席に座るには若い。細面で頰の肉が薄く、ナイフのような印象の男だった。村野は胸騒ぎがして急いで通用口から入って行った。何も気づいていない顔なじみの老守衛がおどけて海軍式の敬礼をする。

「どうも御苦労さまです。村野さん、今夜はこれじゃないんですか」

守衛は手できゅっと杯をあける真似をしてみせた。〈遠山軍団〉の木曜の夜のどんちゃん騒ぎは有名だった。

「いや、ちょっと遅れちゃって」

擦れ違いざま、守衛はちょっと顔をしかめて不審な表情をした。

「花火でもやっとったんですか」

「まあ、そんなようなものです」

村野は自分のワイシャツの袖の匂いをかいだ。たしかに花火のような匂いがする。あれがダイナマイトならもっと死傷者が出ていたはずだ。

三階まで階段を駆け上って行くと、上から降りてくる男とぶつかりそうになった。同じ遠山プロで、村野と同期の後藤伸朗だった。

「おい、後藤」

「何だ、お前か。村善《むらぜん》」

踊り場の暗がりで一瞬二人は向き合ったが、後藤は目が合うのを避けるようにさっさと階段を降りて行く。「先に行くぞ。もう遅いから『深海魚』のほうだ」

「わかった」

村野は後藤が振り向きもせずに階段を駆け降りて行く後ろ姿を見送った。いつもと違った印象があった。滅多に怒らない男なのだが、今夜は忿懣《ふんまん》のようなものが全身から立ちのぼっている。

編集部に入って行くと、書類や本に埋もれた雑然とした部屋の隅からぱらぱらと数人の男が顔だけ上げた。特集班の部屋には編集部員が二人しかいない。二人とも、談論社の正社員だ。遠山プロの連中はどうやら一人もいない。

「坂東さんはどこだ」

「応接室です」

新入社員がおずおずと答えた。

「客は誰だ」

「さあ、よくはわからないです」

大学の成績がよかったとかで将来を嘱望されているらしいが、好奇心の感じられない鈍い返事だった。談論社では、こういう若い社員を遠山プロのデータマンとして修業させ、いずれは記事を書かせる、そして近い将来、『週刊ダンロン』は社員だけで作っていくようにしたい、という意向を持っていた。遠山プロはそれまでの繋《つな》ぎの傭兵部隊でしかないのだ、それも戦争末期の。そのことは村野もよくわかっている。だが、この社員たちでは頼りない。

さりげなく様子を見ようと廊下に出ると、ちょうど応接室のドアが勢いよく開き、男が二人出て来たところだった。その後を追うように坂東が飛び出して来たが、中腰でぺこぺこしている。

「じゃ、遠山さんによろしくおっしゃってください」

一人が丁寧な口調で言ったが、すぐさま外股で廊下を歩きだした傍若無人なふるまいと似合わなかった。もう一人は愉快そうに坂東を見やると、連れのあとを追った。派手な背広に横柄な態度。明らかに、陰の世界の住人たちだった。

「坂東さん、どうしたんですか」

村野はズボンに両手をこすりつけて掌の汗を拭っている坂東に話しかけた。坂東は五十過ぎ。戦争中は駆逐艦の艦長だったと吹聴する山の手言葉の品のいい男だが、その経歴が信じられないほど肝心の時に腰が引けるのだった。そのくせ、考えだすことは結構えげつない。坂東のオヤジの心根に比べりゃ俺たちのほうがよほど上品さね、と遠山良《よし》巳《み》が言ったことがある。

「何でもない」村野にびくついた顔を見られたという無念さを露《あらわ》にして坂東が否定した。

「どうってことない。ただの嫌がらせだ」

「でも今、遠山さんのことを言いましたね。遠山さんの担当していた記事か何かで問題でも……」

最近は小説ばかり書くようになった遠山が、いったいどんな事件《ヤマ》を調べていたかと考えながら村野は訊いた。が、坂東は神経質に首を振った。

「いや、何でもないんだ。遠山がやり過ぎたのかもしれんし、まだ調べてみんことには」

「今のは誰です」

「いや、それも……」言葉を濁すと、応接室の隣の会議室のほうに村野を誘った。「ちょっとこっちに」

そこだけは電気が消えて、「銀座の地球儀」と言われる森永製菓の地球をかたどった広告塔の照明がちかちかと入り込んでいた。坂東は照明をつけた。校了間際にここで誰かが原稿でも書いたのだろう、デコラ張りの新しい机の上には原稿用紙や消しゴムのカスが散らかっている。

「何でしょう」

「別件だがね、実は後藤君が辞めたいと言ってきたんだ。理由を知らないか」

「いや……」衝撃を隠しながら村野は答えた。「僕は聞いてません」

「そうか。遠山君がこんなことになって後藤が辞めるんじゃどうしようもないよ。頼りは君だけだ、村善」

「ちょっと待ってください。遠山さんがこんなことってどういうことでしょう」

「つまり、遠山君はしばらくここから遠ざかるってことですよ」

一瞬、坂東は小狡《こずる》い顔をした。今夜の出来事で、肝の小さい坂東は遠山を締め出すつもりなのだ。その理由を、坂東は〈遠山軍団〉の一員である自分には決して言わないだろう。ならば自分が調べてやるだけだ。村野は口を引き結んだが、坂東は村野の決意に気づかない様子でのんびりと言った。「だからさ、後藤君の退職理由をそれとなく訊いておいてくれないか」

「……わかりました」

村野は会議室を出た。廊下を歩きながら応接室をちらと覗くと、テーブルと椅子がひっくり返されている。この惨状を見られたくないために、坂東は自分を会議室のほうに誘ったのかと村野は苦笑いした。

「村野さん」

後ろから声がした。振り返ると、いかにも育ちの良さそうな瓜実顔《うりざねがお》の小林少年が立っている。新入社員のなかでは一番頭が切れて機転が利くので、愛情をこめてそう呼ばれていた。マドラスチェックの上着に、丈《たけ》の短い白のコットンパンツ、茶のローファーと今流行のアイビーファッションに身を固めている。ソックスはきちんとVANのライン入りだ。ちょっと前なら、こんな学生のような格好で仕事に来るなんて信じられないことだったが、今は小林みたいな新入社員が増えていると聞いた。

「写真班、出ましたよ」

「そうか、ありがとう」

「もし〈草加次郎〉で特集やるんだったら、村野さんがアンカーですか。だったら、僕、データマンやらせてください」

「じゃあ、明日のニュースに気をつけといてくれよ。それと、これまでの〈草加次郎〉関連の記事を集めておいてくれないか」

「わかってますよ。それと、愉快犯といやがらせ事件も集めておきましょう」

小林ならいい、と村野は安心した。

「そうだ。君に訊きたいことがあったんだ」

「何です」

「今日のナイターの結果知らないか」

小林は当てが外れたというように少しがっかりした顔をした。「何だ、野球ですか。やっと巨人が勝ちましたよ。5対0。村野さんの好きな中日は負け。6対1。王選手大活躍だそうです」

「そうか」

「それが何か……」

いや、もういい、と村野は手を振って歩きだした。これで運試しをしたつもりだったのだ。今夜は見事に外れていた。二歩進んで二歩後退か。ここで勝てなきゃ、また今年も中日は駄目だろう。何事にも勝負時というものがあるのだ。

村野は後藤が駆け降りて行った階段を自身も降りながら、遠山と後藤のことを考えていた。実は、最近、二人があまり顔を合わさなくなっていることに気がついていた。銀座の『路子』で会うと、どちらからともなく口実をもうけて帰って行くし、遠山は新宿の溜まり場の『深海魚』に滅多に顔を出さなくなった。それに、小説家への転身を図っている遠山が、自身の口で「あとは村野と後藤に任せた」と言っていたのに、最近は「村野に任せた」とまったく後藤の名前を出さなくなっている。

後藤が辞めると言いだしたのは遠山との確執のせいなのか。そしてなぜ、遠山は暴力団のような男たちに脅されているのか。

外に出ると、マーキュリーはすでにそこになく、エンジンオイルでも漏れたのか黒い粘った染《し》みがアスファルトの上に残されていた。村野はそれを不吉な印のように眺めた。

銀座大通りでタクシーを拾って新宿に向かった。いつもの木曜だったら、今頃は解放感に溢れて泥酔して大騒ぎしているのに、今日の自分はひんやりと冷めた感情を持ち続けている。さきほどの爆発事件や編集部での出来事のせいかとも思ったが、やはり村野の心を占めているのは、後藤の去就のことだった。

（俺にひとことの相談もないのか……）

その感情が後藤に対しての甘えだとわかっていても、繰り返し繰り返し同じ言葉が胸の裡《うち》に現れるのだった。

4

『深海魚』はヌードスタジオやトルコ風呂に囲まれた新宿二丁目の怪しげな一角にある。改正道路から一本入った路地の奥、朽ちかけた木の扉を開けると、店に染みついた煙草のヤニと黴《かび》の、独特な匂いに包まれる。店の隅には古雑誌と古新聞が山と積まれ、鉤《かぎ》型のカウンターはいつも客でいっぱいで、煙草の煙で店内もろくに見えない。

村野が入って行くと、入り口のテーブル席もカウンターもほぼ満席で、誰も村野に注意を払おうともせず大声でしゃべっていた。入り口付近の客は、口論から早くも摑み合いの喧嘩に移行しつつあり、表に出ろ、てめえが先に出ろ、と呂律《ろれつ》のまわらない口で言い合っていた。彼らを搔き分けてかろうじて奥に進むと、〈軍団〉の木島、橋本と共に後藤がいた。後藤はカウンターの端に腰掛け、横にクニ坊と呼ばれているアルバイトの若い女を座らせて話し込んでいた。

ここのママは新劇女優だった絹江という五十がらみの女だ。店の者の愛想は悪いが肴《さかな》は旨《うま》かったし、放っておいてくれるので居心地がよかった。銀座で飲んだ後は必ず、この気のおけない新宿に戻って来て、さらに泥酔するのだ。客も作家、編集者、新劇女優などの馴染み客が多く、それを目当てにまた編集者予備軍、演劇青年、作家志望者などが押し寄せる。

その絹江がじろっと横目で村野を見た。

「ああ、やっぱり来た」

「僕も客ですよ」と、村野が苦笑すると、

「まだ小僧だよ、あんたは」

絹江は憎たらしく言って、初老の万年作家志望の梅根《うめね》という男にトリスを注いだ。梅根は酔うと必ず作家たちの悪口をあることないこと言いだすので有名な男だった。今夜は悪口を言いだす前に違う舟に乗ったらしく、めそめそと泣きながら己れの才が世に認められない愚痴をこぼしていた。珍しくまともだった。

「おお、村善。どこ行ってたんだよ」手を挙げた木島は早くも呂律がまわらない。すぐに酔う男だった。そして酔うと悪いことに酒乱になる。その兆候はすでにあった。「さっきからずっと待ってたんだぜ、馬鹿野郎。お前よ、だいたい生意気だぞ。俺より年下のくせによ、いつの間にかアンカーやりやがって」

「はいはい」

村野は管《くだ》を巻き始めた木島の肩に手を置いて、その隣の、今にも眠ってしまいそうな目をしている橋本に話しかけた。

「今日は遠山さんは来ないんですか」

橋本ははっと目を開け、村野を見てにやっと笑った。橋本は酒には強いが、ここのところ相当疲れている様子だった。このまま飲めば、今日は潰れそうだ。梅根にうんざりしたらしい絹江が橋本のところにやってきて心配そうに眺めた。「ねえ、ハシモっちゃん。寝るなら床で寝てよ。転げ落ちるよ」

橋本は絹江のほうを見ずに手を振った。「遠山さんは小説の締め切りがあるそうだ。今日は来ないよ」

遠山という名前を耳に入れて、後藤がこちらを振り返った。村野は、今来た、というように頷いた。後藤は答えるようににやっと笑った。相変わらずお洒落な奴だ、と村野は後藤のなりを改めて見て思った。海島綿の白いシャツに紺のコットンパンツ。靴はくるぶしまでの茶のスウェードブーツだった。もちろんすべて輸入品だ。洒落たビートニクが集まるモダンジャズの店にはちょうどいいが、この店にはまったく似合わない。

「村善、こっちに来い」

後藤は手招きした。さきほど、からだ全体から匂わせていた忿懣は消えて、すっかりいつもの磊落《らいらく》な後藤に戻っている。年齢は村野と同じ二十九歳。一見、洒落者で二枚目の優男《やさおとこ》だが、なかなかの曲者《くせもの》だ。村野と後藤は初めて会った学生時代からウマが合ったが、性格はかなり違っている。週刊誌の仕事ひとつにしても、村野は丁々発止の取材に、後藤は想像を膨らませて記事を書くのに向いていた。天才と言われた遠山が二人の融合体だとすれば、文字通り、村野と後藤が組んでこそ遠山なき後の〈軍団〉を支えていけるのだった。

「いらっしゃあい」

クニ坊が村野に笑いかけて席を譲り、後藤のと同じダルマのハイボールを作ってくれた。村野が挨拶をすると、笑いながら曲がった鼻柱を無意識に手で隠した。劇団員の彼女は、安保の時、演劇集団のデモに参加して右翼の攻撃に遭い、鼻柱を折られたという武勇伝があった。村野などはそのほうが色っぽいと思っているのだが、本人はかなり気にしていて時々手で隠す仕草をするのだった。いかにも芝居をやっている、という感じにきつい目張りを入れ、いつも黒いシャツに黒いマンボズボンをはいている。

「お前、どうして今夜は遅れたんだ」

後藤は村野の顔を探るように見た。

「うん。地下鉄でな、ちょっとあって」と村野は先刻の出来事を話した。後藤は驚いたように聞き入っている。

「なるほど。それを聞いて坂東デスクも燃えただろう」

「いや」と村野は後藤の顔を見た。「燃えたのは変な客のほうさ」

後藤は真面目な顔になった。「何のことだ」

「見なかったのか。坂東さんのところに来ていたあいつらは何者だ。遠山さんの何に文句をつけに来たんだ」

「さあ、俺は知らん」後藤は首を横に振り、眉根を寄せた。「遠山さんに何かあったのか」

後藤が何かを隠しているのは薄々感じられたが、余計なことはしゃべらないだろう。村野は話題を変えた。

「それより、坂東さんから聞いたんだが、お前、辞めるって本当か」

後藤はカランと氷の音をさせてダルマのハイボールを飲み干し、途端に面倒臭そうな面持ちになった。「ああ、そのことか」

クニ坊は気を利かせていつの間にかテーブル席の客のところに移っている。ちらと橋本や木島のほうを見ると、二人ともこちらには注意を向けず、木島はまわらない口でわけのわからないことを叫んで橋本を腐らせていた。話してくれ、と村野は後藤を促した。

「まだ決まったわけじゃない。ただ、こういう話があるんでどうかと考えているだけさ」

「どういう話だ」

「ある筋から新雑誌を作りたい、と。ついては編集長をやらないかというのさ。編集長といっても週刊誌ならお断りだが、こっちは何と季刊なんだ」

「…………」

「好きなことができる上に、給料はいい。俺も念願の小説を書けるってわけだ」

後藤は以前から作家志望だと言っていた。たしかに、後藤は文章がうまく、ストーリーを作り上げる能力に優れていた。もしかすると遠山よりも作家としての才能はあるかもしれない。それにしても、週刊誌から季刊雑誌の編集とは。

「なあ、どんな種類の季刊雑誌なんだ」

「建築だ。土建屋の雑誌だとさ」

「ある筋というのは」

後藤は肩をすくめた。「大日本建築文化振興会というところだ」

「知らないな」

「ああ、できたばかりだからな。そこで俺のために季刊誌を出してくださるというわけだ」

「いや、冗談冗談」と後藤は村野の顔を見ずに肩をすくめたが、目は笑っていなかった。

「この建築ブームでさ、金が余ってるんだろう」

「なるほど。それでお前がいいのなら、俺は何も言わない」

「……それより、村善。お前だってこの先どうするんだ」

村野はぼんやりとハイボールのグラスに生じた小さな水滴を眺めた。まったく考えていなかったのだ。

「どうせ『週刊ダンロン』はいずれ社内編集になる。木島さんなんかは、こっそりデスクに社員にならないかと耳打ちされてんだぞ」

村野は驚いて、先刻自分に絡んだ木島を見た。木島は泥酔して、今度はクニ坊に抱きついてキスしようとしている。遠山が三十五歳。木島は三十二歳。遠山は天才だが、木島は凡庸だった。編集管理はうまいが、企画にも取材にも記事にもキレがない。〈軍団〉の中でも、少々お荷物的存在だった。

「木島さんが、か」

「あんまり切れると坂東は使いにくいんだよ。お前も俺も」後藤は村野の心を読んだようにに言った。「橋本さんも編集部に食い入ろうとしている。うまくすると、二人とも残れるかもしれない。みんな生き残りをかけて必死なのさ。あの元祖トップ屋の柳沢プロだって、今は広告代理店と結んで新業種を考えているらしい。吉田さんはシナリオライターになったし。トップ屋はもう終わりなんだ」

「わかってるよ」

村野は薄まったハイボールを飲んだ。社員の編集能力が伸びてきていて、トップ屋の記事が毎回トップを飾ることができにくくなっていた。このあいだ、村野が書いた〈タクシー値上げ攻防戦〉という記事もサブにまわった。この稼業で初めてのことだった。

だからといって後藤がそんな名前も知られていない団体の季刊誌をやるというのには、何か理由があるはずだった。しかし、後藤はこれ以上しゃべるのを拒むように俯《うつむ》いている。

「まあいいさ。お前が話したくないのなら構わない」

「すまん」

後藤はそのまま酔いがまわったかのように口を噤《つぐ》んだ。頃合を見計らってクニ坊が戻って来た。むっつりした後藤の顔を見上げている。

「後藤ちゃん、どうしたの。大丈夫?」

クニ坊が後藤に惚れているというのは有名な話だ。後藤という男は女にもてるのだ。二枚目だし、頭はいいし、トップ屋には珍しく着る物にもうるさい。後藤のそばに行くといつも、ほかの男にはない爽やかな匂いが漂い、欧米の伊達男《だておとこ》のような優雅な雰囲気があった。絹江が、「週刊誌界のアラン・ドロン」と言って笑わせたことがある。

村野は絹江が手元に押し込んできた突き出しのこのわたを食べながら、ふと神田駅の階段で擦れ違った男のことを思い出した。

「後藤、お前は整髪料をつけているよな」

「ああ」

「何をつけてるんだ」

「オールドスパイスだ」

なるほどな、と村野は頷いた。後藤ならば国産品は使わないだろう。最近はMGのオープンカー、MGA1600を買ったと聞いている。いくら実入りのいいトップ屋でも外車はなかなか手が出ない。村野は、後藤の身のまわりに何か急激な変化が起きているような気がして気が滅入《めい》った。トップ屋の場合、生活が派手になるのはたったひとつの要因しかないからだ。

ふと見ると、いつの間にか止まり木に腰掛けた後藤の腕の中には、立ったままのクニ坊が滑り込んでおり、後藤は考えごとをしているようにあらぬ方を見てクニ坊のすべすべした手首を撫でている。

後藤は仏文科の学生時代から、本当に良い物を見抜く目があって、しかもそれを楽しむ術《すべ》に長《た》けている。軍国主義だの高度成長だの、いつも何かで突っ走っている日本では異質な存在だった。言うなれば、筋金入りの快楽主義者だ。美食や美酒を好み、美しい物を手元に揃え、美しい女を手に入れる。

日本中が反安保で揺れたあの昭和三十五年の安保闘争の時にも、映画三昧、読書三昧で過ごした男だ。その時、学生時代からの友人だけでなく、トップ屋の仲間からも、非政治的に過ぎると批判を浴びたのに、後藤は弁明もせず、ひたすら私的ともいえる快楽に淫していた。だが、そこに村野は剛直な精神を見る。その精神が理解されないという意味で、この日本という国に生まれた後藤は悲劇的なのだろう。

何もかも欲しがって、己れのこころの底にある最後の欲望までを見ようとするのが後藤だとすれば、一線を越えずに踏みとどまり、その線の強さを試そうとするのが村野なのかもしれない。二人はそんな互いの違いを認めあってきた。

だが、村野はただの一度だけ後藤に対して怒りに近いある強い感情を持ったことがある。

あれは三年前の昭和三十五年、安保の年の冬のことだ。後藤がぜひ会わせたい女がいるから、と村野を新宿の喫茶店に呼び出したことがあった。村野が出向くと、まだ二十代前半の若い女が迷うような表情で、座っていた。

全体的にふっくらとした、まだ少女のようなたおやかな女だったが、目だけが鋭くてややアンバランスな印象があった。その危うさが村野の好みだった。それを知り抜いて後藤がその女を選んだとしか思えないほど、村野は瞬時にして強く魅《ひ》かれたのだった。後でその懸念が事実だったと思い知ったのだが。

「村野といいますが」

声をかけると、女は途方に暮れた様子で村野の背後を見、それから諦めたように自己紹介した。村野は、後藤が一緒に現れないことに落胆したのだと気づいた。女ははっきりした声で早口に言った。

「大竹早重《さなえ》です」

早重は美大の学生だと名乗った。後藤とは、後藤の友人が早重のクラスの講師をしている縁で知り合ったのだという。二人はとぎれがちに世間話をして後藤を待ったが、彼はとうとう現れなかった。急用ができたのでしょう、という村野の言葉に、早重は蒼白な顔をして頷いた。その打ちひしがれた目は、村野の気を滅入らせた。

もしかすると、後藤はこの女を俺に譲ろうとしたのかもしれない。そのことに、この敏感そうな女が気づかないはずはない。

「送りましょうか」

帰り支度をして、紺色のオーバーコートを羽織った早重の背中に問いかけると、葉山で遠いですから結構です、と早重は固い声で答えた。すでに後藤の企みを見抜いた早重の屈辱に歪んだ顔が、村野を拒んでいる。村野は来たことを悔やんだ。早重のこころが閉じているのをどうしようもできずに焦《じ》れているのは辛かった。それほど早重は魅力的な女だった。

早重と別れた数時間後、村野は後藤と飲み屋でばったり会った。村野は怒りを堪えて言った。

「お前はいったい何を考えてるんだ」

「今日は失敬した。俺も早重に会いたかったが、あの子に会うと惚れてしまうから嫌なんだ」

「どういう意味だ」

「困るからさ」と、後藤は罠に嵌《は》まるのを恐れているように言った。「俺は自由でいたい」

「じゃ、どうして俺を呼んだ」

その質問に答えない代わりに、後藤は逆に質問した。「早重をどう思った」

「どうも思わない」

村野は嘘をついた。こいつは人間関係まで淫しようとしているのだ。俺を引き込んで三角関係を作り、早重の愛情を分散させようとしているのかもしれないし、俺に愛されることで早重をより魅力的にしようとしているのかもしれない。あるいは、本当に俺にくれようとしているのかもしれない。

どちらにしても、村野は早重の傷ついた顔を見るのも、自分が後藤の道具になるのも、まっぴらだった。しかし、三角関係に引き入れられようとしたことで、早重という存在を強く意識させられたのは事実だ。一生交わらない強固なベクトルに組み入れられたような無念さを感じると同時に、どこか官能的な気持ちも強くある。

あの晩以来、何度もあの女に会いたい、後藤から奪ってしまいたいと思っていた。しかし、いつも自分を律する村野には、自分がそれをできないこともわかっていたのだ。

「村善、何考えこんでるんだ。飲め!」

後藤が屈託のない笑顔で囁いた。

5

猛烈な喉の渇きと電話のベルとで、村野は目を覚ました。

ベッドから起き上がり、自分が脱ぎ捨てたズボンやシャツに足を取られながら電話のところまでたどり着く。

「はい、村野です」と受話器を取って無愛想な声で答えながら、整理簞笥《だんす》の上に置いておいた腕時計を左手で取って素早く見た。正午ちょっと前だった。危ないところだ。一時からのプラン会議にからくも間に合った。

「俺だよ」

遠山だった。直々《じきじき》に電話してくるなんて珍しいことだと村野は思った。用事がある時はいつも、遠山の妻の暢子《のぶこ》がかけてくるのだ。昨夜の件だろうと村野は見当をつける。が、遠山が言いだすまで待つつもりだった。

「おはようございます。どうしましたか」

「どうしましたか、じゃないよ。まったく」遠山は愉快そうに笑った。「村善は寝起きの機嫌が悪いなあ」

「いやあ、飲み過ぎで」

昨夜は三時半まで『深海魚』で飲んでいて、それからクニ坊に誘われて深夜ジャズ喫茶に後藤と三人で行き、また飲んで朝方帰ってきたのだ。

「そうか。『深海魚』だろ。相変わらずだな」

「最近いらっしゃいませんね」

「締め切りだよ。俺、今一日百枚書いてるんだ。べらぼうだろ」

「遠山さんならできるでしょう」

「まあな。ところで電話したのは他でもなくて、今日のプラン会議な。俺、出られないんだ。だから、うちのほうはお前が仕切ってくれよ」

「わかりました。小説の締め切りですか」

「いや、違うんだ」遠山は言葉を切った。「ちょっと揉めててな。俺はしばらく編集部には行かないからさ」

「揉めてるって何ですか」

「たいしたことじゃないんだ。俺が以前、取材したことで上が煩《うるさ》く言ってきたところがあってな。それで坂東がピリピリしちゃったんだ」

「どの記事でしょうか」

「いや、これは俺が個人的に調べていたやつだからな。お前には関係ないよ。いや、本当にたいしたこっちゃないんだ。気にしないでくれよ。じゃあな」

遠山は慌ただしく急に電話を切った。あの百戦錬磨の遠山を動揺させているのは一体誰か。村野は重く沈むような思いで考えこんだ。しかし、喉の渇きが先だ。村野は電気冷蔵庫に直行した。

村野は洗濯機をさしおいて、最新型の電気冷蔵庫を真っ先に買った。贅沢品とは思わなかった。夏に冷たいビールが飲めないのは何より困るからだ。冷蔵庫には、ビール瓶と先日明治屋で仕入れたデルモンテのトマトジュース缶だけが大量に入っている。村野は缶切りを探し出して穴を空け、二本立て続けに飲んだ。飲みながら、遠山がプラン会議を欠席するのはこれが初めてだということに気がついた。

村野が遠山に出会ったのは、六年前のことだ。

昭和三十二年、大学を出たばかりの村野は、ナベ底景気の真っ只中、未曾有《みぞう》の就職難に遭遇した。まともに就職先が決まった学生はほんの数えるほどしかいない。特に村野ら文学部の学生には就職の門戸は開かれてさえいない状態だった。しかし働かなければ食べてはいけない。友人の口ききでさまざまなアルバイトをしていた村野はとうとう食いつめていちかばちか、週刊誌を創刊するという出版社、潮流出版を単身訪ねて行った。

当時は新聞社系の週刊誌が成功をおさめていた頃で、後発の出版社がまったくノウハウも人脈もない週刊誌づくりのためにいろんな人材を探しているという噂があった。その人材の中には、編集記者志望やジャーナリスト志望の学生も含まれているという情報だったのだ。さして乗り気でもなかった村野だったが何とか面接まで漕ぎつけた。その時会ったのが、リライトと編集を任されていた遠山良巳だった。

「俺の作る週刊誌は面白いよ」と遠山はいきなり言った。「新聞社の出す週刊誌なんざ四角四面でつまらない。あいつら週刊誌を新聞のアタマで考えてやがるのさ。その点、読み物作りじゃ出版社に敵わないんだ。見てな、今に抜くからさ」

遠山は当時、二十八歳。江戸っ子で、歯切れのよい言葉で機関銃のようにしゃべりまくり、才能が溢れてそこらにこぼれ出ているような、ある種のオーラを感じさせた。遠山に会った者は皆、その過剰な才気の醸《かも》し出す毒気に当てられて酔う。実にけれん味の強い男だった。

緊張して遠山の前に立った村野に、遠山はいきなり「太陽族」についてレポートを出せと言った。

「どんな方法でもどんな形式でも構わないよ。お前さんだけの物を出してごらんよ」

村野はあらゆる伝《つて》を頼って石原裕次郎のスケジュールを調べ、彼を待ち伏せしてインタビューを取るのに成功した。それから湘南まで行って浮かれ騒ぐ若者の写真を撮り、レポートを書いた。それが遠山の試験で、結果は合格だった。合格だということがわかったのは、二週間後にそれが創刊間もない『週刊潮流』に載ったからだ。そのレポートは〈元祖裕ちゃん、太陽族を語る〉という記事になっていた。

「俺が探してたのはお前さんみたいな男なんだよ」と後に遠山は言った。それ以来、村野は取材力と実行力を買われて遠山の一番弟子のような存在になった。そこに村野の学生時代の友人で、仏文科の大学院生だった後藤が遊びで加わった。後藤が作家志望だと言ったら、遠山が、〈軍団〉に入って出版社の仕事をすればいくらでもコネができるとくどいたのだ。後藤は大学院をやめてしまったが、遠山にも負けないストーリーテラーで、実話物に力を入れていた週刊誌の水に合い、たちまち村野と並んで遠山プロの両輪となった。

最強のメンバーが揃った遠山プロの仕事ぶりは〈遠山軍団〉として評判を呼び、昭和三十四年には遠山プロ全員が、今の『週刊ダンロン』の発刊準備からのメンバーになった。『週刊ダンロン』はサラリーマンを主眼に置いた誌面作りで、発行一年で堂々六十万部。あっという間に売上トップとなった。今から思えば、その頃がトップ屋の黄金期だったのかもしれない。

それから四年、遠山が初めてプラン会議を休むという。……週刊誌のひとつの時代が今、終わろうとしているのだ。

村野の住まいは、神谷町にある鉄筋コンクリートのアパートメントだ。団地と同様、

2DKの間取りで小さなキッチンがついている。だが、せせこましいのが嫌いな村野は部屋と部屋のベニヤ板のしきりを取っ払って、ひとつの大きな部屋として使っていた。この住宅難の昨今、一人で2DKの部屋を使うなんて大変な贅沢だとは思う。

玄関の鋼鉄ドアについている新聞受けから数紙の朝刊がはみ出して、一紙は三和土《たたき》に落ちていた。村野はトマトジュースの缶を、流しの下の真新しいポリバケツに入れると落ちていた朝刊を拾いあげた。

昨日の〈地下鉄銀座線爆破事件〉が一面と社会面とで大きく扱われている。村野は二日酔いで痛む頭を振りながら、ゆっくりと記事を読んだ。

〈地下鉄車内に時限爆弾　爆発、十人が重軽傷　装置の破片など押収〉と大見出しにある。午前零時の中央署長の中間発表はこうだ。

「爆発現場は五両編成の先頭車のホーム反対側、左側最後部の座席下中央部。そばには懐中時計か、かなり大きめの腕時計の文字盤が三つに割れて部品などとともに飛散していた。このほか五日付夕刊のスポーツ紙とブリキカン、乾電池の破片もあった。これらの状況から、時限爆弾のようなものを新聞紙に包んで仕掛けた疑いが濃い。また爆発力は座席下の鉄板ワクをへこませ、塗料などもはげている」（朝日新聞九月六日付）

全国紙二紙とも、過去の〈草加次郎〉事件との関連を疑っていた。そして、例の銀行員の証言、男が紙包みを持って乗っていたという情報を載せていた。これが〈草加次郎〉の犯行だと断定されたら、村野と小林の当面の仕事になるわけだ。

時計を見ると、すでに十二時半。村野は慌てて洗面をすませ、洗濯屋から戻ってきたばかりのボタンダウンシャツに黒のニットタイをつけ、カーキ色の綿ギャバの背広を着た。昨夜の背広は酔って床に脱ぎ捨てたので皺になってしまっていた。

アパートの階段を降りて目を上げると、真っ正面に、そしてすぐそばに東京タワーが見えた。赤と白の段々縞に塗られたタワーは毒々しく曇り空に屹立《きつりつ》している。今日の天気は昨日よりもはるかに涼しい。が、急にパラパラと雨が降りだしてきて村野の綿ギャバの背広に黒い雨の染みをつけた。昨夜、銀座の風が秋風と感じられたように、とうとう秋がきたらしい。思えばあっけない残暑だった。ちょうど八番の都電が来たのが見えたが、時間がないので村野はセドリックのタクシーを停めた。

談論社に着き、会議室に向かうとすでに編集長、二人の副編集長、そして坂東デスクが待っていた。遠山プロからはいつもプロデューサークラスの遠山、木島、村野、そして後藤が出席することになっている。

律義な木島は着席していて、昨夜の狂態もどこへやら澄まし顔で女子社員の運んできたお茶をすすっていた。後藤はまだだ。村野は編集長に言った。

「遠山さんは今日来られないそうです」

「聞いた。暴力団が怒鳴りこんで来たんだってな」

「何の事件なんですか」

「わからないんだ。遠山を出せ、の一点張りだったらしい」

すでに根回しも終わっているらしく編集長は驚いた顔もせずに答え、遅刻の後藤を待たずに会議が始まる。

二週間後のトップ記事を決めるプラン会議は、出席者一人ずつがいくつか案を出すのだが、その話し合いの前に昨夜の〈地下鉄銀座線爆破事件〉はやはり草加次郎の犯行、との第一報が入った。電池に「次」と「郎」のサインが残っていたというのだ。

従って〈草加次郎〉と、〈ボクシング世界チャンピオン海老原選手の成功物語〉、〈沖縄セックス天国〉という風俗ネタ、そして〈大学野球のスキャンダル〉、の四本柱と決まった。村野は小林少年と橋本とで、この〈草加次郎〉事件を追い、アンカーとして記事を書く。

それならすぐに警視庁に行くか、と腰を上げたところ、

「遅れてすみません」と、後藤が入って来た。さっぱりした顔をして、灰色の背広を着ている。真っ白なシャツの第一ボタンを開け、黒地に白のピンドットのタイは胸のポケットにたたんでいれてあった。

「もう決まったよ」

副編集長がさすがに不審げな表情で言った。後藤もまた遠山と同様、大事なプラン会議に欠席、あるいは遅刻することなどほとんどない。それを知っているから、何か遠山プロ内部のいつもと違う動きを察したのかもしれなかった。

「そうですか、すみません」と謝り、後藤はポケットからポールモールを取り出してロンソンで火をつけ、黒板に坂東が書いた項目を眺めた。

「後藤君、きみは何か案があるかね」

坂東が問うと、後藤は首を振った。いつもたちどころに二、三案は出る後藤らしくない振る舞いだった。しらけたまま、すぐにプラン会議は終わった。

「後藤君、ちょっといいですか」

坂東デスクと編集長に呼ばれて後藤が別の会議室に消えて行く。村野が見送っていると、後ろから肩をたたかれた。振り向くと小林がスクラップを持って立っていた。

「まとまったか」

「はい。昨夜、徹夜で資料室見ました」

村野はテーブルの上にスクラップを広げた。小林はあちこちの記事からかなり要領よく〈草加次郎〉のことだけをまとめていた。

昭和三十四年十二月六日　東京駅の大丸デパート五階特売場で、オモチャの花火を束にして火をつけ、人込みに投げ込み、十一人が火傷。

昭和三十五年一月一日　島倉千代子の義兄宅の玄関近くにビニール製ショルダーバッグに入った爆発物が投げ込まれ爆発。

昭和三十七年十月十日　日劇で在京華僑の貸し切り中、催涙液が床に流され満員の客、避難。

◎右記三件、〈草加次郎〉の犯行とは断定できない。ただし怪しまれる。

昭和三十七年十一月四日　島倉千代子後援会事務所（品川区北品川）に爆破装置（花火火薬とマッチ棒）郵送。事務員（二十三歳）が二週間の怪我。

同　十一月十三日　バーホステス金森洋子（三十一歳）宅（港区六本木）に同様の爆破装置を郵送。怪我人なし。（被害者を代議士金森ヨウ子と誤認したとの説あり）

同　十一月二十日　ニュー東宝劇場（有楽町）三階ロビー、ソファー上に火薬入りの紙筒を置く。紙筒をのけようとした会社員の女性（十九歳）が左手に十日間の火傷。

同　十一月二十六日　日比谷映画劇場二階男子便所内の棚の上にボール箱入りの爆雷（火薬と乾電池、弾丸）を置く。掃除婦（四十七歳）が清掃中に箱を落として爆発。怪我人なし。

同　十一月二十九日　世田谷区瀬田町の公衆電話ボックスに本（石川啄木詩集）に仕込んだ爆発物（火薬と乾電池）を置く。会社員（二十五歳）が左手に五日間の火傷。

同　十二月十二日　浅草寺境内の切り株の上に本（『犯罪カレンダー』エラリー・クイーン）に仕込んだ爆発物を置く。巡回中の警備員が発見。爆発せず、怪我人なし。

◎右記六件、いずれも簡単な爆破装置であり、ボール紙の発煙筒などに、マジックインキや鉛筆で〈草加次郎〉の署名あり。

昭和三十八年七月十五日　上野公園二号地仲町交差点の近くで、上野公園の清掃作業をしていた沢野三郎（二十七歳）が、いきなり背後から左肩をピストルで撃たれる。被害者が発射音を聞いていない、至近距離から撃たれたが貫通していない点から、上野署ではオモチャまたは手製のピストルによるいたずらとみて捜査を開始。

同　七月二十四日　東横百貨店秘書課に脅迫電話（三時頃）。「警察に通報すると時限爆弾を爆発させてやる」と現金五百万を要求。受け渡し場所（渋谷東映前）に婦警が行くが現れず。三時五十五分、東横西館九階男子便所でダイナマイト（炊飯用のタイムスイッチ、乾電池利用）爆発。怪我人なし。

（これは〈草加次郎〉の犯行と断定できない）

同　七月二十五日　上野署に〈草加次郎〉の名で、手製のピストルの弾丸一発を郵送。十五日の清掃人傷害事件で使われたものと同じものと思われる。筆跡も連続爆破事件の〈草加次郎〉と一致。

同　八月十一日　東横東館屋上すみの植え込みで爆発（四時四十五分）。約五メートル離れたところにあった金魚鉢が破損。怪我人なし。

（これは〈草加次郎〉の犯行と断定できない）

同　八月十四日　「東横百貨店長殿、親展」で爆発物入り速達小包郵送。脅迫文同封。署名は「D・A」。職員が眉毛に軽い火傷。

（これは〈草加次郎〉の犯行と断定できない）

「はっきりした草加次郎の犯行は去年の秋から冬にかけて六件あって、しばらく休み。そしてまた今年の夏から始まったってわけだな」

村野が言うと、小林がうなずいた。

「そうです。心理学者の中には、草加次郎は躁鬱《そううつ》症患者で病気の時期と犯罪の時期が一致しているのでは、という説を出している人もいます」

「なるほど。それはあり得る話かもしれない。いやに集中しているもんな」

「木の芽どきって奴ですね」

「うん。それと東横の事件はたしかに草加次郎だという証拠はなかったな」

「はい、東横の脅迫事件はダイナマイトを使っています。今までの草加次郎は皆、花火に毛が生えた程度の火薬でした」

こういう愉快犯の犯罪が多発すると、類似の事件が多くなるものだ。もしかすると「D・A」は草加次郎に影響を受けた誰かで、草加次郎は東横の事件に発奮して銀座線を爆破したのかもしれない。犯罪の相乗効果だ。

「いやな時代ですね」と小林が言った。

「ああ。社会の急激な変化についていけない奴、高度経済成長に取り残される奴、そんな奴がものすごい不満を抱えているんだろうな」

「それで爆破騒ぎを起こしてみんなが慌てる様を見て喜ぶ」

「それも軽い火傷程度ならよかった。が、昨夜は重傷者まで出した。これからどうするってところだろう」

二人が話し込んでいると、奥から後藤が出てきた。

「後藤、例の件の話か」

後藤はそれには答えず、「村善。サツまわりに行くのか」と逆に問うた。

「ああ。これから向かうところだが」

後藤はなぜかにやっと笑った。

「何か起きたようだぜ。俺の知り合いから連絡があった」

「何だ。勿体《もったい》ぶらずに話せ」

村野は後藤に詰め寄った。後藤は両手をポケットに入れたまま首を横に振った。

「内容は知らない。会議に入る前に電話があってな、桜田門で何か騒いでいるって。何でも草加次郎関連らしい」

後藤とじっくりと話したいと思っていたが、それどころではないようだ。村野は小林を連れて、急いで談論社を出た。午後三時だった。

警視庁に向かうタクシーの中で村野は無言だった。これまで後藤は、どちらかというとデータ原稿を記事にあげるのが得意な男だったはずだ。どうして急に、後藤に情報屋がついたのかと訝《いぶか》しく思った。

6

桜田門に、円筒形のドームを乗せた濃い茶色の建物がある。真上から見るとアルファベットのAが右下がりになったような形をしているはずだが、下から見上げている限りではわからない。桜田門の角地にそのAの尖った頭を突き出した格好になって聳《そび》えている。人によっては威圧感を感じるというかもしれない。それが警視庁だ。

村野と小林は正面玄関の階段を駆け上がった。そして、すぐに捜査四課の大部屋に向かった。すでに「連続爆破事件特別捜査本部」という大きな看板が掲げられていた。

その前に佇んでいると、ちょうど中央署の市川がこちらに向かって廊下を歩いて来るところだった。相変わらず開襟シャツに鳥打ち帽という格好で、その頑固そうな風貌は警視庁内でも際立っている。

「市川さん」

「ああ、あんたか」驚いたように市川は言った。目の下の隈《くま》もさらなる疲労のために深く刻まれているようだ。「村野さんとかいったな」

「そうです。市川さんも捜査本部の一員になられたんですか」

「そうさ。四課から四十三人。一課から七人。渋谷、中央署からそれぞれ四人ずつ。上野署二人、第一、第二機動隊十人ずつで八十人だ」

市川はしみだらけの手で指を折って数えた。渋谷署は東横百貨店脅迫爆発事件関連、上野署は清掃人銃撃事件関連の刑事が参加しているということだろう。随分、大騒ぎになったものだ。村野は続けて尋ねた。

「これからどこへ」

「捜査会議だ」

「ちょっと遅れをとったんですが、何かあったんですか」

「何にもねえよ」

「教えてくださいよ」

「駄目だ」

市川は乱暴に村野を押しのけると中に入ってドアを閉めてしまった。

「いいんですか」

はらはらしたように小林が言ったが、村野は首を横に振った。

「しょうがない。いずれ口を開くきっかけもあるだろう」

こういう場合は、自分でも信じられないほど気が長くなるのだった。しかし、市川という刑事の人柄が今ひとつ摑めなかった。どうも、今までの取材の駆け引きで培《つちか》われた勘が悉《ことごと》く外れていくような嫌な予感がある。

二人は七社会に向かった。七社会は主要新聞七社の警視庁記者クラブで、ここに情報は集中する傾向にあった。記者会見での代表質問も彼らがするし、記者会見場の席も一番前の列だ。その七社会に属している時報通信社の記者に村野の知り合いがいた。しかもうまいことに、二、四課担当だ。渡辺という名で、大学時代拳闘部で二年先輩だった。しか村野たち週刊誌の記者は七社会はおろか、東京記者クラブにも映画ニュース記者クラブにも入れない。言うなれば、招かれざる客なのだが、警視庁への出入りは自由なためにいつも勝手に入って来ていた。だが、七社会はさすがに敷居が高い。村野も渡辺という知り合いがいなければ、ちょくちょく部屋に入ることも、近づくこともできないだろう。

渡辺はちょうど電話中だった。村野は声をかけるふりをして真横に立った。まさかスクープはここで電話しないだろうが、もし何かネタを送るところだったら当然、聞くつもりだ。が、渡辺は誰か女に電話しているところだった。さんざん甘いことを囁いている。警視庁の電話で女と話すとはいい度胸をしている。村野は渡辺の横顔をにやにやして眺めた。

「おお、村善。久しぶりだな」

電話を切った渡辺が振り向いた。

「どうも。先輩、もてますね」

「何言ってんだ、馬鹿」電話の内容が嬉しかったのか、機嫌がいい。

「先輩、ちょっと教えてくださいよ。今、何をわさわさしてるんです」

「さすがトップ屋でも知らねえだろう」

渡辺は自慢そうに言う。

「ええ。草加次郎がどこかに現れたんですか」

「残念だな。吉永小百合が脅迫されてんだと」

渡辺は声を潜めて言った。が、ほかの社の連中は碁を打ったり、テレビを見たりしている。

「へえ」と村野はあたりを見まわした。「そのわりにはのんびりしてますね」

「うん。九月九日によ、急行十和田から百万投げろ、と言ってきたのさ。だから出動はまだまだよ」

「何ですって。もっと詳しく教えてくださいよ」

渡辺はにやっと笑ってハイライトをくわえた。机の上の大箱のマッチで火をつけると、隅のソファに村野と小林を誘った。

「吉永小百合の家から今日電話があってな。草加次郎から脅迫状が来てるって言ってきたんだ。昨日の消印で今日の昼に届いたらしい。いつもなら届けるのも少し考えたりするんだろうが、昨日の地下鉄爆破事件のニュースを聞いて怖くなったんだろうな」

「その内容は」

「詳しくはわからない。発表がねえんだもの。ブンヤが勝手に嗅ぎつけただけなんだからさ。ただわかってるのは、九月九日の急行十和田に百万持って乗れ、と。そして懐中電灯の明滅するところでその鞄を投げろっていうのさ」

「それじゃまるで映画だ」

村野は今年の夏ヒットした黒澤明の『天国と地獄』を思い出して言った。あの映画では、千五百万の包みを七センチの厚みの鞄二つに分けて入れ、便所の窓から投げろという設定だった。その窓の開く幅がちょうど七センチだから、といううまいオチなのだった。

「その通りなんだよ」

渡辺の顔に嬉しそうな表情が浮かんだ。村野は自分も似たような顔をしているのかもしれないと思う。我ながら不謹慎な男になったと呆れるが、次第にそれに慣れていく自分が恐ろしくもある。草加次郎がもっとでかいことをしてくれないか、と思うことさえある。

「それでよ、この件に関しては報道協定が結ばれそうなんだ」

渡辺が残念そうに言う。

「どういうことですか」

「つまり、草加次郎が現れる絶好のチャンスだっていうんで九日過ぎまで書かないことになったのさ」

「なるほどね。白紙待機ですか」

と口では言いつつ、こっちは週刊誌だから報道協定を無視して「抜ける」のではないか、と心が躍った。が、悲しいことにトップはトップでも、一週間遅れのトップ記事だ。

「ほかには」

「そんなとこだよ」と渡辺が図々しい村野に苦笑した。

「どうも。先輩、今度奢《おご》りますから。またよろしく」

村野が言うと、渡辺は笑いながら肩をたたいて立ち上がった。

「ネタよ、ネタ。俺にも何かネタくれよな」

「わかりました。何かあったらすぐに連絡しますから」

すべてギブアンドテイクなのだ。「他紙を抜いた」というスクープの実感を一度味わうと堪らないものだ。渡辺も村野もそれを追うことに命を燃やす。じゃあな、と手を振り渡辺は記者仲間のところに戻って行く。その後ろ姿を見ながら、村野は小林に言った。

「今の聞いていたな」

「はい、もちろんです」

小林は記者クラブの雰囲気に気圧《けお》されてか、ソファの隅で縮こまっている。

「ちょっと来いよ」村野は小林を暗い廊下に連れ出した。「お前は社に戻れ。そして去年の事件の資料をもっと集めてくれ」

「わかりました。村野さんはどうするんですか」

「取材を続けるよ」と村野は言って笑った。「連絡する。芸能デスクに吉永小百合の情報をもらっとけ」

小林が帰って行くと、村野はすぐに赤電話に向かった。ズボンのポケットに手を突っ込んで、そこにあるだけの小銭をじゃらじゃらと掌の上に出した。頭のなかに入っている番号を回す。

「はい、『週刊スター』編集部です」

若い女のはきはきした声がした。村野は自分の名を告げ、中田を呼んでくれと頼んだ。

「はい、中田ですが」

低い声ではっきりしゃべる男に代わった。中田はフリーの芸能記者で、以前歌手と政治家のスキャンダルの時に政治家秘書に口利きしてやって以来、村野とは情報のやりとりをする仲になった。

「村野だ。ちょっと調べてもらいたいことがある」

「ああ、いいとも。何だ」

「報道協定とやらになりそうなんで、オフレコに願いたい」

「わかってるさ」

と答える中田の声が弾み始めた。他人のスキャンダルが嬉しいのではない。事件が好きなのだ。事件が起きて、それをどう追いかけて、記事でどう料理するかが。

「実は吉永小百合が草加次郎に脅迫されているらしいんだ」

「ほう！」

「たぶん、今度だけじゃなくて前にもあったんじゃないかと思う。内部の事情を探ってくれないか。たしか、知り合いに小百合のマネージャーと懇意の女がいただろう」

「ああ、銀座の宝石屋な」

「そこから聞いてみてくれないか」

「わかった。『路子』で八時はどうだ」

「そうしよう」

簡潔に終わった。取材の勘所がわかっている男だ。いずれいい材料をそろえてくれるだろう。村野は電話を切り、食堂に向かった。一杯四十円のラーメンをかきこんで、編集部の橋本に経緯の連絡を入れた。話が一段落すると、橋本が「あんたに電話があったよ」と言う。

「誰からですか」

「同じ村野さんだ。出ていると言ったら、また電話するって言ってた」

兄貴か、と村野は思った。村野という名のつく親戚はもう、兄の一家しかいない。村野は礼を言って切った。そのまま兄に電話を入れようかと思ったが、仕事中は気がすまなかった。いずれまた連絡があるだろう。

気になっている件があった。適任の男を思いつき、ダイヤルを回した。

「はい弓削《ゆげ》です」とすぐに中年の男が出てきた。「どちら様?」

「村野です」

「ああ、村善か。何だ」

弓削は、以前トップ屋の仲間だった男で、今は一匹狼の情報屋兼ルポライターをやっている。

「ちょっと調べてもらいたい団体があるんですが」

「言ってくれ。書き取るから」

メモを用意する音と共に、背後から赤ん坊の泣き声がした。四十過ぎてから娘のようなクラブ歌手と結婚し、赤ん坊が生まれたために「どんな仕事でもするからまわしてくれ」と年下の村野に頼んできたのである。

「大日本建築文化振興会」

「聞いたことがないなあ。そこのどんなことが知りたいんだ」

「胡散《うさん》臭いのはわかってます。問題は誰がやっているのか、です」

「わかった。わかり次第、電話する」

「頼みます。それからもう一件。草加次郎に関連すること、ただし新聞には出ていないこと。どんなことでも」

「そうか。いいぞ！」と嬉しそうに弓削は笑った。「一件いくら？」

「情報次第です」と村野は答えて電話を切った。

腕時計を見ると、午後六時半。そろそろ捜査会議が終わった頃だ。村野は捜査四課の部屋の前に戻った。その後、記者会見が開かれることもあるが、記者クラブに所属していない村野ら週刊誌は入れない。

しばらくハイライトを吸って待っていると、ぞろぞろと課員が戻って来た。たちまち新聞記者の人垣ができる。村野も近寄って聞き耳を立てた。捜査四課長が人垣のなかでしゃべっている。塩辛い大声なので隅々まで聞こえる。

「捜査の重点は以下の三点。すなわち、①火薬、ピストル類のマニア、そのグループ。

②銃砲店や火薬類販売店関係。③目撃者。①と②については本部員の大部分を二つに分けて当たらせる」
「おい、まだいたのか」

渡辺が肩をたたき、捜査四課長に近づいて行った。が、課長は記者たちを振り切って歩いて行く。置いていかれた記者たちが諦めたように肩をすくめた。村野は急に疲れを感じて、蛍光灯の青い光に照らされた陰影のない廊下を歩きだした。

7

『路子』に八時前に着くと、カウンターの端で着流しの男がびくっとして振り返り、それから安心したように手を挙げた。髪をアイビーカット風に刈り上げて、派手な紬《つむぎ》の着流しという妙ないで立ち。一見、最近テレビでよく見る若手落語家のように見えた。遠山良巳だった。

「村善、こっちに来いよ」

横に佐江子というホステスを侍《はべ》らせてダルマを飲んでいる。どんなに金があっても、遠山はダルマしか飲まない。カウンターの中にいるママの路子は、村野の顔を見ると嬉しそうに一瞬顔を輝かせたが、いそいそと遠山の好物を並べていた。

路子は三十過ぎの、セシールカットのよく似合う美人で、遠山のお気に入りだ。遠山がせっせと通っていたせいで、軍団やトップ屋の銀座の溜まり場になっていたが、バーテンダーも置かないし、ホステスも佐江子一人の小さな店だ。

今日の路子は鋭角的な美貌を生かして、黄と黒の大胆な着物にダイヤモンドのイヤリングを光らせ、真っ赤な口紅をつけている。佐江子のほうは、女学生のような白い襟のついた紺のワンピース姿で、路子と対照的な清楚さを売り物にしていた。『深海魚』と違って、女の売りにも意匠を凝らしているところが痩せても枯れても銀座だった。

「原稿はもう終わったんですか」と村野は遠山の隣に座って訊ねた。

「ああ、ちょちょいのちょいさ」

遠山はそう言って笑った。念願の小説だから四苦八苦して書いているはずだったが、遠山は自身が苦労しているのを見せるのをひどく嫌う男だ。

「じゃ、脱稿祝いですね」

村野は神妙に言って、路子が作ってくれたハイボールを掲げた。

「おうよ」

遠山はそれに答えたが、気のせいか覇気がなかった。後藤の件を尋ねてみようかと思ったが、やはり、後藤の口から聞いておきたかった。村野は口を噤み、代わりにこう言った。

「遠山さん。小説は週刊誌よりも面白いですか」

「そりゃあ、俺は作家になりたかったのにまわり道しちゃったんだからさ、作家がいいに決まってるよ」

遠山はウィスキーを水のように飲んだ。しかし、これまでの原稿の量産がたたってか遠山は確実に体力も筆力も落としていた。それだけではなく、遠山には以前のようなオーラが消えていた。

「遠山さん……」

先日の暴力団の一件について訊こうとしたのだが、遠山が不安を隠さずに振り向いたので声をかけそびれた。

「遠山さん、お久しぶりです。ご活躍で」

いつ入って来たのか、中田がすぐ横に立っていた。黒の背広に黒のネクタイという葬式帰りのような格好をしているが、それが敏腕芸能記者・中田のトレードマークだった。

しかし、遠山はその黒ずくめの服装の中に何か不吉なものを見たのかもしれない、と村野は一瞬考えた。体の不調というよりも、心が弱っているのではないか。

「中田君か。なんだ、きみもここに来るのか。ダルマでいいか」

遠山は路子に中田にも同じボトルから酒を作るように指示した。遠山は酒の席では豪快で、払いは常にきれいだった。

「俺の仕事を頼んだんですよ」村野は遠山に断ると、奥のテーブル席を指さした。「マ

「どうぞ。村善さんのために取っておいたわ」

　路子は大きなダイヤの指輪をきらめかせて芝居気たっぷりに奥を指さした。

「ママは村善に気があるんだぜ」

悔しそうに遠山が言ったが、さほど気にしているふうでもなかった。神楽坂にまた気に入りの女ができたという噂もある。

そのまま学生鞄を持たせれば女学生のような佐江子が、二人のグラスを運んできてすぐにまた、超上客の遠山の隣に戻って行った。

「村野、面白いネタをありがとう」

中田はまず礼を言った。からだが細くて小柄だが、声が太くて大きい。線が細いのに声帯は丈夫なのだ、と自分で言ったことがある。

「どうだった」

「出たよ、いろいろ」

「そうか」

二人は話を始める前に他の客たちを見まわした。会話が聞こえないようにと顔を突き合わせる。同業者がどこで耳を澄ましているかわからない。時々、銀座のバーでは記事に書いた相手とばったり遭遇することもあり、殴り合いの大喧嘩になったりする。油断はできない。

「脅迫状はこれで五度目だそうだ。最初が五月十七日消印。次が五月二十三日。ところがそれは、八月九日にピストルを持った男が押し入ったためにこれまで来たファンレターを検分して初めてわかったらしい」

「よほど来るんだな」

「日に千通は来るという話だ。そして、さらに一通が見つかった。七月十五日消印。これは今回の急行十和田の文面と同じらしいよ。ただ日にちだけが違う」

「そして今回の九月五日消印の脅迫状か。まったく草加次郎ってのはマメな奴だな」

「小百合サイドもこれまでは悪質ないたずらと思っていたのに、今度の地下鉄爆破だろう。相当ピリピリしてるらしい」

「お前のところはどうするんだ」

「九日に向けてトップ記事を用意する」

「そうか」と村野は考えを巡らせた。「九日の首尾によってこっちは考える」

どんなに仲が良くても、また芸能誌と週刊誌で競合してはいなくても、それ以上は言えない。二人は一瞬黙り、それから目が合うとにやっと笑った。

ドアが開いて客が数人入って来た。その時ちょうど、遠山が振り向いて、入って来た客の顔を見た表情が偶然、村野の目に入った。それはたしかに、何かに脅えた人の目だった。

8

七日の新聞は一斉に〈地下鉄爆破事件　本格的捜査に入る〉と題して、昨日の捜査本部会議の捜査方針を報じていた。特に朝日新聞は警視総監の談話を載せ、〈公衆の敵、締め出そう〉と見出しを打ち、大変な力の入れようだった。

「公衆の敵」。これが今現在の、世間一般の草加次郎に対する受け止め方だった。だが、吉永小百合脅迫事件が表に出れば、その推理小説なみの騒がせ方からいって犯罪者のヒーローにもなりかねない。

新聞が毎日食べる飯だとしたら、週刊誌は嗜好性の強いおかずだ。しかし、売れるには、うまく料理してなるべく多くの口に合うようにせねばならない。村野は談論社の会議室で昨日の夕刊、そして朝刊各紙をひととおり読み、要点をまとめた。

①台東区を中心にした下町に関係がある。

清掃人銃撃事件の現場は上野公園、その時にピストルの弾を送ってきた者の氏名と住所が「台東区清水町、草加次郎」で消印が下谷局。島倉千代子後援会事務所への郵便物の消印は、「○谷局」で渋谷、四谷、下谷の三局が考えられるが前例から「下谷」の公算が強い。玉川の電話ボックス内を除き、残る七件の場所が下町に近い。地下鉄爆破のさい、乗車したのが浅草・神田間である。以上の理由。

②爆発したのは火薬ではなく、塩素酸カリ系の破壊力の小さい爆薬と推定。これまでの〈草加次郎〉が使った一連の爆破事件と同様、クラッカーやねずみ花火など紙火薬を集めたもの。

③時限装置は時計の分針を利用、単三乾電池二個を使っている。時計はオリエント社製十一石の男物腕時計。火薬の入っていたビンは食用ノリの器らしい。また、ハンダづけがきれいなことから弱電関係の技術がある。

④爆弾を包んだ新聞は「スポーツ内外」と断定。

「去年、草加次郎から脅迫状が来た金森洋子という女性ですが、この人だけが特定の個人ですね」小林がスクラップを指さした。「記事では代議士の金森ヨウ子と間違われたのではないかと言ってますけど、本当でしょうかね。この女の人の知り合いが怪しいのではないでしょうか」

「誰でも考えることだな。その女の店はどこにあるんだ」

「調べてみましょう。すぐわかりますよ」

店を探って、女の周囲を当たってみても面白い。が、とうに警察が動いているはずだ。同じことをしてもつまらないし、捜査力で敵うはずもない。トップ屋にはトップ屋のやりかたがある、と村野はそう考えることにしていた。

「熱心だな」

そこに後藤が入って来た。今日は黒のポロシャツにリーヴァイスという格好だった。素足に茶のローファーを履《は》いている。小林が感に堪えたようにつぶやく。

「後藤さんて、週刊誌の人間には見えませんよね」

「何に見える」と、広げた新聞を読み始めた後藤が顔も上げずに言った。

「はあ。六本木族って奴でしょうか。野獣会とか」

野獣会とは、六本木の洒落た店に出入りして遊んでいる映画俳優やモデルたちのグループだった。

「光栄だね」後藤は不機嫌に言って、別の新聞を取り上げた。

何のために来たのだ、と村野は後藤の顔色を窺《うかが》った。「後藤も手伝ってくれるのか」

「いや。今、橋本さんにも誘われたのだが俺は無理だと思う。あっちが忙しくなりそうなんだ」

村野は小林のほうを見て、「悪いが、コーヒーを頼む」と言った。「はい」と、気の良い小林が席を立つ。

人払いをした村野はゆっくりと後藤を見た。後藤は〈地下鉄爆破事件〉の各紙を読み比べていた。

「あっちというのは、例の雑誌の発刊準備ってことか」

「まあな。雑誌ができるまでにいろいろすることがあってな。編集部員も集めなければならないし」

「残念だな」

「悪い。このアンカーはお前なんだろう」

「ああ。でも、お前がまとめてくれるのなら俺はデータマンに徹するよ。いいデータをあげてやるから最後に一緒にやらないか」

「乗りたいところだが、俺は次の号でおしまいにするつもりだ」

そこに、弱いノックが響いて会議室のドアが開いた。「村野さんに、お電話です」

編集部特集班で雇い入れている女子アルバイトが恥ずかしそうに言いに来た。後藤がいると意識する子だった。後ろから、湯気の上がったインスタントコーヒーのカップを盆に並べて小林がついてきている。

「ありがとう。どこから」村野は立ち上がった。

「外線からです」と付け足してそそくさと去って行く。

「ちょっと失礼」村野は会議室を出た。

編集部の漆喰の壁に入った大きなひびを見ながら、女子社員の差し出した受話器を取った。

「はい、村野ですが」

「善三か」と懐かしい声がした。「しばらくぶりだな」

「ああ、兄さんか。そういえば昨日も電話をくれたそうですね。連絡しなくてすみません」

「いいよ、お前も忙しそうだからな」

兄の忠志は村野より十六歳も年上で、東京大空襲で亡くなった両親の代わりに村野を大学まで出してくれた。温厚で篤実、そのかわりに保守的で頑迷な男でもあるのだが、恩を感じている村野は今でも頭が上がらなかった。

「姉さんはどうですか」

「あんまり調子がよくない」

義姉の松子はリューマチの持病があり、最近は寝ついているという話だった。

「そうですか。それは大変だな」

「実は頼みがあってな。おまえにしか相談できんし、頼れないんだ」忠志は大きな溜め息をついた。「卓也のことなんだ」

「卓也がどうかしましたか」

「昨日から学校をさぼって、ある所に入り浸ってるんだ」

卓也は忠志の長男で高校二年生。生まれた時から一緒に暮らしてきたので、村野の甥というよりも年の離れた弟のような存在だった。

「あいつが服飾に夢中なのは知ってるだろう。アイビーだのコンチだのと、随分禁じたんだが、アルバイトして買ってくるんだ。最近は大学に行かずにファッション・デザイナーになりたいと言いだしている。古いかもしれんが俺は男がそういう仕事をするのは反対なんだ。男は大学を出て堅いまともな仕事に就く。そして揺るぎない柱となって家族を養う。それが当たり前だし、俺はそれしか認めないと言ったら、大喧嘩になって家を飛び出した」

その確執については松子から時々愚痴を聞かされていた。卓也は子供の頃からお洒落で一風変わっていた。何しろ、自由な服装で登校できるからという理由で今の高校を選んだくらいなのだから。

「俺に連れ戻してほしいのですね」

「そうだ。頼めるのはお前しかいないよ」

「わかりました。少し遅くなるかもしれませんが、行きましょう。どこですか」

と言いながら、村野は腕時計を見た。現在、午後一時。出るのは夕方になる。

「あいつの友達からようやく聞き出したんだが、坂出俊彦《さかいでとしひこ》という男のところに行っているらしい。葉山だそうだ」

坂出俊彦なら知っている。有名作家の息子で、今売り出し中のグラフィック・デザイナーだ。しかもカーレーサーでもあるし、夜遊びが派手だとも聞いていた。それこそさっきの小林の冗談に登場した「六本木族」などと言われている男だ。

どうして卓也が坂出俊彦と知り合ったのか皆目わからなかったが、兎にも角にも村野は卓也を連れ戻しに行くことを約束して電話を切った。兄の頼みとあっては断るわけにはいかない。それに吉永小百合の急行十和田事件は九日の月曜だ。今晩だけなら何とか時間を作れそうだった。

「どうした。俺は人に会う約束があるんで出かけるよ」

会議室から出てきた後藤が村野の浮かぬ顔を見て問いかけた。

「ちょっとな。後藤、お前の車を貸してくれないか。今日中に返しに行くよ」

「いいよ。今日乗ってきたんだ。そこから見えるよ」

後藤は編集部の窓から、下のみゆき通りを指さした。村野は窓に近づいて見下ろした。真新しい淡い青のMGのオープンカーが停まっていた。さすがに銀座でもよく目立ち、ちょうど若い男女が立ち止まって羨ましそうに眺めているところだった。

「新車だな。いいのか、借りても」

「使ってくれよ。ただな、エンジンのかかりはいいんだが、クラッチが重いのと、ギアがロウに入りにくい癖があるんだ。そこを注意してくれ」

「わかった。助かるよ」

後藤はにやっと笑った。「女か。『路子』のママか」

「違う。野暮用さ。それより、あの車は幾らぐらいなんだ」

「そっちのほうが野暮だな。答えたくないね」

後藤は話をごまかしてポールモールに火をつけた。村野は、それはそうと、と前置きして「坂出俊彦を知ってるか」と切りだす。

「あのデザイナーのか。坂出公彦《きみひこ》の息子だろ」

坂出公彦というのは、小学校の教科書にもその文章が出ているほど有名な白樺《しらかば》派の作家だ。が、最近はほとんど書いておらず、現役の、というよりは文学史上の作家になりつつある。俊彦は公彦の一人息子だ。その程度は村野も知っている。

「そうだ。そいつのところに行くんだが、どんな奴か知ってるか」

「芸大の学生の時に日宣美で一等を取って、デザイン界に名前が知れ渡った。今は六本木で、『トシ・アート・ディレクションズ』というデザイン事務所をやっている。年齢は三十三歳。独身。映画、演劇、ジャズ、何でも詳しくて服のセンスもいい。カーレーサーとしてマカオグランプリにも出たし、容姿がいいのでモデルもこなす。パリやロンドンから記事も送る。若い奴の憧れの的だ」

「やけに詳しいな」村野は苦笑する。その「憧れの的」に卓也が心酔しているわけだ。

「そいつの家が葉山にあると聞いているが」

「知っている。大竹早重の家の隣だ」

思ってもいなかった名前が飛び出したので、村野は一瞬言葉を飲んだ。後藤が真面目な顔で村野を見据えた。

「大竹早重さ。覚えているだろう」

「覚えているよ」もちろんだ、という言葉をこころの中で付け足した。

「そこの隣の坊やらしいぜ。どうしてそこに行く。何の事件《ヤマ》だ」後藤の目が光った。

「取材じゃないんだ。俺の甥が家出してその家に入り浸っているのさ。馬鹿な奴でな、だから連れ戻しに行く」

「なるほど。奴のパーティは羽目を外すので有名らしいぜ。文芸局の横槍がなければ、今度特集してやれよ」

「お前がやれよ」

「俺はもう……」辞めるから、という言葉を皆まで言わずに後藤は肩をすくめた。村野は黙って頷いた。

部屋の隅からデスクの坂東がパイプをふかしながらこっちを見ているのに気づいた。坂東に呼ばれて後藤の進退を聞かれた時のことを思い出し、なんだか無闇に腹が立った。後藤がまだ自分に何かを隠し続けているらしいことが癪《しゃく》に障ったのだった。

「お前、汚職《サンズイ》かなんか追いかけてたんじゃねえだろうな」

村野がつぶやくと、後藤は鼻で笑った。

「俺がバーターをやったと思ってるのか」

村野は答えずに後藤のやや細めの目を見た。汚職の取材だと、当事者からよくバーターを申し出られることがある。金を出すからその情報を公にするなという取引である。いや、取引どころか下手をすれば恐喝、あるいは汚職の仲間になる。記者としてはやってはいけない危険なことでもあった。村野の目に疑いの色を見たのだろう。

「俺は遠山さんじゃないよ」

後藤は不愉快そうに言い捨てると、村野の手の中に車のキーを押し入れてそのまま出て行った。衝撃を受けながら、村野は後藤の置いていったキーを握り締めた。

それからすぐ、村野は一人タクシーで警視庁に向かった。まだ科学検査所から結果が出ていなくて、ほとんど収穫はなかった。渡辺に何か情報が入ったら電話をくれるように頼み込んだ。

市川刑事はというと、地下鉄銀座線の各駅売店での「スポーツ内外」を買った不審な男がいないか、という聞き込み捜査に出かけているのだという。あの不機嫌な初老の鳥打ち帽の男が、昼夜を、そして土曜日曜をわかたず歩きまわっているのかと思うと、村野は内心、刑事の執念を恐ろしく感じるのだった。

9

村野は、後藤の車を取りに銀座に戻って来た。

土曜の夕の銀座はさすがに買い物客やカップルで賑《にぎ》やかだ。だが、最近は新宿に客を奪われているという噂があり、そのために百貨店が建て直しに必死なのだという。新宿は若者《ガキ》の街などといわれてはいるが、ジャズ喫茶、紀伊國屋書店、ターミナルビル、巨大な飲食店街など、新しい魅力と若いエネルギーに溢れているのは確かだった。老舗《しにせ》の多い銀座はもうすでに頂点に達してしまった街なのだ。が、歩きながら村野は何となく苛立っていた。まだ陽《ひ》のあるこんな時間には、熟した銀座にも若い新宿にも合わないものを感じて、どこにも行き場のない落ち着かない気分になる。

談論社の前に戻ると、村野は一日じゅう路上駐車してあった後藤のMGのドアを開けた。日中の太陽に暖められた革張りシートの匂いは悪くない。後藤の言ったとおり、キーをまわすと一発でエンジンがかかって轟音が鳴り響いた。買い物客が聞き覚えのない外車のエンジン音に振り返る。黒いキャンバス製の幌《ほろ》をたたみ、オープンにしてから村野はゆっくりと発進させた。

銀座通りに出て右折し、そのまままっすぐ京浜一号に向けて走りだす。就職がままならない時に、トラックの運転手でもやろうかと免許を取っていたのが役に立った。もっとも、こんないい車を運転するのは初めてだったが。

葉山まではほとんど舗装道路のはずだ。村野は国道一号を走り続け、鎌倉方面に曲がった。山に入ると日は暮れかけて道はだんだんと狭くなった。九月とあっては行楽帰りの車にもほとんど遭わない。山の夏の匂いも薄くなりかかっていた。

カーラジオをつけると、甲子園の阪神・巨人戦の実況中継が今にも始まるところだった。阪神は本間、巨人は伊藤の先発だという。まだ始まらないので選局ボタンを押すと、舟木一夫の『高校三年生』が流れてきた。村野はラジオを消した。

オープンカーで闇をからだごと切り裂いて進んで行くような気がして、気持ちが高ぶったせいだ。また、たった一人で時間を溯行《そこう》しているような寂しい気分になったのも確かだ。

村野の家は、両国で代々味噌問屋を営んでいた。子供の頃はよく、店の裏手にある暗い味噌蔵に入って妹の千代子と遊んだものだ。味噌の匂いを嗅ぐと、瞬時にいろいろなことが懐かしく思い出される。味噌を専用の匙《さじ》ですくって味見する父の真剣な顔。味噌樽を丹念に洗っていた職人たち。しかし、皆いなくなった。

村野が学童疎開で福島に行った翌年三月に東京大空襲があり、村野の生家も燃えて両親と三歳年下の千代子は焼け死んでしまったのだ。次兄の孝二はその前の年に学徒出陣で徴兵され戦死。幸いなことに、長兄の忠志だけは無事だった。すでに結婚して五反田に住み、衛生陶器を売る商売を始めていたところだったのだ。その忠志と兄嫁の松子が福島まで村野を迎えに来てくれた。村野はその時の情景を今でもはっきりと覚えている。

東京で大空襲があったことは噂で聞いていた。だから親ではなく、外に忠志が迎えに来ているのを見て、少年の村野は瞬時にして悟ったのだった。忠志はただ一言、「泣くな」と言った。村野は自分の勘が正しかったことになぜか安堵し、それから一度も泣いたことも、両親や妹の最期を問い質したこともなかった。兄の言いつけを守ったのでも我慢したのでもなく、喪失感があまりにも大きすぎて実感がなく、泣くに泣けなかったのだろう。大人になった今になって、時々悲しみの発作に襲われるのは不思議だった。失ったものの輪郭がはっきり摑めるようになったのかもしれない。

村野は兄夫婦に引き取られた。村野が十三歳の時に卓也が生まれ、その二年あとに姪の幸恵が生まれた。一緒に住んでいた村野は、叔父というよりも年の離れた兄のように二人を可愛がっていた。二人は村野の新しい絆であり、家族なのだ。特に繊細な卓也には、庇護してやりたい優しい気持ちと一人前に鍛えてやりたい気持ちとが相半ばして複雑だった。

しかし、飛んで行く闇の中に、もう忘れてしまった幼い千代子の顔が見えたような気がして村野の気は滅入っていた。

　磯の匂いがきつくなり、葉山町に入った。村野は道の左側に車を停めて、坂出家の場所を尋ねようとした。しかし、それは尋ねるまでもなくすぐにわかった。海岸通りに、延々とフォードやビュイックなど外車ばかりが駐車している場所があった。その中心が坂出家なのだった。

　御用邸のそばの一等地にあり、高い塀が外界と屋敷とを厳しく分けている。庭はそのまま海岸に達している様子で、たぶん専用の海水浴場のようになっているのだろう。屋敷の横手は山になっていて、こんもりと椿の木が生い茂っているのが見えた。

　外車の列にMGをつけ、エンジンを切ると空気がひんやりと冷えているのに気づいた。海上に出た月は空気の冷たさを示すように冴え冴えとしている。都会よりも海辺のほうが、はるかに秋の訪れは早いようだ。

　固く閉ざされた山門風の門に「坂出」と墨痕鮮やかな表札が出ている。村野はブザーを押した。数回押したが誰も出て来ない。仕方なしに、MGのバンパーに乗って塀の中を覗いて見た。

　広い敷地のなかに、数寄屋造りの母屋と、洋風建築の離れとが建っているのが見えた。大きな池があって、そのまわりに若い男女が数人いてふざけ合っている。泥酔している らしい。やがて男の一人がざぶざぶと池に入り、真ん中で平泳ぎを始めた。ひどい奴らだ。村野は呆れ、あれが卓也ならぶん殴ってやろうと決心した。その時、後ろから女の声がした。

「村野さんではないですか」

いたずらを見つけたような快活で喜びに満ちた声だった。覗きを見られた村野は驚いて落ちそうになり、塀に手を突き、バンパーの上で危うくバランスを取りながら振り向いた。

「ああ、やっぱり。……村野さん」

早重が立っていた。後藤から、坂出の家の隣に住んでいると聞いていたから会っても不思議はないはずなのに、村野はそのことをすっかり失念していたので突然の早重の出現に驚いていた。

「久しぶりです。驚きました」

村野は飛び降りて早重の顔を見た。ああ、こんな顔だったかと安心するような思いでその顔に見入った。全体的にふっくらとして目だけが鋭い、アンバランスな印象の顔。細心で大胆で、快活で暗鬱で、いろんな相反するものが同居している複雑な女の顔。

「何をしてらしたんですか」ジーパンに白いシャツを着て白のデッキシューズを履いた早重はおかしくてたまらないというように笑った。「まさか、取材とか」

「まあ、そんなようなことですが」

「ごめんなさい、余計なことを言って」

早重は口を手で押さえ、自制するように目を伏せた。だが自制が似合わない生き生きした表情は隠せなかった。

「いや、いいですよ」村野は早重が三年前に会った時とは別人のように明るいのに驚いた。「ご存じでしたら教えてください。ブザーを押したのですが、どなたもお出にならないのです。裏口はありますか」

「坂出さんのお宅ですか」早重はそう言うと、そのままつかつかと門の横に来て、くぐり戸をとんと押し開けた。「中に入って行って構わないんじゃありません？　こちらのお宅には皆さんそうしてらっしゃるようですよ」

「そうですか」

「じゃあ」

早重は会釈すると闇に消えて行った。村野はしばらくその後ろ姿を見送っていたが、気を取り直してくぐり戸から屋敷の中に足を踏みいれた。

数寄屋造りの母屋は若者の馬鹿騒ぎから身を守るようにきっちりと雨戸を閉め切り、明かりがほんの少し雨戸の端から漏れ出ているだけだった。とすると、洋風の離れのほうが俊彦の住居と考えてよさそうだ。庭を横切って離れに行く石畳が続いている。

村野は庭を横切り、自然、池に近づいて行った。さきほどの男女は相変わらず池のほとりにいる。村野と同じ年頃の男が二人と女が三人、池のほとりの石に腰掛けている。女たちは調子っぱずれの大声で『可愛いベイビー』を歌っていた。池で泳いでいた男はすでに上がり、大きな石にずぶ濡れの上着を広げて乾かしていた。

「すみません、ちょっと」

と村野は話しかけた。暗闇からいきなり男が現れたので、女が悲鳴をあげて池に入った男の後ろに隠れた。

「驚かせてすみません。坂出俊彦さんにお会いしたいのですが」

「家の中にいるわよ」

別の女が呂律のまわらない口調で答えた。皆、ひどく酔っている。池に入った男は植え込みの後ろに行って吐いている様子だった。村野はその男が有名な作曲家だということを確認していた。

「今日はパーティかなんかですか」

「そう。誕生日だって」

「こないだもそう言ってたじゃない」

女たちは笑い転げている。村野はそこに卓也がいなかったことにほっとして離れに向かって歩いて行った。

10

「ごめんください」

村野の声は大音量のビーチ・ボーイズの曲にかき消された。アルコールと煙草と香水の匂いが充満している。村野は勝手に玄関から入って行った。だが、暗いので足元が覚束ない。すぐ何かに蹴つまずいた。「痛いよ、馬鹿っ！」と女の声がするところから、床に寝ている女を踏みつけてしまったらしい。「すみません」と謝り、なおも奥に入って行くと暗い廊下の片隅で絡み合っている男女がいる。近寄って顔を見た。卓也ではない。黒いドアを開ける。

そこはリビングルームらしい広い部屋で、照明を落とし、ミラーボールがくるくる回るなかで十数人の男女が曲に合わせてサーフィンを踊っていた。以前、横浜のディスコクラブで黒人や白人の男たちが汗まみれで踊っているのを見たことがあるが、それとは随分違っていた。男も女も皆酔って服を脱ぎ、我を忘れた狂態を呈している。村野は暗闇に目が慣れると、一人一人の顔を見て卓也を探した。

卓也は見当たらなかったが、アイビーファッションを売り出して成功している松本某という男や、その教科書とでもいうべき雑誌『メンズ・アイビー』で成功している高畑という編集者、帽子デザイナーで売り出し中の女、作詞家など有名人の顔を何人か確認した。カメラを持ってきていたらスクープだったのにと意地悪く思う。タイトルは決まりだ。〈昭和の光源氏、坂出俊彦の酒池肉林〉だ。まさしく酒池だな、と村野はさきほどの池でのできごとを思い出して笑いを浮かべた。が、内心は不愉快だった。

「あんた、あれ持ってる」

目の周囲に真っ黒なアイラインを入れ、眉を薄く描いたモデル風の女が寄ってきた。そういえば何度か女性誌のグラビアで見た顔のようだ。

「何だ」

「イソブロ」

怪訝な顔をしていると女は諦めたように言い直した。

「イソブロカクテル知らないの。じゃ、ハイミナールでもいいわよ」

「持ってない」

「なーんだ」と女は本当にがっかりしたように肩を落とした。

「村野卓也を探しているんだが知らないか」

「誰よ、それ」

「俺の甥だ」

「甥？」と女は顔をしかめ、それからヒステリックに笑いだした。「何よ、それ」

「じゃ、坂出俊彦さんはいるか」

「『殿』はそこよ。指定席」

女は部屋の隅を指さした。そこにグランドピアノがでんと置いてあり、上半身裸の男が一人、その上に胡座《あぐら》をかいて全員を睥睨《へいげい》していた。間違いなく坂出俊彦だった。たしかに『殿』という名称が似合う、狷介《けんかい》さと育ちの良さが表れた風貌だった。

「坂出さん」

村野は近づいて話しかけた。坂出は大きな冷たい目で村野を見つめ返す。その目は素面《しらふ》だ。そういえば坂出の前にあるグラスに入っているのはコカ・コーラのようだ。

「すみません、坂出俊彦さんですか」

素面とわかって礼儀正しく言い直す。これをきっかけに何か仕事に影響があるかもしれないからだ。時々とんでもないところを経由して圧力がかかる。だから、村野は人と会う時はいつも慎重だった。

「そうだけど、きみは誰でしたっけ」

「突然で申し訳ありません」

村野は懐を探って名刺を差し出した。坂出は興味なさそうに見てピアノの上に置き、こう言った。

「いわゆるトップ屋って奴？　まさか、このパーティを取材にきたんじゃないよね」

「違います。私の甥を探しにきたんですが」

「甥？　どんな男？」

「高校生です」

「高校生なんか来てるのか。勝手に連れて帰ってよ。僕も誰が来て誰が来てないのかわからないから」

　随分、無防備な言い草だと思ったが、甥を連れ戻しに来たということは村野にも弱みがあるということだ。坂出はそのへんに案外、目端《めはし》がききそうだった。

「皆さん、御機嫌ですね」

「そうなの。毎月一回はこういうパーティするからあんたも来たら」

「それはどうも。ところで坂出さんはお飲みにならないで見るだけですか」

「そう。僕は飲めないから人の酔態を見るのが好きなの。ほら、あの男」

と、坂出は太った中年の男を指さした。男はちょうど若い女のロングスカートのなかに頭を突っ込んだところだった。女がきゃあきゃあ言って逃げようとしているのに、両足を外からしっかり押さえて動けなくしている。

「あれは何をしてる人間だと思う」

「さあ、教師とか」

　あてずっぽうを言うと、坂出は笑った。

「あんた天才だ。あれは大学教授。今マスコミによく出ている」

　村野は呼吸をするためにスカートから顔を出した男を、暗い照明のもとで目を凝らして見た。たしかに社会学者として有名な男だった。『週刊ダンロン』でも、近々連載コラムを頼むという噂があった。

「僕がトップ屋なら書きたいな」坂出はまるで他人の屋敷での出来事のようにクールに言った。「じゃ、あの女。あの女は」

村野は坂出の指さすほうを見た。ソファの上で、黒いブラジャーとマンボズボンという姿で踊り狂っている中年の女がいる。サーフィンの動きができずに去年流行ったツイストを踊っている。横で痩せた女が煙草を吸いながら、それをつまらなそうに見ていた。

「わかりません」と村野は肩をすくめる。

「あれは与党の議員夫人。名前を出せば誰でも知ってる議員だ。この町に住んでて退屈で死にそうになっている。しかも彼女は同性愛者だってさ」

坂出は鼻を鳴らすように笑った。

「ネタの宝庫ですね」

「そう。だけどさ、書かれたらもうパーティできないでしょ。僕の楽しみ奪わないで」

坂出は念を押すように言うとピアノの上に横たわった。釈迦の涅槃《ねはん》像のような格好だった。村野はもう一度卓也を探そうと振り向いた。その時に、ワーッという歓声とともに奥の観音扉がぱっと開け放たれた。大きな紡錐形の板に乗った少女が男たちに担《かつ》がれて登場したのだった。歓声と口笛が起こって、曲がビーチ・ボーイズからアストロノーツの『太陽の彼方』に変わり、それまで踊っていた連中が皆さっと床に座って手拍子を始めた。

「これから空中サーフィンするんだって。馬鹿だよね。ね、空中サーフィンて知ってる？」

坂出がくすくす笑って村野にささやいた。村野は答えずに腕組みをした。少女が乗っている板がサーフボードとかいう物らしい。その板を海水パンツ一枚の若い男たち四人が支えて立っている。少女は何と全裸だ。やがて、音楽に合わせてサーフボードが縦にうねるように揺れ始めた。観客から口笛が飛ぶ。揺らしている男を見て村野はあっと声を上げた。前列に卓也がいたからだ。

「あれがあんたの甥？」と、坂出が愉快そうに尋ねる。村野が頷くと、彼は大声で笑った。「タク坊か。あいつはね、僕の事務所に出入りしていてねえ。なかなか気が利いていい子なんで連れてきちゃった。センスいいし。見所あるよ」

「まだ高校生ですから連れて帰ります」

「好きにしてよ。ただ、これが終わってからにして」

全裸の少女に懐中電灯の光があちこちから当たった。卓也たち男四人が本物の波よろしくサーフボードを揺らし、女はサーファーのように立ち上がって果敢に架空の波を乗り切ろうとしている。乳房は小さいが腰が張ってきれいな肢体だった。が、顔に生気がなくて目がぼんやりしている。ラリってるな、と村野は思った。

それにしても、卓也はなんて馬鹿なことをしているのだ。さすがに情けなく、あとで張り飛ばしてやる、と拳を堅く握った。その時、嬌声がした。少女がボードから転がり落ちて、ケラケラと笑いだしたのだ。それを機に会場は元に戻った。

「馬鹿みたい」

坂出がげらげら腹を抱えて笑っている。

「じゃ、余興が終わったようなので連れて帰りますから」村野は坂出に言った。

「あ、ちょっと」村野が振り返ると、坂出は腹のあたりを掻きながら言った。「あんたも知ってるだろうけど、うちの親父はお宅の会社にもコネがたくさんあるよ」

「知ってます」

「だから書いても無駄だからね」

「わかっていますよ」

村野はむかっ腹が立った。談論社はもともと文芸路線の会社なので、文芸局の力が強い。だから『週刊ダンロン』でも作家のプライバシーを書くのはタブーとされていた。それをわかって坂出は念を押すように恫喝しているのだ。結構したたかな奴だ、と村野は坂出を見返したが、すでに興味をなくしたように坂出は涅槃のポーズに戻っている。

「おい!」

村野は、床に座り込んでぽかんと大人たちの酔態を見ている卓也の肩をたたいた。また室内は暗くなってミラーボールがまわっている。一瞬、何事かというように卓也は顔をひきつらせた。そして、それが村野だとわかるとさらに情けない顔つきになった。

「おい、恥を知れ」

「善兄さん！」卓也と幸恵の兄妹は、若い叔父の村野のことをこう呼んでいた。「どうしてこんなところに」

「お前を迎えに来たんだ。外に車を停めて待ってるからな。すぐに出てこい」

「わかった」

卓也は案外おとなしく頷いた。親の忠志には反抗しても、村野の言うことはいつも素直に聞いた。兄のようでいて斜めの関係というのが程よい距離なのかもしれない。

帰りに池のほとりを通ると、さっきの五人はどこかに行ってしまっていた。だが、植え込みの陰の吐瀉物《としゃぶつ》が饐《す》えた臭いを放っている。村野は顔を背けた。


村野がＭＧの横で五本目のハイライトを吸い終わる頃、木戸が開いて卓也が出て来た。五分袖のピンクのボタンダウンシャツにマドラスチェックのバミューダショーツ。髪はきれいに整えて櫛目が入り、ＶＡＮの紙袋を持っている。卓也は車を見て目を輝かした。

「すごい車だね、善兄さん。これ、ＭＧＡ１６００だろう。どうしたの、買ったの？」

「後藤に借りたんだ」

「後藤さん、すごいな。僕はＭＧＢ１８００のほうがいいと思うけど、あれはちょっと手が出ないしね。ふうん、色も悪くないな。ＭＧは赤が似合うと思っていたけど、これもいいよね」

村野は反省の色のない卓也を一喝することにした。

「おい、卓也。あんなことをするには十年早いぞ。お前が稼いでりゃどんな馬鹿騒ぎしようが俺は関係ないがな、今はすねかじりじゃないか。どうしてもやりたきゃ、家を出てやれ！」

村野は近づいて卓也の襟首《えりくび》をつかんだ。卓也は背が伸びて村野とほとんど背丈は変わらないものの、まだ細い。

「わかってるよ」と横を向いて不貞腐れたように言う。

「殴られずにすんでありがたく思えよ」

「殴ってもいいから、今日のこと親父には言わないでくれよ」

「言えるもんか」呆れて村野は襟首を締めていた右手を離した。「サーフィンが聞いて呆れる」

卓也はボタンダウンシャツの襟元を直し、それから尻ポケットに入れた豚革のケースに入ったステンレスの櫛で髪をとかし始めた。応えてないな、と村野は甥を睨んだ。が、心のどこかではおかしかった。

「今にあのパーティは告発されるだろう。そうすれば睡眠薬だの乱痴気騒ぎだのが表に出る。そしたらお前も補導されて退学になるんだぞ。そこまで覚悟しているのなら何も言わない」

「あんなパーティだとは知らなかったんだ。俺、坂出さんに憧れてて、そしたら家に来ないかって誘われてさ」と卓也は言い訳するように言った。

「舞い上がったってわけだな」

「そんな言い方するなよ」と卓也は拗《す》ねたように横を向いたので、「馬鹿野郎」と堪え切れずに村野は卓也の頰を平手で打った。

「痛《い》ってえっ。何すんだよ」

卓也は片手で打たれた頰を押さえたが、村野はもう一度襟首をぐいっと摑んだ。

「今のは親父の代わりだ。お前がどんな道に進もうと俺は構わないが、親父を納得させてからやれ。お前の親父は恥に関しては一生許さない男だぞ。そしたら好きな道に行くにも相当の覚悟がいるようになる」

「……わかったよ」

分が悪いと見たらしい卓也が意外にも神妙に頷いたので、村野は許してやることにした。

「じゃ、帰るぞ」

すると、卓也がおずおずと言いだした。「善兄さん。頼みがあるんだ」

「何だ」

「あの子も送ってやってくれないか」

卓也が手招きすると、様子を窺っていたらしい少女がゆっくりと木戸の陰から出てきた。腕を剝《む》き出しにした黒いセーターに、白のだらんとしたロングスカート。安物の白い靴を履いて流行のビーズバッグを持っていた。目がぼんやりしているので、さっきのサーフボードの上に乗っていた娘だということに気づいた。

「タキっていうんだよ。この子も帰りたいんだってさ」

「構わないが、乗るところがないぜ」

村野はMGを指さした。座席が二つしかない。

「いいよ、僕がトランクに入って行くよ。ね、おいで」

卓也は優しくタキという娘の腕を取った。思わず、こいつは惚れてるのかな、と村野は甥の顔を見た。

結局、二人を無理やり座席に押し込んで村野は車を発進させた。坂出の家で今まで何をしていたのか、タキは車が走りだすなり安心したように眠りこんでしまった。卓也の腕に抱かれるようにして、実に窮屈そうに座っているのだが熟睡している。

「この娘、ラリってたんじゃないか」

「うん。そうだと思う」

卓也は心配そうにタキの顔を覗きこんだ。寝顔はあどけなかった。

「あそこで知り合ったのか」

「うん」

「あんなところにいるなんて、どういう娘なんだ」

村野は卓也の顔を見た。卓也は湘南道路の行く手の左側に広がる黒々とした海を見ている。

「さあ」

「言いたくないのか」

「いや、ほんとに知らないのさ」と卓也は大人びた口調で言った。「ねえ、善兄さん」

「何だ」

「来年は東京と横浜の間に高速道路ができるんだろう」

「らしいな」

第三京浜という自動車専用有料道路が建設中なのは村野も知っている。そうなれば随分と東京・横浜間が近くなるのだそうだ。

「東京じゅう、高速道路がめぐらされてアメリカみたいになるんだろうか」

「アメリカがそうかどうかは知らんが、作られるのは確かだ。東京は醜くなるよ」

村野は日本橋の景観を思い出して言ったのだが、卓也は夢見るような声で反論した。

「そうかなあ。これからはハイウェーで前の車のテールランプがきれいだなあと思ったり、海の向こうの工場地帯の光がきれいだと思ったり、そういう時代になっていくんじゃないかな」

村野は、十七歳の卓也の感覚がたぶんこれからの主流なのだろうと思い、何も言わなかった。が、焼け野原になった東京にぽつぽつと建物が建ち始めた時は嬉しかったものだ。それがどんな形だろうと、新しい建物なら構わなかった。そんな時代のことを卓也に言ってもわからないだろう。急に自分が老けたような気がする。

横浜バイパスを抜けると早かった。村野は途中、横浜の馬車道にあるレストランに寄って、二人にピザを食べさせた。その間、二件電話をかけた。一件はまず兄。これからすぐに卓也を連れて行くと報告した。そして、編集部の橋本。

「おお、村善か。時報通信社の渡辺さんから電話があってな。電池から草加次郎の指紋が出たそうだ」

「指紋が出たんですか」

驚いて橋本に言うと、橋本も興奮している。

「そうなんだ。実はこれまでにも検出されていたんだそうだ。その指紋とも一致してるので間違いないらしい」

「そうか。面白くなりましたね。ほかに電話はありましたか」

「ない」

弓削のほうも奔走してくれていればいいのだが。村野は電話がないのを少し物足りなく思った。

「じゃ、俺はこのまま帰ります。明日はいつも通り社に出ることにしますから、何かあったらメモでも」

「わかった」

席に戻ると、タキが煙草を吸いながら寂しそうな表情で村野を見た。

「今日のこと、すみません」

初めてこの娘の声を聞いたので村野は少しほっとした。

「いいよ。君は幾つなんだ」

「十七……」とタキは年をとった女のように溜め息まじりに答えた。自分の年齢がいやでいやで仕方がないという様子だった。

「高校生？」

こっくりと頷《うなず》いたが詳しくは言わなかった。何か憂鬱《ゆううつ》なことがあるかのように眉間に皺を寄せて考えこんでいる。見比べると同じ年なのに、卓也が子供に見えた。

「どうしてあんな大人の集まりに行ったんだい」

「あたし、お人形だから」

とタキは小さな声で答え、それから何も言いたくないというように目を伏せた。顔立ちは平凡だが、伏し目がちになると睫《まつげ》が濃く長く、驚くほどきれいに見えた。骨が細く、静脈が透けて見えるほど色が白いのもタキを魅力的に見せている。

「お人形って？」

卓也が訊くと、タキは首を横に振ってフィルターまで吸っていた煙草を灰皿に押しつぶした。

11

兄の忠志の家は五反田の池田山にある。村野は坂の下で車を停めた。

「ここで待ってなさい。君も送ってあげるから」

タキはこっくりと頷いたが、そのまま東京の闇に消えてしまいそうな儚《はかな》い感じがした。同じことを感じたのか、車をおりた卓也が不安そうに念を押した。

「善兄さん、あの子、本当に送ってやってくれないか」

「わかってるよ」

「お願いします。何か不安なんだ」と言ったあと、自分の不始末を思い出したらしい。

「あ、今日はすみませんでした」と、調子よくお辞儀した。

「もういい。ただ、高校生のうちは二度とするな」

「高校生でなければいいんだろ」

「こいつはまったく……」

また叱られた卓也は応えた様子もなく、助手席のタキのほうをちらっと見ると肩を怒らせて家に入って行った。虚勢を張っているなと村野は笑い、車のところに戻ると、タキはおとなしく待っていた。

「君の家はどこだ」

「本所」

「本当だね」タキが顔を背けて言ったので真偽がわからなかった。「本所のどのあたり？」

「吾妻橋を渡ると左手にアサヒビールの工場があるんだけど、その裏手」

「わかった。俺の家は戦前あのあたりにあったんだ。懐かしいよ」

「ほんと？」タキは驚いたように振り向いて、ほんの少し顔を輝かせた。

「ああ。でも、戦災で焼けてしまった。それから川向こうには一度も行ったことがないよ」

「一度も？」

村野は頷いた。行かないように努めてきたのは事実だが、どういうわけか出かける用事もなかったし、またあっても誰か別の者が代わって行くような羽目になったりしていた。要するに縁がなかったのだ。タキは思いつめたように言いだした。

「じゃ、行かなくていいわ。あたし帰りたくないの。……ね、おじさんの家に泊めてくれない」

「おじさんか」と、村野は急に年を食ったような気がして苦笑いした。

「どうして帰りたくないんだ」

エンジンをかけて車を方向転換させながら訊く。これ以上、こんな小娘や高校生の甥に振りまわされるのはまっぴらだ。

「父さんや兄さんに殺されるから」

「つまり叱る人間がいるってことだな」

村野は頭の中で道筋を考えながら、タキに注意を払わずにつぶやいた。タキは懇願した。「お願い。あたしを連れ帰らないで」

「なら、どうして乗せてくれって言ったんだ」

「だって、帰りたかったんだもの。だけど、家はいやなの。本当に父さんは怖いんだもの。いつも飲んでるし」

「じゃ、どこに行くつもりなんだ」

村野は疲れて思わず大きな声を出した。タキは男の怒鳴り声が嫌いらしく、両の耳を塞いで脅えた顔をした。そして掠《かす》れた声でつぶやくように言った。

「どこにも行けないの。だってお金もないし、家にも帰りたくない……。でもあそこにいるのはもっと嫌だったんだもの」

「わかったわかった」村野は閉口した。「悪かったよ。見ず知らずの女の子に怒鳴ったりして。ともかく君は未成年なんだから家に連れて行くよ」

タキは諦めたように何も言わなくなった。村野は、工事中で穴だらけの外堀通りに出て、上野駅前から浅草を通って吾妻橋を渡り京葉道路に入った。

ドブのような臭いのする隅田川を渡ると、途端に街の灯が繁華街のそれではなくなってうら寂しく見えた。村野はその暗い灯が、久しぶりに隅田川を越えて自分の生家のあった場所に帰る自分を迎える、母や千代子たちの魂のような気がした。

どうしてこんな時に川を渡ったのだろうか。自然、口が重くなった。

「そこの角……」

薄い黄色のアサヒビールの工場の敷地をぐるっとまわりこみ、小さな工場が建て込んでいる一角でタキはいやいや指さした。村野は車を停め、タキが降りる支度をしているのを見ていた。鉄工所などが多い場所で、その家も旋盤でもやっているのかガラス戸の作業場が横についており、古い年式のオート三輪が前に置いてあった。あたりには鉄サビの匂いが漂っている。

「早く降りなさい」

愚図愚図しているタキを叱ると、俯いていたタキが顔を上げた。

「何か不機嫌だね、おじさん」

「いや、そんなことないよ。ちょっと昔のことをあれこれと思い出しただけだ」

「そう」と言ってから、タキはあの魅力的な伏し目になって礼を言った。「どうもありがとう」

「じゃあな」

村野は車を出して走りだしたが、タキの様子が何となく不安になりブレーキを踏んだ。

とりあえず最後まで見届けようと、少し先でタキの家の玄関先を眺める。引き戸をタキが開けて「ただいま」と小さな声で言うのが聞こえた。中に入って行く。よかった、何事もなくて、と思った瞬間、村野はとんでもないものを見た。タキの細い体がぽーんと弾き出されて空中を飛んだのだ。

「この馬鹿！　どこで何をしてたんだ！」

小柄ながら、がっしりした男が家から飛び出してきて、路上に投げ飛ばされたタキの前に仁王立ちになった。浴衣を着て、その上に半纏《はんてん》を羽織っている。これが父親らしい。裸足《はだし》で出て来たところを見ると、よほど激高しているのだろう。倒れたタキの上に馬乗りになって拳固を振り上げた。

「この不良が！　もう二度と出られんようにしてやる」

「父さん、やめてよ」

タキが必死に拳固から逃げて首を横に振った。村野は車から飛び出して行き、父親を突き飛ばした。

「やめろ！　殴るな」

「何だ、お前は。お前がこいつの男か」

「違うわよ！」

後ろからタキが羽交い絞めにしているのを肘で撥ね飛ばして、父親は村野にかかってきた。酒の匂いがした。これは駄目だ。村野はいきりたつ父親に軽く体当たりして尻餅をつかせた。そして「車に乗れ」とタキに低い声で命じた。タキは転がるように走って行く。

動けない父親の後ろで、がらがらと玄関の格子戸が開いた。襟まわりの緩んだ丸首の下着シャツに黒いズボンを穿《は》いた二十歳くらいの若い男が出て来た。これがタキの兄らしい。村野のほうを何も言わずに睨《にら》みつけている。タキをそのまま男にしたようなそっくりの面立ちだが、白目が大きく、その白さが闇に光った。

「君が兄さんか。お父さんを押さえてくれないか」

「うるせえ」と兄は低い声で言った。「てめえはどこの誰だ」

「村野という。『週刊ダンロン』の記者だ」

「週刊誌の記者が高校生をたぶらかすのか」

「何を言うんだ」

絶句した村野がタキのほうを振り向くと、タキは車の中から心配そうにこちらを窺《うかが》っている。

「先公に言いつけてやる。いいか、タキ。先公に言いつけてやるぞ」

「何を幼稚なことを。それよりも父親の暴力を何とかしろ」

「タキをどうしようとうちの勝手だろう！」

あまりの言い方に村野は思わず兄を見た。目の焦点が合っていない。その時、「この野郎！」と、倒れていた父親がかっとしたように小石を投げてよこした。それが村野の胸に当たって落ちた。

「何をするんだ」

「恥さらし！　もう二度と帰ってくるな」

父親が車に乗り込んだタキに向かって、もうひとつ石を投げつけて怒鳴った。カン！　とホイールキャップに当たったらしい音がする。兄は腕組みをしたまま、焦点を結ばない目を光らせて村野を睨《じ》みつけている。

「早く逃げよう！」と焦れたようにタキが叫んだ。とんでもない一家だ。村野は呆れて車に駆け込み、とりあえず自分の部屋に戻ろうと急発進させた。タキはほっとしたように座席に身を沈めて目を閉じた。

12

タキは車の中でひとことも口を利かない。村野は村野で、とんでもないことになったと内心憂鬱だった。しかし、タキにはその顔は見せなかった。不良で碌《ろく》でなしの娘かもしれないが、さっきの出来事はやはり可哀想に思えた。

夜の街を走り、仕方なしに神谷町の自分のアパートにタキを連れ帰った。とりあえず今晩はここに泊めて、自分は後藤のところにでも行くつもりだった。

「さあ、入っていいよ」

村野は部屋の鍵を開けた。今日は朝から出ていたので散らかしっぱなしだったが、タキはほっとしたように中に入り、すぐにソファに猫のように丸くなって座った。白いスカートが転んだ時の土埃で茶色く汚れている。

「おじさん、サンキュー」

「今晩はそのベッドで寝ていいよ。一晩たてば親父さんも酒が醒めるさ。そしたら許してくれるよ」

「あんな親父、許してくれなくてもいいわ」

タキは唇を歪《ゆが》ませて煙草をくわえた。もう薬に酔っているような目はしていないが、やはり何か心配事があるような不安な色があった。父親とのことがひっかかっているのだろう、と村野は思った。

「ジュース飲むかい」

村野は冷蔵庫からトマトジュースを出してやったが、タキは振り向きもせずに勝手にテレビをつけ、十六インチのカラーテレビだと喜んでいる。そして、煙草を片手にチャンネルをガチャガチャと乱暴に回した。

「地下鉄爆破事件の犯人、〈草加次郎〉の指紋が検出されました。これはほかの数箇所の現場で発見された指紋とも一致し……」

というニュースが耳に飛び込んできた。村野は耳をそばだてる。

「替えていい？」

関心がなさそうにタキがチャンネルを替えようとするのを、そのまま手で制して村野は画面を見続けた。ニュースは、草加次郎の指紋が検出されたことによって、捜査本部は前科者の指紋との照合を急いでいると報じていた。村野はテレビの音量を絞ると、弓削に電話を入れた。

「もしもし、村野です」

ちらとタキのほうを振り返ると、つまらなそうに煙草を潰して村野の本棚を眺めている。

「ああ、あんたか。連絡入れなくてすまん。子供が熱出してね」

弓削はあまりすまなそうでもない口調で言った。彼の背後はしんと静まり返っている。

村野はメモ帳を取り出した。

「家庭を持つと大変ですね」

「そうなんだ」弓削は重々しい口調で答える。「だけど、家長になるってのは気分がいい」

「それはよかった。ところで、例の件はどうしました。忘れないで電話してください」

皮肉に聞こえたかもしれない、と思いながら村野はやんわりと弓削の怠慢をなじった。

「ああ、すまん。草加次郎の件だな。今ニュースで見たんだが、指紋が出たらしいじゃないか。やっぱり、こいつは素人かもな。ま、それを裏づけるような情報が二件ほどあるんだ。メモの用意はいいか」

「ええ」村野は電話を肩と首に挟んでサインペンのキャップを器用に外した。

「まず、こいつが草加次郎に間違いない、と言われている男がいるんだ。そいつは、ガンマニアで火薬の知識もかなりあるらしい。新橋の飲み屋でいつも草加次郎の手口を説明するんだそうだ。で、上野に住んでいるらしい。みんなあいつが草加次郎に違いないと言ってるとか」

「そんなのはどこにでもいますよ。そいつの摑んだ徳利を持っていけば指紋照合でおしまいです。たぶん、シロです」

弓削は大きな声で笑った。

「たしかにな。ま、一応巷間の噂として伝えておくぞ」

「そんな程度じゃ駄目ですね」

「まあ怒るな。昨日の今日だからな。それからな、ある文芸雑誌の集まりで『草加の次郎』というペンネームを使っている奴がいるそうなんだ。それも数年前かららしい」

「ほう」と村野は眉を上げた。「それは面白い。もっと調べてください。それを見て犯人が使ったのかもしれない」

「そうか。気に入ってくれたか」弓削はまるで商品を売る人間のように悦に入っている。

「そうそう。明日の朝、警視庁に各社の四課担当が呼ばれているそうじゃないか。日曜だってえのに。小百合の報道協定の件だろうな」

「弓削さんも小百合の件を知ってるんですか」

「今日、いろいろ電話をかけた時に耳に入った」

「そうですか。しかし、明日の朝の招集のことは知らなかったな」

村野はメモに書いた。報道協定が結ばれそうだとは聞いていたが、今日の午後に警視庁に行った時には拾えなかった情報だ。明日の朝は警視庁に行って渡辺を捕まえねばならないだろう。それにしても、吉永小百合の脅迫事件が凶悪だからといって、日曜の朝に四課担当記者が呼び出されるほどの事件とは思えない。何かあるのだ。村野は考えこんだ。

「おい、どうした」

呑気な弓削の声が聞こえた。村野は、われに返った。

「助かりましたよ。じゃ、また電話します」

切ろうとすると、弓削が遮《さえぎ》った。「おっと、もう一つの件はいいのか」

「………」

「大日本建築文化振興会だろ。あんた、自分で頼んで忘れたのか。それが最初の依頼だったんだぜ」

「そうだった」村野は苦い顔になった。後藤の調査をしたことに若干、良心の呵責《かしやく》を感じたからだった。「それでどうでした」

「俺には建設業関係にいい情報屋がいてなあ。そいつに聞いた。これがなあ、聞いて驚くなよ。やはり俺が胡散臭いと睨んだとおりなんだ」

弓削は勿体ぶった。村野は苛々してサインペンの尻を齧《かじ》った。

「その団体はな、小島剛毅《ごうき》のやっている法人だ」

「小島剛毅……まさか」

村野が絶句していると、弓削は知らないのかと思ったらしく得々と説明を始めた。

「右翼の総会屋だ。齢《よわい》六十三。戦争犯罪人として裁判にかけられた過去もある。背後に大暴力団の国東会がついているのは周知の事実だ。とんでもない大物のやっている団体のひとつってわけさ。雑誌をやるんなら、たぶん広告収入だけで経営が成り立つよ。だって総会屋の雑誌なんだからさ」

「そうか……助かった。請求書はあとでまわしてください」

村野は気の重さを押し隠して電話を切った。ふと気配を感じて振り向くと、タキが真後ろに立っていた。瓶を手に持ち、白い錠剤を口に入れた。

「おい、今、睡眠薬を飲んだな」

村野は瓶を奪おうとした。が、タキはそれをさっと後ろ手に隠してしまった。

「俺の部屋でラリるな」

「ラリらないよ。こんなのハイミナールだから、たいしたことないもん。ただ、いい気持ちになって、いろんな嫌なこと忘れるだけだもん」

タキはそう言ってあどけなく笑った。村野は大きな溜め息をついた。

「ね、おじさん、何の仕事してるの」

「週刊誌の記者だよ」

「じゃ、あたしもネタ持ってるよ。書いて」

「どんなネタだ」

「知りたいのなら、今晩あたしとずっと一緒にいて。抱いてもいいよ」

村野は呆れて首を振った。タキは村野の拒否が意外だった様子で、傷ついたように声を張り上げた。

「ほんとだよ。あたしすごいネタたくさん持ってるの」

「わかったから、今ここで言えよ。女から抱いて、なんて馬鹿なことを言うんじゃない」

村野はズボンのポケットを探り、皺くちゃになったハイライトを引き出して折れた煙草をくわえた。タキは拗ねたように、まだ後ろに睡眠薬の瓶を持ったまま唇を突き出している。

「どうせ君のネタなんて芸能人のゴシップだろう。そんなくだらないことは俺はどうでもいいんだ。ともかく早く寝て、朝になったら出ていってくれ。眠れないのならクスリでも何でも飲んでくれよ。風呂は勝手にわかしてくれ」

村野がきつい口調で言うと、タキがはっと顔を上げた。村野が出る気配を察したらしい。

「ここを出る時は簡単だ。このドアボタンを押してそのまま閉めればロックされるから。鍵はいらない。いいか、出る時にドアボタンを押すのを忘れないでくれよ」

村野は新式のロックボタン式のドアについて説明して、さっさと歩きだした。するとタキが慌てたように玄関先に走ってきた。おろおろしている。

「ねえ、行っちゃうの」

「ああ。二人じゃよく寝られないだろう」

「お願い、行かないで。あたし怖いの。殺されるかもしれない」

「何言ってるんだ。どうして君みたいな高校生が殺されるんだ」

村野は思わず笑った。そういえば、さっきは親父に殺されると口走っていた。だが、タキは村野にむしゃぶりついてきた。

「お願いだから一人にしないで」

困ったものだと村野は腕の中に潜り込んできたタキを見下ろした。

「頼むよ、放してくれ」

「だからさ、あたしを抱いてもいいよ」タキは誘惑する口調になった。「おじさん、カックイイからさ。抱いてもいいよ」

そして背伸びすると、唇を村野の唇に押しつけてきた。舌がちろちろと中に入ってくる。タキの唇はひどく柔らかくて、そのまましゃぶり、嚙み切りたくなりそうな危うさを秘めていた。体が反応しそうになる。村野は肩を押さえてやめさせた。

「やめろよ。俺は高校生と寝る気はないよ」

「どうして」タキはもう息を弾ませていた。「じゃ、裸を見たくない？」

「もう見たよ」

村野はさっさと靴を履いた。タキの誘惑に負けそうな自分が怖かった。相手は高校生の少女なのに、俺は反応しかかったのだ。自尊心がいたく傷ついていた。

「いやだ、一人は嫌だよ」

タキは駄々をこねる子供のように泣きだした。村野はそれを封じるようにドアをばたんと勢いよく閉めた。

外に出ると、月夜に東京タワーが不気味に聳《そび》え立っていた。少女に誘惑されたことで村野の心も体も春の宵のような嫌なざわめきを感じていた。

村野は落ち着くまでしばらく東京タワーを眺め、それから自分の部屋を見上げた。窓に人影がそわそわと歩きまわっているのが見えた。一緒にいてやればよかったかな、と心が痛んだ。しかし、そうすれば自分はタキを抱いてしまうかもしれない。それは絶対に避けたかった。

午前零時を過ぎていたが、車を返しがてら後藤のところに泊めてもらおうと村野はMGのエンジンをかけた。青山三丁目にある後藤の住まいを訪ねる途中、まわり道して深夜営業をしている赤坂のガソリンスタンドで満タンにした。特権階級のアメリカ人のハイティーンたちが、コルベットとフォード・アングリア二台に分乗してスタンドに来ていた。何やら奇声をあげて、村野に向けて腕を振り上げた。興奮しているようだ。土曜日だからこれから横浜にでも行くのだろうか。

《ちぇっ、血が騒ぎやがって!》

村野は坂出のパーティを思い出し、顔をしかめた。

13

後藤の住まう場所は、住宅難で悩む庶民の住まいとは雲泥の差がある。青山三丁目に、半年前にできたばかりの「コーポ」という名の家賃の高い高級アパートだ。二千万円で分譲もしている、という信じられない新聞広告を見たばかりだ。

「やあ、村善。どうしたんだ」

ドアチェーンをかけたまま後藤が顔を出した。昼間と同じ格好をしている。仕事をしていたらしく、右手の掌の横が鉛筆で黒く汚れていた。後藤はいつも、2Bの鉛筆で原稿を書くのでそこが黒くなるのだ。その癖を知っている村野はちらと中を覗き、キーを見せた。

「仕事中だな。悪いが、車を返しにきた」

「やけに遅いな」

後藤は腕時計を見た。村野は、今日はいったい何のために奔走していたのか、と急に情けなくなる。

「泊めてくれよ。女に追い出されたんだ」

「誰だ。路子か」

後藤は笑いながらドアチェーンをはずした。簡素ながら、電気冷蔵庫に電気洗濯機、ポータブルテレビ、モジュラー型のステレオ、テープレコーダーまで最新型の家電製品なら何でもそろっていた。すべて気に入った物、美しい物を身のまわりにそろえておきたい後藤らしいが、金遣いが荒すぎる、と村野は思う。

「でも、ママがお前を追い出すはずはないよな」

「いったい何回それを言ったら気がすむんだ。あの人は遠山さんに気があるんだ」

「違う。遠山さんはパトロン。本当はお前に惚れてるんだ。気がつかないとは言わせないぞ」

後藤は大きなテーブルに村野を案内し、サイドボードからダルマとグラスを二つ出した。テーブルの上に広げた原稿用紙はさっさとしまった。瞬間、目を走らせた村野はそれが後藤の小説に違いないと思った。

「そうかなあ。気がつかないぞ」村野は、路子の大きなきつい目を思い出した。「俺はああいう女は立派だと思うが、あまりにもできすぎて魅力を感じないんだ」

「じゃ、どういう女がいい」

「そうだな。ひとことで言えば、途上にいる女だな」

村野は早重の表情を思い出して言った。いつもどこかの途上にいて迷っている危うい女が好きだった。でも、それはタキのように未熟で自信がないということではない。

「途上にいるってどういうことだ」

「まあいいよ。そんな話は」

「よくない」と後藤はしつこい。「その、お前を追い出した女は誰なんだ」

村野はこれまでの経緯を話してやったが、早重に再会したことは黙っていた。

「坂出俊彦はなかなかの男だとは聞いていたが本当なんだな」

「ああ。ただの坊やじゃない。自分の権力を知り抜いていて、要所要所でうまく利用する頭のある奴だ」

なるほど、と後藤は頷いた。二人はウィスキーを生《き》のままで飲み干し、また注いだ。こうして向かい合って飲んでいると、二人きりでゆっくり話したことなどこの数年で何回あったかと村野は思うのだった。いつも校了、校了と時間に追われ、学生の頃と違って最近は顔は合わせていても肝心な話をしていないことに気づく。

「いい住まいだな」

村野は広い室内を眺めた。リビングルームだけで、村野の住まい全体が入るくらいの広さがあった。外国人が多く住んでいるというので有名らしい。が、後藤は肩をすくめた。

「実はな、来年原宿に引っ越すことにしたんだ。今、コープオリンピアという建物を作っているんだが、そこを予約したんだよ」

「コープオリンピアか。高いだろう」村野はとうとう堪え切れずに本題に入った。「なぜ、そんな金がある」

「そんなに不思議か」後藤は真剣な顔になり、村野の目をまっすぐ見た。村野も視線を外さない。「今度の新しい編集長の仕事のために支度金が出てるのさ」

「右翼ってのは景気がいいんだな」村野はそう言ってグラスを干した。

「調べやがったな」

「あたりまえだろう。俺はトップ屋なんだぜ」

「何、自慢してんだ。お前は時代遅れなんだよ」

「自慢なんかしていない。俺は自分のしたいように仕事をしてきたし、これからもしていく。たまたま、この六年間が、俺の仕事と時代が合っていた希有な期間だっただけなんだ。時代遅れも何もない。俺は俺だ」

後藤はそれを聞いて静かな顔で言った。

「そうだな。お前はいつだって芯がある」

「さあ」窓から神宮の黒い森が見えた。「俺は自分に芯があるなんて思ったことは一度もない。むしろ何も持ってない人間だと思っている。そして何も要らない」

するとと、後藤がグラスにできた水滴を指でなぞった。

「逆に俺は何もかも欲しい人間なんだ。いや、ちょっと違うな。気に入った物は何もかも、と言うべきだな。気に入るということが大事なんだ」

「知ってるよ。お前は人並みはずれてあらゆる欲望が強い。すべてのことに歯止めがきかないくらいに。貪欲な人間しか作家にはなれないものな。俺は違う。ただのトップ屋だ。それでいい」

村野はウィスキーを飲み干し、グラスにどぼどぼとまた後藤が酒を注ぐのをじっと見ていた。今晩は飲んで何もかもしゃべって帰ろうと思っていた。この機会を逃してはならない、と何かが村野に命じている。

「後藤、どうして小島剛毅のところで仕事するのか教えてくれ」

後藤はゆっくりと首を横に振った。「言えない」

「どうして」

後藤は黙りこくってグラスの中に何かがいるように覗きこんでいる。村野は不思議な気分になった。

「俺の知っている後藤は禁欲主義とは縁のない男だった。何かのために口を噤《つぐ》むとか、何かのために命を懸けるとか、できない奴だった。いや、それどころか、自分の楽しみのために他人を利用することまでできる奴のはずだ」

村野は、三年前の早重を巡る出来事を思い出していた。

「言い過ぎだぞ」と、後藤は苦笑いした。「俺が命を懸けるとしたら、自分のためだ。他人から見てくだらなく思える俺の欲望、俺の趣味、俺の美意識のために命を懸ける」

「自分のためなら、右翼で薄汚い総会屋の小島剛毅と一緒に仕事をしてもいい、というわけか。札束で頬を張られたか」

村野がハイライトに火をつけて低い声で言うと、はっとしたように後藤は顔を上げた。

「俺が金のために魂を売ったと思ってるんだな。じゃ、お前はどんなことになってもそれだけはしないって自信があるのか」

「そんなことは言ってない。ただ、お前がどうしてそんなことになったのかわからないだけだ」

後藤はポールモールの箱を見て、空だと知ると乱暴に潰《つぶ》して捻《ひね》り上げた。村野がハイライトを勧めると断って、戸棚からピース缶を取り出した。缶の封を切ると、甘い、煙草のいい薫りが広がった。二人で一本ずつ吸い、しばらく経つと後藤が言った。

「……こんな俺でも、にっちもさっちもいかなくなることがあるんだよ」

「借金か」

「違う。状況が、さ」

「どういう意味だ。ほとんど脅迫でも受けているような言い方だが……」

「そうじゃない！」

後藤は苛立ったように、グラスをゴンとテーブルの上に叩きつけた。中身がこぼれて、後藤の指を濡らした。

「わかってもらえなくても構わない」

村野はこれほどまでに後藤が頑《かたく》なに何も言わないということに衝撃を受けている。静かに言った。

「わかった。じゃ、訊かないよ。だが、これだけは教えてくれ。お前は遠山さんがバーターをしているというようなことを匂わせたな。あれはどういう意味だ」

「それも言えない」

取りつく島もなかった。大学時代からずっとわかりあえると思ってきた男と、いつからこれほどの距離ができてしまったのか。後藤はポケットからハンカチを出して濡れた指を拭い、またウィスキーを足した。今日はピッチが早かった。

「おまえは変わったよ、後藤」と村野は言った。

「そうだな」と否定はしない。「俺には欲しいものがある」

「今度は何が欲しいんだ」

「手に入れられないものばかりだ」後藤は指をゆっくりと折った。「時間、満足、安息、そしてダイヤモンド」

「ダイヤモンド？」

驚いて村野は問い返した。後藤はにやっと笑った。

「お前と一緒に行ったな、あの映画。『灰とダイヤモンド』」

「ああ、覚えているよ」

昭和三十四年だったか。二人はまだ二十五歳だった。あの頃の娯楽は映画を見ることで、二人で仕事の合間を縫っては映画館通いをしていた時期だった。マルセル・カルネの『危険な曲り角』、ルイ・マルの『死刑台のエレベーター』、アラン・レネの『二十四時間の情事』、シャブロルの『いとこ同志』など一味違ったフランス映画の傑作が目白押しだった。

特に三十四年は安保の前年で、若いテロリスト、マチェクの気持ちが日本人の若者によく理解されたのだ。興奮した後藤は帰る道すがら、ずっと主人公マチェクについて語り、それからしばらく『灰とダイヤモンド』のことばかりしゃべっていた。村野も好きな映画だったが、あの主人公が瓦礫《がれき》の廃墟で死ぬシーンが他人事と思えなく辛かった。

「映画の中でマチェクと女が墓碑銘を読むだろう。『君は知らぬ、燃えつきた灰の底にダイヤモンドが潜むことを……』。美しい詩だ。覚えているか」

「ああ」

「あの言葉が心から離れないんだ。美しいもの、この世に滅多にないもの。ダイヤモンドはその象徴なんだ」後藤はそう言うと、酔ったようにがっくりと頭を垂れた。そして村野を見ると突然言った。「村野。お前は死ぬ時はどんな風景に魂が帰って行くと思う？」

「……俺は廃墟だ。マチェクのように死んでいく」

村野はどうしても、瓦礫の廃墟になった自分の家が忘れられないのだった。それが自分の原風景、その風景があってこそ、村野善三という自分が成り立っている。思い出すのは辛いが、出発点という定点を持った安心感もあるのは不思議だった。

「そうか、俺の芯はあの廃墟なのかもしれない」

謎が解けた気がして村野が独り言を言うと、後藤はつぶやいた。

「そうだ。芯は皆あるんだよ。俺が忘れられないのは上海の街だ」

もう何杯飲んだのかわからない、二人とも酔っていた。後藤の生い立ちは少し聞いたことがあった。後藤の父親は教育者で、戦前から上海で日本人学校の教師をしていたということだった。

「時々夢に見ることがある。あんな景色はどこにもないんだ。海から見るとヨーロッパで港に降り立つとアジア。わくわくする街だ。俺の魂はあそこに帰って行くんだ」

後藤はいつになくセンチメンタルだった。村野は後藤の内部を何が侵食しているのだろうと後藤の目を見た。彼の目には村野が映っているだけだった。

14

　翌朝八日は七時半に目を覚ました。

　寝不足と二日酔いでひどく気分が悪かったが、警視庁に行かなければならない。村野は昨夜そのまま寝てしまったソファから、あちこち痛む体を無理やり起こした。カーテンを静かに開けると、神宮の森の上に晴れ渡った九月の空が見えた。少しずつ透明度を増す、秋を感じさせる空の色だった。村野は伸びをしながら、昨夜後藤が開けたピース缶から一本頂戴し、ロンソンのガスライターで火をつけた。

　後藤はまだ隣の部屋で眠っているはずだ。昨夜は何時に寝たのか覚えていないほど酔い、互いによくしゃべった。が、後半は何を話したのかも記憶にない。肝心の話は聞き出せなかったが、その周辺の堀を丹念に埋めた気がして村野は満足だった。

《それでも、俺はあいつを信頼しているのだ》

　そう思いながら後頭部を指で揉《も》み、ゆっくりと寝起きの一服を味わった。

　洗面をすませ、ポケットに入れておいた黒地に灰色の細い縞の入ったネクタイを締めた。昨夜はそのまま寝たのでズボンもワイシャツも皺になっている。気にはなったが着替えに帰る時間も気力もなかった。それに、部屋にタキがいることを思うとひどく憂鬱だった。タキの雰囲気は秋晴れの日曜の朝にはそぐわない気がする。

村野は皺だらけのワイシャツを上着でごまかすことにした。少々暑いが、紺のサマーウールの上着を羽織って鏡を見る。化粧棚にコルゲート練り歯磨きやラックスの石鹸《せっけん》といったアメリカンファーマシーでしかお目にかかれない品物のほかに、オールドスパイスの白い瓶があった。


警視庁に着いたのは午前九時ちょっと前だった。

日曜とは思えないほど、すでに記者連中でごった返していた。これからヘリを飛ばして明日の作戦をたてるらしい、とか、国鉄の人間が今来ているようだ、などと記者の噂話が聞こえてきた。村野はすぐに七社会に行き、渡辺を呼び出してまず礼を述べた。

「先輩、昨日はどうも。恩に着ます」

「いいってことよ」渡辺は口からインスタントコーヒーの匂いをさせながら眠そうな顔で言った。昨夜は泊まりだったらしい。

「これから何があるんですか」

「例の小百合の件でさ、マスコミに協力させたいんだとよ」

「つまり勝手に取材で動くな、と」

「そうそう。だけどよう、そうはいかないぜ。こっちは商売だしな」

渡辺は生きのよいべらんめえ言葉で憤るように言った。

「なぜ、そんなに警察は報道協定を結びたがるんでしょうね」

「それがわからねえんだよ」

渡辺は腕を組んだ。村野は渡辺が同じことを考えていることに気がついた。

「どのみち、草加次郎ってのは愉快犯でしょう。世間を騒がせて喜んでいる奴だ。確かに地下鉄爆破はやり過ぎたが、今度の『急行十和田』で仕掛けを張れるほどの男じゃないと思うんですよ。しかも指紋も上がった。ちょっとドジすれば物証は万全だ」

「つまり、ブラフだっていうんだろ」

村野は渡辺の無精髭の生えた顎を眺めた。

「そんな五分五分の賭けに報道協定とは大袈裟過ぎやしませんか」

「そうなんだよなあ」渡辺は盛んに首を捻っている。

「ところで、吉永小百合に来た手紙の全文てご存じですか」

「ああ。写真じゃないがメモを見せてやろう。ただし明日の夜まではご法度よ」

「恩に着ます」

渡辺は村野に一枚のメモ紙を渡すと、ほかの記者たちと一緒にぞろぞろと四課長室に出かけて行った。

簡潔でわかりやすい手紙だった。が、七時十分上野発で、八時までに完了というのだから、汽車はどのあたりまで行っているのだろうか。範囲が広すぎた。それに吉永小百

9月9日　午後7時10分　上野発
青森行　急行　十和田に乗ること
進行方向に向って左のデッキに乗り
外を見ること
後の車両に乗ること
青（緑）の懐中電燈の点滅する所に
現金100万円　投下すること
8時まで完了

　草加　次郎

列車　予定通　発車しない時は
10日

合に百万とはけちな話だ。やはり本気とは思えない、と村野は考えこんだ。すると、背後から太い声がした。

「おい、村善。早いじゃないか」

芸能記者の中田だった。相変わらずトレードマークの黒の背広に黒のネクタイという姿だ。中田もあまり寝ていない様子で、目が真っ赤に充血していた。

「お前も来たのか」

「そりゃそうだよ。うちも次のトップだからね」

「小百合のほうはどうなんだ」

「すごくぴりぴりしているよ。今日はこれから小百合の家に捜査員が行って、詳しい打ち合わせをするらしい。俺は明日、小百合の家に朝から詰める」

「なるほど、大騒ぎだな。ところで、この草加次郎は本物の小百合ファンなのかな」

中田はしばらく考えてから、首を横に振った。

「違うな。ファンというのは裏切られなければ酷《ひど》いことはしないものだ。そこにあるのは愛と憎しみなんだ。愛が裏切られれば容易に憎しみに転化するが、こいつは違う。つまりだな、こいつは島倉千代子とか吉永小百合という天下のアイドルを脅すことによって、俺はそんなもの認めない、ミーハーじゃない、と宣言しているんだ」

村野は頷いた。自分の考えと同じだった。さきほどのメモを取り出して眺めながら中田に言った。

「そうだ。異常なほどの自己顕示欲がある奴だが、それが少しねじれている。ミーハーじゃない、俺はインテリなんだ、と誇示したがっている」

「うむ」と中田は腕組みをした。一層、鋭い目になる。「去年、映画館に爆発物を置いたことがあったよな。ニュー東宝と日比谷映画劇場だった。かかっていたのは『渇いた太陽』と『ハタリ!』だ。両方とも渋い好みだろう。それに、石川啄木詩集とエラリー・クイーンの小説を使ったところも素朴な自己顕示を感じさせるね」

「しかし、どこか無理があるな」

村野が言うと、中田も頷いた。「そう。ミーハーであることを必死に隠してインテリのふりをしているとも言える」

「どこか自分が正当に評価されていないという不満があるんだろうな。そして自己顕示欲も強い。だが、その表れ方にもねじれがある。人の嫌がることをすることで喜ぶ暗いねじれ、ひねくれだ」

ということは、やはり特定の個人を狙った犯罪を追うしかないだろう。昨日、小林の言っていたバーホステスの女と、清掃人銃撃事件の周囲を洗うことだ。九日の騒ぎが終わって次の原稿を書いたら、そのへんをきっちり取材しなければなるまい。

そこに一斉に七社会や警視庁記者クラブの連中が戻ってきた。皆、口々に文句を言っている。渡辺が村野に言った。

「参ったぜ。『急行十和田』への同乗取材は絶対にいけない、というんだ」

村野は絶句した。そこまで警察に規制する力はないはずだ。

「俺一人じゃ何とも判断のしようがねえよ」

渡辺は電話に飛びついた。村野は例によって横で聞き耳を立てている。渡辺は社に電話を入れて、報道規制が厳しいので自分の一存ではどうにもならない、午後から各社のキャップが呼ばれている、という旨を伝えている。村野は中田と顔を見合わせた。そこまで警察が権力を行使するということは、絶対に何かほかの材料があるのだ。

結局、午後三時頃に各社のキャップが呼ばれ、以下の取り決めがされた。
①列車内、乗客、運転士、機関士などからも一切取材はしない。②常磐線、水戸街道沿線に立ち入り取材はしない。③犯人が逮捕された場合、警視庁側は、すぐ警視庁に連行して、正面玄関で写真取材の便をはかる。また、ただちに事件の内容を発表し、現場へ案内する。このため、各社は亀有署に前線基地を設ける。④犯人が逮捕されなかった場合の記事解禁は十日午前九時半とし、この協定を破った社は全員除名とする。

これを読んで、厳し過ぎると村野は感じた。特に、報道解禁に関しての除名は専制的ですらあった。村野は週刊誌記者だから関係ないが、七社会、警視庁記者クラブ、同ニュース映画記者クラブを除名になれば、警視庁での取材活動から一切締め出されることになるわけだ。命が懸かった誘拐事件でもないのにおかしい。

午後六時過ぎ、村野が取材メモをまとめていると、市川が捜査四課の部屋に入って行くのが見えた。報告と打ち合わせだろう。相変わらず鳥打ち帽を被り、白い開襟シャツに薄い灰色の上着を着ている。目つきさえ鋭くなければ、刑事というよりは浅草あたりにたむろしている香具師《やし》に見えた。

「市川さん」村野は市川にハイライトを勧めた。市川は手を振って断った。「今日はどちらに聞き込みですか」

「上野の古物商とかさ」市川は油断のならない目で村野を睨んだ。「ま、あちこちだよ」

「どうしてこんなに報道規制をするんですか」

「どういう意味だ」

「何か出たんですか。それとも新たに脅迫されたとか」

市川は当ててみろというようにふふんと笑った。

「この間の地下鉄爆破事件の時に何か出たんじゃないですか」

「どうしてそう思うんだ」

「指紋の件も出てきたけど、もっといろんなことがわかってるはずじゃないですか。時計のこととか、電池のこととか。たいした爆破装置じゃないんだ。科学検査所の結果も出てるんじゃないですかね」

「何が言いたい」市川は細い目をさらにすぼめた。

村野は取引しようと思った。「僕も言おうと思っていたことがあるんですよ」

市川はすぼめた目を見開き、村野の目の奥にある何かを読み取ろうとした。

「何かあるなら言ってくれなきゃ困るじゃないか」

まあまあ、と村野は市川がよくやるように、相手の胸をちょっと押さえた。薄い生地を通して、市川のごつごつした胸骨に触れた。市川が不快げに振り払ったが、村野は気にしなかった。

「実は市川さんと別れてから思い出したんですが、神田駅で変な男と擦れ違ったんです。

乗り遅れまいとホームを走って行く途中で擦れ違っただけなんですが、肩がぶつかったのに振り向きもしなかった」

「つまり、あんたは神田駅で乗ろうとした。電車は発車しそうになっていたのでホームを走った。男は電車から降りてこちらに向かってきたんだな」

「そうです」

「その男が電車から降りたところを見たかね」

「いや」と村野は首を振った。「見たわけじゃない。ただ、浅草行きは入ってなかったから、渋谷行きの電車から降りてきたに違いないと思っただけですよ」

「そいつが怪しいという根拠は」

「灰色のズボンにホンコンシャツだった」

「本当か」と市川は急に村野の肩を摑んだ。

「本当です。そしてバイタリスの匂いがしていた」

「バイタリスというのはポマードかね」

「ちょっと違います。整髪料ですね」

市川はわからないらしく首を捻った。

「ともかくその匂いがしていたのだね」

「そうです。でも、ただそれだけです」

「わかってる」と言って市川は考えるような顔になった。「神田駅でもう一回聞き込みをしなくては」

「ところで、さっきの話に戻しますが」と村野が言うと、

「まあ、地下鉄の件はあんたの勘が正しいと言っておくよ」

市川は曖昧に言った。村野は、何か草加次郎のメッセージのような物が残されていたのか、と思った。

「何か遺留品があったんですか」

「遺留品とは違う。時計の裏蓋《うらぶた》に彫ってあったんだ」

「何がですか」

市川はあたりを憚《はばか》るような目つきで見まわした。

「俺のところは週刊誌だから大丈夫です。どうせ記事が出るのは来週の月曜だ」

「なるほどな。ならいいだろう。どうせ明後日には発表だからな。実は裏蓋に、『次は十日』とあったのだ」

それだけ言うと、市川はさっさと行ってしまった。

15

夜八時頃まで警視庁でうろうろしていた村野は疲れ果てて帰ることにした。明日は朝からまた取材に駆けずりまわらなければならない。村野は警視庁を出て桜田門のほうに向かった。堀から、ドブの臭いがしている。

村野はハイライトを取り出し、それからマッチを探した。すると、ズボンのポケットからMGのキーが出てきた。わざわざ昨夜返しに行ったのに、玄関先で後藤に見せてまたポケットに突っ込んでしまったらしい。仕方がない、今から返しに行こう。これがないと後藤も困るだろう、と村野はタクシーを停めた。今時珍しい観音開きドアのトヨペットクラウンだった。

後藤の部屋のブザーを押すと、昨日と同じようにチェーンをかけたまま、後藤が顔を出した。

「飲み足りないのか。入れよ」

後藤は笑いながらドアを開けた。何かいつもと違う雰囲気の匂いが漂っており、村野は驚いて中を覗きこんだ。匂いの正体は花だった。玄関先に、白い紙に包んだ鉄砲百合が置いてあったのだ。

「珍しいな」

と言いながら三和土《たたき》に入り、靴を脱ごうとして村野は驚いて立ちすくんだ。部屋に先客がいたのだ。早重が正面に立って軽く会釈している。絹らしい光沢のある枯れ葉色のドレスを着て、美しく、また大人びて見えた。

「今晩は」と、早重のほうから挨拶した。

村野は何も言わずに会釈した。何と言っていいのかわからなかったのだ。しかし、この場の雰囲気は和やかなものではなかった。沸騰していた議論をたった今止めたような熱が、どことなく残っていた。村野は後藤の目を見て、

「お邪魔じゃないのか」と、訊いた。後藤は肩をすくめた。

「構わないよ。この人は大竹早重さん。しばらく前にお前と三人で会うことになっていて……」

「ゆうべ、お会いしたのよ」

早重が遮ると、その話を聞かされていなかった後藤が一瞬、眉を上げた。「どこで」

「葉山でよ」

「ああ、なるほど。何だ、村善が言わないので知らなかったよ」後藤はそう言うと、村野に手を出した。「じゃ、キーを返してもらうよ。今、彼女を送って行くんでスペアキーを探していたところなんだ。お前が戻ってきてくれて助かった」

「そうか。すまない」

村野は二人に挨拶して、部屋を出た。エレベーターで降りる途中、後藤と早重がまだ続いていたことに衝撃を受けている自分に気づいた。何とはなしに、あの出来事で早重が後藤から去って行った気がしていたのだ。何と手前勝手な思い込みをしていたものか。昨夜、村野さんではないですか、と声をかけられたのも、後藤の目立つ車で行ったからこそ、早重は後藤の友人の村野のことを思い出したのだ。

外に出ると、村野は拡張工事中の青山通りで渋谷方向から来たタクシーを捕まえた。

「神谷町」と言うと、運転手は返事もせずに乱暴にセドリックを発進させた。蔦のからまる三一教会と、青い銅板のドームをいただく赤坂郵便局が見えてきた。タクシーが右折する。六本木通りを行くと、左手のハンバーガーインがまだ開いているのが見えた。

「すまないが、ちょっとそこで停めて待っててくれないか」

村野は仏頂面の運転手を残して、ハンバーガーインに入って行った。狭い店内に行き場をなくしたような、外国人や雑誌のグラビアから抜け出たような格好をした得体のしれない男女がたむろしていた。村野はカウンターで注文した。

「ハンバーガーを二つ持って帰りたいんだが」

待つ間、タキはまだ部屋にいるだろうかと考えていた。

「ただいま」

一応、部屋に入る前に声をかけた。が、部屋は真っ暗だった。村野は照明をつけた。男独りきりの簡素な住まいが、青白い蛍光灯の光の中に浮かび上がった。ほとんど使用しない小さな台所とそこだけ不釣り合いな大型電気冷蔵庫。部屋の隅に洋服箪笥とベッド、その反対側に本棚、ソファ。食卓はなく、大きな書斎机と椅子が真ん中に置いてある。

《やはり出て行ったか》

それがいいのか悪いのかわからなくなって、村野は昨夜タキが座ったソファの上に買ってきたハンバーガーの箱を置いた。行かないで、と懇願した昨夜のタキの姿が甦り、電話くらい掛けてやればよかったと自分の冷たさを後悔した。どうせ今頃は家に戻ってテレビでも見ていることだろうが。

しかし、昨夜のタキの父親や兄の態度が思い出されると、それもまた信じ難いような気がしてくる。家に帰れば、タキが睡眠薬に酔っていようといなかろうと、父親が酒に酔っていようといなかろうと、タキが殴られることは間違いないだろうから。この考えが妹を亡くした村野をひどく憂鬱にするのだった。もう少し優しくしてやればよかったのだ、と村野はまた思った。

そんな思いを振り払うように冷蔵庫からキリンビールを出してグラスに注ぎ、冷えかけたハンバーガーを食べ始めた。その時、電話が鳴った。

「はい、村野です」

「弓削だよ」

「あ、どうも。何か出ましたか」

村野はビールで食べかけのハンバーガーを流し込んだ。

「例の『草加の次郎』というペンネームだけどな、わかったよ」弓削はのんびり言った。

「素人文芸の雑誌があってな。そこに短歌のページがあって、『草加の次郎』という投稿の常連がいるんだそうだ」

「常連というからには、どんな奴かわかっているんですね」

「もちろん。ナントカ次郎という草加に住む六十五の爺様だとさ」

弓削はそのオチが言いたかったらしく、独りで悦に入って笑った。村野はメモに書いた。

「その文芸誌の名前は」

「『心炎』だ。ココロにホノオだ」

「難しい名だ。どんな人間を対象にしているのかな。いろいろあるんでしょう、町の同好会とか、誰か文学者が主宰しているとか」

「ああ、それか。それはだな、秩父鋼管という鉄鋼屋の同人誌だとさ。その『草加の次郎』氏は何年か前に退職はしたが、まだ『心炎』同人ではある、というわけだよ」

「秩父鋼管か」と村野は溜め息をついた。「大きな会社ですね。社員も一万はいるでしょうし。その家族も入れれば膨大な数になる」

「その膨大な数の中の誰かが『草加の次郎』という名前を見て、犯行の際の名前に使ったのかもしれないよな」

それは考えられる、と村野は思った。しかし膨大過ぎて、自分たちのような少人数のマスコミが調べることはできないだろう。そうなったら情報の網の目を張り巡らせて、何かを掬《すく》うことしかできない。警察が人海戦術のローラー作戦なら、俺達は早い情報で対抗するしかないのだ。村野は報道規制の内容を聞いてから、警察と張り合う気持ちが生まれていることに気づいた。愚かしいことかもしれないが、それが六〇年安保を経験した自分たち世代の権力不信『癖《へき》』とでもいうものなのだ。

「引き続き、そっちのほうをできる限り詳しく調べてください」

「了解。今日はこんなところだな」

「赤ん坊はどうです」

「今日は熱が下がってほっとしたよ。明日から外に出られる。いや、かみさんが不安がってな、一緒にいてくれって言うもんで」

「じゃ、お大事に」

村野は電話を切り、それから編集部に電話を入れた。まだ誰か残っているはずだ。橋本が出たので、明日の取材のことを相談する。

すっかり冷えきったハンバーガーはそのままにして、ビールだけ飲んだ。風呂を沸かし、二日ぶりに風呂に入り、何も考えずに眠れるようにと寝酒を呷《あお》ってベッドに入った。

しかし、酒の効き目は悪かった。

後藤と早重の姿が、鮮やかに、そして何度も脳裏に蘇り、村野を苦しめた。タキがこの部屋で自分を誘惑したように早重が同じことをしてくれるなら……。あの柔らかい唇が早重の物なら……。そんな想像までも湧き起こり、そのあまりの直截《ちょくせつ》さに叫びだしそうになった村野は布団を撥《は》ね除《の》けた。その感情はまぎれもなく激しい嫉妬だった。

16

翌九月九日は、各社とも夜七時十分上野発の「急行十和田」と、その夜の吉永小百合宅にすべての取材の焦点を合わせていた。

村野も午前十時には編集部に出社した。村野は警視庁の捜査本部へ、橋本と小林、それに写真部の溝口の三人は、取材の前線基地になる亀有署に出向くことになっている。吉永小百合宅の取材のほうは木島が責任者となっていた。

集合後、デスクの坂東、木島、橋本、小林と村野の五人でミーティングをした。目の前には刷り上がったばかりの『週刊ダンロン』の九月十六日号がある。村野はまず間違いがないかどうか、自分の記事に目を走らせた。橋本や木島もぱらぱらと頁を繰ってチェックしている。

「惜しいですよねえ」いきなり小林が悔しそうに言った。「すごい捜査網張って、まるで『天国と地獄』の再現を実際にするわけじゃないですか。なのに、どこの社も取材できないなんて」

今日の「急行十和田」の大捕物のことを言っているのだ。村野は『門』の出前の旨いコーヒーを飲みながら橋本に言った。

「俺は面が割れてるからな、橋本さんか小林だけでも汽車に乗れたら面白いのにな」

「無理だよ、きみ。万が一ばれたら、お仕置きが怖いだろう」

坂東デスクが真顔で言った。だが、週刊誌なのだから、新聞やテレビ局のように報道協定で厳しい制約を受けるのは悔しい。しかも、新聞社系の週刊誌とは違う色で勝負してきた『週刊ダンロン』なのだ。正論を笑うスキャンダリズムこそが権威主義から一番遠いところにいる、と村野は思ってきた。しかし、デスクの坂東は密かに旧軍センスと言われているだけあって、上からの圧力には弱いのが心配だった。

「何とか列車に乗り込む方法はないかなあ」

小林が若者らしく懲《こ》りずに言うと、坂東はむっとして歯型だらけのパイプを握り締めた。

「その件は諦めなさいよ」

「どうせ草加次郎は来ないですよ」村野は言い切った。「そういうタイプじゃないと思う。人を脅かして喜ぶタイプですよ。だから、今度の取材の主眼は、捜査陣がてんてこ舞いするところにもあるんです。そういう意味でも汽車には乗り込みたいな」

「それは面白いな」橋本も意地の悪い笑みを浮かべた。「何とか村善が乗りこめよ。上野で駄目なら、途中の駅から乗れよ」

「ちょっと可能性を考えてみますよ」

村野が言うと、坂東は渋い顔をした。

「やめたまえよ。うちは週刊誌なんだから、そんなアカ新聞もどきの真似をすることはないよ。警察と対抗して何が面白いんだ。そのことで目をつけられたら今後やりにくい」

「でも、デスクが〈草加次郎〉特集にOKを出したんですよ」と村野は念を押す。

「それはこっちで取材調査してってことだ。警察捜査の邪魔をして、とまでは言っとらんよ」

橋本と村野は目を見合わせてその話をやめた。臨機応変に遠山プロで対処していこうという目配せだった。村野はそれから昨夜の弓削の情報について話した。

「だったら、秩父鋼管の関係者かもしれないですね」と、小林は興奮した。

「それで上野で撃たれた例の清掃人とも顔見知りで恨みがあり、バーホステスの金森某にもふられていたりすると完璧なんだが」

村野がまぜっかえすと、坂東は笑ってみせたものの心配そうだった。

「この取材、無茶しないでくれたまえよ。あとで呼び出しはたまらんからな」

「わかってますよ」

じゃ、そろそろ、と村野は写真部の溝口を呼んだ。これから亀有署に出発するのだ。

その途中、村野は桜田門で落としてもらうことになっている。

談論社の裏口にまわると、いつもの守衛が社の車を呼んでくれた。

「村善、後藤がじきにやめるそうだな」

車が来るまでの間、車寄せで待っていると突然、橋本が言った。村野は頷いたが詳しく言うのは避けた。

「そうらしいですよ」

「季刊誌の編集長になるそうじゃないか。まあ、あいつはどちらかというとアンカー専門だからな。お前みたいに骨の髄までトップ屋ではないものな。しかし、駒不足になったものだ」

「遠山さんもいないし、後藤も抜けるんじゃ」

「なあ」と橋本は同意の溜め息をつく。「まったくだよ」

「橋本さん、遠山さんの件ですが。遠山さんは何の事件の取材で脅迫されたんですか」

村野は探りを入れた。橋本は首をゆっくり振った。

「それなんだが、俺にもまったくわからないんだよ。俺もお前に訊こうと思っていたくらいなんだから。遠山さんも個人的なことだと言って、絶対にしゃべらないらしい。だから、案外、女絡みじゃないか、なんて坂東が言うんだよ」

「まさか。遠山さんはそんな馬鹿な人じゃない」と村野は吐き捨てるように言った。

「じゃ、あの恫喝《どうかつ》してきた組はどこですか」

村野は黒のマーキュリーの中で村野の目を見据えていた若い男の横顔を思い出した。

「国東会だと名乗ったらしい」

「国東会……」

後藤の後ろ盾となっている小島剛毅が関係していた組だ。村野の内部で、後藤と遠山の確執がようやく像を結んだ。だが、その核心ともいうべき理由は相変わらずまったく見当もつかない。ふと、後藤が口走った遠山がバーターをしている、という噂を思い出した。後藤は絶対に遠山脅迫事件の真相を知っているに違いない。しかし、それは何故だ。

そこに車が来た。社旗を靡《なび》かせた黒のプリンスグロリアだ。道に出て待機していた小林と溝口がトランクを開けてカメラの機材を入れている。

「遠山さんは何か国東会絡みの事件《ヤマ》をやってたんでしょうか」

「いやあ」と橋本は首を振る。「お前も知っての通り、うちの特集だけだ。それに派生した問題もないはずだよ、今のとこ」

ということは、遠山だけが摑んだネタに何かあったのだ、と村野は思った。それは、もしかすると小島剛毅のことなのではないか。そこへ、小林が車のドアを開けて叫んだ。

「用意できましたよ。行きますか」

橋本と村野は手を挙げて応え、グロリアのほうに向かって歩きだした。

「村野さーん」とその時、背後から守衛が呼んだ。村野が振り返ると、「お客さんなんですが。佐藤喜八さんというかたです」と玄関を指し示している。

「先に乗っててちょっと待っててください」

村野は駆け出して社の裏口に戻った。玄関には、そのまま暗い廊下を突っ切って行けばいい。そうすれば社の、狭いが古めかしい正面玄関に出られる。しかし誰だろう、こんな午前中から、と腕時計を見ながら歩いて行くと、いきなり廊下の暗がりから男が出て来て村野は驚いた。

「おい、あんた」男は早口に言った。

「ああ、あの時の……」

タキの父親だった。酔っている様子はないが、何かを忘れてきたような虚ろな表情はタキとどこか共通していた。灰色の作業着に雪駄《せった》履きで、首に薄汚いタオルを巻いている。

「多喜子《たきこ》を返してくれよ。なあ、あんた」

「……帰ってないんですか」

「帰ってないどころか、あんたが連れてってから一度も見てねえよ」

「そうですか……」村野は内心心配していたことが当たって狼狽した。「連絡は？」

「ねえから、あんたんとこに来てんだろうが」

佐藤喜八は俯《うつむ》いた。乱暴な言葉と裏腹に、泣きだしそうに顔を歪めている。

「一昨日は僕のところに泊めました。でも、僕は友人のところに泊まったので、その後どうしたかは知りません」

「嘘つけ、この野郎！」喜八は雪駄を履いた足で玄関の大理石を蹴りながら低くつぶやいた。「……娘を玩具《おもちゃ》にしやがって」

いつの間にか守衛と受付嬢がそばで心配そうに見ている。「警察呼びますか」と守衛が言った。

「いや、いいよ。ちょっとした誤解なんだ」

「誤解じゃない、何言ってるんだ。てめえ」

喜八は村野をきっと見上げたが、タキの兄と同様、どこか焦点を結ばないいらつくような目つきだった。

「あんた、飲んでるんじゃないか」

村野が言うと、「何だとっ！」と喜八はいきり立ち、いきなり村野の顎を殴った。村野のほうが二十センチ近く背が高いので拳がアッパー気味に入り、当たりはたいしたことなかったが村野は自分の歯で唇を切った。受付嬢が悲鳴を上げた。

「何が誤解だ！　多喜子を連れ出しておいてよ。早く返してくれ」

喜八が怒鳴ると、守衛が羽交い絞めにした。「あんた、止めなさい！」

うるせえっ、と喜八はその手を振り払う。村野はゆっくりと手の甲で血を拭い、静かに言った。

「娘を殴り殺そうとしたくせに何を言う」

「俺の娘だ。何しようと勝手だろう」

また殴りかかろうとする喜八を、守衛が今度は強く羽交い絞めにした。こういうことは週刊誌の仕事上、たまにあることなので落ち着いていた。

「警察呼びました！」と受付嬢が叫んでいる。頃合を見てそう叫ぶように言われているのだ。

「呼ばれると困るのはお前のほうだろう！」

喜八はそう言うと守衛の腕を振り切り、素早く正面玄関から出て行った。

「何ですか、あれは」と、守衛が呆れたように言う。「ちょっと頭がおかしいんじゃないでしょうか」

「何でもないよ。取材上のトラブルだ」

村野はそう言って手を振ったが、いつの間にか社員が取り囲んで村野を遠巻きに見ているのに気づいた。

車に戻ると、小林と橋本が心配そうに車外に出てこちらを見ている。「出してくれ」と声をかけ、車に乗り込むと村野は黙りこんだ。

社用車はまず警視庁に向かう村野を送るため、桜田門に向かっている。全員、言葉少なだった。村野は息苦しくなって車窓から空を見上げた。空は晴れているが、昨日よりもやや涼しい。カメラマンの溝口が助手席から振り向いて話しかけた。

「今日は夕方から崩れて雨だという予報ですね」

「そうか、雨か」

「雨ならホシは来ないよ」自信ありげに橋本が言った。「日曜の人出と同じさ。どっか面倒くさいものだろう、雨だとさ。傘をさしたり、雨合羽着たり、長靴はいたりさ。面倒じゃないか。そうすると、まあいいか、この次にしようぜって気になるんだ。デートもそうだろ。小林君」

「そうですかね」と不満そうに小林が答えた。「雨の日のデートなら、新しいレインコートや傘を彼女に見せることができて嬉しいけどな」

「おいおい、女学生みたいなこと言うな」

服装音痴の橋本が呆れて言うので、車内は大笑いになった。

村野は一人、苦い顔でまだ外を眺めている。佐藤喜八に殴られた唇が少し腫れてきていた。

《タキはどこに行ったのか》

俺の知ったことではないと思う反面、未成年の娘に対してあれでよかったのか、と悔やむ気持ちももちろんあった。しかし、仕事に入ればそれも忘れてしまうだろう。

警視庁に入って行くと、刑事らしい男たちがぞろぞろと暗い廊下を歩いて行くのに出会った。皆、捜査本部に向かっているところを見ると、今日の「急行十和田」の張り込みの配置を聞きに行くのだろう。皆、緊張しており、糸が張りつめたような雰囲気だった。

村野は市川を目で探した。が、見当たらない。もうどこか張り込みに行っているのだろうか。もう少し紐帯《ちゅうたい》を強めたいと思っていたのに残念だった。顔だけ知っている捜査一課の刑事が来たので話しかけたが、徹頭徹尾、無視されて、腐った村野はハイライトをくわえた。

七社会に行くと、泊まり込み態勢三日目くらいの渡辺が、ようっと手を挙げた。今日はさすがに若手記者の応援部隊が来ている。

「今日は早いじゃねえか、村善」

渡辺は無精髭が目立ち、着ている物もよれよれでワイシャツの襟が汚れている。が、誰もそんなことに頓着していない。

「続々と刑事が来てますね」

「そうさ。午後四時出動だそうだ。大騒ぎだぜ。なんせ、国鉄に談判して何かあったら、急停車させることになったそうだ」

「すごい入れ込みようだ。草加次郎が現れればいいが」

村野はそのあたりに散らかっているさまざまな朝刊紙を眺めた。

「随分と類似の事件が起きてるようですね」

「それで忙しいのよ」

渡辺はうんざりしたように言った。たしかに、全国に何人の草加次郎がいるのかわからないほど、草加次郎の名を騙《かた》り、その犯罪を真似た事件が多発していた。その多くは、恨みをかった人間に草加次郎の名義で脅迫状を送ったり、脅迫電話をかけるという稚拙なものだったが、昨日の日曜は浅草の映画館に脅迫電話がかかって避難騒ぎがあったそうだし、自民党代議士、訪中団代表などにいやがらせ電話もかかっているらしい。

「警視庁も威信をかけて必死よ。もうどこもかしこも草加次郎ばかりで無政府状態なんだ。だから、何とか秩序を取り戻さないとどうしようもないわけだよな」

マスコミが書き立てる、犯人を騙る者が出てくる、するとどれが真犯人なのかわからなくなる、検挙率が下がる、さらにまた犯人を騙る者が出る、という悪循環だ。だから報道規制して情報量を操作し、ただ一人本物を捕まえれば、あとは雑魚《ざこ》ばかりになる。警視庁はそう考えているのだ。

「しかし、そんなにうまくいきますかね」

「いくわけねえだろ」

渡辺はそう言って村野に笑いかけたが、本音はそうではない。ここまで泊まり込みを続ければ逆に苦労が実って欲しいと思っているはずだ。ブンヤのこういう真面目さはト
「本物がな。本物が」

ップ屋にはない。トップ屋はジャーナリズムの担い手というよりは、それを元にして読み物を作るプロだ。スキャンダリズムの担い手なのだ。

捜査本部の前に立って様子を窺っていると、各警察署長が続々と入って行く。何事だ、と記者連中が色めき立った。村野は中に中央署の署長を見つけて近寄った。

「明日の地下鉄の予告爆破の件ですね」

カマをかけると、署長はうん、と頷いた。なるほど、と村野は駆けつけた記者を尻目にその場を去った。渡辺に教えてやろうかと思ったが、いずれ記者会見があるだろう。渡辺には、もっと実のあるスクープのお返しをするつもりだった。

午後四時、警視庁から刑事たちが三々五々、配置された場所に張り込みに出て行く。村野も外に出た。すでに小雨が降っていた。これは大変だ、張り込みは皆ずぶ濡れだ、と思いながらタクシーを停めた。

「亀有署」

と言うと、運転手がはっとして振り向いた。「旦那、刑事さんですか」

「違うよ」と村野は笑い、それからこう言った。「水戸街道に出るのには？」

「普通なら言問橋から入りますがね」

「悪いが吾妻橋から行ってくれないか」

「わかりました」

運転手はセドリックのコラムシフトをロウに入れた。村野は黙って窓の外を見ている。

タクシーは外堀通りから江戸通りに入り、戦前の姿とあまり変わらない松屋デパートを左手に見て、三十番の都電と伴走しながら吾妻橋を渡った。村野は左側のアサヒビールの工場の高い塀を眺めた。この裏手にタキの家があり、つい一昨日この川を渡ったのだ。

　その時に村野は戦前、本所に住んでいたこと、橋を渡ったのは戦後初めてだ、とさして関心のなさそうなタキに話したのだった。そのタキはどこかに消え、二日後に自分はまた、隅田川を渡っている。村野は、九月五日の夜、草加次郎の地下鉄爆破事件に遭遇して以来、自分の運命が少しずつ変わっていくような気がするのだった。

　車は本所吾妻橋から水戸街道に入り、向島を抜けて四ツ木橋で荒川を渡った。亀有に近づいていた。

17

　亀有署の前にはすでにたくさんの報道陣の車が停まっていた。

　ビュイック、シボレー、クライスラー、ダッジ、プリムス、珍しいところではスチュードベイカーなどの大型アメリカ車に混じってクラウン、ブルーバード、コロナなどの国産車も目につく。

警察署の中に入ると、電話を引いた報道陣の部屋がちゃんと設《しつら》えてある。

「村善、早かったな」橋本が部屋の隅から声をかけた。「すごい報道陣だろう」

「ちょっとした外車ショーですよね」と、小林が興奮した様子で付け足した。

「奴《やっこ》さん、亀有に住んでたら腰抜かして来ないんじゃないですか」

村野は笑い、窓から下を見た。数えると報道陣の車はとっくに三十台を越えていた。これからも増えそうだ。その車の列に、黒い幌を下ろした薄い青のMGが停まっているのを見て村野は驚いた。後藤が来てます、と橋本に言って階下に降りる。すると、ちょうど後藤が正面玄関から入ってきたところだった。砂色の背広の肩に雨の染みがついているのを気にしてハンカチで拭いている。

「後藤、お前の仕事はいいのか」

ハンサムな後藤は婦警にじろじろと見つめられながら、村野に向かって手を挙げた。

「うん、大変そうなので応援に来た。というか、ま、大捕物を見に来たのさ。ここの捜査本部は？」

「二階の奥らしいが、誰も入れない。厳戒態勢だ。これほどのことも珍しいな。安保以来じゃないか」

二人は肩を並べて薄暗い廊下を歩き始めた。

「草加次郎に挑戦されたと思って、警察はムキになっているのさ」後藤は、いつものんびりした口調に隠しているのに、今日は烈《はげ》しさを面に露《あらわ》にして言った。「それにしてもブンヤもだらしがないなあ。このあいだの七社共同宣言みたいに大同団結しやがって」

後藤は、昭和三十五年六月十五日に東大生樺美智子《かんばみちこ》が死亡して安保闘争が頂点に達した十七日、新聞七社が「暴力を排し、議会制民主主義を守れ」と共同宣言を出した時のことを言っているのだ。あの時、週刊誌の人間は皆、新聞の『良識』に憤ったのだ。

後藤はやはり筋金入りのトップ屋だと村野はなぜかおかしかった。

「どうした、浮かない顔だな」後藤は村野の唇の傷を見咎《みとが》めて言った。たいしたことはないが、切れた跡が残っている。「喧嘩でもしたのか」

「違う。だが、ちょっと問題が起きた」

村野は佐藤喜八が談論社までやって来て、タキが家に帰って来ないという理由で自分を殴った話をした。

「で、その娘の行方は？」

「俺が知るわけがないだろう。うちを出たきりさ。俺はもうとっくに家に戻ったものと思っていた」

「どっか男のところにでもしけこんでいるんだ。でなきゃ、深夜喫茶だ」

「あり得るな。どこの盛り場に出入りしていたのかな」

「新宿じゃないか。睡眠薬中毒の娘なら、『凮月堂《ふうげつどう》』あたりにたむろしてるぞ。そんなタイプなんだろう」

後藤はポールモールを出して火をつけながら言った。

「探しに行くか」

村野が腹を決めたように言うと、後藤は笑った。

「お前の責任じゃないよ。そんな娘、ほっとけ」

「しかし……」

「何だ、お前、手を出したのか」

「いや、相手は子供だ」

「そうだな」と後藤は揶揄するような表情になる。「お前はガキは嫌いだものな」

「ただ、ちょっと気になっていたことがあるんだ」

後藤は何だ、と真剣に村野の顔を見た。後藤の感覚は村野のそれとうまく呼応する。

「その娘がいやに脅えて自分は殺されるとか、いろんなネタを知ってる、とかそんなことばかり言うんだ」

「妄想だ。クスリのやり過ぎだぜ、それは」後藤はにべもない。「それに坂出俊彦の乱痴気パーティに出てた娘なんだろう。なら、芸能人のスキャンダルくらい目にするだろうさ。例えば映画俳優の大橋啓太郎が露出症だなんて、俺たちにしたらみんな知ってる常識だろう。だが、そんな娘には驚くようなスキャンダルに見える。往々にしてその程度のことなんだよ」

そうかな、と村野がつぶやくと、そこに橋本が降りてきた。

「後藤も来てくれたのか、よかった。なら俺はこれから警視庁に行くことにするよ。もう村善は警視庁に戻らなくてもいい」

「じゃ、俺たちはここに八時過ぎまでいることにしますから」

橋本はそのまま出て行き、表通りでタクシーを探しているような後ろ姿が見えた。村野は腕時計を見た。午後五時半。外はまだ暮れてはいないが、雨のせいでかなり暗くなっていた。

「おい、今電話を一本入れたら、車で捕物の様子を見に行こうぜ」

「よし、どの車だ。俺のか、それとも社用車か」

「そうだな」と村野は考えた。グロリアではいくら社旗を外しても、やはりマスコミに見えるだろう。「ちょっと派手だがお前の車で行こう」

カメラマンを連れて行ってもフラッシュを焚けばマスコミとばれてしまう。それなら、まったく関係のない顔で見物に行ったほうがよい。その前に村野は廊下の隅にある公衆電話で兄の忠志のところに電話をした。卓也がそろそろ学校から帰っている時分だと思ったのだ。

「善三です。御無沙汰しています」

村野は電話口に出た義姉の松子に挨拶した。松子は優しい声で村野の近況を尋ねた。

「僕は元気にしてます。卓也はいますか」

しばらく時間が空いて、ようやく卓也が出てきた。

「善兄さん、一昨日はすみませんでした」と言葉ばかり殊勝だが、声音はやや不貞腐れていた。近くに母親がいて聞いているせいかもしれない。

「今日は真面目に学校に行ったんだろうな」

「行ったよ」

「親父に殴られたか？」

「うん、まあね」と言葉を濁したところを見ると、忠志に相当やられたに違いない。村野は署内を抜け目なく観察している後藤の後ろ姿を見ながら、本題に入った。

「ちょっと訊きたいんだが」

「何？」

「こないだお前と一緒に送ってやった娘がいるだろう。タキとかいう」

「ああ」と卓也はたちまち警戒するような声になった。「それが何か」

「あの娘が行方不明だと父親が俺のところに来たんだ。何か知らないか」

「何かってどんなこと？」

「いつもどこで遊んでいるとか、そんなことだ」

「新宿あたりって聞いたけどね。でも、時々銀座にも行くってさ」

「銀座のどこだ」

「わからないな。そんなこと僕に訊かれても」と卓也は非協力的だった。村野は諦めた。

「まあいい。もし万が一お前に連絡があったら、俺に電話しろ。いいな」

「わかったよ」

村野は電話を切った。と、同時に後藤がこちらを向いた。「早く行こうぜ」

二人は幌を降ろした後藤の車で、雨の水戸街道を北上することにした。とりあえず、荒川の河川敷に行ってみることにしたのだ。後藤に運転させて、村野は地図を睨んでいる。

警察側の発表では、上野駅七時十分発で八時までに列車が進む距離ということで、だいたい土浦までの六十九・四キロを範囲とし、あらかじめ八日にヘリコプターを飛ばして張り込みのポイントを空から調査したという。ポイントが決まると、都内が百六十九人、千葉、茨城県内に百二十人、総勢三百人に近い大捜査網が配置された。

まず急行列車内に六人。十数箇所の沿線のポイントに三十六人。自動車要員が三人ずつ八台で二十四人。単車八台に八人。通過駅の松戸駅など、ホームが左側にある七つの駅に二十八人。

このほか照明弾、二十八台の無線通信機、懐中電灯七十本、携帯投光器十三台、トラック一台、と警視庁始まって以来の大掛かりなものだった。

その捕物をこの目で見たい、取材したい、という一心で二人は車を走らせているのだ。

後藤が大声を上げた。

「駄目だよ、村善！　水戸街道は封鎖されている」

村野が顔を地図から上げると、たしかに水戸街道に出る十字路は制服警官が封鎖していた。

「たぶん、水戸街道を列車と並行して車を走らせるんだな」

と、唇を嚙みながら村野が言うと、後藤が目を丸くした。

「そんなことできるかよ」

「車は無理でも単車ならできるだろう。それもリレー形式でどんどん追えばいいんだ。列車は合図があればすぐに停止するわけだから、列車と一緒に走っていれば、その場で列車の左側に直行すればいい。そうだろ」

「なるほどな。面白い。それより俺たちはどうする」

「Uターンして脇道を探せ」

よし、その前に、と後藤が知らん顔で窓を引き下げ、制服警官に尋ねた。

「すみません。何かあるんですか」

「道路工事！」と雨に濡れた警官は不機嫌に怒鳴った。後藤は窓を閉めながら「もっとうまい嘘つけよ」と毒づいている。

「後藤、脇道だ。覆面パトカーに気をつけろ」

「わかってるよ」

後藤は元の道を逆方向に走って、細い泥道を左折した。ともかく金町方向に向かう道を走りだしたには違いないが道は細く狭かった。これではいつ行き止まりになるかわからない。はらはらしながら走っていたが、やがてうまいことに中川にかかった頼りない木橋を渡ることができた。何とか荒川河川敷の方向に向かってはいるようだ。しかし、日は暮れて雨は強くなり、民家もほとんど見えない。周囲はまったく田舎の風景だった。

「本当にこっちでいいのか」

不安になったらしい後藤が怒鳴っているが、村野は黙って腕時計を見ている。午後六時半。「急行十和田」は午後七時十分発だ。早くしなくては間に合わない。なのに、水溜まりにはまった途端に、後ろのタイヤが泥に埋まって発進しなくなった。

「村善、頼むよ」

よし、と村野は上着を脱いで、ワイシャツ一枚になって雨の中を外に出た。後ろにまわって泥に取られた後輪に体重をかけながらＭＧの尻を押す。後輪は泥を跳ね上げて何とか脱出したが、村野は泥だらけになった。

やがて二人の乗ったＭＧはようやく荒川の土手に突き当たった。そのままバウンドしながら河川敷に降りて、北に向かって走る。ゴツッと何度も河原の石が車の腹に当たる音がしたが、後藤は頓着しない。ようやく雨の中に鉄橋が見えてきた。時折走る列車の光が、鉄橋全体を闇に浮かび上がらせている。

「あれだ」

「もう駄目だな。これ以上車で進むと警察《サツ》にばれる」

村野の言葉に、後藤は車を停めた。

「後藤、お前、ここで待っててくれよ。俺は橋の向こうの様子を見て来る」

「わかった。犯人に間違えられるなよ」

後藤はズボンに泥の跳ねた村野の姿を見て笑いながら言った。後藤の言う通りだった。ここで刑事にあったら、本当に逮捕されかねない。村野は顔に雨を受けて鉄橋の下に向かって歩きだした。右手に荒川の大いなる流れが感じられる。

たぶん、草加次郎は来ないだろう。村野には不思議な確信があった。これだけの捜査網を乗り越えてまで何かする男ではない。第一、警察だって本物の紙幣を使うはずはない。草加次郎にとっても、大捜査網を張らせたという時点でゲームはもう終わっているはずなのだ。

それでも自分がこうまでして捜査陣の取材をしたいと思う気持ちは何なのか。村野は地下鉄爆破事件の時の嫌悪感を今、思い出していた。

びしょ濡れになり、河原の石に足を取られながら、必死に鉄橋の下まで来た。腕時計を見ると、午後六時五十分だった。そろそろだ。先に、何か光る物が見える。何とか闇を透かして見ると、数人固まって立っている制服警官の雨合羽が光っているのだった。危ない。本当に捕まってしまう。村野は橋梁の下に隠れた。と、その時、

「お前、何してるんだ」

と、背後から抑えたしゃがれ声がした。

「怪しい者じゃないです」

と、仕方なく囁き答えると、

「何だと」といきなり顔に懐中電灯が当たった。村野は顔を背けた。

「この野郎！　お前はトップ屋だな！」

いきなり顎にパンチが入った。河原の大きな石に蹴つまずいて転ぶ。「やめろ」と抗議しながら起き上がると、またみぞおちに拳固が深く入り、村野は仰向けに倒れて石に背中をぶつけた。その痛みよりも内臓を思い切り殴られたため息がつまって苦しかった。そのまま体をエビのように曲げて喘いでいると、男が前に立ちはだかった。黒光りする雨合羽の下に鳥打ち帽が見える。

「市……川さんか」

「市川さん、じゃない。お前のところはもう二度と俺の署には入らせねえ。すんでのところで目茶苦茶にされるところだったんだ」

「すみません」

「報道協定を知らないのか」

「うちは週刊誌ですから」

「何言ってんだ。週刊誌だって特別じゃないんだ。公務執行妨害現行犯で逮捕するぞ」

高飛車な言いようだった。

「申し訳ありません」

「けっ！」

市川は起き上がった村野にまた厳しい視線をくれた。村野はそれに答えずにパンチをくらった顎を手でさすった。口に小石が入ったようなので吐き出すと、血の塊と奥歯だった。佐藤には唇を切られ、市川には歯を折られ、しかも胸が異常に痛むところを見るとあばらも折れたかもしれない。ついてない。今日の俺は何という間抜けなんだ。痛みに呻くと、ちょうど市川の持っている無線連絡が入った。

「午後七時十一分。定刻より一分遅れで『急行十和田』発車。予定より一分遅れて発車。各自、配置につけ」

「了解」

市川が答えている。村野は鉄橋を見上げた。と同時に周囲も窺った。青い懐中電灯の点滅するところが金を投げる場所だった。この河川敷などは絶好の場所なのだが。しかし、からだを捻るとあばらが痛み、村野は深い息を吐いた。

「もう動くな。ここにおれ。邪魔だ」

市川がしゃがれた声で村野に指示した。市川は厳しい顔で列車が来るはずの亀有方向を眺めている。やがて十五分後、何事もなく列車は通過して行った。

「ポイント14、市川。『急行十和田』、通過しました。異常無し」市川はそう報告すると、鬼神のような表情でさっと振り向いた。「いいか、村野。俺はてめえを許さねえぞ。俺の見ているうちに早く帰れ！」

村野が痛む体を引きずりながら、何とか後藤の車を降りた場所に戻ると、心配そうに後藤が河川敷で雨に濡れて待っていた。

「どうしたんだ」

「市川って中央署の刑事《デカ》がいるだろ」

「知ってる」

「そいつにぶち当たって殴られた」

「大丈夫か」と後藤は村野を支えて泥でぬるぬるする土手を上った。二人とも血と泥と雨で泥人形のようだ。

「これじゃまるで『七人の侍』だな」と後藤が冗談を言った。

「いや、ただの泥亀だ」と村野は苦々しい顔で答えた。


その晩、「急行十和田」が土浦駅に到着して一時間後、警視庁で捜査四課長による記者会見があった。橋本から報告があったのは以下の内容だった。

「姿なき爆弾狂〈草加次郎〉逮捕に全力をあげるため、上野、土浦間の約七十キロに渡って捜査員二百数十人の大捜査網を敷いた。沿線の水戸街道に覆面パトカー八台、オートバイ八台を置き、列車と共に進行、車内からの無線報告で合図のあった場所に一斉に集結できる態勢を取った。連絡用の無線機のほか、投光器を置き合図を発見してから投下まで十数秒の時を稼いで犯人が白い包みを探すところを逮捕する作戦に出た。

午後七時十一分、列車は上野駅を一分遅れで発車、定刻どおり午後八時十分土浦駅に着いた。この間列車に乗った六人の係官は窓の外に現れるかもしれない青の懐中電灯を注意深く探す一方、車内も丹念に調べたが信号の点滅もなく、異常は発見できなかった。このため捜査本部は午後八時半過ぎ張り込みを解いたが、張り込みの捜査員は折りからの雨で全身びしょ濡れとなった」

18

目覚めると、体のあちこちが痛みだした。と同時に、村野の自尊心も軋《きし》むような音をたてた。

《畜生め。市川の野郎……》

痛む下顎に手で触れると、頬が少し腫れているのに気づいた。昨夜、荒川河川敷で市川に奥歯を折られた場所だ。この忙しい校了前に歯医者に行かねばならないと思うと村野はうんざりした。だが、一番痛むのは何と言っても、この間抜けぶりを笑う俺自身の頭だ。昨夜は大仰な捜査網を一目見たくて深入りし過ぎた。何と言っても、中央署に一歩も入れないと言われたのが痛い。

起き上がると、胸骨が痛んだ。やはりどこかを骨折したか、と村野は慎重にあばらを一本ずつ押してみた。だが、昨夜ほどの痛みはない。どうやらこちらは打撲程度ですんだらしい。ほっとして起き抜けの一本に火を点け、くらくらしながら朝刊紙の記事を目で追う。

昨夜の大捕物のことは、各紙トップででかでかと載っていた。

〈『草加次郎』に大捜査網　ゆうべの常磐線沿線〉

〈草加次郎　吉永小百合さんを脅迫〉

だが、各社とも記事の内容にたいした違いはなく、九時に警視庁で行われた記者会見のまとめでしかなかった。お仕着せの記事で満足できるのなら、ブンヤをやる資格はないだろうが。腹を立てた村野だが、自分とて何も摑んでいない。そればかりか、勇み足で市川に殴られるというおまけまでついている。お笑いは自分のほうだった。急に、煙が口のなかの傷に滲みる気がして、村野はすぐにハイライトを消した。

今日は「次は十日」と、草加次郎が裏蓋に彫った地下鉄予告爆破の日でもある。どのみち今日は警戒がきついから草加次郎が犯行を重ねるのは無理だろう。様子を見に行くとしても、その警戒ぶりを取材するだけだ。今日はゆっくり出よう、と腕時計を見ながら考えた。午前九時だった。

昨夜泥だらけになった服は風呂場のバケツに突っ込んであった。村野はワイシャツやズボン、靴下をバケツから出し、水を出して濯《すす》ぎながら何度も風呂場の簀《す》の子《こ》に叩きつけて泥を落としてみた。数度やってみたが泥の色は落ちないので諦めてワイシャツなどは捨てることにした。

外は昨夜来の雨が降っていて、風呂場は薄暗い。ふと、風呂桶の下に何かが光ったのが見えた。屈んで覗《のぞ》き込むと、小さな瓶のような物が転がりこんでいる。腕を伸ばすと胸が激しく痛んだが、届かない場所ではない。よっこらしょ、と拾いあげると、小さな薬瓶だった。中に、白い錠剤と黄色いカプセルが合わせて七、八錠入っている。

「あの娘のだな」

村野はタキの顔を思い出し、瓶をよく見たがラベルにはマジックインキで①と書いてあるだけだった。白い錠剤もタキが貪るようにして噛み砕いていたハイミナール錠とは形状が違うようだ。別の薬も持っていたのか。驚いて村野は瓶を洗面台の上に置いた。そういえば、昨日の朝はタキの父親にも殴られたのだった。まったくついてない日だった。苦い笑いがこみあげてきて、やれやれと村野はつぶやいた。

電話が鳴った。村野は瓶を手にしたまま居間に戻り、受話器を取った。

「弓削だがね」

「ああ」

「昨夜は警察《サツ》も大変だったらしいな」弓削は笑いを堪えるように言った。「オートバイを急行と並んで走らせたらしいじゃないか。見たかったよ」

「らしいですね」俺も見たかったと、村野は胸の裡でつぶやく。

「どうせあんたは捕まらないだろうと思って、昨夜は電話はしなかったよ。取材大変だったろ」

「まあね。何か出ましたか」

「草加次郎のほうの情報はなしだ。ただ、小島剛毅のほうだがちょっと気になることがあるんだ。あんたにも関係があるんで耳に入れとこうと思ってな」

「何です」

「お宅の遠山総師だよ」

「遠山さんがどうかしましたか」

村野は何食わぬ声で聞いたが、やはり、と内心は驚いていた。

「小島に目をつけられているという噂だ」

「それはどこからの情報でしょう」

「ある筋としか言えないよ」

弓削は勿体ぶるというわけでもなく、言い渋った。弓削にも記者と称する情報屋の知人がたくさんいるはずで、そのあたりから入った噂なのだろう。あるいは、小島の周辺から直接入ったのかもしれない。

「どうして目をつけられたんでしょうか。遠山さんは小島剛毅のことなんか書いたことがないし、まったく政治性のない人です」

「それがわからないんだよな。小島剛毅という男は公安関係が強いんで、遠山総師はそっち方面の調べでもしてたかと思ったんだが違うようだしな。だから、公安あるいは警察の筋から遠山さんが小島の何かを拾った可能性がある」

それが恐らく、自分の知りたいことの核心なのだ。村野は弓削に礼を言った。すると、弓削が提案してきた。

「どうする、村善。この件は俺がもっと詳しくやろうか」

村野はしばし考え、それから断った。

「関係ないですからいいですよ」

《俺が調べる》

後藤が関係しているからにはまずい事柄が出ては困る。

弓削の電話の向こうから、呑気な女の鼻歌が聞こえてくる。弓削の若い妻が赤ん坊をあやしながら歌でも歌っているのだろう。弓削は気を取り直したように言った。

「了解。だが、この件も謝礼の対象にしてくれ」

「その代わり、他人には売らないでください。そして、弓削さんも忘れてください」

「わかってるさ」

弓削は約束したが、それが本当かどうかは誰にもわからなかった。弓削は最近、電話を使って情報を金銭のように取引しているらしい。弓削から入る情報は有益だが、漏れ出ていることも十分に考えられた。

まさか、大日本建築文化振興会の大元探しが、遠山の問題にまで行き着くとは思わなかった。そこに後藤が介在していることは明白だった。いったい、何が二人の間に横たわっているのだ。村野は暗然と窓の外を見た。東京タワーが雨に煙っている。

村野は編集部に電話を入れた。坂東デスクが出たので適当に報告したのち、小林に代わってもらった。

「昨夜は御苦労だったな」

「いや、村野さんこそ。ゆうべは大変でしたね」

河川敷で泥まみれになった村野は、後藤から車の中にあったシャツを借りて着替え、亀有署に戻ったのちに編集部に帰った。が、ズボンが泥だらけだし顔が腫れてきたので昨夜は早々に退散したのだった。事情を知らない小林は、村野が何かすごいスクープでも探しに行ったと思っているのかもしれない。

「地下鉄のほうはどうだ。何かあったか」

「まだ何も出ないようですよ。僕は今、銀座線で来ましたけど、すごい荷物検査でした。あれじゃ爆弾なんか持って乗れませんよ」

「そうだろうな。今日は何にもないだろう。ところで俺はちょっと回ってから行くから夕方になる。材料を整理しておいてくれ。よろしく頼むよ」

「はい」

村野は電話を切り、それから身支度を始めた。出がけに、背広のポケットにタキの薬瓶を入れた。

飛び込みで巴町の歯医者に行き、折れた歯の消毒をしてもらった後に消炎剤と鎮痛剤と抗生物質を処方してもらった。ついでに薬瓶を見せる。

「この中身は何だかわかりませんか」

頑固そうな顎《あご》をマスクで隠した歯医者が胡散臭そうな顔で、見せてごらん、と村野に言った。瓶を手に取り、錠剤とカプセルを掌に出してじっくり見た後にこもり声で言った。「ほうほう。この黄色いカプセルはね、すぐわかる。これはネンビュタールですわ。こっちの丸いのはセコナール。近所の外人さんが持っていた」

歯医者が意外によく知っているので村野は驚いた。「何ですか、それは」

「バルビツール酸系の睡眠薬ですよ」

「聞いたことがあるな」

「ネンビュタールは、あのマリリン・モンローが飲み過ぎで死んだ薬です」

「ああ、なるほど」

「どこで手に入れたのですか」

歯医者はそう言いながら、疑いの目で村野の顎の怪我と薬瓶を交互に見た。

「もらったんだ」あの睡眠薬中毒のタキのことだから、様々な薬を持っていても不思議はない。だが、どこで手に入るのか、こっちが聞きたいくらいだ。村野は逆に訊いた。

「そんなに入手しにくい薬なんですか」

「ええ、ネンビュタール、セコナールっていうのはアメリカの薬なんですよね。日本にはまず入らないと思いますよ。同じバルビツール系だったら、イソミタールという商品名で出てます。若い人は、イソミタールとブロバリンで、二つ合わせてイソブロカクテルとか言ってるようですね」

あの坂出俊彦のパーティでラリった女が「イソブロ」持ってないか、と聞いてきたのを思い出した。

「じゃ、このアメリカの薬が手に入るのは」

「米軍関係とか、輸入業者とか、アメリカ帰りとか……ちょっとわかりませんが」と、歯医者はやや迷惑そうに答える。

つまり、ただの女子高校生が持っているのは珍しいということなのだ。恐らくタキは坂出のところでこれを手に入れたのだろう、と村野は見当をつけた。礼を言って診察室を出ようとすると、背後から医者の声が響いた。

「今日はアルコール避けてくださいよ。歯が抜けたばっかりなんだから。それから、アルコールと眠剤《みんざい》は一緒だと死にますからね。マリリン・モンローみたいにね」

「ぞっとしないな」

「そうですよ、男の死体なんて誰も見たくない」

歯医者がマスクの中で笑ったのがわかった。

19

変事は突然やってくる。だが、光溢れる午後の影が濃く長いように、その予兆は必ずあったはずなのだ。なのに、予兆を予兆とも思わず、人は輝く光のほうしか見ない。村野はこれまでの三日間のことを、後に何度も反芻《はんすう》して考えるはめになった。予兆をどこで逃したかと検証するためだ。

十一日、水曜日、村野は昼過ぎに起きて原稿書きの準備を始めた。小林が揃えた資料を検討し、写真の紙焼きを眺め、大体の構想を考える。編集部で原稿を書く者もいるが、遠山軍団の面々は遠山の自宅に集まって書いていた癖が抜けずに、どうしても家に持ち帰って書くことが多かった。村野もそうだ。

昨日の地下鉄予告爆破は予想した通り、何も起きなかった。草加次郎の鬱憤は、雨の日に捜査陣を踊らせ、吉永小百合を怖がらせたことでひとまず晴れたのではないだろうか。村野はそう考えていた。今度の記事の主眼は、もちろん、九月五日の地下鉄爆破事件と、九日の大捕物の顚末だった。

起きた時分には曇り空だったのに、いつの間にか九月の晴天に変わっていた。気温も夏並に上がってきている。また残暑がぶり返すのだろうか。暑さに弱い村野はうんざりしてビールの栓を抜いた。歯の炎症を押さえるために呑んでいる消炎剤や抗生物質のことも、すっかり忘れていた。どうせ、今晩は徹夜になるはずだ。のんびりいくつもりだった。

玄関のブザーが鳴って、同時に鋼鉄のドアをどんどんとせっかちに叩く音がした。

「ちょっと待ってくれ」

村野は吸いかけのハイライトを灰皿の上に置いた。

「村野さん、村野さん」

と、呼ぶ男の声がする。まるで電報配達人のような声音だった。電報配達はいつも不吉な知らせをもたらす。村野は不審な思いでドアを開けた。

「村野善三さんですね」

男が二人立っていた。一人は髪が黒々と多い中年男で、ノーネクタイで黒の背広。もう一人は上着を手で抱えて開襟シャツを着た三十前後の男。どこかで見かけたような気がして村野は黙った。京橋駅で突然、市川に肩をたたかれた時に感じた匂いがする。やはり、若いほうがポケットから黒の警察手帳を出した。

「こちらは中央署の篠田、私は本庁の三上です。よろしければ中に入れてもらえますか」

「中央署? 何だ、一昨日の取材の件ですか」

「いや、違う」二人は顔を見合わせた。「違う件ですよ」

「なら、どうぞ」

彼らは入るなり鋭い目つきで村野の部屋をさっと一瞥《いちべつ》した。

「いったい何でしょうか」

村野が書斎机の上の灰皿でくすぶっているハイライトを消すと、刑事が立ったまま言った。

「佐藤多喜子という女性をご存じですか」

一瞬、誰のことかわからなかった。が、タキがいなくなったことで文句を言いに来た父親が佐藤と名乗っていたことを思い出した。すでに不安が液体のように胃の腑を満たしている。

「知っている、というほどの間柄ではないが、先日会いました」

「どういう状況でお会いになりましたか」

「甥と一緒に葉山から連れ帰って来て家まで送って行きましたが、父親が暴力を振るうので気の毒に思ってここに泊めました」

「泊めたのですか。それはいつまで」

刑事たちの目に疑いの色が露になったので、村野は苛々して腕を組んだ。

「泊めたのは七日の夜だけですが、僕は出て行ったので、本当のところ彼女が泊まっていったのかどうかは知りません」

「鍵は」

「これを押せば、誰でも出られますよ」

村野はロックボタン式のドアを指さした。新式なので、いちいち説明しないと知らない人間も多いのだった。

「なるほどね」と三上がドアを見ながらメモに書いた。

「彼女がどうかしたのですか」

村野は篠田という男のポーカーフェイスを見ながら訊ねた。篠田は肩をすくめた。

「昨夕、隅田川を流れているところを発見されました」

「流れている？」一瞬、どういうことなのかと村野は混乱した。

「もちろん、冷たくなってですよ」

あの子は死んだのか。村野は衝撃を受けて一瞬絶句した。

「どうして。自殺ですか」

「本部では他殺と断定しています。首に絞められた跡があってね。しかも、重しがつけられていたらしい。一昨日の夜から雨が降って水嵩《みずかさ》でも増したのか、どういうわけか重しが取れてね。うちの管轄に流れて来て永代橋の橋脚に引っ掛かっていたんですよ」

篠田が村野の反応を見るように言った。油断のならない目つきの三上は、体操でもするように、部屋の中を見まわして首をぐるっと巡らせた。

「いつ殺されたのかわかっているのですか」

「鑑識では死後二日から三日ぐらいだと言ってます。ちょうどあなたが会った頃じゃないですか」

村野は自分が疑われていることを知り、愕然とした。

「ガイシャの父親があなたのことを教えてくれましてね。父親はあなたが犯人だと言っていました」

「とんでもない。あの父親と一緒だったら、とっくにあの子は殴り殺されていますよ」

村野は腹立たしさにいきり立った。呆れて物が言えない。すると、若い三上が村野の顔の腫れを見つめて言った。

「どうしたんです。喧嘩でもしたんですか。若い女でもいざとなれば力は出ますよ。あんたは若いんだから、ガイシャみたいな若い女が来ればくらくらするんじゃないの。泊めてやるとか言って、何か強要したんじゃないの。それで女が抵抗したんで、かっとして絞め殺したとか」

「何言ってるんだ。これは一昨日あんたの仲間の市川刑事にやられたんだよ」

思わず村野は三上の胸倉を摑んだ。その手を篠田がおさえた。村野は手を汚い物でも触ったように意識的に振った。実に不愉快だった。

「市川とお知り合いで？」と篠田が抜け目ない顔で言う。

「そう、大層な仲良しでですよ」

「実はですね。出版社のほうに聞いたら、村野さんは大変敏腕な記者で、しかも草加次郎の取材中だということですね。あれはうちの管轄ですから調書を見て来ましたら、あの電車に乗り合わせていたとか。偶然とは面白いもので」

「その縁でね、市川さんにはいろいろとご懇意にしてもらってるんだよ」

含みのある村野の言い方に二人は鋭い目配せを交わした。勝手に調べろよ。村野は不貞腐れたが、記事が書けないのは困る。必死に言った。

「あの子はどこにも行くところがないと言ったから泊めたまでで、俺は出て行ったのだから何も知らない。協力は惜しまないが、無実の罪は着たくない」

「あの晩、あなたはどこに行ったのですか。それを証明できますか」

村野は後藤の住所を言ってそこに泊まったこと、そして給油に寄った赤坂のガソリンスタンドのことも言った。アメリカ人のティーンエージャーが騒いでいたことも付け足す。村野の話を篠田は手帳にメモしている。

「もう少し詳しくお話を伺いたいのですが、任意同行をお願いできますか」

篠田が丁寧に頼んだので、仕方なく村野は頷いた。

「構わないが、明日は校了日で原稿を書かなければならないんだ。早く帰してもらえるのなら行きましょう」

「そんなにお手間は取らせませんよ。たぶんね」

村野はとりあえず綿ギャバの上着を手にした。ワイシャツは着替えずにそのままだ。よもや、自分が殺人の疑いで取り調べを受けるとは想像もしなかった。

取り調べ室では同じようなことを何度も訊かれたが、一貫して同じ答えを繰り返した。そのうちしばらく外に出ていた三上が戻って来て篠田の耳元で囁いた。篠田が村野の目を見て言った。

「あんたの言ったことは一応ウラは取れている。七日は午後十時四十五分頃に本所のガイシャの家を出て、午前零時五十分に赤坂の深夜営業のガソリンスタンドで給油。そのあと記者仲間の後藤伸朗のところに行ってることも証明された。と言っても、後藤さんの証言でだがね。ただ、午前一時頃から、コーポの駐車場にあの外車が入っていること は目撃した人物がいる。それからガソリンスタンドでは、店主があんたの乗った青いMGのオープンカーのことも、その時に若いアメリカ人が騒いでいたことも全部覚えていた」

「なら、翌朝のことも言おうか。午前九時から桜田門に行った。草加次郎の捜査のことで報道協定の話があってね。市川刑事とも会ったよ」

ほっとした村野が付け足したが、篠田は興味を示さなかった。

「もういい、そのことは。本件と関係ない。だが、十時四十五分にガイシャの家を出てから、零時五十分に給油するまではどうしていたのか誰も知らない。娘を絞め殺して隅田川に捨てることくらいはできる時間がある」

「会ったばかりの娘を絞め殺して、すぐに重しをつけて隅田川に放り込んだというのか。この俺が」

「娘の家は本所なんだぞ。隅田川はすぐそばだ」

篠田の言い方に真剣に疑っている様子が窺われて、村野は怒鳴った。

「何を言う。うちに帰って来たんだ。そしてあの子にベッドを譲って俺は外に行った。なんならアパートの誰かに訊いてみたらいい。そうだ。俺の右隣の女は暇人で、他人をよく眺めているぞ」

篠田が調書から顔を上げて言った。

「ご心配なく。今、三上が聞き込みに行ってるから。ところで、あんたが迎えに行った葉山のパーティだがね。坂出俊彦の家にガイシャは何の用事があったんだ。どう見ても関係ないと思うのだが。あっちは作家の息子で有名デザイナー、客も超一流ばかりだ。なのにあの娘は下町の平凡な、いや平凡とは言えないな。どちらかといえば不良の女子高校生だ。モデルをやっていたということだが、それほどの器量だとも思えなかったし」

「そんなことは知らないよ」村野は嘲笑した。「俺はてめえの馬鹿な甥を迎えに行き、そのついでにあの娘を乗せてきてやっただけなんだ」

「あんたの甥にも聞きに行ったよ」

村野は腕時計を見た。午後七時半。仕事のことが気になっていた。これから帰っても、徹夜で上がるかどうか。朝一番には入稿しなければならないことを考えると、まったく何ということに巻き込まれたのだろうかと愕然とする思いだ。

「タキの身元はどうしてわかったのだ」村野は逆に尋ねた。

「タキ？　ああ、佐藤多喜子のことだね。愛称で呼ぶとは親しいな」と篠田がちくりと言った。「親から捜索願が出されたばかりだったのさ」

「捜索願？　あの親がか」

「あんた人の親になったことがないから、そんなことが言えるのだ。いくら不良でも、親にとってみれば可愛い娘なんだよ」

信じられない、と村野は思った。それよりも、この窮地を何とか脱出しなければならない。このままでは勾留もあり得る。

「篠田さん、ちょっと」

三上が戻って来て篠田にまた何か囁いた。篠田が村野の顔を見ながら頷いて聞いている。

「何だよ。俺の隣人は何て言ったんだ」

「あんたもついてないな」と篠田は言う。「あんたが出て行くところを彼女は見ている。十二時過ぎていた、と言っている。しばらくして娘が出て行ったのも見ているんだ。男が迎えに来たそうだ」

「何だって。なら、俺の無実は証明されたも同然じゃないか」

「それがな、彼女は廊下は暗かったので自信はないが、迎えにきた男はあんたかもしれないと言っているんだ」

「馬鹿な。だって時間的には俺のアリバイは証明されているじゃないか」

「だが、後藤というのはあんたの親友なんだろう」狡い表情で三上が見た。「友達が困っていれば、何でも言ってやるのが親友じゃないか」

「この野郎!」

村野が席を立つと、篠田がまた、まあまあと胸を押さえた。これでは帰れないし、冤罪を着せられるかもしれない。村野の心に恐怖が忍び寄った。

「ああ、そうだ。村野さん。あんた血液型は」と篠田が問う。

「……ABだが」

「そうか。いや、何でもないよ」

篠田の顔が一瞬曇ったが、すぐに笑ってごまかした。まだ何かあるのだ、と村野は感じた。

「何だ。娘の体内にAB型の精液でも残っていたか」

「……そうだ」

篠田が真剣な顔で言うので、村野は寒気がした。不利な状況ばかりだった。そこにドアがノックされた。痩身の初老の男がワイシャツ姿で「ちょっと」と篠田を呼んでいる。確か課長だ。篠田が出て行くと、三上がその席に座った。

「本当はその女とやったんだろう。正直に言えよ、村野さん。どうせ不良だ、と思って突っ込んだんだろう。どうだ、良かったか」

「てめえ、黙ってろ！」

村野は椅子を立って三上の胸倉を再度つかんだ。ほんの少し揉み合うと、三上が肘で村野の腫れたほうの顎を小突いた。痛みに呻いた。

「おい、やめろ！」とそこに篠田が入って来た。「村野さん、帰っていいよ。ただし、東京を離れないでもらいたい」

その言葉に驚いたように、椅子に座っている三上が篠田を見上げ、小さくつぶやいたのが聞こえた。「畜生め……」

《畜生はこちらのセリフだ》

村野は心の中で毒づきながら上着を取り、自分で取り調べ室のドアを開けた。廊下に鳥打ち帽を被った男が立っているのが見えた。近づきながら村野はどうして自分が釈放されたのかと考えている。

「村野、助かったな」

市川が腕組みしながら村野の顔を見据えて言った。市川の顔には疲労の痕跡がくっきりと刻まれている。

「どういう意味ですか。助かったも何も、俺は無実ですから」

「ほざいておれ」と市川はせせら笑った。「トップ屋なんて犬と同じさ。てめえの益になることしかやらねえ。うまい肉があればすぐそっちに尻尾を振るのさ。お前がコロシをしたかどうか俺が調べればすぐわかることだが、まさか上に手をまわすとは恐れ入った。なかなかやるじゃねえか」

「何だって」

「ふん、軽蔑するぜ。ところでお前の血液型はＡＢ型だそうだな。草加次郎と同じだな」

「草加次郎の血液型が出たのか」

「とっくに切手の唾液から検出されてる。トップ屋には言わないだけだ。俺はな、お前も、そして草加次郎も絶対に許さないからな。両方とも社会の害虫だ」

「草加次郎と一緒にするのか。随分、ひどいな」

「お前が捜査の邪魔をした時から、俺はお前を敵とみなしている」

市川はそう言い捨ててくるりと踵《きびす》を返した。

今のは一体どういう意味だ、「上に手をまわす」とは。村野は訝《いぶか》りながら正面玄関を出た。すでに夜九時をまわり、涼しい夜風が吹いている。警察署の正面に、薄い青の車が停まっているのに気づいた。

「災難だったな、村野」

後藤が待っていた。村野は車に駆け寄った。助手席のドアを後藤が開けたので、中に乗りこむ。後藤はすぐに車を発進させた。村野は懐を探り、ハイライトに火をつけて後藤の横顔を見た。

「どうしたんだ」

「どうしたもこうしたも、俺のところに刑事が来てお前の七日の晩のアリバイを証明しろというんだ。だから、してやったよ。どうだ、うまく出られただろう」

　後藤は含みのある笑い顔で、村野の疲れた顔を見上げた。

「小島剛毅に頼んだのか」村野は後藤を睨みつけた。「余計なことしやがって」

「余計なことだと？　お前の認識の甘さにはうんざりするよ。お前は殺人死体遺棄容疑でパクられるところだったんだぜ。それで、小島さんが警視総監、署長ルートで手をまわしたんだ」

「それは冤罪なんだ。俺が証明する」

「馬鹿な。勾留されれば証明すらもできないさ。どうしてそれがわからないんだ」

　後藤は舌打ちした。村野は車の窓を開けて、しばらく湿った夜気を吸い込んでいた。敗北感に塗《まみ》れていた。

「それもそうだな。お前が小島剛毅に魂を売ったと俺が言った時に、お前は『にっちもさっちもいかないことがある』と言った。それがまさか俺の身に降りかかるとは。お前の言ったことが、こんな形でわかるとは思わなかった」

「気にするな」

　村野はこめかみに手をあてた。「気にはしないが疲れた。でも、これから帰って原稿を書かねばならない」

「それもしなくて大丈夫だ」気の毒そうに後藤が言った。「お前はしばらく仕事しなくていい。デスクと編集長命令が出てな。自宅待機だそうだ」

「何だって。なら、あの原稿は誰が書くんだ」

「今回は橋本さんがやるそうだ」

後藤は前を見据えたまま、赤信号で停まった。車はいつの間にか銀座大通りに出ていた。蒸し暑く、ほんのあえかな風でもそよぐ柳の木がだらんと枝を下に垂れていた。

「だが、締め切りは明日の朝だぜ。間に合うのか」

「〈草加次郎〉のネタは、次の号では見送ることになったんだ」

「何だって。俺を抜かしてよくも勝手に決めやがったな。遠山さんがいないから、デスクも勝手なことができるんだ」

「仕方がないだろう。お前は勾留寸前だったんだぞ。坂東デスクがそう決めたんだ。あっちは会社の論理が優先なんだ。お前が勝てるわけがない」

「なら、来週までに俺が書くよ」

「それならそれで構わない。が、ただしトップじゃない」

村野は驚いて、後藤の顔を見た。「サブになる、というのか。あれだけ調べて、資料を集めて、か」

「サブどころかベタ記事かもしれない。坂東の野郎がこう言いだしたんだ。つまり、『草加次郎の正体が摑めたのならともかく、このままでは新聞社系週刊誌と同じことになってしまう』とね。それなら、知らぬ顔で別の特集にしよう、とね」

「坂東のオヤジ自身が乗り気だったんだぜ」

「わかってる。だが、我慢しろ」

後藤はそう言うと、青信号を確認して銀座大通りを走りだした。ちょうど四丁目を過ぎ、黒沢商店と、その奥の談論社のビルが見えた。

「それから、もう一つ。これだけはわかって欲しい。小島さんの意向だ。つまり、お前を引き出すに当たってはサツに頭を下げた。だから、このことの顚末《てんまつ》を書かないで欲しいと言っているんだ」

「どういう意味だ」

村野は驚いて後藤の横顔を見た。見慣れた顔だが、前のタクシーのテールランプに照らし出されて見知らぬ男に見えた。

「文字通りだ。騒ぎ立てるな、ということさ」

「おい、降ろしてくれ」と村野は低い声で言った。

「構わないが、どこに行く」

「飲んで帰る」

「『路子』か。俺も行こうか」

「いや、来るな」

村野は一人、車を降りた。舗道に立つと、タキをむざむざ死なせてしまった呵責が一気に噴き出てきた。

20

目が醒めると見覚えのない天井が視界に入った。

ここはどこか思い出せない。それに何か心配事を抱えていたような気がして、ぼんやりした頭のまま目を閉じた。すると、唐突にタキが死んだことを思い出し、村野ははっと起き上がった。

「どうしたの」と、すべすべした女の腕がシーツの間から出てきて村野の腕に触った。一瞬、早重がいるような錯覚に陥って狼狽すると、顔を出した路子が笑った。「何を思い出したの。声なんか上げちゃって」

「いや、何でもない」

驚いて村野は路子を見た。そうだ。昨夜の村野は『路子』で泥酔して、そのまま麴町《こうじまち》の路子のアパートに転がりこんだのだった。

「あたしと一緒だったの忘れていたんでしょう」

路子が恨むような目をして村野を睨みつけた。路子の勘がいいのは承知だが、いちいち言われると鼻白む思いがするのは彼女に惚れていない証拠だった。

「そんなことないよ」

「じゃ、昨夜帰る時に霧が出ていたの覚えている?」

「霧? いや」と村野は首を横に振った。昨夜は泥酔していてほとんど何も覚えていない。路子と同衾したこともきれぎれの記憶でしかなかった。

「ほんとよ。外に出ると霧が出ていて、ロマンチックねえって帰って来たじゃない。いやね、酔っ払いって。あたしを抱いたことも忘れてしまったんでしょう」

思えば情けない話だった。嫌な出来事から逃げるのに、酒と女とは。村野は深酒をした後と、女と寝た後に感じる激しい自己嫌悪に取り憑かれた。後藤ならば自己嫌悪なんかには陥らず酩酊することのどこが悪い、と居直るだろう。が、俺はこういう人間なのだ。

「二日酔い? お冷や、あげましょうか」

と、起き上がった路子が優しく言った。化粧をしない路子はうんと短く切った髪形と相俟《あいま》って、少女のように愛らしかった。パジャマを着て色気は半減しているが、こうして見ると佐江子よりもずっと若く見える。

「すまない。頼むよ」

水の入ったグラスをわざわざ盆で運んできてくれた路子が言った。

「ねえ、村善さん。言いたくないけど、今日は木曜日よ。校了日じゃないの。いいの、こんなことしていて」

「そうか、十二日か。あの地下鉄爆破事件から丸一週間経ったのか」

と村野は独り言を言った。答えない村野に路子は不審な顔をした。

「ねえ、変よ。あなた。昨夜は校了前なのに一人で来てくれたから、あたし感激したのに、何かあったの」

「いや、別に。ただ、俺、ちょっと外れたんだ」

「そうなの。じゃ、特集班かなんかでやるの」

そう、俺一人の私的な特集班でね、と村野は心の中でつぶやき、立ち上がった。

「悪いけど、もう帰るよ」

「あら、朝ご飯いらないの」

路子は心外な顔をしたが、村野は早く一人になりたかった。

「仕事があるんだよ」

不機嫌になった路子の目が冷えた。

「それはわかってるわ。あなたって冷たい人ね」

その一言がひどく応えた。そうだ、俺は冷たかった。タキを見捨てたような気分がぶり返してきて、村野を落ち込ませた。また、早重を想っているのに裏切ったことがたまらなかった。

湿気の多い、何となく眠くなるような午前中だった。路子の言った通り、昨夜は霧が出ていたのかもしれない。村野は、青山通りで昔懐かしいルノーのタクシーを捕まえ、とりあえず自分の部屋に戻って来た。

部屋は当然のことながら、昨日、任意同行を求められて出て行ったままになっており、机の上に原稿用紙や、小林が上げてきたデータや新聞記事が散らばっていた。村野はそれを綺麗に片付けて談論社の書類袋に入れた。今度会った時に橋本に手渡すつもりだった。今は見たくないという気持ちが強い。

インスタントコーヒーをいれて、トーストを焼き、その上にマッチ箱ほどのバターを乗せて食べながら朝刊を読み始めた。タキの事件は、〈女子高校生殺害される　死体は隅田川へ〉と二段抜きの記事が出ていた。もっと大きな扱いかと思っていたが、今日は松川事件の判決が出る日なので、その特集に紙面のほとんどを使っているため、扱いは小さい。村野のことにも触れていなかった。ひとまずほっとした村野は、その短い記事を貪《むさぼ》り読んで、タキが通っていた「池川女子商業高校」という高校の名前をメモした。

草加次郎の事件も、タキの事件も、自分が調べあげてやろうと心に誓っていた。仕事からも外された今、そうしなければ自尊心が消えてなくなりそうだった。酒を飲んで過ごすのも、女を抱くのも役に立たないのは実証済みだ。

ふと、編集部のその後のことを聞くために、橋本か木島に連絡を取ろうかと思ったが、今日は木曜の校了日だ。どんなに編集部が殺気だっているかよく知っている村野はやめることにした。が、そう決めた途端、電話のほうで鳴ってくれた。

「はい、村野だが」

「弓削だ。昨日、かけたのにいなかったね。原稿を書くので絶対にあんたは家にいると踏んでいたのに」

「ちょっと野暮用で」

昨日の取り調べと、あの三上という刑事のことは、今思い出しても腹が立った。もちろん、弓削はそんなことは知らない。

「そうか。じゃ今、死に物狂いの最中かい。なら悪いから手短に言うよ。小島剛毅の遠山さんの脅しの件だが、余計ついでにもう一つ。昨日、言い忘れたんだよ。小島は葉山町に住んでいて、あっちのほうで何か繋がりを持っているという噂がある」

「何ですか、それは」

「つまりだね、あのあたりの住民は金持ちが多いだろう。で、お互いに便益を図っているというんだ」

なるほど。漠然としているが、あり得ない話ではない。ふと、早重も葉山町に住んでいるということを思い出した。そして、タキと卓也の行った坂出俊彦の家も葉山だった。

村野は「葉山」とメモに書いた。

「草加次郎のほうはどうです」

「あっちはな、今のところ手詰まりだ。あんまり証拠があがっているから、奴さん、しばらく出て来ないんじゃないかな。情報もぷっつり途絶えた。じゃ、また何かあったら電話するよ」

村野は礼を言って切った。


午後遅く、七番の都電に乗って、卓也の通う高校に行った。卓也の家で話してもいいのだが、兄夫婦の耳があると素直に言わないことはわかっている。

正門前で待っていると、私服の生徒がどっと溢れるように出て来た。皆、卓也のような格好をしていて見分けがつかない。マドラスチェックのシャツに短めのコットンパンツ、バミューダショーツなどのアイビーファッションと整髪料で固めた前髪をちょっと立てる、そっくりの髪形をしているからだ。村野の時代のように、学生鞄を持っている者もちらほらいたが、ほとんどがズックの洒落た鞄や、VANの紙袋、中にはそれがお洒落なのか、米屋の袋を持っている者までいた。

村野がハイライトを吸いながら横目で見ていると、胡散《うさん》臭いのか、生徒たちは避けて行く。髭をあたってこなかったことを思いだし、村野は苦笑した。やがて、比較的大人びた生徒をつかまえて村野は尋ねた。

「二年の村野卓也を待っているんだが、そろそろ出て来るかな」

「はあ。もう授業終わりましたから」と生徒は後ろを振り向いた。「村野は部活がないから、もう来ると思います」

さらに十分ほど立っていると、村野に気づいた卓也のほうから声を掛けてきた。

「善兄さん、どうしたの」

村野は卓也を見た。消耗したように元気がなく、目が充血していた。珍しくいつものアイビーファッションではなく、白いボタンダウンシャツに黒のズボンをはいている。

「ちょっと話したいんだが、喫茶店にでも行くか」

学校のそばはいやだ、というので、村野はタクシーを拾って新宿まで出た。そして、新しくできた紀伊國屋ビルの喫茶店に入った。

「刑事が来たか」

と、訊くと卓也はうん、と頷いた。

「親父、驚いただろう」

「いや、学校から帰って来るところを待ち伏せしてて訊かれたんだ。だから、親父は知らない」

「何て訊かれたんだ」

卓也はアイスティのレモンをストローで弄《もてあそ》んだ。最近イギリスで流行っているというビートルズの曲がかかった。そのメロディを口ずさんだ卓也が一瞬、顔を明るくさせてからしゃべりだした。

「うん、ありきたりのことだよ。どこで知り合ったとか。前からの知り合いか、とか。どうして一緒に帰って来たんだ、とか。その後会ったか、とかさ」

「何て答えたんだ」

「善兄さんも知ってるだろう……」卓也は低い声で答えた。「葉山の坂出さんの所で初めて会って、東京に帰りたいっていうから善兄さんの車に乗せてもらったって」

「ああ」

「……だけど、本当のことを言うと、……僕はすごくショックだったよ……」突然、卓也の声が詰まり、涙が膝に落ちた。「こんなふうに女学生みたいに泣くのは恥ずかしいけれども、ショックだった。……あの子が誰かに殺されてゴミみたいに捨てられるなんて。それも別れてすぐに。僕はこうして何事もなく暮らしているけど、あの子のことを考えると何だかやり切れなくて」

「わかってる。みっともないから泣くな。それより、知ってることを全部教えろよ。俺は警察に疑われているんだ」

驚愕したように卓也が顔を上げた。目がさらに充血している。

「本当？」

「本当だ。本来なら留置されかねないところだったが、ある人間のお情けで出してもらったんだ。だが仕事も降ろされて自宅待機だ。だから、俺は俺なりに調べてやることにしたんだ。協力してくれ」

「善兄さん、すみません。僕のせいでとんでもないことに巻き込んでしまって」

卓也は葉山の帰りと違って、別人のように神妙だった。タキの死がよほど応えているのだろう。

「それはもういい。起きてしまったことはもう元に戻らないんだ。俺もあの子を親の所から連れ出して、一人っきりで置きっ放しにしたんだ。責任はある」

村野はそう言って苦いコーヒーを飲んだ。縮めたストローの袋に、指でつまんだストローで水をかけていた卓也が言った。

「僕があのパーティで聞いたところによると、タキは二、三日前からあそこに来てるっていう話だった。何しに来ていたかは知らないけど。坂出さんとこはいつも居候がいるような家らしいんだ。で、タキはどういうわけか数日前から滞在していて、ラリってばかりいたみたいなんだけど、僕が帰ると言ったら、ほっとしたように一緒に連れて帰ってくれと言ったんだ」

「理由は何だ」

「さあ。ただで帰れるとか言ってたよ。金がなかったんじゃないか」

「何しに来ていたのかわからないのか」

「それについてはちょっと噂があったよ。モデルの女の人が言ってた。『あの子はコールガールよ』って。軽蔑したように」

何の不思議もなかった。あり得べき話だと思った。

「お前の行ったあのパーティだが、睡眠薬が出まわっていなかったか。イソブロカクテルとか、ハイミナールとか」

卓也は驚いたように村野を見て、ようやく笑みを浮かべた。

「よく知っているね。いや、見なかった。でも、中にはラリっている人もいたから、その手のクスリはあったかもしれない」

「お前はタキが新宿とか銀座で遊んでいると言ってたな。それはどこだ」

「ああ。レストランでタキが言ったんだ。あたしは新宿の『月食』って店でいつも遊んでいるからおいでよって。で、僕が銀座ならよく行くというと、彼女も銀座なら時々行く、事務所があるのって」

「事務所だって」

「ああ。あの子はモデルやってたんだって。その事務所だと思う」

「モデルってどんな」

「『ガールズクラブ』とか言ってたな。女の子の雑誌だよ。本当かどうかはわからないけど……」

　卓也は曖昧に言ったが、村野はその言葉を遮って金を渡した。

「ここで待ってるから、今、その雑誌を買ってこい」

　十分後に卓也が雑誌の包みを持って戻って来た。『ガールズクラブ』は、少女向けのアイビーファッションの雑誌らしかった。村野はぱらぱらと頁をめくった。

「こんな本があるんだな」

「あ、ここに」と卓也が示した。ほんの二枚だけタキが写っていた。それもその他大勢の中の一人だった。黄色いセーターにタータンチェックのスカートをはいたのと、ギャバのスカートにサドルシューズをはいているのと。モデルの名のところに、TAKIとあった。

「こっちのほうが可愛いな」

と、卓也がサドルシューズのタキのほうを指して言ったが、村野は雑誌を引ったくった。奥付を見ると、編集発行人のところにあのパーティに来ていた男の名があるのに気づいた。アイビーファッションを雑誌媒体と共に売り出して成功を収めたことで有名な男、高畑稔だ。

「どうしてモデルの子が売春なんかやるんだ」

「さあ」と言ってから、卓也は暗い表情になった。「あの子は睡眠薬中毒だったんだろう。クスリって手に入れるのには、きっとあんな女の子にとっては莫大な金が要るんじゃないかな」

村野は大きな溜め息と共に、いつもポケットの中に入れているあの薬瓶に手で触れた。

21

行く先はタキの家だった。

村野は物陰に隠れて、うろうろと家の表札を探している卓也の後ろ姿を見た。卓也のいつもより改まった格好を見て、別れた後に尾行したのだが、まっすぐここに来るとは思わなかった。

やがて見覚えのある一角に出て来ると、あの小さな町工場のタキの家に白黒の幕が張られているのが見えた。「通夜」の提灯がたった一つ出ている。あまり来客もない様子で、侘しい通夜だった。卓也がためらいながら、タキの家に入って行く。

ほどなく出て来て、軽く玄関に向かって一礼した。何事もなかったのだろうか、と心配したが、すぐに佐藤喜八が出て来て何か怒鳴り散らした。近所の人らしい年配の女が、まあまあとなだめている。ショックを受けた様子で肩を落として卓也は帰って行くが、村野は後を追わなかった。

しばらく立っていると、さきほど喜八をなだめた近所の女が割烹着《かっぽうぎ》を畳みながら出て来た。村野は話しかけた。

「ご近所のかたですか」

「はい。そうだけど」

と、女は胡散臭そうな表情で村野を見上げた。村野は嘘をついた。

「時報新聞の者だけど、あちらのお嬢さんはどんな評判でした」

新聞社と聞いて態度が和らいだ。

「タキちゃん？　いい子だったよ。小さい時からおとなしくてね。ただ、高校に入ってモデルなんかやってからちょっとぐれたとか聞いたけど、あそこの家は母親いないし、頑張ってたわよ」

「母親はいないのですか。なら、父親とお兄さんだけですね。お兄さんは何を？」

「二人で地味な鉄工所やってるわよ。このあたりは皆そうだけどさ。あそこの親父さんは、陸軍工兵だった人でね。北支《ほくし》ですごく苦労したんだって。そして復員してあそこで工場を開いたの。だから、お兄ちゃんに後を継がせる気なのよ」

「なるほど。タキさんが亡くなって、お父さんの様子はどうですか」

「いつも飲んだくれてるから同じ。悲しいんだか、悲しくないんだか。タキちゃんのことも可愛がっていたんだか、いないんだか。よくわからないわ。でも、タキちゃんは殴られてうちに逃げて来たりしたから、すごくお父さんのこと嫌がっていたわね。こんな最期だなんて本当に可哀想に」

「お兄さんには殴られなかったのですか」

「仁《ひとし》ちゃんには、どうかしら。それはなかったと思うけど、あまり仲は良くないと思うわ。タキちゃんはいつも避けてた」

「仁さんというのですね。どうして仲が悪いのですか」

「さあ。小さい時は仲良かったんだけどね。あたしは知らないわ」

話が兄の仁に及んだとたんに女は、そそくさと話を切りあげて帰って行った。村野は振り返って通夜の家を眺めた。予想された刑事の姿もなく、家の前は閑散としている。

もっと女子高校生の弔問もあるかと思ったのに、意外にその姿がない。友達もなく、家族の中でも孤立していたらしいタキの孤独が浮かび上がり、村野は溜め息をついた。

線香の一本も手向けたいが、父親が談論社に来た時の騒ぎを思い出すとそうもいかない。もう帰ろうと村野は夜道を都電通りのほうに歩きだした。しばらく行くと、路地の奥に材木置き場があり、そこから気合を入れるような低い男の声が漏れ聞こえていた。村野はそっと近づいた。

その場所は、材木が立て掛けてある小さな小屋と、無造作に横積みされた廃材との猫の額ほどの空き地だった。真っ暗なその場所に体に合わない喪服を着た男が一人で、空手のような動作を繰り返しては奇声を張り上げていた。薄気味の悪い男だと闇を透かして見ると、目の白い部分が光った。タキの兄、仁だった。

仁の空手は、素養のない村野から見てもまったくいいかげんなものだった。ただ、奇声を上げて曲がった腕を繰り出したり、曲がった膝を伸ばしたり、思いっきり土を蹴ったりしている。鬱憤《うっぷん》を晴らそうとする幼児のようにも、だらしない体操のようにも見えた。やがて、材木置き場にたてかけてある材木に、仁は頭突きをするような仕草を繰り返したり、蹴りを入れたりした。仁は息を切らしながら啜り泣いている。そっと立ち去ろうとすると、仁がこちらを振り返った。

「おい。そこにいるのは誰だ」

村野は息をひそめて小屋の陰に隠れた。ピュッと音がして、小石のような物が飛んで来てパシッと小屋の壁に当たって落ちた。ピュッ、ピュッ、とその音がしばらく続いた。顔を出した瞬間、その一個が村野の耳のあたりを掠《かす》めて下に落ちた。

《パチンコか》

身を屈めて落ちた弾を拾い、月の光に透かして見ると銀玉だった。仁は銀玉鉄砲で村野を撃っていたのだ。何と幼稚な。村野は呆れた。しかし、この距離を飛んでくるところを見ると、玩具を改造しているのかもしれない。

仁はしばらくこちらを睨んでいたが、やがて諦めたように家のほうへと歩きだした。仁が行ってしまうと、村野はさっき仁が頭突きをしていた材木のところに近づいた。平べったい松材だった。仁がさんざん頭突きをくらわしたあたりから、ほんのりとバイタリスの匂いがしていた。

22

『深海魚』は相変わらずだった。狭い店内にぎっしりと常連客が入り、煙草の煙がもうもうとしている。

村野は軋む扉を開けて中に入り、入り口付近に積まれた古雑誌に躓つまずいて転びかけた。そんな間抜けな客には誰も見向きもせず、話に夢中になっている。だが、「気をつけてよ。そこ崩さないで」と、絹江が横目で睨んだ。村野はカウンターの端に一つだけ空いた席に腰掛けた。

「いつものでいいの？」

と、絹江が村野の返事を聞かないうちにバーテンダーに顎で合図する。すると、バーテンダーが頷いてダルマのボトルを棚から下ろした。クニ坊が、はすっぱに口の端に煙草を引っかけながら近づいて来た。

「村善。今日はみんなどうしたの。木曜のどんちゃん騒ぎの日だっていうのに誰も来やしないじゃないの」

「変だな」村野は周りを見まわした。「誰も来てないのか」

銀座の『路子』に顔を出すのは、さすがに申し訳なくてできなかった。自分に気があるらしい女と酔った勢いで寝てしまうなんて我ながら恥ずかしい。しかも、忘れ去りたいことのために彼女を利用したのだから、昨夜の自分は二重にさもしかったと思う。

だから直接こちらに来たのだが、軍団の誰も来ていないとは。もしかすると、木曜のこの飲み会も自然消滅したのかもしれない。遠山は小説家に転身し、村野は蟄居《ちっきょ》の身の上。後藤はじきに辞めるという。木島と橋本と若手だけでは面白くないからやめたのかもしれなかった。

村野は腕時計を見た。すでに午後十一時過ぎ。いつもならとうにこちらにまわっている時刻だった。ここで後藤を含めた仲間と会って、今後のことなど相談したかったのだが甘かったらしい。村野は一気にハイボールを飲み干すと、絹江に怒鳴った。

「帰る。つけといてくれよ」

絹江が不機嫌な顔で頷き、村野は高い止まり木を降りた。クニ坊が心配そうにまた寄って来たので村野は逆に尋ねた。

「おい、クニ坊。おまえ『月食』という店、知らないか」

「知ってるわよ。あの区役所通りの汚い店のことでしょう。ガキばっかよ。あんなとこに行くの」

「いいから、場所教えてくれよ」

村野は手帳の紙を破いて、ウォーターマンの万年筆を取り出した。考え考え、クニ坊が地図を書いてくれた。それをポケットに入れ、『深海魚』を後にした。

『月食』という食えない名前の店は、区役所通りの裏、一本新宿駅寄りの路地にある。黒い扉に黄色い文字で『月食』と小さく出ているだけで、営業しているのか閉まっているのか、それもわからないほど扉は固く閉ざされていた。音すらも漏れてこない。路地には、目つきの悪いティーンエージャーが徒党を組んでうろついており、村野のほうを胡散臭げにじろじろと眺めた。クニ坊が「あんなとこに行くの」と呆れた理由がよくわかった。大人は怖くて近寄れない、十代だけの街なのだ、ここは。

「おっさん、何しに来たんじゃ」

という少年のつぶやきが耳に止まった。この街のティーンエージャーのほとんどがラリっている。目がぼんやりとした敵意に覆われ、いいようのない苛立ちで荒れていた。村野はふと、タキの兄、仁の焦点の合わない目つきを思い出した。だが、仁の目はクスリではない何か別の物に酔っているように見えた。クスリに酔う少年たちのように、どうしようもない現実に苛立っているのではなく、彼は彼独自の世界を見ているように感じられた。その気味悪さが村野を震撼させ、もしかして草加次郎という人物もこのような男ではと思わせている。万が一、そうだとしたら、妄想とその妄想が引き起こす現実とに酔っているに違いない。恐ろしいことだ、と村野は思った。仁を徹底的に調べてやろうと決心している。

村野はさすがにためらった後、思い切って黒いドアを押した。中は穴蔵のように真っ暗だった。闇に煙草の火が蛍のように光り、そこかしこからシンナー臭がする。が、目が闇に慣れると、テーブル席が列車の座席のように手前に向かって縦一列に幾列も並んでいるのが見えてきた。そこここにカップルがいて、臙脂《えんじ》色の安っぽいビニール製のアベックシートにぴったりとくっついて座っている。さらに目を凝らすと、そのカップルたちがほんの十六、七歳だということにも気づく。中にはここで眠りこんでいる者もいた。

いわゆる深夜喫茶だった。彼らはここで朝まで過ごして、始発電車で家に帰るのだ。

村野は一番奥の空いた席に腰掛けた。

「何にします」

しばらく経ってから、若い男が注文を取りに来た。村野はウェイターを見上げた。浜田光夫の真似をした角刈り、田舎臭い顔の暗い目をした男だった。

「ビールあるかい」

ウェイターは何も言わずに首を縦に振り、そのまま奥に引っ込んでしまった。村野は店の中を見まわした。タキはここの常連だったという。なら、あの晩、俺のところを出てからここに来なかっただろうか。

村野はビール瓶と薄汚れたコップを持ってウェイターが戻って来た時に尋ねた。

「この子、ここによく来ると聞いたんだが……」

卓也が買ってきた『ガールズクラブ』のタキの頁だけを切り取った物を見せた。照明が暗いので、顔をしかめている。村野はガスライターの火を点《つ》けてやった。

「いやあ、知らないです……」少し北関東の訛《なまり》があった。

「そうか。ならいいんだが、七日の土曜に、ここに来なかったかと思ってね」

「七日ですか」知らないと言ったくせに、ウェイターは考えるように目を宙に泳がせた。

村野は返事を待つ間、客たちを観察した。誰もこちらに注意を払おうとしない。「やっぱり知らないな」

ウェイターは写真をテーブルの上に置くと、さっさと奥に引っ込んで行った。村野は温《ぬる》いビールをコップに注ぎ、一口飲んだ。低く低くジャズが流れている。ジョニー・ホッジスだった。案外、渋い趣味だと村野は目を瞑《つむ》った。ひどく疲れていて、こうしていると軽い眠気が襲ってくる。その時、

「おじさん、座っていい？」

若い女の声がした。はっとして目を開けると、黒いサングラスに真っ赤な口紅を塗った少女が横に立っていた。季節外れと感じられる木綿の青い夏のワンピースを着て、カルピスらしい白い飲み物の入ったグラスを手にしている。

「いいでしょ。座るとこないんだよ。悪いけど詰めてくれる」

狭い店はいつの間にか客で一杯で座席はほとんど埋まっていた。

「構わないが、そんな黒眼鏡をかけて見えるのかい」

村野が言うと、少女は「見えるわけないじゃん」と笑いながらサングラスを外した。一重瞼の子供顔が出てきて、まだ中学生ぐらいじゃないかと村野は思った。だが、真っ赤な口紅がその子供顔に妙に似合って、どきっとするような色気があった。

「おじさん、刑事《デカ》？」といきなり訊かれたのには驚いた。村野は苦笑して、いや、と首を横に振る。

「ちょっと知り合いの娘のことを訊いてるだけだ。そうだ、君知らないか」

村野は雑誌の写真を取り出した。少女は暗い照明にかざして、タキの顔を見、それか

らこう言った。

「知ってる。これ、タキだよね」

「そうだ」ほっとして村野は頷く。ようやくタキを知る人間を一人つかまえた。「この女の子、七日の土曜の夜中に来なかったか」

「土曜？　たしか来てたよ」

「本当か」

「来てた。遅くだけどね。あたしは朝までいたからタキが入って来て、それから出て行ったのも知ってる」

「時間は」

「三時くらいに来て二、三時間ぐらいで出てったかな。誰かを探してたみたいだった」

「誰を」

「知るわけないじゃん、そんなこと！　あたしはタキじゃないんだからさ」

少女は、黄色い声で叫ぶと、カルピスをストローでずっと吸い込んだ。白いストローに口紅の跡がべっとりついた。

「どんな格好をしてたか覚えているかい」

「えーと……白いスカートに黒い袖なしのセーターかな。すごくラリっててさ、あっちこっちに頭をごちごちぶつけてたよ」

少女は、あはは、と屈託なく笑う。村野はほっとして彼女の顔を見た。これで容疑が晴れるのだ。「それ、証明できないか」

「どういうことさ」と、少女が怪訝な顔で村野を見た。「証明って何だよ。タキ、どうしたんだよ」

新聞など読んでもいないらしい。村野は唇を噛んだ。

「実はタキは殺されたんだ。だから、その晩ここにいたことを証明してほしいんだよ」

「え……」とあせったように少女は赤く塗った唇を半分開けた。「警察《サツ》に行くの？」

脅えた少女の様子を見て、村野はその考えを引っ込めた。逃げられると困る。

「いや、いいよ。行かなくてもいいよ。それよりもタキのこといろいろ教えてくれよ。金なら払う」

「ほんと？」と少女は嬉しそうに言った。「ここの分も払ってくれる？　朝までいると高いんだよ」

「構わないよ。だから、何でも知ってることを教えてくれ」

村野は札入れから千円札を一枚出して、テーブルの下で少女に手渡した。少女はそれを小さく折り畳んで、口金のついた白いビニール製のバッグの中にしまい入れた。ありがと、と急に親しげにささやいた。喉が渇き、村野はビールを注いでまた一口飲んだ。

「おじさん、ビール飲むのやめたほうがいいよ。眠り薬入ってるって聞いたことある。大人が来るとさ、たいがい刑事《デカ》だから入れて眠らせるんだって聞いた。ね、ほんとに刑事じゃないの。刑事でも何でもあたしは金さえもらえばどうだっていいんだけどね」

「違う。俺は週刊誌の記者だ」

「タキはさ、ここの常連だけど、あんまり評判はよくないの。あいつ、クスリに卑しいんだよ、すごく。だから、手に入れるためには何でもするって感じ。そのくせ、あんまり金持ってないじゃん。それで仲間からは嫌われてさ、もうじきここも出入り禁止にされるってとこだった。でも、土曜は金たんまり持ってた」

「えっ」と村野は驚いた。「金はないと言っていたはずだが」

「持ってた。ピンピンの札で何枚も。こうして扇みたく自慢げにみんなに見せてさ。そして、ハイミナール買いまくってた」

「ところでクスリはどこで買うんだ」

「しっ」と少女は人差し指を唇に当てた。「入り口に近い席に男が二人いるじゃん。あれがそうだよ。吾妻組の連中だって。あのハンサムな奴、あいつが亀田っていうの」

その声が聞こえたわけでもないのに、ちょうど一人がこちらを振り向いた。明らかに十代とわかるチンピラだ。村野が刑事ではないかと疑っているような目つきを隠そうともしない。

「タキはいつも一人で来てたんだね」

「うん。いつも一人。結構男にもてるし、売春《ウリ》をやってるって聞いたこともあるけど一人だった」

「売春《ウリ》はどこでやってたか知らないか」

少女は首を横に振った。「あたしは知らない」

「ところで、君の名前は何ていうんだ。連絡つけるにはどうしたらいい」

「名前はミエ。連絡はここだよ」と、ミエは親指で床を指さした。

村野は暗い店内をもう一度見まわした。薄闇の中で眠っている長い髪の少女たちがタキに見えて仕方がなかった。

タキはあの晩、俺が出て行くとすぐさま誰かに連絡を取った。そして、その男を俺のアパートに迎えに来させた。たぶん、金を持たせて。そして、その男と寝て、金をもらった。ということは、その男は常連客の一人だったのかもしれない。その男の血液型は俺と同じAB型だ。その後、金を得たタキは『月食』に来て、ハイミナールを買い、ここに夜明け頃までいた。誰かを待っていたらしいが、それは誰か。その後、どこに行ったのか。そして、どこで誰に殺されたのか。

村野が『月食』を出ると、やはり男が後をつけて来ていた。ミエが言っていた吾妻組の男たちだ。

「旦那、ちょっと」

頬のこけた少年が話しかけてきた。アロハシャツの前を開けて、カンカン帽を阿弥陀に被っている。いかにも戯画的なチンピラの格好だった。もう一人は細身の背広にレジメンタル・タイという洒落た服装の村野くらいの年の男。頬骨が高く、二重瞼の目がハーフのような美男子だった。これが亀田らしい。

「何だ」

村野は振り返りながら、あたりの様子を窺《うかが》った。野良猫のようなティーンエージャーが、まだあちこちに固まっていた。中には、通りすがりの車を蹴飛ばしたり、ホステスをからかったりしている者もいる。精力を持て余しているかのような所業だった。

「淀橋署からお見えで」と亀田が慇懃《いんぎん》な口調で問う。「あたしらはとっくに筋を通してますが」

亀田という名前も容貌に似合わなかったが、話しかたも意表をついていた。

「いや俺は違う。刑事じゃない」村野は首を横に振った。「ちょっと死んだ娘のことを訊きたいだけだ」

「死んだ娘とおっしゃいますと」

亀田はあくまでも丁寧だ。が、目が闇の中で光っている。

「佐藤多喜子。通称タキという娘だ。『月食』の常連だったらしいが、七日から八日にかけて殺されたらしい」

「そちらさんは」

「その娘の親戚の者だ」

男たちは何も言わずに目を地面に伏せた。どう出ようかと考えているように見えた。

チンピラのほうは明らかに格下で、亀田のほうばかり窺っている。村野は強気で続けた。

「そのことでちょっと訊きたいことがあっただけだよ。迷惑はかけないから教えてくれないか。七日の日にタキはクスリを買いに来なかったか」

「何をおっしゃる。何のことやらさっぱり」と亀田が大袈裟に驚いて見せて東映時代劇のセリフをなぞった。

こいつら、当然のことながらしらばっくれるつもりらしい。村野は黙って懐を探った。一瞬、金を渡そうかと思ったが、やくざじゃ端金《はしたがね》を受け取りそうもない。代わりにハイライトを出して、火を点けた。

「旦那。セ・リーグの今年の首位打者ですがね。誰が取るとお思いですか」突然、亀田が言いだしたので村野は返事に窮した。「長島ですかね、古葉ですかね。どっちに取って欲しいですか」

「……古葉だな」

「あたしは長島を応援してます。ぜひ、取って欲しい。長島は取れますかね」

「さあ、まだわからないな。だが、長島のほうが残り試合が多いから有利だろう」

「いやあ……」と亀田が近づいてくる。「終わってみないとわからないくらいの接戦ですわね。だけど、一生わからない人もいるんですよ。シーズンが終わる前に死んでしまえばわからないですよね。そういうの悔やしかないですかね」

「さあな」

恫喝されているのだと気づき、村野は腕を組んだ。要するにただの女子高校生、タキの死を探るとただではすまないと親切に教えてくださっているのだ。村野は亀田の外国人のような美しい二重瞼を見た。

「てことは、タキはクスリを買ったんだな」

「とっとと帰れ。馬鹿野郎！」

チンピラが小さくすごんだ。遠くにいるティーンエージャーがこちらを興味深げに眺めている。乱闘にでもなれば、あわよくば加わりたいとでもいうような血の騒ぎが見てとれる。

「わかった。今日は帰るよ」

「けっ、二度と来んなよ！」

足元にチンピラの唾が吐かれ、村野は踵《きびす》を返した。

23

翌朝、目を覚ました村野は奇異な感覚に囚《とら》われていた。

いつもなら、午後一時からプラン会議がある。今まで六年間、何の疑問もなく、金曜の午後には出席していた。が、急に出なくてもいいことになり、そのことを会社の人間も軍団の人間も誰も何も連絡してこなかったし、いつまで休めとも言ってこない。俺はまるで突然死んだ人間のようだ、と村野は思った。いや、死んだのだ、と村野は笑いだした。社会的にはほとんど死んだも同然の身なのだ。

たとえ、真犯人を見つけて殺人に関する潔白を証明したとしても、俺が女子高校生を連れ込んで悪さをしたのは事実だ、と世間の連中は思っているのだ。タキの父親が会社に怒鳴りこんで来た時点で、俺はもうある烙印を押されたのだろうか。村野は無力感に襲われ、ベッドの上で頭を抱えた。

その時、机の上に置いた小さな薬瓶に初秋の朝日が当たっているのを見た。タキが風呂場に落としていったアメリカ製の睡眠薬の瓶だ。

タキはあれをどこで手に入れたのだろうか。このような強力な睡眠薬を持っているのに、ハイミナールを買いに『月食』に行ったのは何故か。それとも『月食』に行ったのは別の用事だったのか。そして、どうしてあの瓶には①とあるのだ。

このことを篠田や三上たちに言う気はなかった。

《俺が調べてやる。トップ屋の意地にかけても》

村野はさっと起き上がった。髭を当たりながら、奥歯の怪我を見ると治りかけている。悪い時もあれば、いい時もある。これまでも仕事を糧《かて》として生きてきたのだ。同じことをすればいい、と村野は思った。

パンは黴《か》びていた。村野はトマトジュースだけの朝食をとりながらいつものように朝刊をあれこれ読んだ。松川事件はやはり全員無罪判決。時報新聞には松川事件の報道に対抗するように、「鰐淵晴子さんにも『草加次郎』が脅迫　筆跡が一致」とあった。捜査本部が、吉永小百合に七回脅迫状を送った犯人が、鰐淵晴子にも数回脅迫状を送っていたという事実を突き止めたとある。書いたのは当然、渡辺だろう。この一週間の草加次郎取材のことがあれこれと懐かしくさえ思い出された。

村野は手帳を見て電話のダイヤルを回した。記事を書くのを禁じられたのなら、誰かに書かせればいい。

「もしもし、警視庁ですか。七社会の渡辺記者をお願いします。こちらは『週刊ダンロン』の村野です」

電話の回線がつながる音が何回かして、やがて渡辺の鮮度のいい声が聞こえてきた。

「おう、村善か！　どうしたんだ。最近姿を見ねえな。もういいのかよ、取材は」

「ちょっとひと休みです」

「呑気なこと言いやがって。これだから週刊誌の野郎とは付き合いたくねえんだ」

渡辺は相変わらずの巻き舌で快活に言った。

「実は事件に巻き込まれてましてね。こちら蟄居《ちっきょ》となりました。で、その事件で渡辺さんにご恩返ししますから」

「何だって。ちょっと待て、待てよ」

慌ててメモを用意する音がする。「ＯＫだ。言ってくれ」

「十日、永代橋の橋脚に女子高校生の他殺死体がひっかかっていた事件、ご存じですか？　死因は絞殺。死後二、三日。ガイシャは墨田区の商業高校の生徒」

「ああ、知ってる。所轄は中央署だろう。どういうわけだか一貫した秘密主義でよ、うちの一、三担当が全然、情報がないとぼやいていた。今回ばかりはリークもねえらしいんだ」

「そうですか……」

後藤が小島剛毅に自分の釈放を頼んだというのは聞いていたが、まさかそれ以上、小島剛毅が深く関わるほどの事件ではないと思われた。何か村野の与り知《あずか》らぬ闇の力でも動いているのかと不審に思う。

「何かあるのか」

「たぶん。調査中ですのでまだ何とも言えませんが、わかったらすべて先輩のものですから」

「お前はどうしたんだ」

「俺は書くことが禁じられているんですよ」

「何故だ」

「その女子高生殺害の容疑者になりかかったんで、疑いが晴れるまで自宅待機の身の上になりましてね。書く媒体がないんです」小島にも書くことを禁じられていたことを、今、この瞬間思い出した。

渡辺の笑い声が響いた。「村善に人殺しなんかできっこねえよ。で、どんな塩梅なんだ」

「マルボウ絡み、クスリ絡みかもしれない」

「クスリってシャブか」

「それもあるかもしれない。でも、今のところ表に出てるのは睡眠薬です」

「イーピンと高校生とヤクザか。面白そうじゃねえか。今、流行《はや》りだしな。それ、ぜひ頼むよ、村善」と、同業者に聞かれないように途端に声が低くなった。

「ええ。それからもう一つ。中央署の市川刑事から聞いたのですが、草加次郎の血液型がAB型だってご存じですか。切手の唾液から検出されたって」

「ほんとかよ。それは知らなかったな。早速談話取って、明日の朝刊にぶっこむよ。ありがとよ」

「これからも草加次郎のネタはこっちにも流していただけますか」

「もちろんだ。今朝の朝刊は読んだか」

「ああ。鰐淵晴子も脅迫を受けていたという件ですね」

「ああ。もしかすると、もっと出しているかもしれないんだ。清純スターに手当たり次第に出したのかもしれない」

「とすると、やはり若いやつですかね」

「だと思うがな。ニセモノ騒ぎに翻弄されているのが実態さ。でもなあ、これだけ証拠があるんだ。もしかすると……」と渡辺は、また声を潜めた。「近いうちにあるんじゃないかと言われている。何かあったら知らせるから、女子高生の件頼む」

渡辺に自宅の電話を教えて切ってから村野は考えこんだ。『近いうちにあるかもしれない』というのは、犯人逮捕が近い、ということだろう。なぜか村野は佐藤仁の顔を思い浮かべた。奴が怪しいのなら、指紋と血液型を調べさえすればわかることだ。村野は、タキ殺しの犯人もＡＢ型の血液型を持った男が疑われていることを思い出した。

午後、『週刊ダンロン』の編集部に入って行くと、小林がドア横の末席で弾かれたように立ち上がった。村野が来るとは思っていなかったようだが、顔には笑みが浮かんでいる。

「みんなどうした。プラン会議か。後藤は来てないか」

「第一会議室です。でも、後藤さんは来ていませんよ。遠山さんもです」

「そうか。じゃ、いい。行かない」

村野は小林の隣の空席に座り込んだ。女子社員が気を利かしてインスタントコーヒーをいれて運んできてくれたので、礼を言ってひと飲みし、編集部内を見まわした。噂はすでに浸透しているらしく、遠山軍団と関係のない連載担当の社員編集者などは、慌てて目を伏せている。

「村野さん。今日いらしてくださってよかった。ちょっと見ていただけますか」

と、小林は人目を憚《はばか》るように机の下から書類袋を出した。何だ、と見ると『心炎』と墨痕鮮やかな表紙の薄い小冊子だった。三冊ある。

「これが、例の文芸誌か」

「そうです」と小林はにやっと笑った。「僕の友人の兄貴で秩父鋼管に勤めている人がいたんですよ。で、水曜に手に入ったので、村野さんに見せてあげようと楽しみにしていたのに」

「あの事件が起きたわけだな」

「そうです。そっちのほうはもういいのですか」小林は若いくせに落ち着いた物言いではっきり言った。村野は頷いた。

「もちろん、はっきりシロになったわけじゃない。たぶん、内偵はやられているんだろうが、知ったこっちゃない。俺は俺で関係ないことを証明するつもりなんだ」

「わかってます。そっちのほうでも手伝うことがあれば、僕、やりますから」

「ありがとよ」と村野は明るい紺色のブレザーを着た小林に笑いかけた。「君にはこっそり草加次郎のほうを追っかけてもらうよ」

「いいですよ。突然、ベタになるかもしれないなんていうから、がっくりきましたよ。坂東さんも酷いな」

「仕方ない。草加次郎も九日以降、目立ったこともしていないしな。鰐淵晴子に脅迫状くらいじゃ迫力がない」

「そういう問題じゃないと思うな」と若い小林は真面目に反応している。「でも、村野さんは偉いですよ。だって、自分の追いかけていた仕事はどんな状況でもきちんとあげて、さらにまた、女子高生の事件《ヤマ》も調べようというんだから。僕には真似できないですよ。村野さんの立場になったら、案外布団を被って寝ているかもしれない」

村野は苦笑した。たまたまタキと仁という兄妹と、二つの事件が関わったから、という理由だけなのだ。それも仁のほうはただの勘にしか過ぎない。村野は照れ臭くなって話を変えた。

「金森洋子というホステスの店、わかったかい」

「わかりました」と小林は嬉しそうに言った。「ええと、銀座の『カリン』だそうです」

「『カリン』か。それは高いな……」と村野は唸った。「『週刊ダンロン』の名前で取材するから、何かあったら頼むぞ」

「だったら僕も連れていってください」と小林が手を合わせて懇願するのを笑って、村野は自分の机に戻った。無人の机の上には郵便物や新しい本などが山のように積み上げられていた。すみません、と女子社員が片づけようとしたが、村野は手で制した、どうせ、もうここに来ることはないのだ。こころの中でそう決めていた。

村野は引き出しを開けて、必要な物だけを書類袋やポケットに突っ込んだ。ほとんどが仕事上のメモや、仕事相手の連絡先だった。

片づけ終わると、机の上のほんのわずかな空間に『心炎』を広げて眺めた。『草加の次郎』氏は毎号、何首か歌を載せている。うまくもなければ下手でもない、ありがちな材の凡庸な歌だった。ほかにも短編小説、俳句、詩など、十五人ほどの文芸が載っている。内容もペンネームも別に怪しいところはない。背後から小林が覗き込んだ。

「何かありましたか」

「これだけじゃ何とも言えない」と言った後、村野はふと思いついて尋ねた。「この文芸誌は秩父鋼管以外の会社にも配られるのかな。例えば、秩父鋼管に出入りしている下請け、孫請けなんかの業者にも配られるのだろうか」

「さあ。それは広報にでも電話して問い合わせてみましょう」

小林がメモに書き取ったところで、会議室の方向からどやどやと男たちが戻って来た。

「村善、大丈夫か。お前」

橋本が薄くなった頭髪をかきながら心配そうに言う。

「すみません、ご迷惑をおかけしまして」

村野は橋本の後ろに立っている編集長、副編集長、坂東デスク、木島などに頭を下げた。

「いや、村善のことだから絶対に誤解だということはわかっておったのだがね。任意同行で事情聴取だなんて普通じゃない。だからすべてのことがはっきりするまで、君はとりあえず自宅待機ということで納得してくれないか」

坂東が気取った言い方で、しかし言いにくそうに言った。村野は頷く。

「承知です。今日はちょっと荷物を取りに来ただけですから」

村野は一礼すると、さっさと歩きだした。もう何も話すことはなかった。階段を降りかけると、後ろから橋本が追ってきた。

「村善。これからどうするんだ」

「とりあえず、降りかかった火の粉を払うことにします」

「そうか。災難だよな」と橋本は絶句している。「お前も後藤も抜けてしまって本当に困っているよ。だから、俺と木島がアンカーで、急遽外部から記者を入れることにしたらしい」

「そうですか。迷惑かけてすみません」

「それにしても、急激に変わっちまったな。うちの軍団も。これじゃ後藤の壮行会もできないよ。遠山さんもお前のこと気にかけていたから連絡してやってくれよ」

「わかりました」

橋本は村野の胸ポケットに封筒を押し入れた。札らしい。

「これは」と村野が訊くと、橋本が答えた。

「精算の必要のない仮払い金だ」

ありがたくいただいておきます、と村野は橋本に礼をした。実入りのいいトップ屋稼業といっても、ほとんどは取材費と飲み代に消えていて蓄えはない。

裏口を出ようとすると、後ろから小林が追いかけて来た。

「村野さん、わかりましたよ。『心炎』の件です。一応、秩父鋼管関係の文芸誌ということで、現在同人は二百三十六人。全員、鋼管の社員、もしくは関連会社の社員だそうです」

「外部の欲しいという人間には送ってないんだな」

「そのようです」

「じゃ、現在同人じゃなくて、昔同人だった人間には送っているのか」

「それは半永久的に送っているようですよ。死なない限り、住所録は増えていくと言ってましたから。ただし名簿は門外不出です」

村野は小林に手を振って階段を駆け降りた。これから校了日のない仕事をするのだ。こんな形でここを去ることの無念な思いよりも、解放感のほうが遥かに強いことに自身で驚いていた。

24

六本木の『トシ・アート・ディレクションズ』に電話をすると、坂出俊彦は都内の個人的な仕事場にいると女子社員が答えた。ほかに仕事場があるとは知らなかった。場所を訊くと、案の定、「言えない」と頑《かたく》なに繰り返す。村野は騙《かた》ることにした。

「坂出さんのお宅に出入りしていた女子高校生の殺害事件について調べています。坂出さんに緊急にお会いしたいのですが」

「警察のかたですか」と一瞬の間の後、女子社員が言った。

「そうです」

「昨日、いらしたかたと違うのですか」

村野や卓也の供述から、当然、刑事が坂出のところにも来たらしい。

「所轄が違いますので」

誰が聞いてもわかるような赤面ものの嘘を並べ立てたのに、警察ということで動転したらしい女子社員が教えてくれた所は帝国ホテルの一室だった。帝国ホテルなら歩いて行ける。

いったん晴海通りに出た村野は、数寄屋橋に向かって歩きだした。気温は二十二度。快晴。爽やかな気持ちのよい日だった。右手の日劇ビルに『アラビアのロレンス』、『シベールの日曜日』など洋画の垂れ幕が掛かっている。

最近は忙しくて映画を見ることもままならなかった。この事件が終わったらゆっくり見たいものだと思うのだが、このまま被疑者になるかもしれないという不安が村野のこころに暗雲のように立ち込めていた。

悔しいことに、後藤の言うことは当たっている。あのまま取り調べ室にいたら、自分の無実の証明などまったくできないまま、不利な証拠が積み上がっていくのをただ見ているだけだったかもしれない。冤罪の多くが、こうしていつの間にか、知らない既成事実が積み上げられて成立していくのではないか、と恐ろしかった。

村野は後ろを振り向いた。三上や篠田の姿はない。安心したものの、捜査のほうはどうなっているのか。気になって仕方がない。

帝国ホテルの正面玄関から出て来た若い女がこちらに向かって歩いて来る。肩までの髪をきちんと両の耳にかけ、白いシャツに紺色の巻きスカートをはいていた。地味な装いだが、大きなカルトンを抱えているのが女を特別な存在に見せていた。村野は前に立った。

「あら、またお会いしましたね」

顔を上げて驚いた表情で早重が言った。オレンジ色の口紅がいつもよりも早重を活発に見せていた。

「お仕事ですか」と村野は早重の抱えたカルトンを指さした。美大に通っていたのは知っているが、美術に関係した仕事をしているとは知らなかった。

「ええ、駆け出しですが。今、ちょっと編集の方に作品を見ていただいたところなんです」

声が弾んでいるから、うまくいったのかもしれない。

「それはよかった。大竹さん、お急ぎですか」村野は腕時計を見ながら言った。「引き留めて申し訳ないが、少し待っていただけませんか。今、ちょっと人に会って来ますので、その間だけ」

祈るような気持ちだった。ここで早重に会ったのは僥倖《ぎょうこう》だった。今こそ彼女から聞き出さないと、後藤と遠山のこと、そしてひいては小島剛毅との関係がわからないのだった。早重は自身の小さな腕時計をちらっと覗いただけで、構いません、と頷いた。

「ありがとう。コーヒーショップで待っていただけますか。それとも、ほかの場所がいいですか」

「じゃ、コーヒーを飲んでいます」

早重は村野と一緒に踵を返してホテルの中に入って行った。

「どんなご用事ですか」と村野の目を見上げて早重は問うた。自分が殺人事件の容疑者であることを知っているのだろうか、と村野は早重の目を見返す。が、目の中に見え隠れする光は彼女の純粋な好奇心のようだった。

「あなたと、この間葉山で会いましたね。あの邸宅の住人に会いに行くのです」

「俊彦さんのところですか。まあ、偶然だわ！」と早重は驚いたように言った。「私もたった今、伺ったところなんです。あの方のお知り合いに高畑さんという雑誌の編集者がいらっしゃいまして、その方に紹介していただいて、私の絵を見ていただいたところだったんです」

村野も偶然の一致に驚き、それから葉山グループとでもいうべき共同体の存在を意識した。

坂出の部屋はスイート・ルームだった。村野が部屋をノックすると、坂出当人が現れ、ドアを開けて村野の顔を見るなり、にやっと笑った。

「あなたが警察のかた？　そんなわけないよね」

「ええ、違いますよ」

「そうだよね。たしか名刺には週刊誌記者と書いてあったもの」

「偽って申し訳ない。こうでもしないとあなたの事務所の女性がここを教えてくれなかったもので」

「まあ、いいや。どうぞ」

坂出は、客たちの酔態を眺めていた時の小意地悪そうな笑いを浮かべて村野を請《しょう》じ入れた。非常に私的な会議が行われていた様子で、ソファの上に幾枚ものスケッチが置かれていた。これが早重の作品か、と村野は顔を傾けて眺めた。若い男たちの風俗を描いたイラストレーションで、タッチといい、色使いといい、斬新で素晴らしかった。正直、早重にこれほどの才能があるとは思わなかった村野は驚いた。

坂出は白いシャツにアスコットタイをつけ、茶のスウェードのジャケットを羽織っている。あの夜の半裸の釈迦涅槃像のような姿からは想像もできないような変身ぶりだった。そして、もう一人、坂出の前に男がいた。高畑稔だ。こちらもお手本のような秋物スーツの着こなしだ。

「高畑さん、お邪魔しますよ」

「ほう、驚いたな」と高畑は村野の顔を見て言った。「僕の名前をご存じなんだ」

「あなたたちのような有名人の顔を知らないでトップ屋はできませんから」

「そうそう。たしかあなたタク坊の叔父さんで、トップ屋だったよね。その人が僕に何の用ですか」

坂出の言い方は有無を言わせない柔らかな鎖のようなものを感じさせる。育ちや境遇からくるものだろうが、村野はそれが嫌いだった。

「昨日、刑事が来たでしょう。その同じ用事で来たんです」

「刑事は仕事で来るんだけど、あなたは私用でしょう。どうして、僕があなたに答える義務があるのかなあ」

「僕が容疑者の一人となっているから、と言ったら同情して話してくれますか」

坂出は何も言わずに笑いだした。さんざん笑った後に、「そう言えば、形相が変わってるね」と言ったが、村野は何も言わずに坂出を見つめていた。この手の男は手強《てごわ》いことがわかっていた。幼い時から自己の優位を信じて疑わないからだ。しかも頭はいい。勝つには、論理で押すしかなかった。

「坂出さん、ちょっと取り込んでいるようだから、俺は社に帰りますよ」

ベッドの上に置かれた早重のイラストを大きな封筒にしまっていた高畑が、坂出に申し出た。村野は高畑を見た。

「高畑さん、あなたにも話を聞きたいんだ。あとで社に伺ってもいいですか」

高畑の会社は『ガールズクラブ』の版元だ。すると、高畑は外国人のように両手を上げる仕草をした。

「構わないが、俺はなんにも知らないよ」

「じゃ、一緒にいればいいよ。そしたら村野さんの用事も一回ですむし、僕らも村野さんと何度も会わなくてすむじゃない」坂出が柔らかな鎖で高畑を縛った。高畑が頷いて椅子に腰掛けると、坂出が苛立ったように言った。「だからと言ってさ、ここにいろってことじゃないよ、高畑さん。あなた、ベッドルームに入っていいからさ、あっちで待っててくれない」

「わかりました」

さすがに高畑はむっとしたように、隣室に消えた。その姿を振り返りもしないで、坂出は柔和に言う。

「ま、座ってよ。あんた、顎のところに薄いアザがあるよ。喧嘩でもしたの」

村野は答えなかった。九日のことだ。それはもう黄色くなりかかっていた。

「そんなことはどうでもいい。ところで、坂出さん。刑事たちは何を聞きに来たのか、そしてあなたはどう答えたのか、教えてくれませんか」

「いいよ。あなたが真犯人だろうが、なかろうが僕はどうでもいいの。でも、タク坊が気の毒だしね。あの子はいい子だからな。ええと、うちに遊びに来てパーティに出席した子が殺されたっていうんだ。驚いたな。だって、名前を聞いても知らないし、どんな子が入り込んで来てるかなんてまったく知らないもの。それで詳しい話を聞いたら、その子はどうもこの間のパーティで空中サーフィンやらされた子でしょう。信じられなかったよ」

「タキはあなたのうちに何日前からいたんですか」

「さあ、前の日か、その前の日か。それははっきりしないよ。なぜかって言うと、僕は週末になると葉山に帰るけど、いつもはここを常宿にしているんだ。だからあの離れは誰が入っていて誰が泊まっているのか全然わからないんだよ」

「帝国ホテルのスイートが常宿？　豪勢なもんだ」村野は口笛をヒューッと吹いて見せた。「でも、あなたの家はいくら敷地が広いといっても、お父上と一緒でしょう。いくらあなたの知人でも、勝手に他人が塀の内側に入り込むのでは不用心じゃないですか」

「まあね。でも、親父もお袋もわりと若い連中が好きみたいで、甘いんだよ」

「そのようですね」

村野は池の中で泳いでいて、その後、植え込みに吐いていた新進作曲家を思い出した。あれほどの酔態を演じられたら絶対に許さない、というのが普通ではないのか。それとも小説家というのは、常識外の人間なのか。

「ということは、タキはあなたの家にいつ来て、いつ帰ったのかも知らないと……」

「もしかすると、高畑が連れて来たのかもしれない。あとで訊いてみれば」と坂出は指で背後のドアを指した。

「それは刑事に言いましたか」

「いやあ」と坂出は笑った。「訊かれもしないこと言うわけないじゃない。大体、あの人たち最初から低姿勢で、形式的なことだ、すぐに終わります、と繰り返していたから」

「それはどうして」

村野は正面から坂出を見据えた。坂出は大きな目をしばたたいた。

「なぜって、僕が文学史上有名な坂出公彦の息子で」と言ってから、村野の顔を見た。

「別に威張ってこんなことを言ってるわけじゃないよ」

「わかってますよ」と村野は頷いた。その通りなのだ。坂出にとって、そんなことは周知の事実、生まれた時からの事実なのだから。

「要するに、有名人の息子で、僕もまた有名人だからでしょう。そういう人間に対して異常なまでに卑屈になる人間ているんだ」

「あの二人ならそうかもしれない。でも、それだけかな。小島剛毅の威信ということはないでしょうか」

「小島剛毅？　ああ、あのおっさんか。たしかに親父とは顔見知りだ。だが、別に関係ないいんじゃない。右翼の大物とか聞いたけど、海岸で会うと、ただの気の良い親父さ」

「でも、ひとたび何かあると、その権力は強い」

「何が言いたいのか、さっぱりわかんないね」

　坂出は肩をすくめた。村野は話を変えた。

「そうそう。坂出さん。あなたの家にパーティ客が何日も前から来た場合、どこに泊まるのですか。あなたの家は失礼ですが、大邸宅とは言えない。言うなれば離れでしょう」

「雑魚寝《ざこね》だよ。それとも、何。乱れた性とか言って週刊誌ネタにしたいの」

「いや。週刊誌には書きません」

　そこに寝室に閉じ込められた高畑が出て来た。

「坂出さん。申し訳ないが来客があるんだ。社に戻りますから」

と言って、さっさとドアのところまで行った。村野も、ここで話すよりは高畑に忌憚《きたん》なく坂出のことを訊きたかったので社のほうが都合がいい。会釈すると、坂出が不機嫌そうにぽつっと言った。

「連絡、密に頼むよ。じゃないと、僕、来月号の座談会出ないよ」

「わかりました」と固い表情で高畑は答え、すぐさま出て行った。腕時計を見ると、この部屋に来てから四十五分は経っている。早重を待たせていることを思い出した。そろそろ切り上げる時だった。

「ところであなたのパーティで、睡眠薬が出まわってるみたいですね」

坂出はむっとしたように言った。

「人聞きが悪いなあ。僕は知らないよ。みんな勝手に持ち込んでるだけだよ」

坂出はむっとしたように言った。高畑に強気に出られて、内心怒っている様子だった。

「これ、見たことないですか」

村野は、タキが落としていった①と書いてある薬瓶を見せた。坂出は驚いたようにそれを手に取った。

「いや、ないよ。何だ、これ」蓋を開けて錠剤を取り出す。「ははあ、一つはセコナールだね。もう一つは知らない。アメリカの薬だろう。それにしても、どうして①なんて書いてあるんだろう」

「知らないのならいいです。ただ、坂出さん。あなたはあちこち海外にも出かけてるようだから、こういった物も手に入るのかなと安易に思っただけです」

「もちろん、手には入るよ、手にはね。だけど、僕は酩酊するのが好きじゃないからね、睡眠薬なんて使ったことはないよ」

村野は坂出から薬瓶を受け取った。

「じゃ、どうもお邪魔しました」

村野は会釈すると、坂出の部屋を出た。出る時にちらっと振り返ると、坂出が退屈そうに大きな欠伸《あくび》をしたのが見えた。

25

　早重に待つように頼み込んでから、すでに一時間近く経っていた。

　もう帰ってしまったかもしれない、と村野は内心心配しながらコーヒーショップに向かった。が、早重は窓際の席で退屈した様子もなく、煙草をふかしていた。

「お待たせしてすみません」

　村野が横に立つと、早重はほほ笑んで煙草を潰した。後藤の吸っているポールモールのような洋モクではなくて、村野と同じハイライトだった。

「いいえ。でも、お昼を食べていなかったのでおなかが空いて、サンドイッチを食べてしまいました」

　早重はテーブルの上を指さしたが、とうに片づけられていて、小さなレタスのかけらがひとつ早重の前に転がっていた。

「構いませんよ。僕が御馳走しますから。いや、サンドイッチくらいじゃ申し訳ないな」

「いいえ、助かります。私、今月はお金がなくてお家賃を払うのが精一杯で」

「家賃？　葉山のお宅で？」

村野が笑うと、早重は違うというように手を振った。

「葉山に親はいますが、私は家を出て目黒に下宿してるんです」

「そうですか。たしかに葉山は仕事するには遠いですから、通うのは大変ですよね」

坂出が帝国ホテルを常宿にしているという話を思い出した。

「ええ、でも仕事はあまり関係ないんです。私、勤めているわけじゃなくてフリーランスですので。つまり、フリーランスのイラストレーターなんです。イラストって新しい言葉ですけど、まったくそうとしか言いようのない仕事なんです」

早重はもどかしそうに説明しようとした。

「わかっています。見ましたよ、あなたのイラスト。すごくいいですね」

村野が言うと、早重は素直に喜んで手を打った。

「本当？　あなたにそう言っていただくと嬉しいわ」

「僕に？　どうして」

村野は運ばれてきたポットのコーヒーを早重のカップにも注いでやり、自分の分もいれた。

「後藤さんがいつも褒めています。村善はすごくいい奴だと。仕事もできるし、男だ、と」

「『男』か」村野は苦笑した。「あんまりいい言葉じゃないな」

「どうして。後藤さんにしてみれば、最大の褒め言葉でしょう」

早重はコーヒーに砂糖をひと匙入れて、そっとカップに唇をつけた。村野は、傷ついた表情を隠すこともできなかった早重を思い出し、いったい、早重にあの時、この俺はどう映ったのかと思った。後藤の言う通り、『いい奴』でしかなかったのだろうか。するど、その思いが伝わったかのように早重が言った。

「あの時は失礼しました。私、余裕がなかったのです。あとで考えて申し訳なかったと気にしていました」

「……いいんです」

「後藤さんは、あなたと自分は似ているのだと言ってます」

「そうですか」

「いや、自分よりも村野のほうが、本当は本物を見分ける目があるのだ、と言っていました。ただ、あいつは口にしないし、手に入れようともしないのだ。それを自分に禁じているのだと」

村野は苦笑した。「どういう意味なのか……」

「私にはわかるような気がしました」驚いて早重を見ると、早重は慌てた。「あ、生意気なことを言ってごめんなさい」

二人して沈黙したが、気詰まりではなかった。村野は話を変えた。

「ところで、あなたは坂出俊彦さんとは幼馴染みなんですね」

「彼は私のこと何か言って？」

早重は少し警戒するような、ふざけているような目で村野を睨んだ。

「いえ、あなたのことは一言も」

「そう。彼のことは、姉が同級でしたし、親同士が仲がいいものですから、もちろんよく知っています」

「あの坂出公彦氏と仲がいいのですか。あなたのお父上も文筆関係ですか」

「いいえ、違います」と早重はちょっと躊躇《ちゅうちょ》するような口調になった。「私の父は、日本画家なのです」

「もしかすると、大竹緑風氏のことですか」

早重は答える代わりにちょっと肩をすくめてみせた。残念ながら、というニュアンスがあった。

「そうです。世の中の人は父を褒めますが、それは父の本当の人となり、そして生活の実態を知らないからです。父ほど、傲慢でわがままで吝嗇《りんしょく》で権力好きで嫌な人間はいません。そんなことは大いなる才能の前ではたいしたことではない、我慢しろ、と言う人もいますが、私はそう思いませんの。父はもう新しい絵を描こうとはしませんから、大いなる才能がどうなったのかは誰も見届けていないわけです。肥大した自己を抱えて、さらにそれを増殖させる自己模倣としか言いようのない安全な仕事をして、わがまま放題に生きています」

「それは少し、手厳しいのではないですか」

村野は少し笑った。早重が論客だとは思ってもいなかったからだ。三年前の早重はほとんどしゃべることもできないくらい沈んでいた。

「いいえ、そうは思いません。だって、父は私の仕事に、そして人生に多大な影響を、いえ迷惑を与えていますから。私がこうして坂出さんの紹介であちこち営業に歩いているのも、父が私がイラストを描くことに大反対したからです。あんな西洋挿絵をやるなら学費を出さない、と言われて大学時代からアルバイトしていましたし、大学を出ると今度は家を出て行けと言われたからですわ。もっとも今回、私が家を出たのは、もっと大きな理由があるんですけど」と、早重は楽しい秘密でもあるかのように笑った。

「何だろう。聞いてもいいですか」

村野は早重と話していることにだんだんと喜びを感じてきていた。それは、早重が思いのほか精神的に自立していて、濶達さを感じさせるからだった。

「実は、私は父に勘当されましたの。去年のことですが。それはそれは、本当にさばさばしました」

早重は明晰な口調で言った。

「勘当ですか。それはまた思い切ったことをなさったのですね。どうしてまた」と言ってから村野は、それが後藤と関係あることではないかと感づいた。「後藤と付き合うことでですか。でも、あいつには何も恥じるところはない」

「もちろんよ。彼には何ら恥じるところはありません」と早重は笑った。「でも、詳しいことは彼自身に訊いてみるといいわ」

「訊いてもいいのなら、訊いてみましょう。でも、たぶん、あいつは言わないだろうな」

「さあ、どうかしら」

笑うと、早重の顔は明るい少女のようになった。だが、父親の悪口を言う時は冷たい小悪魔のようになる。

「あなたは彼と結婚しないのですか。勘当されて家を出るくらいなら、一緒に新生活を始めればいいと僕は思いますが」

村野はハイライトをくわえた早重に火を点けながら言った。早重は煙と一緒にしゃべった。

「それは無理です。なぜなら、彼には悪癖があるの。ご存じでしょう」

「いいえ」村野は首を横に振った。「想像もできない」

「ご存じのはずよ。彼は女が好きなのよ」

早重の顔には今度は不幸な中年女のような、深い絶望が刻まれた。

「何故知っているのですか」

「私は何度か、彼の家で女と遭いました。あたしと同じくらいの年の女もいましたし、もう少し年上の女もいました」

「そんなに何人もいたのですか」

「ええ、残念ながらね」早重は少し憂鬱そうに、中空の煙を見つめた。「でも、彼はご存じのようにサルトル信奉者で快楽主義者ですから、それも『透明な関係』として私に容認するようにと言うのです。互いに自由に恋をして、報告しあう、縛らない。それが新しい男女の姿なのだと。どう思って？」

「僕は後藤がどんな哲学を持って恋愛してるかなんて知らないが、そんな恋愛が現実的にできるとは思いません」

「少なくとも、私はできませんでした。いいえ、むしろ実存主義などというものはわがままな人間の方便なのだと確信しましたわ」と早重はあっさりと言った。

「そういえば、僕が後藤のところに行った時に、あなたたちは何か喧嘩してませんでしたか」

「そうよ、いい勘をしてらっしゃるわ。私は彼の新しい仕事が気に入らないの」

「小島剛毅氏のところの仕事ですね」

「ええ、そうよ」

早重は顔を曇らせて、また煙草の袋を探った。それはもう空で、早重はぎゅっと袋を捻った。どうぞ、と村野はハイライトを差し出し、火を点けてやった。口調は落ち着いているが、煙草でも吸わないとやりきれないのだろうか。

自分もまた、後藤には仕事のことで余計な口だしをしたのだった。村野はいよいよ核心に触れた。

「どうして彼は小島剛毅氏の仕事をすることになったのですか」

「発端は私のせいなのよ」と早重は低い声で言った。「私がある決断をしたことによって、父も後藤さんも迷惑をこうむったの。一番困ったのは後藤さんだけど、彼は動じなかった。私の好きにしたらいい、と言ってくれた。むしろ、父が動揺したことによって、後藤さんが迷惑をこうむったというべきかしら。そうね、それが正確だわ。それで小島のおじさまがしゃしゃり出ることになったのよ。でも、私に言わせればそんな必要はなかった。言いたい人、騒ぎたい人には言わせておけばいいと思ったの」

「それはあなたが勘当されたことと関係がある?」

「大ありよ」

早重は氷のとっくに溶けた水を飲んだ。村野は早重のくるくるとよく表情の変わる顔を見つめたまま、考えを巡らせた。

「わかりませんね。僕には女の人が何を考えているのかはわかりません」

「どうして。女のごきょうだいはいらっしゃらないのですか」

「妹がいましたが、戦災で亡くなりましたから。生きていればあなたと同じ年頃かもしれない」

「そうですか。それはお気の毒ね」

早重は淑《しと》やかに目を伏せた。アメリカ人らしい家族が入って来て、隣のテーブルに座った。子供が大きな青い目で早重のほうばかり見ているので、母親が注意している。そちらに気を取られている早重に村野は静かに言った。

「そのあなたの決断がスキャンダルになったのでしょうか。大竹緑風の娘さんなら、何をしてもスキャンダルになるでしょうから。下手すると、あなたがイラストをやりたいが故に家を出た、それでお父上の勘気をこうむった、それだけでもうちのサブ、いやネタがない時のトップ記事にはなりますよ、十分」

「そのことではなかったのですが、ある人にあることを書くと父が言われたのです」

「遠山良巳にですね」と村野はようやく後藤と遠山の軋轢《あつれき》の芯に行き着いた気がした。

「それで糸が解《ほど》けた。あなたの決断というものがなんだかはわかりませんが、その情報を得た僕の上司の遠山良巳が記事に書く、と大竹緑風氏に言ったのでしょう。言い方によっては、脅しに聞こえたかもしれない」

それは何か。村野には、まったく見当がつかなかった。

「父は怒ったわ。私に怒り、それから後藤さんに怒り、そして遠山さんにものすごく腹を立てた。それで、小島のおじさまに頼んだそうです」

「遠山を脅すように、ですね」

「……そうです」と早重は苦しそうに言った。「でも、後藤さんが言うには、小島のおじさまが遠山さんを脅したのは、私のことではないって言うのです。そんな小さなことではない。だからあなたの責任でも父の責任でもないって……」

言葉を切った早重に、村野は畳みかけるように尋ねた。

「つまり、遠山はあなたのスキャンダルのほかに、小島剛毅の何かを摑んだ。それは何です」

「私にはわかりません。後藤さんは知っていると思いますが、教えてくれませんでした」

《それが、問題なのだ。弓削は公安か警察絡みだと匂わせている……》

村野は話し続けて上気した、早重の健やかな頰を見つめた。

「やはり、遠山の問題には後藤が絡んでいたのですね」

「はい。後藤さんは、遠山さんに呼び出されて後で殴られたと聞いたわ」

早重は暗い面持ちで付け加えた。後藤は遠山軍団にはもう戻れない、いや戻りたくないと思ったのだろう。そこに、小島剛毅が新しい仕事を持って来たのだ。後藤は後藤なりに恩義に感じたはずだ。仕事に関しては、あいつは案外古風なところがあるのだ。そして自分もまた、タキの事件で小島剛毅の恩義を受けてしまったのだ。俺はどうやって借りを返せばいいのか、と村野は自問した。すると、

「お聞きにならないのね」と、早重が少しくたびれた様子で言った。「私が何を決断したか、そして何を脅迫されたかを」

「あなたがよければ、聞かせてください」

「私、赤ん坊を産んだのです」

さすがに村野は絶句して、目の前の傷つきやすそうな女性を見た。まさか、そういうことだとは思わなかったのだ。しかし、村野のショックは、それほど深い関係を後藤と早重がいつの間にか結んでいたということでもあった。村野が引き入れられた「三角関係」はとっくの昔に破綻していたのだ。

「随分、驚かしたみたいね。そうなの、私、私生児を産んだの」

「……後藤の子供なのですね」

「もちろんよ」早重は嬉しそうに笑った。「去年の十月に生まれたのよ。だから、もうじき一歳になるわ」

「後藤は認知したのですか」

「しようと言ったけれども、私が断ったの」

「どうして。それはあなたが勝手過ぎる。男にも親になる権利はある」

「わかってるわ。でも、私は極めて私的な問題にしたかったのよ。だから、茨の道を選んだわ。男の人にはわからないかもしれない」

村野の言い方に後藤を弁護する響きがあることを早重は悟ったのだろう。目をそらせて早口に言った。その姿には誰も立ち入ることのできない孤独の影があり、村野は黙って早重を見た。

「お子さんは、今どこにいるのですか」

「葉山の姉の良美のところにいるわ。あなたに会った時も娘に会った帰りだった。でも心配なの。スキャンダルを恐れている父が、姉の子として私から取り上げてしまうのではないかと思って」

「それなら、一緒に暮らしたらどうです」

「無理ですわ。男の人は何にもご存じないのね」と早重は呆れたように言った。「乳飲み子を抱えて営業になんか歩けませんから。それで私は仕事が取れるようにと必死なんです。仕事が軌道に乗れば、絶対に親子二人で暮らせますもの」

「いえ。僕が言いたいのは、後藤と、ということです」

と、説明してから後藤が女好きだと言った時の早重の表情を思い出した。早重はきっぱりと言った。

「後藤さんと私は結婚しないことに決めたのです。あなたがいらしたあの晩に。いえ、それ以前から、『透明な関係』でいようと言い合ってはいましたが、私の嫉妬や子供を産むという私の決断は、彼にとって裏切りに思えたのではないかしら」

村野が黙りこんでいると、早重は笑いだした。「いやだわ。私ったら、どうしてこんなことまであなたにしゃべっているのかしら」

「大丈夫ですよ。どこにも書きませんし、誰にも言いませんから」

「そういうことを心配しているのではないのです」と早重は慌てて言った。「あなたにはどういうわけかするすると話してしまう」

「僕はあなたを大事に思っていますから」

思わず村野が口にすると、早重は驚いたように顔を上げた。そして、小さな声で礼を言った。「ありがとう」

「だけど、後藤は揺らいでいますよ」

村野は後藤のために付け加えた。後藤は『灰とダイヤモンド』の話をして、『手に入れられないダイヤモンド』を見つけたと言っていた。それは、こういうことだったのだ。ようやくわかった。

しかし、早重は村野のハイライトにまた手を伸ばしながら一瞬村野の目を見、それから何も信じない、というように暗い目をした。それは、三年前に見た表情と同じだった。後藤も早重も深く傷つけ合ったのだと村野は感じた。

26

高畑の会社は服飾倶楽部社という古めかしい名前の地味な出版社だった。

場所も神保町にある。それが、アイビーファッションを売り出した松本という男と組んで、『メンズ・アイビー』という雑誌を創刊してから、一気に売上を伸ばしていた。その立役者が高畑稔という、今、村野の前に座っている男だった。年の頃、三十五、六歳。今、上り調子の者に特有の力が体全体に現れていたが、雰囲気は編集者というよりは、商売人だった。

「いや、さっきは失礼しました」

高畑は村野の名刺を机に置いたまま、如才なく謝った。

「こちらこそ。お仕事中にお邪魔して申し訳ありません」

「いやあ、坂出さんはなかなかご勘気が強くてね。気に入らないことがあると、途中でお帰りになったりするんですよ。ま、ご自身も芸術家でいらっしゃるから、中途半端が一番お嫌いなんでしょう」

「坂出さんとはお仕事のつきあいだけで？」

「そうです。うちのロゴとか、表紙のデザインとか坂出さんのデザイン会社でやってもらいましてね。坂出さんは、松本さんの会社のポスターなんかも手掛けていらっしゃいます関係で紹介していただいたのです。最近は、うちでモデルもお願いしたり、ヨーロッパのスポーツカー特集とか、あとはアイビー世代のちょっと上のいかすお兄さんて感じで、よく登場してもらってますよ」

「先日のパーティも仕事の関係でお顔を出されたのですか」

「ええ、まあ。仕事半分、個人のつきあい半分。結局は仕事ほとんど、みたいなところですね。盛況でしたけど、まあ、どこの誰とも知らない馬の骨も随分入っていて、今度みたいなこともあるんじゃ困りますよね」

どこか同業者という気楽さがあって、最初から打ち解けながらも丁重な雰囲気だった。それからしばらく他の出版社の共通の知り合いの噂話などをしてから、村野は本題に入った。

「佐藤多喜子という女子高校生について、ご存じのことがあれば教えていただきたいのですが」

「この娘でしょう」

高畑は『ガールズクラブ』を何冊か持ってきていて、あちこちの頁を開いて見せた。いずれもタキが脇役モデルとして背景に登場していた。

「そうです。TAKIと名乗っているようですが」

「この頁担当者などに訊いてみましたら、この子は北川事務所というモデルクラブに所属しているのだそうです」

「その事務所は銀座にあるのでは？」

「ええ。事務所と言っても電話一本、机ひとつだそうで、ちょっと口入れ屋のような感じらしいのです。今回の事件で、タキのギャラの支払いのことで電話したら、わからないからと別のところに電話をまわされて、出て来たのが、何だかヤクザみたいなのだったそうです。どうも、そのモデルクラブは暴力団が経営しているらしい。それにたいしたモデルもいない、というのでうちはもう一切使わないと言ってますが」

「暴力団ですか。どこの組でしょう」

「そこまではわかりません」

村野は『月食』にいた吾妻組ではないか、と思った。若い女を睡眠薬で縛り、中でもちょっと可愛い子にはモデルをさせたりする。それがエロ映画などでなく、『ガールズクラブ』で良かったと喜ぶべきだろう。

だが、卓也の話を思い出した。坂出のパーティで、モデルの女が『あの子はコールガールだ』と蔑《さげす》んで言っていたということだ。それに『月食』で、ミエという女の子もタキは売春をやっていたと証言していた。

これは話が逆なのかもしれない。ファッション雑誌のモデルにならないか、というのが、女の子を誘う最初の言葉だったのではないだろうか。喜んでなりたい、とタキが答えたとする。すると、組の者が『ガールズクラブ』の脇役程度のモデルを斡旋《あっせん》する。そして、次に斡旋するのは売春だ。金ではなくてイーピン、つまり睡眠薬で支払う。睡眠薬だって原価で売るわけはないのだから、女の子たちは二重に搾取されるわけだ。こんな楽な商売はないはずだ。

「高畑さん、タキさんはあのパーティに誰と来ていたのでしょうか」

「一人だと思います。だって、最初はぽつんと立っていましたから、僕もまさかうちのモデルだなんて知らないから、まったく声をかけなかったしね」

「ここだけの話ですが、坂出さんご自身が呼んだということは考えられませんか」

「つまり、個人的に知っていたかということですね」

「そうです」

「それはどうかなあ」と、高畑は首を捻った。「だって、坂出さんとタキとが知り合う土壌というものがないですからね」

住む世界があまりに違うということか。村野は食い下がった。

「お宅の雑誌を見ていてタキさんを気に入ったかもしれない」

「『ガールズクラブ』を見てですか」と高畑は腕組みをした。「でも、坂出さんの好みじゃないと思いますね。坂出さんは連れて歩く女の好みもうるさい。同じモデルでも、美貌のハーフにしか目がいかないんですよ。それも、よりどりみどり。タキは平凡で、せいぜいが『ガールズクラブ』のその他大勢だ。だから、あり得ないと思うな」

ということはコールガールで呼ばれたという設定も成り立ちにくい。村野は考えこんだ。しかし、あのパーティに来ていた誰かがタキを呼んだはずなのだ。でなければ、タキがおいそれと行ける場所ではない。高畑が村野の肩を軽くたたいた。

「村野さん、これがその頁担当の編集者です。大島という者です」

入って来たのは、若い女だった。今、流行のロングスカートに男物のシャツという格好。改めて社内を見まわすと、全員がアイビースタイルで、まるでそれが制服のような奇異な感じだった。小林がここに来たら、まったく目立たなくなるだろう。村野は挨拶すると、早速尋ねた。

「タキと同じモデルクラブのモデルは使ったことありますか」

「ええと、……ありません」と少し考えた後に首を振った。

「どうして彼女を選んだのですか。推薦かなんか」

「いいえ、その他大勢のモデルが手薄になってしまったので、一番報酬の安そうなクラブで、比較的いい子を探したのです」

「そのクラブには何人くらいいるのかな」

と、村野が問うと、大島が机のところに戻って小さなアルバムのような物を持ってきた。

「これがモデルの名鑑なんですけど、ここは小さい会社なので、こんなアルバムみたいなのにして持ってきたんです」

村野はアルバムを手に取った。三十人ほどの若い女の写真と名前が並んでいる。中にはタキの顔写真もあった。

「ここのモデルを使いたい時は、ここに電話をすればいいのかな」

「そうです」と大島が答えた。すると、横で見ていた高畑が口を挟んだ。

「それ持って行っていいですよ。どうせうちでは使わないことにしたから。用事が終わってからお返しくだされば構わない」

村野は礼を言って、アルバムを書類袋にしまった。すると、大島が高畑に訴えるように言った。

「編集部やカメラの人たち、みんなで気味悪がってます。だって、あのモデルクラブでは、死んだ女の子二人目だって言うでしょう。三十分の二ってすごい確率じゃないですか」

村野は驚いて、大島の化粧気のない顔を見つめた。

「何だって。その話を聞かせてくれないか」

「はあ……」と驚いたように大島は村野を見た。「詳しいことは知らないんです。たし

か、去年の終わりくらいの話なんですが、タキさんに頼む前に、この子にしようという

子がいたんですね。で、電話をしたらその子はもういないと言われました」

「ところが死んでいたんだね。それは誰から」

「ほかの出版社に出入りしているカメラマンが、あの子は死んだらしいよって言うので

驚きました」

村野はしまったばかりのアルバムを急いでまた出した。開いてぱらぱらと中を見ると、

中島嘉子《よしこ》（十七）という名前のところに黒い線が入っていた。

「これか……」と独り言を言うと、高畑が覗きこんだ。

「タキに似たタイプですね。どちらかと言うと、タキより美人だ」

たしかに顔の雰囲気が似ている。見ているうちに村野は嫌な気分になってきた。タキ

が村野に向かって言ったことが、にわかに現実性を帯びてきていることに気づいたから

だ。

《あたしすごいネタたくさん持ってるの》

《でも、殺されるかもしれない》

言葉の断片が蘇り、タキが言いたかったことは、この同じモデルクラブ内で起きた何かではないかと思い至った。

「その中島という子はどうして死んだのですか」

「さあ。ただ、噂では病死とか何とか。だから怪しいことがあるわけじゃないけど、珍しい話なのでみんなで気味悪がったのです」

大島は後味悪そうにしゃべった。

「ところで、タキさんて撮影中とか、どんな感じだったかな。いわゆる本職ではないわけでしょう」

「ああ。彼女はその他大勢だから、特に目立ってなかったけど、一度カメラマンが目が死んでるって言って怒ったことがありました。たぶん、睡眠薬かなんかやってたんだと思うけど、それは一度きりで、その後はそんなことありませんでした。案外、真面目でいい子だったと思います」

「タキの家の父親から何か言われたことは」

高畑が引き取った。

「つまり保護者から何か文句が出たかってことでしょう。それはないですよ」

大島は用が終わったと見てとると、自分の机に戻って行った。

「ところで、関係ないのですがね。高畑さん」村野は高畑の顔を見た。「さっき、坂出さんのところでイラストを見てましたよね。あれはどうなさるんでしょう」

「ああ、お目にとまりましたか」と高畑は嬉しそうに言った。「坂出さんの紹介の女性の作品なんですが、非常にいいでしょう。来年、うちで男性週刊誌を創刊することになったんですよ」その表紙絵に使おうかと検討中なんです。

「それはいい。絶対、売れますよ」

村野はそう言って立ち上がった。


村野は服飾倶楽部社を出ると、すずらん通りを抜けて三省堂の前でタクシーを待った。なかなか来ないので気が急《せ》いて、対向車線を行くクラウンのタクシーを停めようと靖国通りを横断した。慌てたせいで、須田町止まりの十番の都電に轢《ひ》かれそうになった。すでに午後六時近くなっていたが、これから銀座に戻ってその北川事務所を訪ねてみようと焦ったせいだった。

「危ないですよ」

と、タクシーの温厚な運転手に諫《いさ》められ、少し気が鎮まった。あの時どうして、タキの言うことをきちんと聞いてやらなかったのだろう、と悔やまれる。黙って考えていると、「お客さん、行く先は」と問われ、慌ててさっきもらったアルバムを見た。銀座といっても住所は築地四丁目とある。今日は談論社を皮切りに帝国ホテル、神保町、そしてこの北川事務所と、あちこち飛びまわっている。

「お客さん。このあたりでしょうかね」

運転手が振り向いた。ちょうど東劇前のあたりまで車が来ていた。ここでいい、と村野は言って、築地川を埋め立てて作った高速一号線の上に作られた小公園の前でタクシーを停めさせた。ゴミの臭気がすごい。思わず鼻を押さえると、釣り銭を渡そうとする運転手が言った。

「ここ、ひどいでしょう。夜のあいだに生ゴミやら何やら捨ててるんですよ。このあいだなんか死体が捨ててあったなんて話もあるくらいで、みんな夜は来るの嫌がりますよ。それに、バッタ屋がここで荷物仕分けしてたりしてね。まったく銀座のすぐ隣だっていうのに」

たしかに荒れた場所だった。最近は勝鬨《かちどき》橋あたりもひどいと聞いてはいるが、これほど汚いとは思わなかった。

目指す事務所は薄汚い木造モルタル二階建ての建物の中にある。階段を上ろうとすると、こちらに降りてくる男二人の声が響いた。

「いい加減な連中ですね」

「その程度のモデルしかいないんだろう」

聞き覚えのある声に村野は慌てて階段を降りて、物陰に隠れた。やはり、篠田と三上がひそひそとしゃべりながら、連れ立って建物から出て来た。北川事務所に聞き込みに行ったのだろう。危ないところだった、と村野は二人が立ち去るまで隠れていた。頃合を見て上りかけると、またドスドスと木製の階段を駆け降りる音がした。急いで同じ場所に隠れると、背の高い黒服の男が降りて来て周りを睥睨《へいげい》しながら煙草に火を点けた。『月食』にいた亀田だった。呆れるほど単純なことだった。

27

へとへとになって部屋に戻って来ると、電話のベルが鳴っていた。部屋の照明をつけることもせず、村野は急いで受話器を取った。

「俺だ。どうした、息が荒いな」後藤の声だ。

「今帰ったところなんだ。電気をつけるまでちょっと待ってくれ」

村野は受話器を置き、電灯をつけると急いで部屋のドアを閉めてロックボタンを押した。「もういい。どうした」

「近いうちに小島さんがお前に会いたいと言ってるんだ」

「小島剛毅が？　何故だ」

「わけは自分で考えろ」

「わかった。わけは考えることにするが、もう少し先で構わないか」

「いいだろう。何だ、お前。調べまわっているんだろう。あの娘のことで」

「もちろんだ」

「律義だな。放っておけ。可哀想だが仕方がないよ」

「その話はいいよ。俺の問題だからな。ところで、俺のほうもお前に話があるんだ。今夜、会えないか」

「構わない。どうする。俺の部屋に来てもいいが、飲みたいだろう」

「そうだな。どこにしようか」

二人の中間距離を取れば六本木あたりが妥当だったが、派手な男女が多いので村野は好まなかった。

「久しぶりに『路子』ではどうだ」と後藤が提案した。

もう一度銀座に戻るのは面倒だったが、考えてみれば新宿も銀座もほぼ同じ距離だ。いいよ、と村野は答えた。約束は午後九時になった。路子に会うのは何だか気が引けるが、承知したのは、その後、同じ銀座のクラブ『カリン』にまわってもいいと思ったからだ。

後藤との電話を切り、ある番号にダイヤルを回した。しばらく呼び出し音が鳴った後、やや老けた女の声がした。

「もしもし、北川事務所です」

「こちらは『週刊ダンロン』編集部ですが、グラビア頁のモデルを探しています。お宅の中島嘉子さんを紹介願いたいのですが」

「中島嘉子ですか」

と、面倒そうに、何かをめくる音がしていた。それから気がついたように、

「申し訳ないのですが、中島はこちらを辞めていますので駄目ですね」

「お辞めになったのですか。残念ですね。連絡とれませんか」

「無理です」

にべもなく電話が切れた。村野はもう一度懲りずに電話をした。

「もしもし、さきほどの者ですが」

「何でしょう」すでに切る態勢に入っているような投げやりな応対だった。

「中島嘉子さんと直接連絡をしたいので、何とか電話番号だけでも教えていただけませんか」

「知らないのよ、こっちは！」

二度目の切り方はさらに酷かった。何とか中島嘉子について調べることができないだろうか。村野は風呂の水を出しながら考えこんだ。

『路子』に入って行くと、後藤がカウンターで飲んでいた。

肩をたたいてその横に座ると、棚を向いていた路子が振り向いて艶然とほほ笑んだ。

今日は渋い大島紬に、白い染めの帯をしている。帯の模様は秋の七草らしい。琥珀《こはく》のイ

ヤリングをつけて、相変わらずの美しさだ。

「村善さん、お久しぶり」

十一日に酔って泊まったのだから「お久しぶり」もないのだが、連絡もしない冷たい村野への路子の皮肉らしかった。後ろめたい村野は黙っている。

「今日は男っぷりがいいわね」路子がカウンター越しに村野の背広の襟を指で挟んだ。

「まあ、いいお仕立て。ネクタイも趣味がいいわ。どなたのお見立て？」

「おいおい、村野を苛めるなよ。テーブル席に移ろう」

後藤がスツールを降りながら佐江子を呼んだ。

「佐江ちゃん、テーブルに移るよ」

「どうしたの、冷たいわね！」と、路子が叫んだが、後藤はきっぱり言った。

「村善と話があるんだ。しばらくほっといてくれよ」

席につくなり、後藤が言う。「路子とできたんだろう」

村野が何も言わずに苦笑すると、後藤が囁いた。

「路子はすぐああなるんだ。でも、またすぐ戻るから安心しろ。次の餌食を見つけるからな」

「なるほど、俺は餌だったわけか。それを聞いてほっとしたよ」

村野はそう呟いてダルマのハイボールを飲んだ。

「当たり前だ。男は皆、餌だ」

「お前もできていたのか」

その問いには答えずに後藤が言った。「少し元気になったようだな。お前はやはり、現場をあちこち歩いているほうが生き生きとしているよ。よかったな、早く出られて。下手すると一生出られない奴もいるんだ」

「そうだな。ところで、今日早重さんに会ったんだ」

「どこで」後藤の目が光った。「約束でもしてたのか」

「いや、坂出俊彦の常宿にタキのことを訊きに行ったら、偶然会った。仕事のことで会いに来たと言っていた」

「仕事のことは聞いてるよ。イラストの件だろう」

「あとでゆっくり話した。お前とのことも聞いた。子供のことも、そのことで遠山さんに書くと脅されていたことも」

「そうか。そこまで知ってるのなら話すが……」という後藤の言葉を村野は遮った。

「いや、いい。子供のことは聞かなくていいし、聞きたくない。ただ、遠山さんが摑んだ小島の何かというのを知りたいんだ。草加次郎の爆破事件が起きた時、談論社に国東会の連中が脅しに来ていた。あれにおまえは関係してないと言ったが本当なのか」

後藤は黙り込んで、酒を飲んだ。村野は懐を探ってハイライトをくわえた。どういう嗅覚が働くのか、隣のテーブルについていた佐江子が振り向いて、すぐさま火を点けてくれた。後藤が重い口を開いた。

「遠山さんはな、さすがだよ。あの人は俺と早重の子供のことを書こうとして小島に脅されると、すぐさま小島の弱みを探したんだ。そして、あの人の親しい警察官僚から何か聞いたんだな。それで、逆に脅しをかけた。それが小島の逆鱗《げきりん》に触れたのさ」

「警察官僚から聞いたというのは何だ」

「俺は知らない」後藤は真剣な顔で村野を見た。「本当だ」

「わかったよ。調べられるものなら調べる」

「相変わらずだな。お前の話というのは何だ」と後藤が低い声で言う。

「吾妻組について調べたいので、国東会の人間を紹介して欲しいんだ」

「馬鹿な」と後藤は言った。「相手はヤクザだぜ。それに、国東会がどうして吾妻組のことがわかるんだ」

「俺よりはわかるだろう。後藤、国東会は小島剛毅の傘下だろう」

「その通りだよ。小島さんはそういう人だ」

「お前もこの俺も、そういう人間の恩恵を受けてしまった。なら国東会とたいして変わらないじゃないか」

後藤は笑った。「村善らしくない。乱暴な論理だな」

「乱暴ではない。単純な真実を言ってるだけだ。小島の側での真実を、な。小島のお陰でお前と彼女とその家族はスキャンダルを逃れたのだろう。もっとも、お前と彼女は甘んじて受けるつもりだったようだが」

「そうだ。ただ、この悲劇、いや喜劇はな……」と後藤が皆まで言わせないでしゃべりだした。

「遠山さんが、早重の相手をこの俺だと知らなかったということなのだ。だから、遠い遠い他人事のスキャンダルでしかなかったんだよ、最初はね。そもそも発端というのが、遠山さんの奥さんの友人が通っていた産婦人科で早重が出産することになって、その女とあれこれ世間話をした。そしたら、早重を誰も見舞いに来ないのを変に思った女が早重にそのわけを尋ねた。早重は妊婦同士の気やすさでしゃべってしまった。その話が奥さん経由で遠山さんの耳に入ったわけだ。遠山さんは、権威嫌いだから『日本画の巨匠、大竹緑風の娘が私生児を生む』というので喜んで取材に動きだした。そうなれば大竹緑風は持てる政治力を駆使してトップ屋なんか潰すさ。俺がすべてを知って慌ててやめるようにと言った時は、遠山さんは丸一日部屋に監禁されて、国東会の連中にさんざん脅された後だった」

「なるほど。それで小島のことを逆に調べて何かを摑んだ」

「そう」

「そして、今度は潰された……」

村野は、脅えたような目つきの遠山を痛々しく思い出した。一度、屈服すると、オーラというものは逃げていくらしい。

「で、お前はこの事態を『にっちもさっちもいかないこと』と受け止めて、小島剛毅の傘下に入ることを決意したわけだ」

「そうだ。お前もそうなる。なぜなら、受けた恩義を返すことをそのような形で求められる社会だからだ。好悪や善悪で判断できることではないんだ」

それはさっき村野も自分で指摘した単純な真実だった。村野は何も言わずにグラスにできた細かい水滴を見た。何を話しているのか、と心配そうに路子が時々こちらを眺めている。路子の不安を感じてか、佐江子はサラリーマンの客たちの周りを飛びまわっていて、こちらには寄りつきもしなかった。村野は苦笑いをして言った。

「お前も路子と寝たんだな。それからクニ坊とも」

「うん」と後藤は頷いた。「女は切らさないよ」

「それを早重さんに見られた」

「そうだ。俺は仕事で小島剛毅に縛られる。それで、もうたくさんだ。早重のことは愛しているが、一人の女といるよりは自由でいたい。お前は笑うかもしれないが、早重とならサルトルとボーヴォワールのように生きられると思ったこともある。でも、『透明な関係』なんてあり得ないことがわかった」

「子供はどうする」

後藤は深い溜め息をついた。「一応、結婚を申し込んだが、断られた。つまり、子供の父親になることを拒否されたのだ」

「お前たちのことはよくわからない。ただ、俺がお前なら何としても責任は取るだろう」

「村善は古い男だからな。早重の芯のところがわかってないんだ」

後藤は笑ったが、村野は俯いたまま笑わなかった。

「簡単にわかるほど、単純な人じゃないのだろう」

かろうじてこう言ったが、自分なら早重のことがわかるのではないかという密かな自信はあった。しかし、後藤と早重がこじれている以上、残念ながら自分が口を差し挟むことではない。

「よし、河岸《かし》を変えよう!」と後藤が元気よく言った。

「どこに行く」

「キャバレーでも行くか」

「『カリン』にしないか。そこなら近いだろう」

「『カリン』? 何でまた。あそこは高級クラブだぞ。行ったこともない」

「実はな、そこのホステスに草加次郎が脅迫状を送っているんだ」

後藤は思い出したように、ああ、と頷いた。すでに目が輝いている。「面白そうだ。よし、行こう。最後に『週刊ダンロン』のつけで思いっきり飲んでやろうぜ」

路子がカウンター越しにこちらを見ている。談論社と今日、決別したように、この店ともおしまいだと村野は思った。

28

『カリン』の前には、案の定、会員制と書いた小さな白い札が出ていた。

二人はそれを気にもとめず、赤い絨毯を敷きつめた階段を駆け上がって行った。新橋寄りの銀座大通りに面した一等地だ。

「いらっしゃいませ」と、白いタキシードを着たボーイが出てきて最敬礼をする。続いて、黒いタキシードのマネージャーがゆっくりと現れた。

「初めてでいらっしゃいますか」

「ああ、そうだよ」

後藤が遊び人風に答えた。今日の後藤は、仕立てのいい黒の背広に、細いタイを締め、自由業の男に見えた。もっとも、無骨な村野のほうはどうしても遊ぶ男には見えない。かと言って、実直なサラリーマンにも見えない。一番得体の知れないのが村野のような男なのかもしれなかった。黒服はどういう値踏みをしようかと、悩むように首を傾げた。

後藤が念を押すように言った。「一見《いちげん》でも構わないんだろう」

「もちろんですとも。どうぞ、奥へ」

審査は合格だったようだ。二人は店の中に入って行った。薄紫色の壁紙が張られ、あちこちにバラの花が飾られていた。薄暗いボックス席が全部で二十くらい。生バンドが入って、ホステスは四十人近くいるようだ。しまった、と村野は苦笑した。金森洋子という本名は知っているが、源氏名は知らない。

「ご指名はございますか」

愛想のいい派手な和服姿の女が現れて尋ねた。指のダイヤが眩しい。

「いや、特にない」一応、村野は答える。二人でジョニ黒のボトルを入れると、やがて蝶々のようなひらひらしたドレスを着たホステスが二人ついた。

「お仕事は何をしてらっしゃるのかしら」

「貿易関係」調子よく後藤が答える。「アメリカやヨーロッパからね、いろんな衣料を入れてるんだ。主に男物だがね」

「アイビールックとか？」

「ああ、あれは子供の服だ。僕らが扱うのは主にヨーロッパのフェラガモとかエルメスとか、そういうのだけだよ。知ってるかい」

「名前だけは。去年、うちのママがヨーロッパとかアメリカにキャバレーの視察旅行に行ったの。その時に、ヨーロッパにはとても素敵なお店がたくさんあるって言ってたわ」

すでにホステスたちは信じ込み、憧れる目になっている。村野は桑野みゆきに似た若い女に尋ねた。

「ママさんて金森さんだろう。同業者がその視察旅行のことを言ってた」

「違うわよ」と若い女が笑う。「金森さんて、うちのホステスさんよ。ユミさんのことでしょう」

「じゃ、そのユミさんが一緒について行ったんだろう。たしか金森さんと言ってたよ」

「絶対に違うわよ」

「じゃ、呼んで来いよ。確かめよう」と後藤がうまく受ける。

「いらっしゃいませ。ユミです」

やって来た女はとても三十を出ているようには見えない、体のきれいな美しい女だった。が、声がしゃがれている。これが金森洋子か、と村野は女を観察した。

ユミの代わりに若いホステスが別の席に移って行くと、バンドがマンボを演奏し始めた。あちこちのボックス席からホステスと共に客がフロアに出て来る。

「俺たちも踊りに行こうか」

後藤がもう一人のホステスを誘った。村野はユミと二人きりになった。村野の水割りをユミが作ってくれている。その横顔に村野は思い切って話しかけた。

「金森さんてそんなにない名前だね。この間、新聞で読んだばかりだ。あれはたしか草加次郎の事件でさ」ユミの体が硬直したのを見計らって、村野はすかさず言った。「まさか、君があの金森さん?」

「そうですけど……」とユミは不審な顔で村野を睨んだ。「新聞社のかたですか」

「そうだと言ったら？」

「あたし、何も言いませんから。もうさんざんいろんなこと訊かれて、本当に嫌なんです。お客のふりして見えたり、ひどい時は下で呼び出していきなり草加次郎は知り合いですか、なんて尋ねられたり。お店にも迷惑かけてしまって」

「僕は違いますよ」村野はやんわりと否定した。「あの友人は貿易商社に勤めているし、僕は同業だけど突然無職になってしまったし、これからどうして生きていこうかと悩んでいる最中でね。元気づけに遊びに来たんだ」

「無職に？　どうしてですの」

「いやいや」村野は勿体をつけた。フロアを見ると、後藤がホステスの腰を引き寄せて踊っている。「ちょっとあいつがいるから……ここじゃ」

「そうですか」とユミは引き下がり、村野と一緒に後藤のほうを眺めるふりをした。村野は低い声で内緒話をするように言った。

「実は、僕のところに遊びに来た娘がどういうわけか失踪しましてね。僕は関係ないのに、警察に参考人として呼ばれたのです。それが会社に知られましてね、失職したのです。ショックでした。だから、あなたのお気持ちはよくわかりますよ」

「まあ、お気の毒ですね」ユミは掠れた声で頷いた。「警察の人ってわりと無神経ですよね。あたしのところにも、前からの知り合いだろうってしつこく訊くんですよ。違う、知らないっていくら言っても聞かないの。いやになったわ。草加次郎に狙われたという だけで、あたしはショックなのに、何か関係があったんじゃないかって勘ぐるなんて本当に失礼しちゃうわ。これが普通の勤めなら、あたしもクビになっていたんじゃないかしら」

「でも、あなたの場合は関係ないでしょう。だって、新聞の記事だと、金森ヨウ子って代議士と間違われたそうじゃないですか」

「そうだと思いますけどね。だって、そうそうある名前じゃないもの」

「あなたのは本名なんでしょう」

「そう。結婚もしてないから昔からずっと金森洋子。名前で脅されたりするのは勘弁願いたいわよね」

怒るとユミの声はますますしゃがれて、老婆のように聞こえた。姿の美しさとアンバランスでそこが面白くもある。

「代議士の金森さんはどこに住んでるんだろうか」

「あたしはその時、六本木に住んでいたんだけど近くだとは聞いていたわ。だから、本当に間違えたのかもしれないんですけどね。でも、気持ち悪いから引っ越しちゃった」

「じゃ、本所のほうに知り合いはいませんか」

「本所って墨田区の本所のこと？」

「そうです。知り合いがいませんか」村野はもう一度繰り返した。

「いないわ。行ったこともないし、知り合いも誰も住んでないわよ。どうして？」

「じゃ、『心炎』という文芸同人誌を知りませんか」

「何、それ！」とユミは叫んだ。「知らないわよ。だって、全然そんなの興味ないもの。何でそんなことばっかり訊くの」

「じゃ最後に、佐藤仁って男に聞き覚えはない」

「誰ですか、それ？　全然知らないわ。どうしてそんなこと訊くの。あなた誰？」

「僕はさっき言ったようにただの失業男さ。ただ、本所の佐藤って男が草加次郎に関係あるんじゃないかって飲み屋で噂されていたんでね」村野は頭をかいた。

「そんなこと警察の人は何も言ってないわよ」

「そうか。じゃ、ただの噂なんだろうな」

やはり関係なかったのだ。村野は、ここの払いはどうする、と絶望的な気分で踊っている後藤の顔を見た。後藤はそんなことは忘れたかのように、愉快そうに笑っていた。

「ねえ、もうそんな草加次郎なんてどうでもいいわよ。あたしたちも踊らない」ユミは村野の手を引っ張った。「ねえ、踊りましょうよ。あたし、ダンス得意なのよ」

「俺は不得意なんだが」

その時、バンドの演奏がルンバに変わった。ユミに引かれるまま村野はダンスフロアに出て、さんざんユミの足を踏みながら踊った。ユミは得意だと自慢するだけあって、抜群に上手だった。

「あたし、年増でしょう。でも、ダンスがうまいので雇われているのよ」

それはたぶん、本当のことだろう。村野は今日一日の疲れを足に感じながらも踊り続けた。ルンバの次にブルースになって、村野の肩に顔を埋めたユミが囁いた。

「あなた、名前何て言うの」

「村野だ」

「また来てね。胸が厚くて素敵」

「金を貯めて来るよ」

「約束して」とユミは骨張った手を村野の大きな手の中に滑り込ませた。握ってやると、打ち明け話をするように囁いた。「警察には言ったんだけどね。実は電話がかかってきたのよ」

「何だって」

村野は驚いて、ユミの目を見た。ユミは少し脅えるような色を見せて村野の目を見上げた。

「あの手紙爆弾が届く前の日に三回も変な電話があったの。一度目は『金森さんのお宅ですか』って訊くから、『そうです』と言ったら、『手紙届きましたか』と言うの。で、あたしが『どちら様』と訊いたら、すぐに切れたわ。二度目も『手紙は届いたか』と言ってすぐに切った。三度目は無言。でも、すぐにそいつだとわかったの」

「それは草加次郎なのかい」

「警察の人は間違いない、と言ってたわ」

「どんな声だったんだ」

思わず村野は足を止めた。その村野に引きずられてユミも踊るのをやめた。

「訛もないし、ごくごく普通の声よ」

「そうか。それが草加次郎の声か……」村野は独り言を言った。

とうにテーブルに戻った後藤の両脇に若いホステスがついて、後藤の話に大笑いしているのが見えた。現金なもので、こうなるとここの払いはちっとも惜しくはない。ブルースが終わり、チャチャチャになった。席に戻ろうとすると、ユミが、

「もっと踊りましょうよ。あなた上手よ」

とおだてるので、村野は仕方なくユミの手を取った。ターンの時にユミのハイヒールの踵《かかと》が村野の靴を踏んだ。先が細いので痛かった。

「ごめんなさい」とユミが謝り、それを潮に席に引き揚げた。

「随分、乗っていたな」と後藤が村野とユミに笑いかけた。「そろそろ帰らないとまずいだろう。一見の客はツケがきかないそうだ、やはりな」

二万三千円也の勘定を橋本がくれた金で何とか払って『カリン』を出ると、下までマネージャーとユミが送って来た。

「また来てくれる？」

「いいよ」金が続けば、という言葉はあえて飲み込む。ユミは村野が気に入ったようだ

った。

「ねえ、さっき思い出したんだけどね。さっきあたしがあなたの足を踏んじゃったじゃない。あの時に」と、ユミがしゃがれ声で村野の耳元に囁いた。

「うん」

「こんなことが前にもあったなってふと思い出したのよ。それがね、ダンスホールでのことなのよ。ここに勤めだすちょっと前にダンスホールで友達と踊っていた時に、男の子の足を踏んだことがあるの。それがズック靴の子で痛かったらしくて、すごく睨みつけられたのね。で、『てめえ、覚えてろよ！』って言われてしばらく後をつけて来たのよ。まさかその子がこんなことしてるんじゃないわよね」

「どんな奴だった」

「平凡な子よ。なんて説明していいか困るくらい。でも、目つきが三白眼でちょっと嫌な感じだったかな。背も普通で顔も普通。でも、あれがまさか草加次郎？　そんなことあるかしら」と、ユミはどうしても信じられないというように首を捻った。

「ほかには何か言わなかったか」

「言ったわ。『俺を嘗《な》めるんじゃねえよ。俺は硫酸持ってるんだぞ』って」

佐藤仁が、『先公に言いつけるぞ』とタキを脅した時の言い草を思い出す。粘着質で幼稚な脅しようはそっくりだった。村野は一瞬、あの闇で異様に光る白い目を思い出したが、もちろんなんの根拠もなかった。

後藤と一緒にタクシーを拾い、村野は先に神谷町で降りることにした。後藤はタクシーの中で村野にこう言った。

「村善、どうせお前のことだから、軍団や談論社に戻る気はないんだろう。だったら、俺と一緒に雑誌作らないか」

「小島のところの季刊誌か」

「そうだ。今、準備で忙しいのだが、資金は潤沢だし、夢のような雑誌が作れるかもしれないぞ」

「俺はそういう仕事は向いてないんだ」と、村野は目を閉じて言った。

「じゃ、どういう仕事が向いているんだ」

「そうだな。現状はとんでもなく苦しいはずなのに、俺は今、案外楽しんでいる。たぶん、あちこちに行って何か探りだしてくるのが性に合っているんだろうさ」

「そうか。お前くらい勘がよかったら、いくらでも編集長クラスの話が来るだろうに」

「後藤」村野は運転手を意識して小さな声で言った。「お前、忘れたのか。俺は重要参考人になるところだった男なんだぞ」

「忘れてない。でも、出版界なんて売れればいいのさ、しょせん」

後藤はそう言うと、タクシーの中から月を仰ぎ見た。そして、声を低めて村野に囁いた。「早重には知らせてないのだが、遠山さんは大竹氏を恐喝していたんだ。『書く』という脅しだけでなく、金を要求していた」

「そうだろうと思っていた」

でなければ、あれほどのダメージを受けることはないだろう。この稼業を長く続けているうちに、あの遠山でさえ渡ってしまう橋があったのだ。村野は疲れを感じて、さらに堅く目を瞑った。

29

（どうしたら、不審がられずにあの子たちと話すことができるだろう）

村野は校門から吐き出されてくる大量の女子高生を見ながら考えこんでいた。が、中にはませたのがいて、ギャバの上着を手にした村野が所在なく突っ立っているのが気になるのか、ちらちらと秋波を送ってくる娘もいる。幼い挑発にうんざりしたが、思い切って村野はその生徒に近づいて行った。「ねえ、君」

「何ですか」と、その娘は平凡な夏服のセーラーの襟からなるべく女の色香を漂わせようと、大きく胸元を開けている。白い靴下は浅く折り曲げられて、踝《くるぶし》が全部露《あらわ》になっていた。

「佐藤多喜子っていう生徒のことを調べているんだけどね」

「警察の人ですか」

「いや、週刊誌の記者だ。佐藤多喜子さんのこと知ってるかい」

「どこの週刊誌？」と、これは村野とその娘が話しているのに興味を感じて近づいてきた他の生徒が発した質問だった。

「『週刊ダンロン』だ」答えると、なあんだ、とほぼ全員が溜め息をついた。

「『週刊スター』とか、『週刊レディ』とかならいいのに」

「堅くて申し訳ないな。ねえ、佐藤多喜子さんの友人を誰か知らないか」

「佐藤ってあの人でしょう。あの殺された人」

一人が困ったように友人に同意を求めた。うん、そう、と数人が頷く。その雰囲気から、村野はタキが学校での評判が芳しくなかったことを悟った。

「友達いないわよね、あんまり」その言い方も冷たい。

「それに学校に来なかったしね。不良って評判だったし」と別の生徒。

「同じ学年だったのかい」

「ええ。二年だから」一人が答え、それから校門から出てくる生徒の一人を呼び止めた。

「ねえねえ、敦賀《つるが》さん、まだ来ない？」

その生徒は何も言わずに後ろを指さした。校門からセーラー服の集団が後から後から出てくるのだが、その敦賀という生徒だけはたった一人で歩いて来た。俯き加減で、寂しい印象の生徒だった。

「あの人が一番仲が良かったと思いますけど」

最初に話しかけた生徒が村野の目を見つめながら言った。タキの友達ならもっと派手な生徒かと思っていたのだが、ことのほか、地味な娘だった。

「そうか、ありがとう。聞いてみるよ。ところで、佐藤多喜子さんて君らから見てどんな生徒だったの」

「佐藤さんって、あまり学校に来ないし目立たないからよく知らないわ。たまに見ても陰気だから声をかけたくない感じ。モデルのアルバイトをしているって聞いて驚いたことがある」

「学校でもちょっとラリっていたみたい。先生からも嫌われてた」

「やけに機嫌がいい時もあるし、塞《ふさ》ぎこんでいる時もあるし、ともかくよくわからない人よ」

餌をねだる小鳥のように生徒たちが口々にさえずった。芳しくないどころか、ほとんど悪評ばかりだった。村野は礼を言って、敦賀という生徒を追いかけた。

「敦賀さん、敦賀さんですよね」呼びかけると、その生徒は脅えたような目を見開いて、村野が近づいて来るのを待っている。

「何ですか」と消え入りそうな声で答えた。

「僕は週刊誌の記者で村野といいます。佐藤多喜子さんのことをちょっと調べているんだけど、いろいろ教えてくれないかな」

　週刊誌記者という名称はいかに都合のよいものか、村野は身分を失った今、その効力をしみじみと味わっていた。

「どんなことですか」

　警戒を解かない少女に、村野は歩調を合わせて一緒に歩き始めた。

　池川女子商業高校は足立区の北の外れにあった。周りには何もない寂しいところで、学校へは田圃の中の一本道が通じている。学校のすぐ北側は草加市だということを思い出し、村野は草加次郎との縁をまた感じた。

「彼女がどんな生徒だったか、どんな生活をしていたか、とかそんなことだ。ねえ、よかったらどこかで食事しませんか。駅前に行ったら店もあるだろうし、今日は土曜だから半ドンなんでしょう」

「でも、お店番しなくちゃならないから」

「店番？」

「雑貨屋をやってるんです」

「じゃ、ほんの少しだけ」

　村野は駅に行く途中の、『蜂ブドー酒』と看板の出ている酒屋でバヤリースオレンジを二本買い、小さな神社の境内に誘った。少女は神妙についてくるが、芯が強そうに唇を引き結んでいる。肩の両脇にお下げを垂らして、セーラー服にはきちんとアイロンが当てられている。どうしてこんなきちんとした娘とタキが仲が良かったのだろう。村野はまたも意外な思いに打たれた。

村野は境内の階段にハンカチを敷いて、少女を座らせた。週刊誌の記者らしく見せようと、メモを出した。

「さあ、どうぞ」

「名前と連絡先を教えてくれるかな」

「敦賀君江。足立区花畑四丁目……。電話は店にしかないので」

「構わないよ。ところで、さっきも言ったが佐藤多喜子さんが殺されたことでいろいろ調べているんだ。何か知ってたら教えて欲しい。警察の人は来たかい」

「いいえ」驚いたように君江は村野の顔を見た。「誰も来ません」

「佐藤さんとは親友だったの」

「はい。タキちゃんのことはみんなが不良って言ってたけど、あたしには優しくて、面白くて、いい人でした」

「ちょっと見ると、君とは正反対のタイプだが」

「似てるところもあるんです……誰にもわからないけど」

君江は静かに抗議するように言ったが、言葉は続かなかった。村野は待った。

「どんなところ……？」

「まあ、いいです」と君江は下を向いてオレンジジュースをほんの少し飲んだ。

「君はタキさんが誰に殺されたと思う」

「わかりません」君江はゆっくりとかぶりを振った。「今日、学校では朝礼があって、校長先生が警察からの話をしてくれました。それによると、変質者の犯行かもしれないって、もしかすると、タキちゃんが盛り場で遊んでいて、変な男の人と出会ってしまったのかもしれないって。だから、皆さんもくれぐれも行動を慎んで男の人には気をつけましょうってことでした」

「君もそう思っているの」

君江は激しくかぶりを振った。「あたしはタキちゃんが不良だなんて思ってないです。タキちゃんは、生きているのが辛くて、自分で自分を痛めつけてしまうんです。だからいつも、いやなことを忘れてしまいたくて睡眠薬を飲んだり、新宿の怖いところに遊びに行っちゃったりするんだと思う。みんなが言うほど悪いことなんかしてません」

「……君も睡眠薬を飲んだりしたことがあるの」

「あたしにはそういう勇気もないんです」と、君江は謎めいたことを言った。

「じゃ、タキさんの家に遊びに行ったこと、あるかい」

こっくりと頷いた。「一度だけ夏休みに。お父さんがいないからって言うんで行ったんだけど、途中で帰って来て喧嘩になって大変だった。タキちゃんがあたしに気を遣って本当に可哀想だったです」

君江という娘は優しいらしい。優しい子には優しい友達ができるものだ。タキもこころの芯は優しい娘だったのだろう。それにしても、タキにも君江にも何か共通した色合いというものがあった。

村野は君江の柔らかな産毛の生えたまだ幼い顔を見た。目の下に、幼さに似つかわしくない隈《くま》ができていた。それが二人に共通の不幸の種とでもいうべきものなのかもしれなかった。だが、村野にはその中身が何なのかは皆目わからなかった。

「タキさんの悩みって聞いたことがある？」

「はい。やっぱりお父さんが気難しいとか、いろいろ言ってましたけど」

「じゃ、二人で将来どんなことしたいかって、話したことなんかあるかい」

「ええ。高校卒業したら家を出て、二人で暮らそうねって約束はしてました。二人で丸の内にお勤めして、きれいなアパートに住んで、お花を買おうねって。日曜日には素敵なアイビールックで銀座に出てケーキを食べて、お買い物しようって」

まるで新婚生活のような夢を君江は語った。やがて、腕時計を見て我に返ったように立ち上がった。

「そろそろ帰らないと、家で怒られますから」

「じゃ、もうひとつ。中島嘉子というタキさんの友達がいるんだけどね、会ったことないかな」

村野は思い切ってカマをかけた。君江は頭の中の引き出しをひとつひとつ開けて調べるように、しばらく考えていたが、やがて首を横に振った。

「うちの学校の生徒ではありません」

「じゃ、どこの学校だろう」

「さあ。聞いたことありません」と君江は言い直した。頭のいい子だ。

村野は持ち歩いていた北川事務所のモデルアルバムを出した。「この中に知っている子はいるかな」

君江の目が中島嘉子の箇所にしばらく留まっていたように見えたが、「わかりません」と言った。が、怖《お》じけづいたように唇が震えたような気がした。

「もし何か思い出したら、電話をくれないか」

名刺の裏に自宅の住所を書いて渡しはしたものの、徒労を感じた村野は途方に暮れて空を仰いだ。雲が出ていた。

駅に向かって歩いて行くうちに、君江の言った「うちの学校の生徒ではありません」という言葉が蘇ってきた。君江はその時点で正直に答えてしまったのではないだろうか。つまり、ほかの学校の生徒だと言ってるのではないだろうか。

おそらく君江は中島嘉子のことについてタキから何か聞いているのだ。村野はそう確信した。が、芯の強い君江がこれ以上口を開くとも思えなかった。

《彼女たちは何を隠しているんだ》

村野は苛立った。

モデルアルバムには「十七歳」とあったが、中島嘉子が死んだ時、まだ高校生だったらしいということは見当がついた。中島嘉子が本名かどうかはわからないが、過去の新聞記事など調べる価値はあるだろう。

村野は東武伊勢崎線と国電を乗り継いで銀座に戻って来た。談論社の資料室には過去の新聞が取ってあるはずだからだ。それに資料室は、新橋寄りの別のビルにあるので滅多に社員には会わない。好都合だった。


土曜の午後とあって、資料室には誰もいなかった。村野はこの数年の新聞三紙の縮刷版を、くまなく眺めて、女子高生が被害者となった事件、事故を一生懸命探した。

近年、首都圏で起きた女子高校生が被害者となった凶悪犯罪は小松川女子高生殺人事件、そして狭山事件。ほかにも数件暴行殺人事件がある。だが、中島嘉子という人物が被害者となった事件、事故の記事は見当たらない。また中島嘉子という人物のかかわる事件、事故もない。もちろん、病死だとしたら調べようもない。

行き詰まった村野は疲れた目を休ませながら天井を仰いだ。

「村野さん、偶然ですね」

嬉しそうな弾んだ声が聞こえたので振り向くと、やはり小林だった。調べ物があって資料室に来たらしい。

「やあ、どうしたんだ」

「坂東デスクのお使いです。〈沖縄基地のセックスライフ〉を担当することになったんですよ。そのネタ探しです。昨日、後藤さんと金森洋子さんのお店にいらしたそうですね。いろいろ収穫があったとか聞いてますよ」

「早耳だな。後藤が来てるのか」

「はい。今さっき、退職の挨拶に見えて、僕にそう言ってました」

　村野は昨夜の金森洋子の話を詳しくしてやった。

「そんなに美人なら会いたかったな」と呑気なことを言っている。

「ついでにな、そろそろ時期だからお前にも話すが、偶然のことから俺が、こいつが草加次郎じゃないかと疑っている男が一人いるんだ」

「えっ、本当ですか」

「ただ、これは俺の勘なんだ。物証はまったくないんだが、気になってしょうがない。なんとか指紋を取ってやりたいと思っているんだが」

　小林が興奮して椅子を逆にして村野の前に座り込んだので、村野はこれまでの経緯を話してやった。

「こいつは草加次郎の犯罪の特徴にすべて当てはまるんだ。特徴とはすなわち、①台東区を中心にした下町に関係がある。上野、浅草に土地勘がある　②火薬・ピストルマニア　③溶接技術がある　④二十歳前後の若い男、訛はない　⑤性格的には屈折している、だ。こいつはほとんどの条項を満たしている。まず、そいつは墨田区本所に住んでいる。浅草、上野は川向こうだ。草加も近い。それから親父が陸軍工兵隊出身なので、二人で小さな鉄工所をやっているんだが、ちょっとしたことはほとんど家でできる。先日、銀玉鉄砲を使うところを目撃した。子供の玩具には違いないが自分で改造しているようで、火薬・ピストルの知識はあると思われる。もちろん、溶接技術もある。そして年齢もぴったりだ。それから性格だが、実に変な男だ。屈折しているかどうかはわからないが、爆発しそうな危うい感じではある。逆にそれがちょっと草加次郎のイメージと合わないような気もするんだがね」

「鉄工所をやってるんじゃ、『心炎』も見たことあるかもしれないですよね」

小林がメモを取りながら言った。

「そうなんだ。あと、ピストルで撃たれた清掃人の男から談話が取れるといいのだが」

「それ、僕が行きましょう」と小林が言った。「それで、そいつの名前は何て言うんです」

「佐藤仁……。俺が嫌疑をかけられた佐藤多喜子という殺された女子高生の兄貴だ」

小林が啞然としている。「もし本当なら、すごいスクープですね」

「そうさ。だが、もう少し調べてみる」

《市川の鼻をあかしてやる》

村野は独り言を言ったが、これは小林には聞こえなかった。

30

また『深海魚』にやって来てしまった。自分の部屋に戻りたくなくて、あちこち飲み歩いている。俺はまるで糸の切れた凧だと村野は自分を嗤《わら》った。

資料室を引き上げた後、新宿までやって来て、紀伊國屋書店に入ったり、新しいステーションビルに行ったり、と時間を潰しながら街を彷徨していた。すでに銀座には自分のいる場所はない気がした。いや、もともとどこにもないのだ。ただ、仕事の場があることで自分の場所があると勘違いしていただけなのだ。

タキが殺されてからというもの、自分のしていることが全部空しく思える。今日のように、何も収穫がなかった日は特にそうだ。これまで週刊誌の仕事に忙殺されていた日々が夢だったかのように感じられるほど、すべてを急に失った気分だった。村野はできるだけ早く酔いたくて、ダルマをストレートで呷《あお》った。

「ちょっと、どうしたの。村善ちゃん」

クニ坊が横に来て腰掛けた。相変わらず黒ずくめの格好をしている。それが季節の変化によって少しずつ厚着になったり、薄着になったりした。今日はあまり気温が上がらなかったので、黒の長袖シャツの襟を立てて裾を結んで着ていた。

「かっこいいな」村野が言うと、クニ坊が曲がった鼻をやや隠して笑った。

「そんなことより、どうしたのよ、今の飲み方。一人で帰れなくなっちゃうよ」

「そしたら、そのまま路上に捨ててくれよ。そのほうが気楽かもしれない」

ママの絹江がじろっと睨んだ。

「村善、こら。馬鹿なことばっか言ってるんじゃないよ。それよっか軍団どうしたのよ。誰も来なくなっちゃってさ」

「商売、上がったりか」

村野は横を向いてハイライトに火を点けた。急にしんとして、ほかの客たちが一斉に聞き耳を立てている。遠山軍団がおかしい、というのはあちこちの店で評判になっているらしい。だから、情報収集とばかりに耳をそばだてているのだ。そんなところでしゃべる馬鹿はいない。

「馬鹿ねえ。心配してるんじゃない」

絹江がいつになく優しく言った。途端に客の間に会話が蘇り、村野の隣に座った万年作家志望の梅根が話しかけてきた。「村善、あんたの文章はテニヲハが悪い。いや、もっと悪いのはこの間芥川賞をとったあいつだがね。俺が何度注意しても改めないうちに、とっちまった……」

適当に受け流していると、扉が開き、泥酔して入って来た客がいきなり中で嘔吐した。

わーっと全員が立ち上がり、絹江の悲鳴が聞こえる。

いつもの喧噪《けんそう》で、村野にもようやく酔いがまわってきて、黴臭いこの店の匂いも、息ができないほどたちこめている煙草の煙も、アンモニア臭がしている裏の便所も、吐瀉物の饐《す》えた臭いも、すべて許す気になって村野は目を閉じた。

いつの間にか「看板だよ。起きて、ほら」と絹江の声がしている。「仕方ないなあ」とつぶやくクニ坊の声もすぐ横でしたので、村野は朦朧《もうろう》としている目をかろうじて開けた。腕時計を見ると、午前二時を少し過ぎていた。

「もう終わりか。おい、クニ坊。俺と深夜喫茶に行かないか。どうせ明日は休みだろう」

「いいわよ。どこ？」

クニ坊が村野にもたれかかった。

「『月食』」と村野が言うと、クニ坊がふざけて「シェーッ」と漫画のイヤミの真似をして叫んだ。

「ミーはいやざんす！」

「どうしてだよ」

「ラリったガキのいる店はいやざんす！」

「そこを何とか頼む」

「何だか危ないんじゃないの。この子をそんなところに引きずりこむのは御免だよ」

絹江が迷惑そうな顔で言ったが、村野は気にしなかった。逃げられないようにクニ坊の腕を掴んだ。

「意外に強引なのね、村善ちゃんて」

「よし、行こう。俺とアベックのふりして入ってくれよ」

村野はクニ坊の肩を抱いたまま、区役所通りに向かって改正道路を歩きだした。歩くうちに酔いは醒め、ただひたすら、ミエがいてくれるようにと祈りながら歩いた。

区役所通りから一本奥に入ると、相変わらず徒党を組んだティーンエージャーたちが通りかかったホステスに与太を飛ばしたり、徐行するタクシーのバンパーを蹴ったりして騒いでいた。村野は無表情に彼らの間を通り抜けながら、『月食』の黒いドアを押した。独特の青臭い空気と共に、マイルス・デイビスが流れ出てきた。

暗闇に目が慣れるまで目立たないように身を屈めながら、ミエがいるかどうか、テーブル席を探した。先日、前列に陣取っていた吾妻組の連中はいない。しめた、と村野は思った。ミエは一番奥の席にいる。雑草のような貧相な髭《ひげ》を生やした学生風の男と並んでしゃべっている。この間と同じ黒いサングラス、青い夏のワンピースに黒のレース編みのカーディガンを羽織っていた。カーディガンは老婆が着るような手製の物で、先日会った時よりも貧相に見えた。だが、真っ赤な口紅とカルピスは相変わらずだった。

「ミエさん」と村野は横に立った。「ちょっと話があるから、相手を交換しないか」

「え、どういうこと？　おじさん」少しラリっているのか、反応がゆっくりだった。

「何よう……どういうこと」

と、慌てたクニ坊が村野の脇腹をつついたが、ミエをそのまま連れ出して、その空いた場所にクニ坊を強引に座らせた。とりあえずカップルになって顔を寄せ合って座っていれば、暗いので気づかれることはない。

注文を取りにウェイターが来たが、これまた幸いなことに先日の顔と違う。村野はコーヒーを頼んだ。

「またお金くれんの」と、ミエは少し酔ったような呂律のまわらない口調で言った。その言い方は幼い子供のようで可愛かった。

「ただし、情報と交換だ。この顔、見たことないか」

村野はテーブルの下でこっそりと北川事務所のモデルのアルバムを出した。そして、中島嘉子のところをライターの火で照らした。ミエはサングラスを外し、眉をしかめてじっくりと眺めた。そして一言、言った。「知ってる」

「どこで知り合ったんだ」

村野は酔いも醒め果て、やっと摑んだ事実に興奮した。

「ここ。この子もここによく来てたよう」

「名前は中島嘉子っていうのか」

「たぶんね。みんなはヨッチンとか言ってた。死んだっていう噂があってさ。噂だけで本当のところはどうだか知らないけど、あれっきり来ないからやっぱり本当なんだろうな、と思ってたけどね。でも、今見ると、何かすごく懐かしい感じがする。そのくらい見てなかったんだね」

「いつ頃からいないんだ」

「うーん」とミエはぽってりした唇に指を当てた。「去年の夏かな。だって、海で死んだって聞いたからさ」

意外だった。村野は驚いて聞き返した。

「海で？　溺れ死んだのかな」

「そうじゃないよ。ダチの話だと、ヨッチンはさあ、海辺で冷たくなってるのを朝になって発見されたとか言ってた。要するにさ、逗子なんかで大学生のキャンプストアがあるじゃん。そういうところって結構、夜中じゅう浜辺で騒いでいるんだって。で、雑魚《ざこ》寝《ね》したり、キャンプファイアしたりして。で、朝になったら動かない子がいるんで体揺すったら死んでたんだって」

神奈川県での出来事だったのだ。だから、首都圏の新聞には載っていなかった。村野はすぐさま、渡辺に横浜支局の記者を紹介してもらおうと心中で算段した。

「じゃ、神奈川の子か」

「いやあ、違うんじゃない。ここに来るくらいだからさあ」

ならば、どうして湘南にいたのか。高校生の女の子が大学生に誘われてキャンプストアに行くことは大いにあり得る。だが、新宿の深夜喫茶に入り浸るような少女が、湘南のキャンプストアに行くだろうか。ミエは北川事務所のアルバムのほかの頁をパラパラとめくって見始めた。

「ほかに知ってる女の子いないか」

「うん、この子とこの子」とミエはさらに数人の女の子の顔に指を当てた。

「ここに来てる？」

「ううん、みんな高校出たらこんなところに来なくなった」

なるほど、文字通り卒業というわけだ。途中で奈落に落ちた生徒もいるが。村野はアルバムをしまった。そして、ミエにまた千円を渡した。ミエが前と同様、丁寧に折り畳んで白いビニール製のハンドバッグにしまうのを見ていると、ドアが開いて吾妻組の二人が入って来たのが見えた。定期的にシマをまわっているらしい。

二人はウェイターに様子を尋ね、それから定位置の最前列に腰掛けた。そこなら客の出入りを見張れるからだ。村野がいることにまだ気づいていない。

「どこか裏口はないか」

と、ミエに尋ねた。ミエが笑いながら村野の体格を見て言った。「女便所の窓からなら逃げることはできるよ。みんな、よくやるの。だけど、おじさんには無理かもね」

「わかった。じゃ、さっきの女にそのことをこっそり教えてやってくれよ」

「いいよ」とミエがそっと後ろの席に戻った。入れ替わりにクニ坊がトイレに立ったのを確認してから、村野は立ち上がった。

ゆっくり店を出ると、まるで約束していたように背後から、「旦那」と声がかかった。

例の二人、アロハシャツにカンカン帽を阿弥陀に被ったチンピラと、北川事務所にも来ていた亀田だった。

「前にもお会いしましたよね」亀田が言う。が、「たしか、ちゃんと言っておいたはずだよな」と、もうすでに慇懃無礼ではなかった。

「聞いたよ。あんたが長島ファンだってことはな」

チンピラのほうが小さく笑った。月明かりとネオンとで、前歯の一本が欠けているのが見えた。

「現在、長島三割四分六厘。古葉は三割二分七厘だ。だがな、俺が間違っていたよ。残り試合は広島のほうがずっと多いんだ。巨人はあと二十四かな。広島は四十もある。だから、古葉のほうが有利なんだ。お前は今ここでペナントレースが終わって欲しいことだろうが、そうは行かない。俺こそが最後まで見届けて、古葉を応援しなければならないのさ」

「寝言か！　馬鹿野郎！」

シュッと空気を切る音がして、アロハシャツの男が突然パンチを繰り出してきた。のけぞって避けたが、驚くほど速かった。構えがボクサーのそれだということに気づいた。

「何だ、こいつはボクサー崩れか。ボクサー上がりか。ボクサー志望か」

またシュッシュッとワンツーが来た。村野も構えた。「俺もな、学生時代に少しやってたんだ。畜生、今日はな、血が騒ぐんだ。思いっきり殴らせてもらうぜ」

村野のほうが遥かに大きいので、アロハシャツの男が懐に入ろうと屈んだのが見えた。ガードを甘くして、飛びこんで来るところをわざとストレートで出迎えた。だが、飲んでいるせいかパンチがのろくて、チンピラに悠々と避けられたのがショックだった。

目の端で、亀田が尻ポケットからナイフを出したのが見えた。やばいな、と村野は周りを横目で窺った。いつの間にか、野良猫のようなティーンエージャーが周囲を囲み始めている。弥次りたいところだろうが、相手が吾妻組なので静かに眺めてはいる。が、弱い者に味方する連中ではないのは十分わかっていた。どうやってここから逃げようか、と考えたその時、

「警察！　警察が来たわよ！」

と叫ぶ女の声がした。ティーンエージャーたちが蜘蛛《くも》の子を散らすように逃げて行った。慌てて周りを窺っているアロハシャツに、亀田が帽子を拾ってやっている。

「もういい！　こいつは今度会ったらバラしてやるから」

「大丈夫だ。お前に会うことはもうない」

村野は後じさりながら言った。そして、区役所通りを目指して走った。その先をクニ坊がすばしこく走って行くのが見えた。

「おい、待てよ。一緒に帰ろうぜ」と村野は息を切らしながら声をかけた。

「冷たい男とはいやざんす！」と返事が返ってきた。

クニ坊を早稲田のアパートまで送って行った後、部屋に戻って来た。すでに夜も白み始めている。一週間前のこの時刻にはたぶん、村野の部屋を出て、タキは生きていたはずなのだ。

村野は扉の鍵を開けて中に入った。この時間、部屋のなかのすべてがいつもの形とは違った陰影を帯びていた。が、何かが違う気がして村野は部屋の入り口に佇《たたず》んだ。机の上の書類の角度、本の背表紙の並び方、ベッドカバーの皺……。

村野は急いで靴を脱ぐと、机や箪笥の引き出しを開けて点検した。何かが違っていた。村野は几帳面というほどではないが、乱雑でもない。男にしては、中庸の片づけ能力を持った男だった。だが、今日の部屋は、全体が一度しまわれた物をばらばらに出して、またきちんとしまい過ぎた、とでもいうような雰囲気があった。

誰だ、と村野は憤って部屋の中央に立った。それにしても、こんなこともあろうかとこの薬瓶を持ち歩いていてよかった、と村野はポケットから①の瓶を出した。

31

部屋のドアがどんと弾けるように開いた。驚いて横たわったまま眺めていると、外からびしょびしょに濡れたタキが中に入って来た。

「ねえ、おじさん。ここにいていい？」と訴えているのは、その口元からなんとなくわかった。いいよ、と村野は言った。

「じゃあ、抱いてくれる？」

タキがびしゃびしゃと音を立てて近づいてくる。隅田川のドブのような臭いがする。村野は絶望的な気分でベッドで横たわっていた。受け止めるしかない、と思っていたのだ。濡れていやな臭いを立てている物が近づいてきて、村野の顔を覗きこんだ。ぽたん、と涙とも泥の滴とも、血ともつかない物が村野の顔に落ちた。


自分の小さな叫びで目を覚ました。怖い夢を見てうなされたことが気恥ずかしくて、村野は額の汗を拭った。時計を見ると、すでに昼前だった。さて今日は何をしようかと、ハイライトをくわえて起き上がった。

が、すぐに予定は立った。「村野さん、村野さん」と外からノックする音が聞こえてきたからだ。

「はい」くわえ煙草で開けると、篠田と三上が外に立っていた。

「村野さん、申し訳ないが任同お願いできますか」と篠田が丁寧に言った。

「日曜なのに熱心なことで」

「いや、ガイシャが売春をやってたらしいと聞き込んでね」と三上が薄笑いを浮かべて言った。まったく嫌な野郎だと、村野は三上の透けた前歯を眺めた。「あんたがどうしてガイシャを連れ帰って来たのかわからないから。そこをもう一回、詳しく訊きたいとね」

「わかりました、行きましょう」

「下で待ってますから」

村野は刑事を外に出すと、のんびりと着替え始めた。だが、心中は穏やかではなかった。ここで勾留でもされたらことだ。無実の証明はできなくなる。タキの薬瓶は部屋を見まわして、当初見つけた風呂桶の下に隠した。そして、モデルクラブのアルバムは朝刊にくるんで新聞受けに入れた。

廊下に出て下を覗くと、刑事たちは白いコロナで待っていた。篠田が運転席の窓から顔を出し、村野がちゃんと降りて来るかどうか心配そうに眺めている。ちょうど隣の女が物見高く顔を出した。どうも、と村野が挨拶すると、心苦しいのか顔を背けた。この女が俺に似た男がタキを連れ出したと証言したから俺は窮地に立たされたのだ。その時、ふと亀田なら自分に間違えられてもおかしくないと気づいた。背丈、感じから言って似ている。ただ、若干細身だが。

「おい、早くしろ！」

三上が怒鳴った。村野は腹立ちよりも、空腹を感じた。

中央署に入ると、「隅田川女子高生殺人死体遺棄事件捜査本部」という小さい看板が出ていた。自分は重要参考人になったのではないだろうかと村野は不安だった。

取り調べ室に入ると、篠田が早速言った。

「あんたはいろいろコネがあるらしいが、今回、どこまで効くかわからないよ」

「……………」

「だんだんと不利になってきたのさ」

「どこがですか。俺は自身の聞き込み調査でタキは日曜の早朝まで『月食』っていう喫茶店にいたことを突き止めたんですよ」

「ほう、そう」と篠田が気乗りしない様子で言った。

「ほう、そう、じゃないよ。てめえらで調べてみろよ」

「わかったわかった。それよりもだね、あんたはどうして葉山から佐藤多喜子を連れ帰ったんだ」

「甥に頼まれたからだ」

「あんたの甥はたしかにそう言ってるが、もしかすると、ガイシャに車代を体で払うとか何とか言われたんじゃないのか」と横に立った三上が言った。

「いや、言われない。もし言われたとしても、俺は女の体と何かを交換したことはない」

「男は必ず何かと交換してるんだよ。金とか何とか」

「よしてくれ」と村野は三上の言葉に不機嫌に黙り込んだ。「お前と一緒にするなよ」

「じゃ、ガイシャがサクラをやっているのは知らなかったというのか」

「サクラ？　売春のことか。一体誰がそんなことを言ったんだ」

「ガイシャの父親だよ」

　と、篠田が言ったのにはさすがに驚いた。

「父親が？　何のために」

「前々から、娘の商売が気に入らなかったと言っていた」

「商売だったたと言うのか。だったらやめさせればいいじゃないか。親なんだろう」

「何度も意見したと言ってる」

「信じられないね。たぶん、あの親父は暴力を振るうことで意見してるつもりなんだ。だから、タキはますますそういうアルバイトをしたのかもしれない」

「どうして」

「家を出るためさ」と、言ってから村野は、敦賀君江が言っていた二人の夢を思い出した。家を出て楽しく暮らすには金がいる。ということは、敦賀君江も似たような環境にあるということだろうか。もう一度君江に会わなくてはならない。

「なあ、村野さんよ。本当はあんた、パーティにガイシャを連れてったんだろう。有名人見せてやるとか言ったんじゃないのか」

「違う」

「じゃ、どうしてあそこに行ったんだ」

「だから、俺の甥が遊びに行ってたので迎えに行ってやったんだよ」

堂々めぐりだった。

「ガイシャの父親はあんたが娘の客の一人だったのだと言っている」

「嘘だよ」

「なあ、なまじ週刊誌の記者だから取り調べを知っていると思ってのらりくらりしてるんじゃねえだろうな。俺たちはな、お遊びじゃないんだ。ちゃんと証言があるんだよ」

「どんな証言だ」

「坂出さんも、ガイシャはあんたが連れてきたのかもしれないと言ってるんだ。それが証拠に誰もあんな小娘を呼んでいない、と言うんだ。いつの間にか入り込むにしては、あそこはガキが遊ぶところじゃない。じゃ、どうしたんだ、一体。ガイシャはどこから来たんだ。あんたが連れて来たとしか考えられない、とね」

同じことを何度も何度も聞かれ、取り調べは八時間近く続いた。帰っていい、と篠田に言われた時は午後八時になっていた。

取り調べ室を出ると、村野はすぐに後藤に電話を入れた。

「俺だ。参考人として取り調べを受けた。一応、身柄の拘束はないが、かなりやばい。坂出の野郎がとんでもないことを言ってるらしい。早いとこ、真犯人を上げないと俺が犯人にされてしまいそうだ」

「わかった。俺はどうすればいい」

「吾妻組の情報が欲しい。国東会のそのあたり詳しい奴がいたら紹介して欲しい」

「よし。じゃ、小島剛毅には明日にでも会ってくれ」

「仕方がない」

「明日の午後、電話してくれ」

村野は電話を切ると空腹に堪え切れず、屋台で中華ソバを食べた。朝起きてから何も飲み食いしていなかったからだ。人心地ついて、昭和通りを銀座方向に歩いて行くと、例の北川事務所のビルが見えた。まだ人がいるらしく、照明がついている。

村野は木製の階段を音を立てぬようにそっと上がって行った。デコラ化粧板張りのドアは閉まっているが、ナイター中継の音が漏れていた。後楽園の巨人・阪神戦らしい。もう一階分階段を上り、廊下の窓から半身を乗り出して、事務所の中を覗いた。

五十歳ぐらいの女が腕枕で寝そべり、ポータブルテレビを見ていた。これが電話に出てきた女らしい。部屋の中には小さな卓袱台《ちゃぶだい》と箪笥《たんす》があり、いかにも女一人暮らしの手慰みという感じで、『いこい』の包装を折って拵《こしら》えた飾りが部屋じゅうに飾ってあった。デスクやキャビネットなど事務所らしい物は何ひとつ見当たらなかった。

32

『週刊ダンロン』九月二十三日号が発売されている。

村野は本屋で見かけて一冊買った。本屋で買ったのは初めてだった。ぱらぱらと眺めてみたが、自分が手がけた記事は、もちろんひとつも載っていない。『週刊ダンロン』の仕事に携わって以来、いや、トップ屋となってから一度もこんなことはなかった。トップ記事は〈東京ホステス150人の現実と希望〉、〈ガン学会に挑戦状をたたきつけた男〉、そして小林が調べていた〈沖縄のSEX天国探訪記〉だった。草加次郎のソの字もないし、いつにもまして柔らかい内容は右トップに相応《ふさわ》しくなかった。村野は読む気も失せて週刊誌を丸めて脇に抱え、都電の安全地帯に乗った。

村野がアンカーを外れ自宅待機になった、という噂は業界を駆け巡っているらしく、今朝は同業者から二件引き合いがきた。記者としてやらないか、という申し出が芸能情報誌から、あとはスキャンダル誌からデスクとして、という申し出だった。どちらの仕事も村野にとっては格落ちとなる。だが、刑事事件の参考人として呼ばれていても、仕事をくれるというのならありがたいことなのかもしれない。しかし、芸能情報とスキャンダルの取材では、今味わっている充実感はなかなか得られないだろうとも思う。久しぶりに警視庁に入って行くと、ひとしおその思いにとらわれるのだった。勘を働かせてヤマをかける取材、丁々発止の駆け引きを必要とする取材、相手の身になって想像力を働かせる取材、すべてが好きだった。この現場から離れるのは辛い。

七社会に行くと、何日間の泊まり込みになるのか、渡辺が無精髭をこすりながら出て来た。「おお、村善。大丈夫か。おまえ、やばいんじゃねえのか」

昨日、参考人として呼ばれた噂はここまで届いているらしい。

「その件は後で詳しく」と言うと、渡辺は、うむ、と頷《うなず》いた。

「草加次郎のほうだが、遺留品捜査も手がかりなし、指紋照合でもまだ該当者が出ないらしいな」

「指紋照合は前科者だけですか」

「いや、これから質屋や古物商なんかの台帳に残された指紋や、筆跡鑑定もやるんだ。大変な騒ぎだぜ」

「じゃ、まだしばらくはかかりますね」

あの市川も染みのついた鳥打ち帽を被り、靴を擦り減らして、あちこち聞き込みに歩いていることだろう。

「今のところはな。だが今、内偵を進めているらしいという情報があるんだ」と、渡辺は他社の記者の耳を気にして声を潜めた。「おい、ちょっと外に出ようぜ」

二人は屋上に出た。堀にどんよりとした九月の曇り空が映っている。今にも雨が降りそうな天気だ。

「内偵しているのはどんな奴ですか」

「これがな、まだはっきりしないのだが、台東区内の高校生という噂があるんだ。どうやらタレコミがあったらしい」

「なるほど」村野ははっきりするまで、佐藤仁のことは黙っているつもりだった。「はっきりしたら教えてください」

「ああ、構わない。が、お前こそケツに火がついているんじゃないか。一、三担当から噂を聞いたぞ。何でもガイシャがサクラをやっていて、お前がそれを買って殺してしまったのではないかという見方が出て来ているそうだな。もっともそんなことは誰も信じやしないが」

村野ははっきりと危機を感じて肯定した。「その通りです。実にまずい状況です。それで、先輩にお願いしたいことがあって、今日来ました」

「何だ。何でも言え」と渡辺はハイライトに火を点け、煙を曇り空に吐き出した。「他紙を抜くためには何でもするぞ、俺は。悪魔に魂を売ってもいい」

村野は苦笑した。こういうはっきりと物を言う渡辺という男が好きだった。

「ガイシャは俺のアパートに男を迎えに来させてどこかに行き、それから新宿の『月食』という深夜喫茶に現れ、ハイミナール錠を買って誰かを待っていた様子だったそうです。そしてどこかに出て行って殺された。だから殺されたのは日曜の早朝から夜にかけてではないかと思います。誰に、はともかく、どうして殺されたかですが、ガイシャは生前、『あるネタを知っている、殺されるかもしれない』と脅えていました。そのネタというのが、どうやら中島嘉子という同じモデルクラブの高校生の変死事件の真相ではないか、と考えています。そのモデルクラブは吾妻組という『月食』でイーピンを売っているヤクザが経営していて、クラブぐるみで高校生売春を斡旋しているようなのです。その仲間の変死事件なら、ガイシャの死は口封じということも大いにあり得るじゃないですか」

「あり得るな」と渡辺はにやりとした。「不謹慎だが、面白いな。実に」

「俺たちは皆、不謹慎です」と村野は言った。「頼みというのは、時報通信社の横浜支局の人間を紹介して欲しいのです。実は、その中島嘉子が、去年の夏、大学生のキャンプストアをやっている海岸で変死していたらしいのですよ。その時の検死報告を何とか見たい」

渡辺はメモを取った。「わかった。わかり次第、お前に連絡させよう」

「お願いします。もしかすると、思いもかけない大物が絡んでいるかもしれない」

「何だ。誰のことだ」と渡辺は慌てたように聞き返した。

「もう少しはっきりしてから話しますよ。その代わり、このことの顚末書いてください」

「任せろ。草加次郎よりおもしれえや」

渡辺は村野の肩をどん、と叩いた。村野は堀を見下ろしながら言った。

「いや、草加次郎も相当面白い」


渡辺と別れて屋上からの階段を降り、久しぶりに捜査四課の大きな部屋の前に立った。相変わらず刑事の出入りが多い。が、九月八日の日曜が一番騒然として、活気に満ちていた。捜査本部としては、これから地道な捜査だけが要求される一番辛い時期に向かおうとしていた。

禿頭の市川が中で報告書を書いているのが見えた。村野が入り口に立っているのが見えたらしい。市川は厳しい目で睨《にら》みつけると、机の上に置いた鳥打ち帽をわざわざ被って廊下まで出て来た。もう涼しくなったのに、相変わらず白い開襟シャツを着ていた。

「怪我は治ったらしいな。治った途端に俺の邪魔したことを忘れたんじゃないだろうな、村野」

「覚えてますよ、市川さん。草加次郎は捕まりましたかね」

「それよりてめえのことを心配しろ。まだブタ箱には行かないのか」

「俺はシロだ。その証明は俺がする」

村野の言葉に市川は答えずに笑った。が、香具師《やし》のような煙草のヤニの色に染まった顔が怒りで紅潮した。「できるものならやってみろ。楽しみに待ってるからな」

「どうして俺の部屋に勝手に入ったんだ。上に手をまわした俺に対する嫌がらせか。何か見つかったか。あんたの捜査がうまくいかないので俺のところに見に来たか」

「馬鹿め。捜査令状《カミ》が出ないだけいいと思え。ガイシャが男と部屋を出たという隣の女の証言がなければ、とっくにガサだ」と言ったが、目がすぼまった。「お前のところにどうして『心炎』があるのだ」

「市川さん、やはりあんただったのか」

村野は憤って詰め寄った。市川は動ぜずに胸を張った。

「俺はな、目には目を、という主義なんだ。お前が汚いことをするなら、俺もする。俺はバッジも光りモノも何も怖くないんだ。生涯ヒトツボシだからな」

「なら、自分で草加次郎をあげるんだな。特進できるぜ」

草加次郎の名が出ると、市川は不審そうに口を歪めた。

「お前、どうしてまだ草加次郎を調べてるんだ。お前の上司の話では、お前はとっくに取材から外れているというじゃないか。何のために動いているんだ。それとも、誰か知ってるのか。あのバイタリスの男か。言えよ。何か摑んでるんじゃないのか」

市川は、顔色のわずかな変化も見逃すまい、というように猜疑《さいぎ》の強い眼差しで村野の顔をじろじろと見た。

「言いたくないね。それよりも、こちとら頭のハエを追うので精一杯だ」

村野はそう答えると、さっさと廊下を歩きだした。背後から市川の声がおぶさった。

「隠し事しやがって……お前らは警察を馬鹿にしてるんだ」

市川が変わらぬ眼差しでこちらを睨んでいるのはわかっていた。胆が冷えた。いったんこじれると実に怖い男だと思った。


警視庁の正面玄関から出ると、やはり大粒の雨が落ち始めていた。村野は持っていた『週刊ダンロン』で雨を避けながら、隣の法曹会館まで走った。公衆電話を探し、後藤に電話をかける。電話がつながるのを待つうちに、ぐしょぐしょに濡れた『週刊ダンロン』はゴミ箱に捨ててしまった。裏表紙の、アリナミンの宣伝に使われている三船敏郎の笑顔がゴミ箱の中でふやけて歪んで見える。

「もしもし俺だが、今、法曹会館にいる」

「そうか。小島さんには連絡が取れて、夕方に会ってもいいと言っている。場所は赤坂の『穂坂』という料亭だ。六時。来れるか」

「もちろん、行ける。お前も来るのか」

「ああ。じゃ、そこで」

村野はそのまま法曹会館の食堂に入って行き、朝食兼昼食のハンバーグライスを食べた。米の飯を食べたのは久しぶりだと気づいた。

六時きっかりに『穂坂』に行くと、黒塗りのリムジンが停まっていた。すでに客は降りた後で、運転手が車まわしから裏の駐車場に車をまわすところだった。これが小島剛毅の車だろうかと考えながら、村野は打ち水をした玄関に入って行った。入った途端に、じりじりして村野の到着を待っていたらしい仲居にすぐさま奥に案内された。

座敷には全部で四人の男が村野を待っていた。

立派な服装の恰幅のいい男と、番頭風の風貌の小柄な男。彼らは六十歳を超えている。このどちらかが小島剛毅のはずだ。そして、明らかに闇の世界の住人とわかる、目つきに凄みのある三十代半ばの瘦せた男。そして後藤。

「失礼します。遅くなりまして申し訳ありません」

村野が挨拶すると、番頭風の男が「どうぞ、どうぞ」と軽い声を出し、手ずから村野の座る場所を指し示した。後藤の隣の下座だ。この一見軽い男、これが小島剛毅らしい。

「村野善三と申します。どうぞよろしくお願いします」

羽二重の座布団を外して正座し、深く礼をすると、小島が軽く頭を下げた。鼠色の背広に地味な黒のネクタイ、鼻下に笠智衆のようなちょび髭を生やしている。どう見ても小官吏、あるいは老舗の番頭にしか見えないこの男が、戦犯として裁かれ、いまだ隠然たる勢力を持っているというのだから不思議だった。

「これが秘書の宗像《むなかた》です。それから、これが国東会の若頭、鄭《てい》という者です。鄭は帝大を出ていましてね。実に優秀で、鄭が来てからシノギが変わったと言われています。これに何か聞きたいのなら、後で二人きりでやるのがよいでしょう。ま、とりあえず、一《いっ》献《こん》」

村野は目礼した後、鄭という男と視線を交わした。間違いない。談論社の前に停まっていたマーキュリーの男だった。鄭も静かに村野を見据えている。

襖が開いて仲居が数人で盆を運んで来た。酒を注いでまわると、すぐに高価な着物を着た大柄な女将《おかみ》が現れ、小島に挨拶してほどほどのところで消える。

「このたびはお礼を申し上げるべきでしょう」村野が言うと、小島はいやいや、と小さな手をひらひらと振った。

「いいえ。私の巻き込まれた事件のことで、お骨折りいただきましてありがとうございました。お陰様で何とか調査に動けます」

「そのことだけど、どうなっているの。君に失礼はない？」

小島がおちょぼ口で杯を干した。

「私のほうも調査に動いていますので勾留されないのはありがたいのですが、疑われているのが心外ですね」

「調査とはどんなことをしているのかな」

「はあ。今、死んだ娘の身辺を少し洗っていますが」と村野は慎重に言葉を選んだ。今は誰も信用できなかった。

小島は村野が蟄居していると思っていたのか、意外そうな顔で言った。

「そのことだが、今日ちょっと宗像に調べさせた。その事件は変質者って説に落ち着きそうだから、変に騒がないでくれないか、村野君。もうそのことは忘れたらどうだろう。君が調べると警察の心証も悪くてこじれる」

「小島先生との間がこじれるということでしょうか」

村野ははっきりと言った。後藤は黙って杯を口に当てている。鄭は酒が飲めない質らしく、水を飲み、村野の顔を鋭い目で見た。

「村野君、察しが悪いね。その通りだ」

宗像が口を出した。見かけではこちらのほうがよほど、大物に見える。顔の造作が立派で美しい銀髪。チョッキのポケットから出た時計の金鎖が富裕で押出しのいい男に見せている。

「小島先生は警察と対立するなとおっしゃっているのだ。おとなしく黙って嵐が過ぎるのを待っていればいいのだ。君がその娘を殺したなんて誰も思ってやしない。大体、何の物証もないのだから、他の容疑者が出るまで黙っておればいいのだ」

「なるほど、わかりました」村野は神妙に頷いた。ここで騒ぐつもりはなかった。「そのようにします」

「後藤、雑誌の見本はできたかね」と小島は話を変えて後藤を見た。「持ってきたか」

「はい」と後藤が新雑誌の束《つか》見本を出した。フランス語のタイトルの美しい雑誌だった。

「いいよ、これで。頑張ってやってください」

小島が適当に頷いて、横の宗像に見せている。宗像が厳しい目で全体をさっと見た。

「後藤さん、くれぐれもうちがやってるって色を出さないでくれ」

「わかってますよ」と後藤がやや面倒臭そうに答えた。

それで話がいったん終わり、黙って全員で酒を飲み始めると、さっと襖が開いて白粉《おしろい》の匂いがした。芸者衆が登場した。たちまち小島が相好《そうごう》を崩す。

芸者遊びの最中も鄭は口を利かず、ずっと水を飲んでいた。後藤も村野も酒は飲むが、膝は崩していない。村野は小島の遊びぶりにうんざりしつつも、その権力に虞《おそ》れを感じ始めていた。先生、先生と、皆笑ってはいるが、芸者たちの内心の脅えが伝わってくるのだ。

やがて小島が立ち上がり、若い芸者と踊り始めた。が、酔っていて、足がもつれて転んだ。あわてて芸者衆と宗像が駆け寄る。

「大丈夫だ」と起き上がったが、もう機嫌を変えていた。その変化は突然だった。「後藤！」

「はい」と顔を上げた後藤を、小島は怒鳴りつけた。「お前は優秀かもしれんが、ひとつ言っておきたいことがある」

後藤は居住まいを正し、緊張した顔をした。「何でしょう」

「お前はあの娘を傷物にして、てなし児を生ませて、それで結婚もしないそうだな。それはちょっと、男の信義に反してやしないか。私はあの娘が生まれた時から知ってるんだぞ。利発でいい子だった。緑風さんが可愛がっていた娘にあんなことして、結婚もしないなんてひどすぎやしないか」

「いいえ、それは誤解です。早重さんに結婚を申し込みましたが、断られたのです」

後藤の顔が、こんなところで私的な話をされたという屈辱に歪んでいる。芸者たちは、あら、という顔で一箇所に固まって座っていたが、小島が怒っているのを見てさっさと引き上げてしまった。

「それはな、お前の方便だ！」

小島は突然、杯を後藤の顔に投げた。額に当たって酒が飛び散り、後藤のきれいな額が赤くなって酒にまみれた。が、後藤は下を向いて耐えている。

「何とか言ってみろ！」

本気で早重のことを考えているのではなく、ただ単にその出来事が気に入らないのだろう。いや、とかく後藤という男があちこちで起こす、真面目で勤勉な日本社会との齟《そ》齬《ご》をこの老人も敏感に感じて忿懣《ふんまん》を吹き上げたのかもしれない。虫が好かないのだろうと村野は思った。何か言おうと顔を上げたその時、鄭がさっと立ち上がって小島の腕を押さえた。

「先生、酔ってらっしゃいますね」

「そんなことはない」と振り払う。

「いいえ。ちょっと過ごされたようです」と言いながら、目配せした。宗像も後藤と村野に出て行くように目で合図した。

「じゃ、失礼します」

後藤が額をハンカチで拭ってから、かろうじて言い、村野と後藤は部屋を出た。入れ替わりにまた芸者衆が呼ばれて入って行った。二人は廊下で向き合った。

「おい、大丈夫か」

村野の問いに、後藤は小さく、畜生め、とつぶやいた。だが、「大丈夫だ。どうせ、あっちが先に死ぬんだ。気にしてないよ。俺は帰る」

そう言うと、さっさと玄関から出て行ってしまった。

「お車、呼びましょうか」

素知らぬ顔の仲居が村野に言う。頼む、と言おうとしたら横から遮られた。

「村野さん、もう少し」

鄭だった。

33

鄭はあらかじめ女将に言ってあったらしい。奥に部屋があるから、と先に立って歩いて行く。村野は鄭の後ろ姿を見ながら、後藤のことを案じていた。鄭が振り向いて「村野さん、こちらです」と茶室を指した。

座して沈黙していると、仲居が煎茶と羊羹《ようかん》を持って来た。鄭は甘党らしく、羊羹をねっとりとうまそうに食べた。

「小島先生は放っておいてよろしいのですか」

村野が問うと、鄭は和紙で口元を拭った。

「今、気に入りの女が来ていますから、あれで機嫌を直されるでしょう」

「そうですか」

座布団の上に苦もなく端座している鄭は、村野の顔を見てほほ笑んだ。あたかも、弟を見るかのような目だった。

「村野さん。あなた、組の者に紹介して欲しいと言ったそうですね」

「はい。しかし、小島先生にもう調査するなと言われた以上、頼みにくくなりました。ですから、こう言っては何ですが結構ですよ。申し訳ない」

「村野さん、先生は先生。こちらはこちらで好きにやったらいい。どうせ、やめろと言われても一人でやるおつもりなんでしょう。ちゃんとお顔に書いてありますよ。だったら、私を使ってください。私は余計なことを先生に言うつもりはない。先生はお偉いかただが、我々の営利は別だと考えていますよ、私は」

「しかし」と、村野は鄭の肉の薄い顔を見た。ナイフという印象がぴったりの細くて鋭利な物を連想させる顔だ。「はっきり言って、見返りは？　それがなければあなたも承知はなさらないでしょう」

「見返りは、あなたの仕事で返してもらう、というのはどうでしょうか」

「どういうことでしょう」

「後藤さんに目をつけていたが、先生が才能を見抜かれて出版のほうに引っ張っていかれた。うちが今欲しいのは優秀な調査屋なんです」

「調査屋？　失礼ながら暴力団の調査屋というのはどういう仕事なのかわからないが」

「もし、村野さんが承知してくれるのなら、私の右腕になって事業を手伝ってもらいたい。私はヤクザだが、仕事はヤクザじゃない。国東会は大きな組織です。大きな組織だからこそ、まっとうなシノギで生き抜いていこうと思ってます。とりあえずは小島先生のところの建設関係の仕事で儲けさせてもらっているんですよ。だから、立ち退きに絡むさまざまな仕事がある。いくら頼んでも出て行かない家族は何が問題なのか調べなければわからない。道路建設の落札で相手を出し抜くにはどうすればいいのか、それも調べなければわからない。そして、金を持ち逃げした下請け業者を追いかけるにはどうしたらいいか。オリンピックに間に合うようにホテルを建てるにはどうしたらいいか。廃材はどこにどう捨てるか。調査の仕事はいくらでもあるんですよ。範囲を広げればね。今まで街の探偵を使っていたのですが、あいつらは興信所の仕事しかできない。言われたことしかできないのです。その点、あなたは素晴らしく優秀らしい。それに、今は仕事もしていないようだ。私にとっては、願ったり叶ったりだ。報酬もたくさん出しますし、若いのもつけます。どうでしょうか」

「突然言われても困るが、たしかに私は失業しています。それに、デスクワークよりも取材や調査に向いていることは確かです。が、暴力団の仕事をすることには抵抗がありますね、はっきり申し上げて。それに、私があなたに頼むことの見返りにしては大きい気がするが」

鄭は笑いだした。「なるほど。たしかに大きいかもしれない」

「少し考えさせてくれませんか」

「じゃ、見返りというのは引っ込めましょう。あなたが私に訊きたいことは何でも訊いてください。その見返りは求めないことにしましょう」

鄭は懐を探って金のシガレットケースを出し、村野にも一本勧めた。切り口が楕円形のゲルベゾルテだった。村野がくわえると、シガレットケースと揃いの金のライターで火を点けてくれた。

「あなたは遅れて入って来た時、ここでは誰も信用しないぞ、という顔をしていらした。後藤さんは盟友のはずなのに、頼るという顔でもない。大概の人間は不安な時は誰か頼る人間を探そうとする。が、あなたは最初から一人でやるつもりだった。なかなかだ、と私は思ったのですよ。後藤さんはインテリ過ぎる。あなたは行動力も頭も最高のバランスのようだ。適任です」

「それはそれは」ヤクザに褒められてありがたいというべきか。「じゃ、お言葉に甘えて伺います。実は吾妻組という暴力団がやっているモデルクラブのことを調べています。その吾妻組というのがどの程度の組織か、またどんなシノギをしているのか教えていただきたい」

「おやすい御用だ」と鄭は急須から茶を注いだ。「吾妻は、関東庚申会というテキヤ系暴力団の末端組織です。小さいところだが、最近は阿漕《あこぎ》なシノギででかくなってきているという噂を聞いてます。歌舞伎町のシマを随分と広げているらしい」

「阿漕なシノギというのは」

「ご存じでしょう。イーピン、シャブで若い子を絞っているんですよ」

「売春をやっているという噂があるが」

「それはどこでもやってますよ。うちも末端は当然やらせてます。ただ、私の仕事はもっと大きいが。ただし、末端だからと気を許していると、時々とんでもないことをする奴がいる。警察《サツ》にやられそうなことを平気でしてしまう、とんでもないハネっかえりが出ることがある。それを放っておくと、末端から組織が腐ってゆきます。ハネてちょっとでもおいしいことがあると上を信用しなくなる。そして、独立しようなんて余計なことを考える。警察《サツ》には睨まれるし、組織は壊滅しかねない」

「つまり、吾妻は組織全体でハネているとお考えなのですね」

「突然、勢力を伸ばしたり、シマを広げるところはそうですよ」

「潰そうとは考えていないですか」

「うちと競合すれば考えます。が、今のところそれはない」と鄭は大組織の誇りを感じさせる言い方をした。

「庚申会のほうはどう考えているんでしょうか」

「様子見ですな。でも、そろそろ……絞るところは絞り、叩くところは叩くことを考えているでしょう」

「吾妻の売春組織について何か知りませんか」

「さあ」鄭は首を傾げた。しかし、見返りがないために言わないだけかもしれない。村野は鄭の顔を見た。

「本当のことを言ってくれませんか。私もあなたの調査屋のことは真剣に考えますから」

「素人を使っていると噂は聞いたことがあります」鄭は言葉を切った。「あと……」

「あとは」

鄭は黙ったが、やっとこう言った。「確証がないので、私も調べましょう」

「吾妻組に亀田という男がいるのですが、ご存じですか。背丈があって、着る物に凝った美男子の……」

「ああ、知ってますよ。亀田のようなタイプは長生きしないでしょうね」

「なるほど。来年のペナントレースの結果を知ることはできないかもしれないのですね」

「今年のかもしれないですよ」

と、鄭はしゃあしゃあと言った。村野は鄭を見た。不思議とこの男のことは嫌いではなかった。たぶん、組の中では恐ろしい力を発揮しているのだろう。が、それを感じさせない頭の良さに魅かれた。

「鄭さん、大竹緑風氏をご存じですか」

「ええ」と鄭は静かに顔を上げた。「それが何か」

「小島剛毅先生に言われて遠山良巳を脅したのはあなたですか」

「正確に言えば、私の部下です。そして、脅したというよりは、静かに話し合いをさせていただいたのですよ。大竹先生の大事なお嬢さんのスキャンダルだ。そんなことを書くよりも、小説を書かれたほうがいいのでは、とね。ただ、遠山さんはそれでは気がすまなかったらしい。身のほど知らずにも小島先生を脅そうとした。だから、そろそろ左手で書く練習をしたほうがいいかもしれない、と忠告申し上げたそうです。しかし、遠山さんの転身もうまくいったと聞いてますが」

鄭の穏やかな言い方に、逆に凄みを感じながら村野は言った。

「大竹緑風氏はどんな人ですか」

「権力をお持ちです」と鄭は静かに言った。「小島剛毅という名の権力をね」

「なるほど」村野は中身のなくなった茶碗の中を覗いた。「あなたも権力をお持ちなのですね」

「いいえ、権力など必要ない。必要なのはその間を擦り抜けるアタマですよ」

「……そろそろ失礼します」

村野が礼をして立ち上がると、鄭も頷いて礼を返した。廊下に出ると、さっきまで見かけなかった黒い服を着た若い男が三人、廊下に並んで立っているので驚いた。鄭の護衛らしかった。

車を呼ぶというのを断って料亭の玄関から外に出ると、雨脚が強くなっていた。一週間前の「急行十和田」の騒ぎの時を彷彿とさせる。歩きだそうと背広の襟を立てると、

「これをお使いください」と手の中に傘を手渡された。鄭の護衛の一人だ。

傘を差してみると、絹の高級品だった。軽くて雨をよく弾き、やがて水分を吸ってしっとりと重くなった。


部屋の前の廊下に人影があった。

「待ったか」と村野は後藤に声をかけた。

「いや、ほんの一時間さ」と彼は笑った。

村野は先に中に入り、留守中に誰か部屋に入っていないかと点検した。大丈夫のようだ。何もなくなっていない。

冷蔵庫を開け、机の上にキリンビールを二本出した。がら空きの戸棚からグラスを後藤が二つ出し、二人は黙ったままビールを差し合ったが、乾杯はしなかった。

「額は大丈夫だったか」

村野は多少赤みを帯びている後藤の額を見た。

「大丈夫だが、酒が目に入って滲みた。まったくじじいのすることはわからない。たぶん、耄碌《もうろく》しかかっているんだろう」

「そのことだが、後藤」と村野は声を潜めた。「葉山グループのことだ」

「葉山グループ？」

「小島剛毅、大竹緑風、そして坂出俊彦の父親の公彦。俺がタキの事件を自力で調査していると言ったら、小島剛毅の顔色が変わった。そして、もう調べるなという意味のことを言った。それから、坂出俊彦がタキをパーティに呼んだのは俺に違いない、と虚偽の供述をしているのだ。俊彦は外でいくらでも好きなだけ遊べるはずだ。だから、案外、親父のためにタキを呼んだのかもしれない、と俺は見ているのだが」

「待てよ」と後藤が言った。「たしかに大竹の家は坂出の家の隣だ。大竹の親父も女好きでモデルに随分と手をつけたと早重が言っていた。それに、小島剛毅自身だってわからない」

「そうだ。タキと同じモデルクラブで死んだ娘、中島嘉子はどこの街の出身かわからないが、逗子の海岸で死んだ。葉山に近い」

二人は顔を見合わせた。後藤の目に何とも言えない嫌悪の表情が浮かんだ。

「俺は実験しようと思っているのだ」と、村野はビールを呷った。

「何を」

「つまり、俺が女の子を買うんだ。この中からな」と村野はモデルクラブのアルバムを後藤に見せた。後藤がアルバムを受け取り、ぽつりと言う。

「お前は顔が知られているから、それは俺がやろう。どうせ、やばいことになっても、俺はもういいんだ」

どうして、という村野の顔に後藤が答えた。

「フランスに行くことにするよ。車を売って、マンションを売って、小島に金を返して、残りは早重にやって。俺はやはり自由でいたい」

「本当にお前は何もかも欲しい男なんだな」と村野は言った。

34

海老原博幸が世界フライ級チャンピオン、ポーン・キングピッチを一ラウンド二分七秒でダウンさせた瞬間、電話のベルが鳴った。

「もしもし、村野だが」

「俺だよ」と太い声が聞こえてきた。芸能週刊誌『スター』の特約記者の中田だ。

「久しぶりだな。どうだ、調子は」

「まずまずだよ。あんたのお陰でデスクから金一封をもらった」

「それはすごい。読んでないが、スクープでも取れたのか」

「読んでないのか」がっかりしたように中田は言った。「小百合の独占手記を取ったんだ。今日出たんだが『草加次郎に狙われた私！　吉永小百合』というんだ」

「すまん。気がつかなかった。が、それは良かったな」

「ああ、評判がいい。あの子は文章がうまくてな。本物の手記を書けるのは小百合ぐらいしかいないんだ。なかなかサスペンス・タッチでね、唸らせる。ところで……」と中田は言葉を切った。「あんたのことは聞いたよ」

「そうか」

「それでチャンスと信じて頼むのだが、実はうちの社で今度女性週刊誌を創刊することになった。その編集長をやらないか。村善が編集長をやるのなら、俺もそっちの専属になりたい。あんたについていきたい若手はほかの社にも大勢いるから、かなり引っこ抜けると見ているんだ。どうだ」

「俺を編集長にか」

「週刊誌をわかっている奴はそうそういないよ。あんたは週刊誌草創期からのメンバーだしな。これからも重要な人材だよ」

村野は考えこんだ。これまでの話の中では最高によかった。『週刊スター』を出している平和出版はこれから伸びる会社だ。自由に物を作らせてくれるとも聞いている。案外、面白いかもしれない。それに生活費もそろそろ底をついてきていた。貯金などまったくないので、さすがに気持ちが動いた。

「少し考えさせてくれ。いつまでに返事をすればいい」

「一週間後には頼む」そう言って電話は切れた。

村野は、インタビューを受けているチャンピオンベルトを巻いた海老原を見ながら、ほかの電話も待っていた。渡辺に頼んだ件は、そろそろ来てもいいはずだった。すると、まるで念じたように電話のベルが鳴った。村野は急いでテレビを消して、受話器を取った。

「村野さん、小林です」

「何だ、君か。どうしたんだ。今日は水曜だから徹夜だろう」

「そうです。今、編集部なのですが、村野さん、なかなかつかまらないから困っていました。草加次郎の件の中間報告です。ええと、ピストルで撃たれた清掃人のことですけどね。先日、ようやく連絡が取れて取材させてもらいました。しかし、僕が下手なのか新聞の談話とほとんど同じなんですよ。本人も迷惑がって、それ以上はしゃべってくれませんしね。困ってしまいました」

「つまり、何も目新しいことはわからないわけだな。それは仕方ないよ。もう少し時間をかけよう」

「すみません。僕はほかに何をしたらいいでしょうか」

「考えついたら電話するよ」

と言って電話を切った後、村野は自分の資料をひもといて見た。

「清掃人銃撃事件」は今年の七月十五日、上野公園内で清掃作業をしていた沢野三郎（二十七歳）が、いきなり背後から左肩をピストルで撃たれた事件だった。沢野三郎が発射音を聞いていないこと、至近距離から撃たれたが貫通していないことから、上野署ではオモチャ、または手製のピストルと見て捜査を開始したのだが、その十日後に草加次郎の署名で手製のピストルの弾丸一発が届いたため、一連の草加次郎の犯罪と断定されたのだった。沢野三郎は草加次郎との関係を否定。草加次郎が通りかかりの清掃人を狙った偶発的な犯罪と見られているらしい。

しかし、村野は沢野三郎が清掃人になるにしては年齢が若いのではないかと気になった。前身が調べられないか、弓削に頼むつもりになった。すると、電話が鳴った。待っていた電話かもしれない。村野は慌てて受話器を取った。

「弓削だよ」当の弓削からだった。手間は省けたが、がっかりしたことも否めない。

「ああ、電話しようと思っていたところです」

「それは光栄だ。が、あんまり嬉しそうじゃないなあ。ところで、村善。あんた、やめたそうだね。これからどうするんだ。もし、どっかの編集長でもやるのなら俺を使ってくれないか」さすがにいい勘だった。

「いいですとも。ただし、シャバにいられたらですけど」

その言葉に弓削が大笑いした。電話の向こうでは、また若い女房が子供をあやしながら歌を歌っているのが聞こえてきた。『こんにちは赤ちゃん』だった。

「奥さん、歌がうまいですね」

「クラブ歌手だったんだ。うまいのは当たり前さ。本人は早く復帰したいと言っているがどうなるかな」と弓削は悩んだ口調で言った。「それで、俺のほうの用事は草加次郎のことだよ。ちょっとした情報が入った」

「何です」

「いよいよ、容疑者が逮捕されるって話だ。そいつらは上野の工業高校生で、ガンマニアらしい。空気銃でよく雀なんか撃っているところから通報されたらしいんだが、筆跡鑑定で一人がハイイロと出たのだそうだ」

「ハイイロか。指紋はどうなんです」と、村野は意気込んで尋ねた。

「だから逮捕して指紋を見るんだろう」

「そうか。高校生ですか……」

「だがな、俺の意見では高校生なんかじゃないと思うよ。やはりこれはな、村善。結構年寄りの仕事だよ。吉永小百合には七回も手紙出しているんだろう。しつこすぎるよ。高校生なら、すぐ次から次だ。そういうものじゃないか。病的な奴じゃなければ年寄りだ。絶対だよ」

「たしかにそう言われてみればそうですね。ところで、上野公園内で撃たれた清掃人がいるでしょう」

「沢野某だな」

「その男の前身を洗いたいんです。清掃人にしては若い」

「俺もそう思っていたんだ。よし、できる限りやってみるよ」

弓削はそう言って電話を切った。村野は電話を待つのを諦めて、出かける支度をした。夕飯を食べなければならないからだ。もう冷蔵庫には買い置きもないし、パンも米もなかった。

外に出るとちょうど、隣の女がエレベーターを出て廊下を歩いて来るところにばったり会った。外出先から帰って来たところらしく、花柄の派手なドレスを着ている。女は三十代半ばだが、時々、年配の男が来て泊まったりしていることから、村野は二号ではないかと思っていた。そもそもこの女のせいで、と苦々しく思いながらも会釈すると、こちらに近づいて来た。

「村野さん。あたし、あなたに謝らないといけないのよね」

「………」

「だって、あたしが警察の人に余計なことを言ったから、困った立場になられたんでしょう。もうそっちのほうはいいんですか」

「よくはありませんが、今のところ放っておいてくれているようです」

視線を泳がせた。

「そう……」と女は村野を信用していいのか、疑ったほうが良いのか、迷いを隠せずに

「実は僕もちょっと伺いたいことがありましてね。お会いしたいと思っていたのですよ。僕が出て行ったのはご覧になったんですよね」

「ええ。あたし、ちょうどあの時間にゴミを捨てに行くのよね。で、出ようとしたら、あなたが出ていらしたからちょっと隠れて見ていたの。だってさ、何しろこっちは寝る前でいいかっこしているから恥ずかしいじゃない」と、女はここで村野の反応を確かめるように顔を見た。「そしたら、あなたが階段を降りて行ったので、あたしはすぐそのあとにエレベーターで降りたわ。裏でゴミを捨ててると、素敵な車であなたが通って行ったのを見たわ。裏の道に停めてらしたでしょう。それから、部屋に戻ってあれこれと部屋を片付けたりしてたの。もしかすると、あたしのところにもちょっとしたお客が来そうだったものだから。しばらくしたら、廊下で話す声がしたので、ちょっと窓から覗いて見たの。あたしの客だと思ったのよ。決して覗き見しようなんて思ってなかったわ。そしたら廊下の電気はもう消えていて真っ暗だった。十二時には消えてしまうでしょ、ここは。だからよく見えなかったんだけど、あなたの部屋の前に若い女と男が立っていてちょうど出かけるところみたいだったの。そしてドアをバタンと閉めて出て行ったのよ」

「その男は僕かもしれないと警察に言ったのは」

「似ていたのよ」と、女は村野の顔をまた気味悪そうに眺めた。「背格好が似ていた」

「僕より細身じゃなかったですか」

「そうね。細かったかもしれないけど、わからないわ。似たような格好していたのよ。白いシャツに黒っぽい上着でね。声も低くてぼそぼそ話していてよくわからなかった」

「じゃ、車の音は聞こえましたか」

「いいえ。それも警察の人に言ったけど、警察の人はあなたの乗っていた車はもう借りた友人に返してしまっていたからだって言うのよ」

「つまり、僕が身ひとつで戻って来て、女の子を迎えに来たと」

「そう思ったの。だって、あの女の子、嬉しそうだったのよ」

女の言葉に村野はぎくっとした。亀田が迎えに来たとしたら、タキは嬉しいだろうか。

「なぜ、僕が迎えに来たと思ったのですか」

「実はね、あなたたちが帰って来たときから知ってるのよ、あたしは。あら、村野さん、珍しい。女の子連れ込んで、と思ったのよ。そしたらすぐに、バーンとドアを乱暴に閉めてあなた出て行ったでしょ。だからてっきり喧嘩でもしたのかなって心配したの。そしたら、一時間くらい経って戻って来たから、仲直りして一緒に出て行ったんだ、良かった、と思って」

村野は、タキが嬉しそうだったという言葉にこだわって考えこんだ。その時、部屋の中で電話が鳴っているのが聞こえた。

「ちょっと失礼します。その話はまた」村野は、急いで部屋に戻って電話を取った。

「時報通信社横浜支局の岡村と申しますが」

やっと待っていた電話がかかってきた。村野はそのあたりを片付け、急いでメモの用意をした。「お願いします」

「渡辺から聞きまして、ちょっと調べてみました。お尋ねの女子高校生の変死事件ですが、たしかに逗子署で扱っていました。去年の八月十二日のことです。午前五時三十分頃、逗子市の海岸を犬を連れて散歩中の外国人夫婦から、砂の上に横たわった若い女性が眠ったように動かないという110番通報がありました。警邏《けいら》中の巡査がすぐに駆けつけますと、その女性はすでに死んでいました。死体の状況は、口をやや半開きにして瞼は閉じ、砂の上に仰向けに寝て右手を後方にそらし、左手は体に沿って伸ばし、両足はまっすぐに伸ばしていました。見たところ、着衣の乱れはなく、体にも鬱血その他外傷はありませんでした。服装は、木綿の半袖ブラウス。これは学校の制服様の開襟型。何度も水を通したもののようで少し黄ばんでいたということです。スカートだけは真新しい赤のタイトスカート。白の木綿ブラジャーと下着、ナイロン製のシュミーズ、白い木綿の靴下に通学用の黒の革靴だったということです。服装自体は、新品のスカート以外は質素で、夏の海岸に向いた服装ではなかったということです。そして、セイコー社製の女物腕時計を左腕にはめていましたが、不思議なことに逆さまでした。つまり、時計だけ誰かが後でつけてやったが、他人がつけたので逆さまになってしまった感じだったということです」

「身元は」と村野は克明にメモを取りながら言った。

「バッグも何も持っていなかったため、しばらくわからなかったのですが、松戸市小金に住む農業、中島要蔵の次女、中島嘉子だということが後でわかりました。捜索願が出されていたからです」

「何も持っていなかったのですね」

「そうです。身元がわかるような物は何も」

「死因は」

「それですが」と岡村は唾を飲んだ。「検死解剖の結果、血液から五ミリグラム・パーセント、肝臓から十三ミリグラム・パーセントのペント・バルビツールが検出されました」

「ということは？」

「睡眠薬の飲み過ぎだそうです」

「海岸で飲んだのかな。目撃者は」

「それがですね、前夜は海水浴客だけでなく、学生たちのキャンプストアで海岸は大賑わいだったそうです。太陽族じゃありませんが、一晩中、若いアベックがいちゃいちゃしていて、あっちでもこっちでも騒いでいたそうです。ですからガイシャがいつからそこに寝ていたのか誰も知らないということでした。若い女性が横たわっているのを気がついていたという目撃者もいるのですが、疲れて眠っているのかと思っていたそうです」

「自殺という疑いはなかったのかな」

「当初、そう思われていたのですが、奇っ怪なことがわかりましてね」

「何です」

「実はスカートのポケットに薬瓶が入っていたのですよ。それでてっきりそれが睡眠薬の瓶だろうと警察では考えていたらしいのです。つまり、若い女性が自殺するために、身元がわかるものはすべて捨ててしまう。そして、海岸に横たわって睡眠薬を飲み干した。だから、その瓶だけが残っていた、とね。ところがその瓶にわずかに残っていた錠剤は睡眠薬ではなかったのです。入っていたのは、ベンゼドリンだったのですよ。それでにわかに捜査本部ができかかったのですが、やはり自殺じゃないかということで一カ月で解散しています」

「そのベンゼドリンというのは」

「アンフェタミン、つまり覚醒剤です」

「もしかして、その瓶には②と書いてありませんでしたか」

岡村が電話の向こうで息をのんだのがわかった。

「どうしてそれをご存じなのですか」

35

村野は上着を抱えて水田の中の一本道を歩いていた。

九月も半ばを過ぎたというのに、蒸し暑い日だった。前からもうもうと土埃を舞い上げて、最近は都内で見ることも少なくなったボンネットバスが走って来る。

このあたりは中島という家が多いが、嘉子の名を出して聞くとすぐにわかった。目指す中島要蔵の家は町外れにあるという。話の調子から、同じ中島の親類中で最も貧しくて最も蔑《さげす》まれているのが中島要蔵の家のようだった。蔑まれる理由が、死んだ嘉子のせいではなければいいのにと村野は思った。やがて教えてもらった通り、埃っぽい道の向こうに藁《わら》葺《ぶ》きの小さな農家が見えてきた。

ごめんください、と縁側から挨拶すると、奥の薄暗い部屋から高校一年生くらいの少年と三毛猫が出て来た。少年は坊主頭で、ランニングシャツにだぶだぶの灰色のズボンを穿いている。面立ちが中島嘉子に似ているから弟なのだろう。

「村野といいます。お父さんかお母さんはいる？」

「田圃《たんぼ》にいます」少年はニキビを気にして触りながら言った。「すぐそこだから、用があるのなら行ってみてください」

「実は嘉子さんのことを聞きにきたんだけど、もちろん、君でもいい」

「何ですか」と彼は緊張したような顔になった。「あのう、どちら様ですか」

やはり、親戚間の評判の悪さは死んだ娘のせいだと村野は直感した。

「僕は週刊誌の記者であなたのお姉さんのことや、もう一人の死んだ女の子のことを調べているんだ。よかったら教えてください」

少年は不貞腐れたように横を向き、「どうして今頃……」と言った。

「今頃……たしかにそうだな」と村野はタキのことを言うべきか迷った。しかしやめにしてこう言った。「警察はお姉さんが自殺だと断定したようだが、僕は殺された疑いがあると見ているんだ。何の罪も落ち度もないのに、君の姉さんは気の毒だったと思う」

さんざん悪口を言われてきたに違いなく、少年の頰に赤味が射し、頷くような仕草をした。そして、

「だったら、どうぞ」と、縁側に腰掛けるように勧めてくれた。村野がメモを取り出すと、律義に正座し直した。村野は少年の緊張した様子にほほ笑み、

「お姉さんが亡くなる前、この家を出たのはいつ？」と聞いた。

「あの日、姉ちゃんはたしか、アルバイトがあると言って出ました。死体が発見される前の前の日のことで、泊まりがけになるけどって言うんです。母ちゃんが泊まりがけのアルバイトなんて変だから絶対に帰って来いと言ったら、どうしても帰れないって言う

んで、父ちゃんが怒って出て行けと怒鳴って喧嘩になったんです。それで本当に出て行ってしまいました。で、一泊目は黙っていたけど、二泊目になったらこれは変だ、家出だっていうんで父ちゃんが捜索願を出したんです。そしたらすぐ、逗子の警察から連絡がありました」

「お姉さんはどんなアルバイトをするのか言ってた？」

「ファッションモデルの仕事で、撮影が一日じゅうだから、ロケのバスの中で泊まるんだって言ってました」

「君は信用していた？」

少年は複雑な顔をした。「僕は本当のところ、信用していなかった。姉ちゃんはよく新宿に行っては帰れないって無断外泊していたし、真っ赤な口紅塗ってその辺をラリって歩いて近所の人に不良とか言われていたし、なにしろ評判はすごく悪かったんです。僕はそういう姉ちゃんが嫌いで、モデルの仕事に誘われたって聞いた時も嘘だと思っていたんです。実際にそういう雑誌も見たことないし、何でそんな夢みたいなこと言ってるんだ、何て馬鹿なんだろうって、随分喧嘩しました」

「でも、君の姉さんはきれいだったよ」

「それも僕はすごく嫌で、姉ちゃんがよく、あの男にも言い寄られた、この男にも声かけられたって言うと、どういうわけか不愉快で喧嘩したこともありました。今はすごく反省しているけど」

「姉さんがそういう泊まりがけのアルバイトに行ったのは初めてだったの」

「三、四回あったと思う。母ちゃんに言わないでこっそり出かけて、深夜喫茶に泊まったとか嘘ついていた」

「どうして嘘とわかるんだ」

「その後は金をたくさん持ってたから。それもピン札を何枚も。僕は姉ちゃんが眠ったのを見計らって財布の中を見たりしていたから知ってるんだ。だって、新宿の深夜喫茶に行ったら逆に金はなくなるでしょう。なのに外泊してきて金を持ってるっていうのは変だ」

「君は心配していたんだね」

「……そうです。何か変なことしてるんだろうって詰め寄ったこともある。そしたら、姉ちゃんは、あたしは絶対に清いって言い張って泣いてました」

少年の動揺を悟ったらしく、それまで膝に乗っておとなしくしていた三毛猫がすいっといなくなった。

「姉さんはどうして死んだのだと思う？　自殺とか言われているけど、本当にそうだと思う？」

「いや、僕は殺されたんだと思います、誰かに。なぜかわからないけど、そんな気がするんだ。だって、姉ちゃんはあの時恋愛してたから自殺なんかするわけないです」

「恋愛？」村野は思いがけない言葉を聞いた気がして、思わず少年のニキビだらけの顔を見た。「相手はわかる？」

「いや、相手はわかりません。でも、確かです」と少年は頷いた。「日記を読んだんです」

「それを見せてもらってもいいかな」

「ちょっとだけなら」

と言って、少年は奥の暗い部屋に入って行った。村野は家の中を見るともなしに見た。縁側の奥には二間しかないような狭い古い家だ。畳が変色して縁が反り返り、襖が猫のせいでぼろぼろになっていた。タキと同様、嘉子もアルバイトして金を貯め、ここから出て行きたかったのだろうと思った。

奥の部屋で少年が何かを探しまわる音がする。奥を見遣ると、正面の古い整理箪笥の上にミルク飲み人形が飾ってあるのが見える。嘉子のだろうか。手垢がついた古い人形だった。

やがて、少年が青い表紙の小さな日記帳を持って来た。少女好みの鍵がかかる形式だが、とっくに鍵は壊れていた。少年が壊したのだろう。

「ここです、この部分」と少年が熱っぽく言った。

『あの人のことを考えると、夜もねむれなくなる。こいをすると夜もねむれなくなるって本当だったんだ。心ぞうがどきどきして、胸がかっと熱くなって、涙が出て来て。早く会いたい。また会いたい。すごく美男子ですごくすてきだ。このあいだ、とっても優しくしてくれたし、もしかするとあたしのことを好きになってくれたのかもしれない』

この後に、弘田三枝子の『悲しき片想い』の歌詞が三番まで丁寧に書き写してあった。

「相手は誰なんだろう。学校の誰かかな」

「いや、姉ちゃんの学校は女子校だから」

「誰か近所の人で、心当たりの人はいるかい」

彼は激しくかぶりを振った。「この辺は皆、親戚ばっかりです」

なら、亀田か。亀田は美貌だ。彼なら女子高校生のこころを捕らえられるだろう。うまく捕らえれば、利用するのも簡単のはずだ。もしかすると、タキもそうだったのか。

すると、少年は俯いたままつぶやくように言った。

「だから、僕は自殺なんて信じられないんだ。警察の人にもこれを見せたけど、この年頃の子はわからないからって言われました」

「じゃ、覚醒剤を持っていたことはどう説明されたのかな」

「ああ、あの変な薬のことか。あれは、アメリカの薬で日本ではあまり売ってないとか聞いたけど、姉ちゃんはしょっちゅうハイミナールを飲んでいたし、どこかで手に入れたんだと思います」少年は憂鬱そうに目をすぼめた。「だけど、浜辺で横たわっていて、誰も死んでるって気づかなかったなんて可哀想だよ。俺、喧嘩もたくさんしたし、嫌いなところもたくさんあったけど、やっぱり可哀想だよ」

「わかってるよ」

村野は少年の剝き出しの肩に手を置いてから家を出た。少年の憂鬱が流行り病のようにすっかり全身に感染していた。

東京駅に戻って来ると、村野は赤電話を見つけて、横浜まで長距離をかけたいと申し込んだ。売店の女が面倒臭そうに鍵を開けてくれた。気になっていたことを一刻も早く確かめたかった。

「時報通信社横浜支局です」

と、うまい具合に岡村が出た。

「村野ですが、昨日はどうも」とまず礼を言い、「実は昨日伺うのを忘れたことがあるのですが」と続けた。

「何ですか」

「大事なことです。ガイシャは性行為をなしていたのですか」

「ああ、そのことですか。実はそれもちょっと、へえ、と思ったのですが言い忘れました。ガイシャは処女だったそうです。それも他殺説の根拠を薄めたようですね」

「あたしは清い」と泣きながら弟に抗議したという中島嘉子は処女で死んだ。タキはAB型の精液を膣内に入れたまま死んだ。村野は考えこんだ。その時、突然、嘉子の部屋にあった主のいなくなったミルク飲み人形の顔を思い出した。

村野は東京駅八重洲口に出て、そのまま京橋方向に歩きだした。

何かが引っかかっていた。そうだ、タキが何か言ったことがある。村野と卓也が、どうして坂出のパーティに出たのか、と聞いた時だ。

「あたし、お人形だから」

と彼女はそう答えたのだ。

36

しばらくベルが鳴った後、「もしもし」と不機嫌な女の声がようやく出た。

「北川事務所ですか」

「……そうですけど」

「『人形遊び』ができるって聞いたんだけど、本当かな」

「ちょっと……どういう意味ですか」

「『人形』だよ、『人形』。駄目なの。駄目ならどこに電話すればいいんだよ、まったく。嘘なのかよ！」

村野は苛立つ声で女に怒鳴った。すると、とうとう「あのう、どなたのご紹介でしょうかね」と自信がなさそうに女が言った。

「坂出さんだよ。あの坂出さん」

いちかばちかの賭けだった。受話器の向こうはしんと沈黙している。村野は思わず息をのんだ。

「坂出さんね……ちょっと待ってください。確かめてからお電話します、こちらからね。だから、そちらさんの電話番号と名前を教えてください」

「おいおい、こっちは女房がいるんだ。こっちから電話するよ」

「あ、そうですか……」女は疑うような声を出した。が、すぐに折れた。「わかりましたよ。じゃ、二十分したら電話ください。あなた、お名前は」

村野は適当な『伊藤』という名前を使った。そして、二十分後に電話をすると、女が「ああ、どうも」と安心した声で言った。たぶん、亀田のほうに連絡を取って了解を得たのだろう。

「伊藤さんね。さっきの件ね、いいそうですから。安心してくださいね」

「そうか、よかった」

「ご指名、ありますか」

「ないよ。若いのなら何でもいいよ」

「なら、明日でもいいですか。こっちもいろいろ準備がありますんでね。どうしても今日なら何とかできないこともないけど、お客さんも若い子のほうがいいでしょう」

「そりゃ、そうだ」

「そうですよね。ところでね、お客さん。もう派遣はやめましたから、こちらの指定する旅館に出向いていただけますか。申し訳ないのですが、いろいろトラブルが続いていましてね。いや、たいしたことじゃないんですけどね」

「わかった。それじゃ仕方ないだろう。で、どこに行けばいい」

「千駄ヶ谷の『有楽』という旅館に。時間は七時くらいでいいですか」

「うん」

「じゃ、七時に『北川事務所から来た伊藤』って言ってくだされればフロントで通りますから」

「わかった。頼むよ」

電話を切った後、村野は急に心配になり後藤の顔を見た。「千駄ヶ谷の旅館を指定してきた。本当にお前が客でいいのか」

「構わないよ。お前は顔を見られているから、万が一、亀田がいたらまずいだろう」

だが、後藤は疲労困憊しているように見えた。数日前の小島剛毅との会談の後、季刊誌の後任をめぐって小島と揉めているのだった。後藤が辞めて渡仏したいと申し出ると、小島剛毅は言い過ぎを謝り、後藤を手放すつもりはないと言い張っているのだと聞いた。

「だがな、俺は奴隷でいる気はない。小島の本心を聞いた以上はもはやこれまで、さ」

「早重さんは何て言っているのだ」

「あれから会っていない。が、たぶん、彼女なら渡仏するほうを勧めるだろう。自分のせいで、俺の仕事が面倒になったことに罪の意識を感じているからな。と同時に、そういう羽目に陥った俺に失望もしているのだ」

村野は後藤と早重の不幸を感じ取って黙った。どこかで歯車を狂わせた二人なのだ。

「その大竹緑風だが、一度会ってみたい」村野が言うと、後藤は「早重に頼んでみるといいさ」と答えてピース缶から煙草を一本抜き取った。

後藤の住まいは相変わらずだが、すでに本は少しずつ片づけられて麻紐で堅く括《くく》られていた。豪華な家電製品や調度の類いも、いずれ売られてしまうのだろう。村野は立って行って窓から一望できる神宮の森を眺めた。森はすでに夏の色ではなく、枯れる一瞬前の豊かさに満ちていた。


翌日の昼過ぎ、村野は電話帳で千駄ヶ谷の『有楽』を調べ、予約の電話を入れた。が、アベック専用なので予約は受付けないという。誘えば喜んで連れ込み宿に一緒に入ってくれる女なんていない。しかも、男一人では入れない。女中にチップを握らせる手も考えてはみたが、吾妻組の手の者が混じっている恐れがあった。

村野が困って後藤に助けを求めると、「早重に頼んだらどうだ」と言って電話番号を教えてくれた。電話をかけると、早重はすぐに出た。

「村野ですが」

「あらまあ」と弾んだ声がした。「こんにちは」

「お願いがあるのですが」村野は躊躇《ちゅうちょ》しながら言った。「実は、ある取材で連れ込み宿に行かなくてはいけないのです。玄関だけで構いませんので一緒に入っていただけませんか」

「入るだけなのね」と早重は笑った。

「もちろんそうです。ただ、誰かに見られると、僕と入ったことであなたの評判を落とすかもしれない」

「大丈夫よ。あたしの評判など」

早重は陽気な笑い声を立てたが、受話器の向こうからはモーツァルトのレクイエムが聞こえてきた。それを村野は凶兆とは取らなかった。


早重とは六時に新宿で落ち合うことになった。

駅から歩いて行くと、午後から降りだした雨脚がさらに強くなり、濁流となって道路工事中の大穴に音を立てて流れこんでいた。村野は、その激しさに自身の思いを見るような気がしてしばらく立って眺めていた。靴に泥が跳ね、傘から出た肩がしぶきで濡れる。早重と会うことにようやく決心がついて、村野は歩きだした。『黒蝶茶房』という三越裏にある指定の喫茶店に行くと、すでに早重は先に来ていて、村野を待っていた。

「妙な仕事を頼んで申し訳ない」

「いいえ、構いません」

きっぱり言った早重は、村野の顔を正面から見据えた。化粧気はなく、肩までの髪を後ろで束ね、黒のワンピースに白いレインコートという簡素な格好をしていた。村野と会うことなど装うに足りないと思っているのかもしれない。しかし、雨の夕刻、早重は美しく見えた。早重の口調は重かった。

「さきほど後藤さんにも電話をして聞きましたが、あなたのお考えでは、私の父がこの遊びに関係しているかもしれないと……」

「あくまで推論ですから間違っているのかもしれません」村野は否定した。「違っていたら、失礼を許してください」

「私は勘当されていますので、父自身の恥のことは関係ありません。そこは、とても客観的に見られるようになりましたの。気になさらないで。ただ、それが犯罪に関係しているとしたら、耐えられません」

早重は低い声で早口に言った。忌まわしいことを口に出すことによって、一刻も早く体内から排除したいとでもいうような様子だった。早重はいつもそうなのだった。率直に何でも口に出し、一直線に解決に向かう。それで満身創痍になっているのだ、と村野は思った。

「そのことはまたいろいろなことがはっきりしてからにしましょう。もう行きましょう」と村野は早重の伝票を摑んだ。

二人が千駄ヶ谷の『有楽』に到着したのは、午後六時五十分だった。表は二階建ての日本風の旅館だが、オリンピックの外国人客でも当て込んでいるのか、内部を洋風に改築した建物だった。つまり帳場をフロントにして、個室には鍵がかかり、洋風の風呂がついているというだけだが。

「部屋はあるかい」

村野は早重の肩を抱くようにして、フロントの女に尋ねた。五十代の女は緑色の事務服を着て、化粧ののりが悪そうな肌をしていた。それが癖なのか、早重のほうを盗み見、こちらどうぞ、とキーを出した。

部屋は二階の奥だった。村野は腕時計を見て、内装を珍しそうに眺めている早重に、

「廊下に出て見ていますから」と言った。

二人で狭い空間にいると気づまりだった。「どうぞ」と早重は相変わらず沈んだ口調で答えた。やむを得なかったこととはいえ、村野は早重を引きずり込んだことで気が重くなっていた。

階段の上からそっと下を眺めていると、時間通り、玄関から後藤が入って来るのが見えた。緊張した様子もなく、普段通りの洒落者の後藤だ。すると、どこにいたのか、いつの間にかフロントに亀田が現れた。村野は亀田に見られていなかったかと一瞬、胆を冷やした。やはり、亀田本人が女を連れて来てあれこれと準備しているらしい。フロントで少しやりとりがあり、二人は二階に上がって来た。

村野は慌てて物陰に隠れて盗み見た。二人は階段を昇り、村野のいる部屋とは反対の

翼のほうに向かって行く。後藤は突き当たりの部屋に案内され、少し経つと亀田だけが出て来た。

村野はまた部屋に戻った。早重は、絞り柄の布団が二つ並べられた枕元に困ったように座っていた。

「早重さん、これから後藤の部屋に行きますので、ここにいてください。あいつは向こうの廊下の一番奥の部屋に入りました」

「ええ、何か手伝うことでもあれば」

村野は首を横に振った。入る時に女が必要だっただけだ。早重を危険な目には遭わせたくない。

後藤の部屋を密かにノックすると、後藤がすぐに出て来た。

「村善、どうしようか」と、珍しく狼狽している。

村野は背後を窺い、素早く部屋に入った。村野が入った部屋より二倍ほど広い。中央に村野のところと同じ柄の布団が二組敷かれ、その一方に若い女が横たわっていた。

「彼女、どうした?」

「眠りこんでいる」後藤は顎に手をやって困ったように言った。「どうやってみても目を覚まさないんだ」

予想どおりだった。村野は近づいて女の顔を見た。『月食』で会ったミエだった。軽く鼾《いびき》をかき、熟睡している様子だ。

「この女の子は知ってる。『月食』という深夜喫茶の常連だ。二人で、何とか起こして話を聞いてみよう」

「起きるだろうか」

後藤はミエの顔を覗きこんだ。ミエは鼻の頭に軽く汗をかいていた。いつもは真っ赤な口紅をつけているのだが、今は化粧をせず、まったくの素顔だ。健康的で美しい寝顔をしているだけに、過度の熟睡が異様だった。

「何とかやってみよう。遊びの時間はどのくらいだと言っていたんだ」

「二時間だ。二時間後に一応、亀田のほうから電話すると言っていた」

「ほかに、亀田はなんて言っていた」

「こうだ。『これがお客さんの人形です。人形ですから、どんないたずらをしても、何をしても結構です。強力な薬を使ってますので、途中で目を覚ましてお客さんの顔を見て迷惑をかけることもありません。ただし、無理やり起こしたり、傷をつけたり、黙って帰ったりしないでください。ワックスは使っても結構ですが、ゴムを使用してください。お帰りは必ずフロントにいる私に一報を』と」

「まったく俺が想像した通りだ」村野はミエを抱き起こした。藍色に白の菊模様の浴衣を着せられている。

「まるで川端康成の『眠れる美女』だな。まさか、本当にこんなことをしている連中がいるとは思わなかったが、これはこれで病みつきになるのかもしれん」

後藤がミエのすべすべした頬に触れて言った。まんざらでもない表情をしている。

「後藤、亀田は二時間と言っていたんだな」

「そうだ。ということは、せいぜい五時間程度の効きだろうか」

「だったら、あと一時間待ってぎりぎりで起こしたほうがいいな」

二人はミエの寝顔を見たまま、冷蔵庫からビールを出して飲んで待った。村野は風呂に湯を入れた。

「早重はどうした」後藤が初めて気づいたように言った。「呼んで来ようか」

「よせよ。あの人は自分の父親がかかわっていたのではないかと苦しんでいる」

「お前は、『人形』を呼んだのが、坂出俊彦ではなくて、公彦か緑風だと思っているんだな。何故だ」

「なぜなら」と村野は眉を顰《ひそ》めた。「顔を見られて本当に困るのは彼らだからだ。公彦の顔は教科書にも載っている文学史上有名な作家だ。小学生でさえも知っているじゃないか。それに、緑風も週刊誌や新聞にしょっちゅう顔は出ている。要するに二人とも有名人だ。それは俊彦なんか比較にならないよ。だから通常の倍量のイーピンを飲ませたのじゃないかと思う」

「そうだな」と後藤は考えこんだ。「早重の親父が関係していたら、小島剛毅も黙ってはいないだろうしな」

村野は腕時計を見た。さっきから一時間近く経っている。そろそろ起こしてみようと、試しに頬を軽くたたいてみた。「起きろ、ミエ！　起きろ！」

今度は軽く揺さぶったが、ミエは起きない。「おい、目を覚ませ！」

「無理じゃないか。村善」と後藤が心配そうに覗きこんだ。

「いや、できるだけやってみよう」村野はもう一度ミエを揺さぶった。今度は少し力をこめたので、首ががくがくと揺れて、ミエは少し唸り声を上げた。

「風呂に入れたらどうだろう」と後藤が提案し、二人はミエを布団から風呂場に運んだ。そして浴衣のまま湯舟に浸けた。少し反応しているが、意識はまだ戻らない。

今度はシャワーの栓を捻り、湯をやや熱めにして浴衣を着せたままのミエをその下に置いてみた。しばらく湯に当ててみたが、ミエはまだ眠っている。村野はだんだん、可哀想になってきた。

その時、小さなノックの音がして二人は顔を見合わせた。もしかして亀田が戻ってきたのかもしれない。村野は慌てて便所に隠れた。シャワーを止めて後藤がドアを開けに行った。

「ごめんなさい。随分、時間がかかるので気になって」

疲れた表情の早重が入って来た。一人で一時間以上待っていたため、不安になったらしい。村野がほっとして便所から出ると、早重が言った。

「村野さん、延長するかどうかの電話が来ましたので、一時間延ばしておきました。でも、また電話があると思います」

「わかりました。じゃ、後で間に合うように部屋に戻りましょう」

後藤が苦笑いした。「早重、この女の子を起こす方法はないかな。睡眠薬を飲まされているんだ」

早重は、風呂場でびしょ濡れになったミエを見て一瞬、息をのんだようだったが、すぐに提案した。「水風呂に一瞬だけ浸けたらどうかしら。それですぐに温かいシャワーをかけるのよ」

湯を落として水を溜める間、風邪をひかないようにと早重が毛布をミエに巻きつけていた。やがて、浴槽に三人がかりでそっと浸けると、ミエが身震いした。そして、目を覚まして言った。「寒い……」

「ごめんよ」と村野は言い、今度は温かいシャワーをかけてやった。ミエが震えながら風呂場に嘔吐した。

37

「昨日、『月食』に行って、いつものようにラリってたら、あいつが『姉ちゃん、お金になるアルバイトしない』って声をかけてきたの。そう、あの亀田っていう人。あたしが『いやよ。あたしは売春《ウリ》は絶対にしないからね』って言ったら、『違う違う、誤解だよ』と手を振ったの。『俺はそんなことは絶対に女の子にはさせない。ただ、寝ていればいいだけなんだよ』って。そんな馬鹿な話、聞いたことないよね。あたしだって、馬鹿かもしれないけど、中学だってろくに行かなかったけどさ、そのへんのことはわかるよ。そしたら、あいつが『睡眠薬を飲んで眠っているだけでいいんだ。絶対に何もさせないように俺が見張っているからさ』って。『でも、すごくいいお金になるんだよ』って。『こんなアルバイト誰もができるわけじゃないけど、あんたは可愛いから、特別、声をかけたんだよ』って」

早重の手で新しい浴衣に着替えたミエがまだぼんやりした顔で、ゆったりとしゃべった。寒いらしく、早重に何枚も布団をかけてもらって、それでもまだ時々がたがたと震えていた。

「気分はどうだ」村野が尋ねると、ミエは大きくかぶりを振った。

「最悪だよ。だって、あんな見たことない睡眠薬飲まされてさ、無理やり起こされたんだもの。気分がいいわけないよ」

「これを飲んだら」と後藤が熱い茶を差し出した。ミエが両手で受け取り、口をつけた。

「ねえ、君にはいくらくれると言ったんだ」

「『ただ眠ってるだけで、五千円だ。欲しくないか』って言われたんだけど。ほんとにくれるかなあ」

「そうか。俺が払った金は全部で一万五千だ」

「ええっ！　おじさん、そんなに払ったの」とミエが不満そうに唇を尖らせた。

「男が払う金はそんなもんだよ。まあ、特にこれは高いようだがな。ところで、君は何時にここに連れて来られたんだ」村野が尋ねると、

「ええと……」とミエは答えが書いてあるかのように中空を見た。「五時半に『月食』で会って、その時にコークハイと一緒に、これを飲めって瓶を渡されたの」

「それを持っているかい」

「うん。また頼むから預けておくよって言われた。だから、あたしの荷物の中にあるよ。あたしの荷物は？」

　後藤は首を横に振った。「君はその格好でここに寝ていた。だから、亀田が持っているんだろう」

「そうか。何しろ瓶を渡されたのよ。それにはマジックで①と書いてあった。黄色いカプセルと錠剤が全部で二十粒くらい入っていた。アメリカ製のよく効くやつだからって言われたよ。それで、仕事が終わって目が覚めると、この睡眠薬が効き過ぎていて気分が悪いことがあるかもしれないよって。そしたら、今度はこっちの瓶に入っている薬を飲みなさいとも言われた。それには②と書いてあって、やっぱり白い薬が何錠か入っているのさ。それを飲むと、気分がすっきりして、ぱっと目が覚めるんだってさ。すんごく気持ちがよくなるんだって。それ飲みたいな。ない？」

「それはシャブだ。やめておきな」と村野は答えた。少し離れたところで早重が真剣な顔で聞いている。「それからどうした」

「それで、コークハイと一緒に飲んだら、何だかいつものクスリなんかよりずっとずっと効いてね。あたし、頭がグラグラして目がまわってきたんだ。そしたら、あいつの子分がいるじゃん。あのチンピラみたいの。あいつがあたしの腕を支えて抱きかかえながら、亀田の後をついて車に乗せたの。そして、何とかここの階段を昇って来ると、亀田が言ったの。『お前、眠いか』って。だから、『すごく眠いよ。あたしもう寝ちゃうよ』って言ったら、『それでいいんだ。お前、何がここで起きたかなんて眠っていればわかんないんだから、あとで探ろうなんてすんなよ』って。優しく頭を撫でてくれたの。すごくいい気分で、ふんわかしてたよ。そしたら、チンピラのほうが浴衣出してさ、自分で着ろって渡した。あたしが風呂場で何とか着替え終わると、あいつらがその布団に寝てろって言ってどっかに消えた。あたしはそのままぐっすり寝てたんだ」

「何をされるのか心配じゃなかったのか」

後藤がミエの顔を見ながら言った。

「そりゃあ心配だよ。でも、強姦されることもないと思ったし、ただ寝ているうちに裸見られるくらいならいっかと思って。それに、亀田の奴が言うには、客のほとんどはじじいだから、そんな体力ないよって」

その言葉を聞いて、早重が顔色を変えたのがわかった。後藤がミエを諭すように優しく言った。「そのぐらいですめばいいが、だいたい君たち睡眠薬中毒なんだから、効きが悪いだろう。そしたら、もう一錠、もう一錠と増えて、最後は死んでしまうよ」

後藤に言われるとミエは顔をしかめた。「ああ、そうだね」

その時突然、電話が鳴った。すでに二時間近く経過していたため、亀田が電話してきたらしい。後藤が皆に人差し指で合図して電話を取った。

「はい、何だ。……ああ。あと一時間延長してくれ、頼む。……うん、女は目を覚ましてないよ。大丈夫だ」

後藤と落ち合う場所を決め、村野と早重はこっそり部屋に戻った。

「ちょっとした冒険気分を味わったわ」早重が言葉とは裏腹に沈んだ声で言った。村野は早重の顔を見た。顔色が悪かった。

「すみません、嫌な気分になりませんでしたか」

いいえ、と早重は使わなかった布団をめくってその裾に座った。それがいやになまめかしく感じられ、村野は目をそらしながら言った。

「大竹緑風氏と会いたいのですが、会えませんか」

「構いませんわ。姉に話しておきますから、会いに行ってください。私はご存じの通り、勘当されてますので話すこともできませんから」

「じゃ、近日中によろしく願います」

「ええ」と早重は返事した後、からかうような表情をした。「村野さんは仕事のことしか頭にないんですね」

「そうです。今のところは」

早重は大人びた笑いを浮かべた。

「あなたから電話をいただいた時、まさかこんな用件とは思いませんでした。もしかして誘ってくださったのかと思って」

村野は早重の真意が知りたくて思わず顔を見た。が、早重はすでに感情を隠すように立ち上がりレインコートを羽織った。

「あなたのイラスト、どうなりましたか」

「ああ、高畑さんにお預けした分ですね。お陰様で本決まりです。嬉しいわ」と、初めて早重は明るい面持ちになった。

待ち合わせ場所の六本木のイタリアレストランに、後藤はなかなか現れなかった。村野と早重はキャンティのボトルをすでに一本空けていた。

早重は機嫌が悪かった。「きっと、あの人はあの娘のことが気に入ったのよ」

「そんな馬鹿な」と否定しながらも、村野は早重の勘の良さに舌を巻いている。村野も後藤の表情に気づいていた。もしかすると、あいつのことだから、という危惧が頭を過《よぎ》っていたのは確かだった。

やがて、早重が好きだというアンチョビの入ったピザが運ばれてきて、早重は食べ始めた。村野は腕時計を見た。だんだんと心配になってきていた。

「あなたも私と同じ心配をしてるのね」早重が村野の皿にピザを切って置いた。「ピザはお嫌い？」

「いいえ。ただ、あなたはそんなに勘を働かせてばかりいると……」と言いかけて、村野は言葉を切った。とんでもないことを言いそうになって慌てた。

「何？　何がおっしゃりたいの」と、この瞬間も早重は勘を働かせて村野の発言の真意を考えていることだろう。

「いいえ。僕の言いたいのはですね。僕の気分にまで、あなたの勘を働かせる必要はないということです」

村野はそう言って、今度はビールを頼んだ。ウェイターが去ると、早重は怒ったように言った。

「あなたがおっしゃりたいのはそういうことじゃないでしょう。私があまり、勘を働かせると不幸になるとおっしゃりたかったのではなくて？　そして、そういう私がまた勘がいい、とあなたは怒るのよ」

「違いますよ。怒っているんじゃない」と村野は言った。どうして、ここで、この人と言い争いをしなくてはならないのだろう。しかし、村野も何か胸騒ぎがするのだった。

「おい、どうしたの。こんな所で」

突然、テーブルの前に男が立った。一瞬、後藤かと思って、村野は顔を上げた。坂出俊彦が日独ハーフの有名なモデルを連れて立っていた。坂出は白地にオレンジ色のストライプの入った明らかに輸入品とわかるシャツを着て、紺のコットンパンツをはいている。

「あら、久しぶり。この間はどうも」と早重が気のない顔で返事をしている。

「おたくら、知り合いだったの」坂出は驚いたように、手にした車のキーで、村野のほうを指さした。

「ええ、そうよ」早重が答えると、坂出は村野に握手を求めるように手を出した。

「このあいだはどうも。あんたはブタ箱にでも入っているかと思った」

その言葉を聞いて冗談と思ったらしく、坂出の連れの女が真っ白に揃った歯を見せて笑った。細くて素晴らしく美しい、宝石のような女だった。

「まだ入れないんだよ。あんたの証言がないとな」

村野は言い返し、懐を探ってハイライトを出し、早重に一本勧めた。そして、自分も一本くわえた。

「じゃ、また。早重、男選びは慎重にするんだよ」

坂出は早重の頬にキスすると、常連しか入れない店の二階に上がって行った。村野の不安はもはや抑えきれないほどに膨れあがり、立ち上がっていた。

「どこに行くの」と早重が村野の顔を心配そうに見た。

「ちょっと『有楽』に戻ります。遅いから心配だ」

「私も一緒に行きます」

結局、二人揃って店を出て、雨の中、六本木通りでクラウンのタクシーを拾った。すでに十一時をまわっていた。

着くと、『有楽』の前に人だかりがしていた。村野は、ここでいい、とタクシーの運転手に言って、手前で車を降りた。人だかりは興奮が冷めやらずに残っているという風だった。村野はその中の一人に駆け寄って尋ねた。

「何かあったんですか」

「男の人が刺されたんです」

その男が指さす彼方は『有楽』の玄関先で、あたり一面血の海だった。軒先から出ている部分は雨が当たっていて、雨に洗われた血が側溝に流れ込んでいる。凄惨《せいさん》な光景だった。村野の手の中に早重の冷たい手が差し込まれた。

「まだ後藤と決まったわけじゃない」村野は早重の手を強く握って囁いた。自分でもそう信じたかった。

ゴム引きのレインコートを着た警官が人だかりを整理しているのが見えた。村野は人込みを掻き分けて前に進んだ。

「何が起きたのか教えてくれないか。俺は『週刊ダンロン』の記者だ」

「おや」と警官は眉を上げて村野を見た。「『ダンロン』の記者さんが刺されたんですよ」

「病院は？　犯人は？」と村野は雨に打たれながら矢継ぎ早に聞いた。警官は大久保病院だと言い、それから犯人はまだ捕まらない、と言った。

人だかりから少し離れたところに、早重が立っていた。村野は赤い傘の中を覗きこんだ。顔色は悪いが気丈に立っている。村野は強引に早重の腕を取って明治通りまで歩いた。何も言わずに早重は従って来る。明治通りに立っていると、ようやくタクシーが一台やって来た。村野は車を停めて、早重を中に押し込んだ。何か言いたそうに早重がこちらを見たが、村野は運転手に言った。「目黒へ」

そして、別の車を拾うためにタクシーを離れた。

38

午前四時に出血性ショックで後藤が死ぬまでの間、村野は大久保病院で警察の事情聴取を終え、時報通信社の渡辺にも連絡をすませていた。

後藤を刺した犯人は、雨の中、返り血で血だらけになって代々木駅周辺を歩いているところを逮捕された。亀田が連れ歩いていたアロハシャツのボクシングジム練習生のチンピラだった。亀田は逃走して行方が知れない。

後藤はその最期において、ひどく不運だった。チンピラの供述、旅館の女中の証言、目撃者の話を総合すると、こうだ。後藤は村野たちを先に出してから、フロントに電話をして帰る旨を伝えた。亀田が上がってきて部屋を点検した際も、言いふくめられた通り、ミエは寝たふりの演技をして横になっていた。

が、事件はフロントで起こった。後藤が部屋代を払っている時（『人形遊び』の代金はとっくに先払いで亀田に渡してあった）、他社の記者が女連れで『有楽』に入って来たのだった。しかも、その女も後藤の顔見知りだった。男は後藤を見るなり、「後藤、こんなところで何をしている。またネタでも摑んだのか」とふざけて言った。女連れのところを見られたので、照れ臭かったのだという。

それを聞いた亀田が慌ててチンピラに、逃げる後藤の後を追わせ、自分は旅館の階段を駆け上がった。もちろん、巧妙な取材の罠に嵌《は》まったことに気づいたせいだ。部屋のドアを開けるとやはり、さっきは眠っていたはずのミエが風呂を使っていたため、亀田は激高した。そして、二階の窓からチンピラに怒鳴った。

「そいつを逃がすな！」

それを聞いたチンピラは頭に血がのぼったらしい。とっさに長ドスを抜いて、走りだした後藤の背中を刺したのだった。

村野は早重のアパートに電話を入れた。明け方にもかかわらず、電話はすぐに取られた。

「もしもし村野です……」

「あの人、駄目だったんでしょう」相変わらず、早重の勘はいいのだった。

「……そうです。申し訳ないと思っています」

「あなたが謝ることはないわ。そういう問題ではないと思います……」と言って早重は沈黙し、大きな溜め息をついた。そして、「ああ、あれをもらってくれば……」と、言って言葉が途切れた。

「何ですか」と尋ねると、早重は自嘲ぎみに答えた。

「私も睡眠薬の瓶をもらってくればよかったと思って。そしたら、よく眠れますでしょう。朝になって、あれは全部夢だったなんてことになってくれればいいのに……。でも、耐えることにします。どうもありがとう」

きっぱり言って電話は切れた。が、電話の背後には恐ろしいほどの孤独の闇が感じられた。早重のそばに行ったほうがいいだろうか。村野は悩んだが、後藤が死んでしまった今、早重に近づくのはなおさら禁じられた思いがした。三角形の一辺がなくなった今、二辺はもう二度と手を繋ぐことはない。何という関係なのだ。村野は夜明けの街にさまよい出た。

部屋に戻った時には、すでに朝だった。

昨日のままの、薄い埃をかぶったテーブルにグラスを置き、村野はウィスキーを生《き》のまま喉に流し込んで午前七時になるのを待った。雨が上がり、太陽が上る。徹夜の目に光が滲みたが、村野は目を開けて飲み続けた。それから時間を確かめて、ある番号に電話をかけた。

「国東会です」と、すぐに男の声が出た。

「村野といいますが、鄭さんはいますか」

「ただ今、連絡を取ります。どちらに電話をすればいいでしょう」

電話の応対ひとつにも、さんざん絞られたような手際のよさがあった。村野は自宅の電話番号を教え、電話を切った。きっかり一分後に電話が鳴った。

「村野さん、鄭だが。どうしました」

「後藤が刺されて死にました。相手は亀田のところのチンピラで、そいつはパクられました」

「本当ですか」と、鄭は驚いたように息をのんだ。「それは小島先生にお知らせしてもよろしいんでしょうね」

「もちろんです。で、僕があなたに頼みたいのは、吾妻組の亀田の居場所を突きとめてほしいということです」

「なるほど。それはたぶん、可能です。つまり、ヤサを探せというんでしょう」

「そうです」

「探してどうなさるんですか」

「訊くだけです。事の真相を」

「本当に訊くだけですか。なんなら若いのをつけましょう」

「いや、大丈夫です」

「そうですか」鄭は気づかわしげに言った。「今日中に何とかします」

電話を切ると、急激に疲れが襲ってきて村野はベッドに倒れ込むように横になった。が、目は冴えていた。後藤を失ったことが未だ信じられずに、村野はやはり起き上がった。ウィスキーもあれだけ呷《あお》ったのに、酔いもこない。どのくらい時間が経っただろうか。しばらくすると、電話が鳴った。遠山からだった。

「後藤が死んだというのは本当かい」

「本当です。そろそろお知らせしようかと思っていたのですが」

「いやあ、ショックだな。あいつは、いい男だったよ。俺はちょっとこじれたがね」

「聞きました」村野は控えめに言った。

「それでもあいつは誠意があったよ。俺はこころの底で信用してた」

「わかっています。ところで遠山さんは、後藤のことをどこから聞いたのですか」

「淀橋署の知り合いからさっき電話が来た。村善との取材絡みだったことも知ってるよ。何か、俺たちトップ屋の終焉かもしれないなあ」

遠山は寂しそうに言った。その通りです、と村野は同意して電話を切った。たしかにすべての縁が切れていくのを感じていたが、遠山のように感傷に浸れなかった。ようやくうとうとしていると、また電話が鳴った。起き上がり、時計を見ると午後一時だった。

「鄭です」簡潔に相手が名乗った。「起こしたかな」

「いや、どうでしたか」枕元のハイライトを引き寄せて尋ねる。陽は高く、信じられない程の好天気だった。眩《まぶ》しさに目がくらみ、暗い霊安室に寝かされた後藤の姿がまた現実味を欠いて思い起こされた。

「亀田の居場所がわかりました。新宿歌舞伎町に『殿中』というトルコがあります。その二階に従業員用の部屋があるのですが、そこにしけこんでいます。確かめました」

「どうも。行ってみます」

「気をつけたほうがいい。拳銃《チャカ》を持ってるかもしれない」

「わかっています」とは言ったものの、撃たれても別に構わないとも思う。ただ、その前に真実を知りたかった。これは蛮勇なのか。

「警察《サツ》には」

「あとで考えます」村野の答えに鄭は笑った。

「いい度胸ですね」

「どうも、鄭さん」礼を言うと、鄭は何も言わずに切った。

村野は起きて服を着替えた。昨夜の背広は濡れて、もう使いものにならなかった。草加次郎の取材に入ってから、繁忙さと取材の苛烈さとで着られる服がどんどんなくなっている。洗濯屋の袋に入った最後のワイシャツは、いずれある後藤の葬式用に取っておくことにする。村野はコットンパンツに木綿のセーターを着て、その上にバーバリのレインコートを羽織り部屋を出た。

『殿中』は、皮肉なことに大久保病院から歩いて二、三分のところにあった。村野は大久保病院の方向を眺めた。後藤の遺体は司法解剖のために警察病院に運ばれたと聞いていた。

『殿中』はまだ営業時間にはなっていなかった。大奥風の絵看板も降ろされ、ピンクのけばけばしいドアは閉ざされたままだ。二階に従業員の部屋があるのなら、どこかに裏口があるはずだ。村野は建物の外をまわって裏階段を見つけると、しばらくその前で待っていた。いつかチャンスが訪れるだろう。

小一時間経つと、薄汚れた白衣に野球帽を被った出前の小僧が自転車に乗ってやって来た。右手に一つだけ丼を持っている。丼の上には割箸と香の物がうまい具合に乗っており、自転車には『五十番』と書いてある。小僧は自転車を『殿中』の前で停めると、裏階段をとんとんと上がって行った。口笛を吹きながら小僧が行ってしまうと、村野は階段を上ってドアをノックした。

「誰だ」と緊張した声がした。部屋からは大相撲中継の音が漏れている。

「『五十番』ですが、お勘定間違いました」村野が言うと、「何だって……」と苛立った声がしてドアが開いた。

「亀田」村野が押し入ると、右手にカツ丼を持った亀田が驚いて後じさった。六畳ほどの狭い部屋で、家具は卓袱台《ちゃぶだい》がひとつあるだけ。あとはテレビと電話だけの休憩室らしい。テレビでは、大相撲秋場所千秋楽をやっていた。今日は柏戸・大鵬戦があるはずだ。

亀田は慌てたように左手でズボンのポケットを探った。村野は「待てよ」と言った。

「俺はただ、真相を訊きたいだけなんだ。すぐ帰る」

「嘘つけ！」

「おっと丼投げるなよ。勿体ないぜ」と言った瞬間に、丼が飛んで来て村野の横の壁に当たった。汁が飛んでレインコートが少し汚れた。が、村野は素早く動いた。両手のあいた亀田が尻ポケットからリボルバーを出したのを足でひっかけて転ばせ、俯せに転んだところで飛びかかり、体重を掛けたまま背後から顎の下に右腕をこじ入れて締め上げた。亀田は悲鳴をあげてリボルバーを離した。

「お前、本当のことを言えよ。でないと殺してやる」

「やめろよ」かろうじて亀田が声を出したが、頸動脈を圧迫されていて苦しそうだった。村野がさらに力を入れると、亀田の細いからだが上にのけぞった。「やめろ、何でも言うから、やめろ」

「よし」少し力を緩めると、亀田は咳をした。咳が終わるまで待ち、それからまた体重を掛けて締め上げた。「いいか、ここでお前を殺したって俺は正当防衛になるんだぞ」

「わかった」と亀田が涙と鼻汁と涎《よだれ》を流して暴れている。美しい顔が歪んで、苛められた子供のようになった。村野はまた緩めた。

「おい、お前の商売のことだが、最初から説明しろ。逗子で死んだ中島嘉子はどうして死んだんだ。お前が殺したのか」

「違う。あれは事故なんだ。あの子は大量に飲まないと効かないんだ。だから、飲みすぎだった。マリリン・モンローと同じだ」

「なぜ飲ませたんだ、そんなに」

「効かないからさ」亀田はうそぶいた。「だいたい睡眠薬中毒のアンポンタンばっかりだからな、多少の薬じゃ効かないのさ」

「じゃ、睡眠薬事故で死んだ女をお前が海岸に捨てたんだな」

「それは違う。俺じゃない。客が勝手にやったんだ」

「客というのは、坂出か」と言うと、亀田は黙った。村野は締め上げた。すると、仕方なく頷いた。「坂出だけか」

「知らない。葉山には時々呼ばれて女を出張させてた。本当に、嘉子が誰にどうやって捨てられたのかはわからないんだ。もしかすると、海岸で睡眠薬飲んで自分で死んだのかもしれないじゃないか」

「じゃ、荷物はどうしたんだ。薬の瓶はどこに行ったんだ」

「知らねえよ」と亀田は涙声になった。「本当に知らないんだ」

「じゃ、タキの時はどうしたんだ」

「タキは勝手に行ったんだ。俺は知らない」

「嘘つけ。タキは坂出の家に呼ばれたんだ」村野の腕に亀田の涎がかかった。「タキを殺したのは誰だ。お前か」

「違う。俺は殺してない。大事な商品を殺すわけがないだろう」

「わからないぜ。いくらでも代わりはいるからな。タキが葉山に行って、嘉子の死んだ原因を知って、お前を難詰《なんきつ》する。お前は口封じにタキを殺す。いくらでもあり得ることだ。それに俺のアパートにお前がタキを迎えに来たな。そうだろう」

「違う。俺は知らないんだ！」

亀田はじたばたしていたが、そのうちぐったりした。気絶してしまったのだ。締め上げ過ぎたことに気づいた村野はリボルバーを卓袱台の下に蹴り入れ、立ち上がった。気がついたらもう一度締め上げてやろうかと思ったが、下の店のシャッターを開ける音が響いた。腕時計を見ると午後四時、そろそろ開店なのだろう。村野は部屋を出ると、公衆電話を探し中央署に電話を入れた。

「もしもし篠田さんですか。村野です」

「何だ。あんたか。よかったな、新展開で」と篠田は嫌みを言った。すでに、モデルクラブを使った新手の売春と後藤の死が時報新聞の夕刊に載っているのだ。「トップ屋もあちこちで大活躍だな。ブンヤ顔負けじゃないか」

「亀田という男が『殿中』という歌舞伎町のトルコの二階に潜んでいるよ。あ、こっちじゃないのか。じゃ、淀橋署に電話を入れるよ」

「待て！」と慌てた篠田が声を荒らげた。「ちょっと待て。切るな」

が、村野はすでに受話器を置いていた。

39

翌日の夕刻、村野の部屋に来客があった。

ブザーが鳴り、村野はのろのろとドアを開けた。一人で飲み続けていたので、照明もつけないいまま、部屋は汚れていた。

「どなたですか」

見ると、思いもかけない人物が立っていた。鳥打ち帽は変わらないが、縁にできた汗染みが、帽子に最初からついている模様のようにさえ見える。開襟シャツに灰色の上着を着て、相変わらず胸ポケットからは警察手帳が透けて見えていた。

「市川さん」

「入っていいか」市川は、村野の顔を見据えて言った。

「どうぞ、お好きに。去る者も来る者も拒みませんよ、もう」

村野は市川を請じ入れ、電灯をつけようと壁のスイッチに手を伸ばしかけた。すると、市川が塩辛い声を出した。

「つけなくていい。このほうがしゃべりやすい」

「そうですか」村野は戸棚からグラスを一個出した。「飲みますか」

「いただこう」市川が机の向こう側にある椅子に勝手に腰掛けた。村野はダルマをストレートで市川のグラスに注いでやった。市川は太い指でグラスを掲げ、頭を垂れた。

「あんたの同僚には気の毒なことをしたな」

「それはどうも。思いがけない言葉をいただきまして」

酔った村野はまわらない呂律でかろうじて言った。市川の真意がわからなかったが、それも皆、どうでもよいことのように思えた。何をどうしても後藤は戻らないし、後藤の死んだ原因は自分だという事実は変わらない。時間が経てば経つほど、このことに苦しめられるだろうという予感があった。

「嘘じゃねえよ。どんな仕事をしていようと、捜査中に殉職した奴は偉いと思う。命懸けでやってる奴は半端じゃないんだ」

市川は一息でウィスキーを呷った。村野はまた注いでやった。

「怪我はどうだ」市川はグラスに口をつけた。

村野は歯が折れたことなどすっかり忘れていた。「ああ」と薄く笑い、「何しに来たんですか。俺の取り調べはこれでなくなりましたか」

「しばらくはないだろう。今、あの亀田とチンピラにかなり厳しい調べが行われている。隅田川女子高生殺しのほうも追及されるだろう。あいつらに間違いない」

村野は黙って、またウィスキーを飲んだ。そんなことはもう忘れて、早く酔って眠ってしまいたかった。

市川が鋭い目で村野を見た。「葬式はいつだね」

「明日です。どういうわけだか、談論社葬になりましてね。もう辞めることになっていた奴なのに、取材中だったという記事が新聞に出たらそうなりました」

「その男だろう。小島につながりのあった奴は」

「そうですが、もうそんなことからも奴は自由になった」

市川はまたグラスを空けると、村野の酔った目を見つめた。「おい、村野。俺はお前を認めたくない一心で排除してきた。だがな、ここで恥を忍んで頼みごとがある」

「何です？」村野は市川の苦労の刻まれた顔を見た。「いまさら、何です？」

「いいか。俺たちが専従となって草加次郎の捜査に当たってもうすぐ三週間だ。その間、捜査員は百九人になった。遺留品捜査はな、台東、文京、荒川、足立、葛飾の五区で何と、古物商一千四百六十軒、火薬類販売業者七百三十店、電気器具商六百店、時計商三百十五店、質屋二百十軒……」言葉を切り、目を閉じた。そしてまた目を開けると、酔眼の村野を睨んだ。「まあ、聞け。村野、まだ続くのだ。あと、オモチャ屋、飲食店、一般住宅、合わせて六千軒から、地下鉄爆破事件の遺留品の聞き込みをした。たったの百九人でな。なのに、有力な手がかりはまったく摑めなかった。それにな、筆跡も指紋も大変な苦労をして照合したのだが、ひとつとして手がかりがないのだ。筆跡は質屋や古物商の台帳まで見たんだ。なのに皆シロだ。先日、逮捕した高校生もシロ、次に逮捕した草加市の工員もガセネタをつかまされてシロだった」

　村野は黙って聞いていた。自分もあの地下鉄爆破事件に遭遇して、草加次郎の事件《ヤマ》に燃えていたのだった。今は、遠い昔のような気さえする。市川がまるで経を読むように抑揚のない声でしゃべっている。

「俺は毎日足を棒にして歩いている。ローラー作戦をやるのが俺たち刑事の仕事というのはわかっているが、実りがないと辛い。だから、お前のように何かを摑んでいるくせに隠している人間は許せない。何かあるのなら、言ってくれないか。俺が代わりに調べる」

　村野はゆっくりと市川を見た。

「いいですよ。今、思えばたいしたことじゃない。ただ、あの時は大変なスクープになるのではないかと思っていたのです」

　村野は簞笥の上の書類袋を持って来た。そして、資料を出した。『心炎』があった。

「『心炎』は市川さんもご存じなんでしょう」

「捜査員はもちろん知っている。『草加の次郎』が載っているからな。が、それだけだった」

「そうですね。僕の知ってることだってたいしたことじゃないですよ。ただ、偶然知った男が草加次郎だったらどうだ、という仮定で考えているうちに、その仮定にとらわれてしまっただけなのでしょう。しかも何の確かな根拠もない」

村野はそう言いながら市川にも、自分のグラスにもウィスキーを注いだ。が、市川はもう口をつけなかった。

「なあ、村野。そいつは誰だ」暗闇の中で市川が乗り出したのが見えた。

村野は自分のグラスを干した。

「佐藤仁という男ですよ。先日の隅田川女子高生殺しのガイシャの兄です」

はあっと驚いたように、市川が息をのんだのがわかった。

「たしか、墨田区だったな、家は……」

「そうです。本所です」

「お前はそいつがバイタリスの男だと思っているんだな」

「ええ、たぶんね。勘です。でも、わかりませんよ。物証どころか、状況証拠すらないのですから」

「その佐藤仁という奴は何をしている」

「父親と一緒に鉄工所をやってます」

鉄工所と聞いて、暗闇の中で市川の目が光を帯びたのを村野は見逃さなかった。市川は立ち上がった。「邪魔したな」

「送りませんから」

送らないどころか、村野は振り返りもしなかった。

40

その夜、もう一人来訪者があった。

市川が帰ってしばらく後、酔った村野がベッドに横になっていると、コツコツと控えめな音で誰かがドアをノックした。その力のない叩き方に、一瞬、タキが帰って来たような錯覚に陥り、村野のこころは総毛だった。弱いノックは続いた。ようやく照明をつけ、ドアを開けると表に立っていたのは早重だった。

「早重さん！」

村野は驚いて早重の蒼白な顔を見た。後藤が死んだ朝、電話で話したきりだったが、やはりこの人はこんなに参っていたのだ、と光のない目を見つめた。

「ごめんなさい。こんなに遅くに。ここがわからなくて迷っているうちに遅くなりました。お寝《やす》みでしたか」

早重は部屋の隅のベッドをちらと眺めた。

「いえ、構いませんよ。眠れないから酔って目を瞑っていただけです」

村野は早重を中に入れ、夕刻に市川が腰掛けていた椅子に座らせた。そして、早重の様子を観察した。打ちひしがれた様子で、たった数日の間に頬がこけていた。

「つらかったでしょう」村野が言うと、早重は黙って頷いた。そして、大きな溜め息をついた。

「私、どうしたらいいのか……」

「どういうことです」と村野は優しく問うた。

「後藤さんに何てことをしたんだろうと思うと、苦しくて堪らないのです」

「あなたが子供を産んだことですか。それはあなたの責任ではないでしょう。後藤の責任でもありますよ」

「でも、そのあとは彼の気持ちをすべて踏みにじってきました。心のどこかに、彼と決別したい、苦しめてやりたい、という気持ちがあったのです」

「そういう気持ちは誰にでもある。……後藤があなたと僕を会わせたことがありましたね。あの時、どう思いましたか」

早重はバッグの中から潰れたハイライトの袋を出し、一本抜き取ると紙マッチで火をつけた。村野は早重が煙を吐き出すのを立ったまま黙って見ていた。

「あの時は悔しかった。後藤さんは私をあなたに押しつけようとしたから。だって私は彼に夢中で追いかけまわしていたんですもの。彼にとってみたら、さぞや煩《うるさ》かったと思う。私はまだ馬鹿な小娘で、生意気で……」

早重は何か思い出したのか、うっと嗚咽をもらした。が、気丈に涙は見せなかった。

「後藤もあなたを傷つけたはずだ」

と村野は言った。が、早重は首を振った。

「わかってます。でも、私はこれから彼の娘を一人で育てていかなくてはいけない。自分で決断したくせに、急に怖くなって、何だか闇夜の森に一人で追われて行くような情けない気持ちになって本当にどうしたらいいのか不安で堪らなくなったのです……」

早重はとうとう声を忍ぶように泣きだした。村野がそばに立って肩にそっと手を置くと、早重は立ち上がって身を投げかけてきた。

「村野さん。お願い。今だけ抱いていてください。私、悲しくて怖くて、こころが張り裂けそうなの。この夜を過ごすことができないの」

村野は早重を抱きとめ、しばらく髪を撫でてやった。早重はからだを固くしていたが、やがて柔らかくなり、温かい水のように村野にからだを添わせた。村野はそのまま早重を膝に乗せて抱き、椅子に腰掛けた。

どのくらい時間が経ったのか、そろそろ外が明るくなる気配がしていた。早重は村野にぐったりと身を預けて微睡《まどろ》んでいた。村野は早重の腕時計を見た。すでに午前五時近い。

「早重さん。もう五時になる。ベッドで寝たらどうですか」

村野が揺り起こすと早重は目を覚まし、一瞬困ったように村野の顔を見た。「すみません、寝てしまったわ」

「構わないですよ」と村野は優しく言った。

「帰らなくては。朝、姉が娘を連れて来てくれるのです」

今日は後藤の葬式だった。村野は立ち上がって膝を伸ばしながら、手の中から傷ついた鳥が逃げていくような感覚を味わっていた。

41

葬式では早重をちらと見かけただけだった。黒塗りの運転手付きビュイックで最後に来て、子供を抱いて焼香するとすぐに帰って行った。喪服がよく似合って毅然として見えた。元気になったようだ。早重の去った方向をいつまでも見ていると、目の前に背の低いずんぐりとした男が立った。

「おい、村善。俺だ。弓削だよ」

最近は電話ばかりで滅多に会わない男だから気づかなかっただけではない。体重が二十キロ以上増えているようだ。太い手首に、まるで似合わない水晶の数珠をつけている。

「太りましたね」

「ああ。家で電話をかけまくって原稿を書いているから太るさ。少し痩せないと女房に嫌われるな」と笑ってから、我に返った。「それにしても、後藤は残念だったな。俺もショックだったよ」

「ええ」村野が頷くと、弓削がちょっとこっちに、と手招きした。二人して斎場の片隅で向き合うと、弓削が懐から封筒を出した。

「それで例の件だがちょっとな、面白いことが出てきたよ」

「何です」村野が手を出すと、「ま、あとで読んでみてくれよ。俺の香典がわりだ。それと請求書だ」と、封筒を村野の胸ポケットに差し、行ってしまった。

気になって手に取ったが、ちょうど小島剛毅と秘書の宗像が斎場に到着したところだった。小島が村野の姿を認めて、宗像ともども近づいて来る。村野は二人を迎えた。小島は灰色の背広に黒の腕章を巻き、宗像に至っては平服だった。

「後藤君がまさかこんなことになるとは思ってもみなかった」

小島はどうしても腑に落ちないとでもいうように首を傾げ、それから村野に尋ねた。

「早重さんは来たか」

「ええ、さきほど帰られましたが。緑風氏は」

「来るわけないだろう」

小島はそう言い捨て、もう村野にも見るべき価値がないとでもいうように決して目をやろうとしなかった。

《俺が亀田を警察に売ったので気に入らないのか。それが許せないのか》

小島は形ばかりの焼香を終え、さっさと帰って行く。その後ろ姿を見ながら村野は思った。なら、表に引きずり出してやるまでだ。

村野は喪服のままで帝国ホテルに向かった。黒の背広に黒のネクタイ。この不吉さが坂出を訪問するのにぴったりだとさえ思う。エレベーターで上に上がる途中にふと思い出して、弓削から預かった封筒を開けてみた。

「『清掃人　沢野三郎氏の前歴』　昭和十一年生まれ。S工業高校卒業。卒業後、秩父鋼管勤務。昭和三十五年秩父鋼管退社。退社理由は家事都合。その後、職業を転々として去年より都の清掃人の仕事に就く。上野公園での仕事が主」

《何だって……秩父鋼管にいたのか》

興奮のあまり、顔が熱くなった。彼が草加次郎に狙われたのは絶対に偶然ではなかったのだ。確信が湧いてきて村野は身震いした。問題になるのは、秩父鋼管で何があったのか、そして『心炎』はいったい誰が読んでいるのか、ということだった。その時、エレベーターが最上階に着いた。

ドアの横についているブザーを押すと、すぐに坂出俊彦が出て来た。パジャマの上にガウンを着ている。「ルームサーヴィスかと思った」

そうでなければ決して開けはしなかったという悔しさに満ちていて、村野は笑った。

「俺が来ると都合が悪いのか」

「いや、別に」と坂出はテーブルの上に投げ出してあったケントのロングサイズをくわえ、金のライターで火を点けた。そして口の中でつぶやいた。「自惚《うぬぼ》れんなよ」

「自惚れちゃいない。あいにく俺はそういう質じゃないんだよ、坂出さん。今日はな、本当のことを聞かせて欲しいと思って来たんだ。嘘をつくなよ。嘘をつくと、新聞に出る。そういうルートを作ってあるんだ」

「脅迫すんなよ、俺を」坂出は大きな目をぎろっと動かした。性格の中にかなりの部分を占めている狷介さが表に現れていた。

「脅迫じゃないよ。脅迫されてると感じるのは変だぜ」

部屋がノックされた。「ルームサーヴィスでございます」

今度こそ本物のルームサーヴィスだった。苛立ったように坂出がドアを開けに行き、慇懃なボーイによってコーヒーが乗ったワゴンが運び込まれた。坂出はボーイをさっさと追い出すと、コーヒーをポットからカップに注いで飲んだ。村野には勧めてくれようともしなかった。

「坂出さん、順番にいこうか」村野は始めた。「まず、北川事務所というモデルクラブのことだ。あんたはどういうわけか、そこに電話をすると女の子を派遣してくれるということを知った。それも『人形遊び』という特殊な遊び方をさせてくれるところだ。『人形遊び』というのは、女の子に睡眠薬を飲ませて眠らせ、男が勝手なことをするという遊びだ。あんたは親父さんのために、いったん話を切った。『人形』を呼んでやっていた。違うか?」

村野は坂出の反応を見るために、いったん話を切った。が、坂出はケントを吸いながら黙って村野を見つめている。「なるほど。合っているらしい」

「いや、違うんだ!」坂出が慌てて遮った。「それは、うちの親父が勝手にやったことなのだ。頼む、これは書かないでくれ。親父は今、中風で動けないんだ。だから、勘弁してやってくれないか。それを前提にしてくれるなら話すよ」

「わかった。信用してくれ」

「実は、親父には昔から悪い癖があって、若い女と添い寝したがるのだ。何をどうするというわけじゃない。ただ添い寝したいという……そういう欲望を抑えられないのだ。すると、ちゃんと闇の情報源とでもいうものがあって、どこから聞き込んだのか売り込みがあった」

「亀田か」

「そうだ。ヤクザだということは百も承知だったが、親父は我慢できなかったんだ。そのモデルクラブの写真を見て好みの女を見つけ、亀田に電話をしたんだ。亀田がすぐにその女を連れて来た。親父はすごく気に入って何度か頼んだ。必ず亀田が連れて来て、用意を整え、先に帰る。後はその子が起きて一人で帰るので楽だった」

一人で帰るために目覚めの覚醒剤を持たされていたのだ。「それが中島嘉子だな。ところで嘉子はあんたに惚れていた。違うかい？　日記に恋心が書いてあったぜ」

「そうだ。嘉子という名前だか何だか忘れてしまったが、その女をたまに帰りに送って行くことがあった。その時にもじもじしていたので、俺に憧れているのはすぐにわかった。でも、面倒なので放っておいた。俺はガキは好まないもの」

「ガキだけじゃあるまい。年増も好まないだろう」

村野は笑わずに言ったが、坂出は肩をすくめて薄笑いを浮かべた。

「中島嘉子はどのくらいの割合で葉山に来ていた」

「二月に一度だな。亀田が連れて来て目隠ししてうちの裏から入れる。亀田に金を払い、あとは女が薬を勝手に飲んで寝てくれる。そうすれば親父が忍び込み、朝まで添い寝して満足する。異常だと思うかも知れないが、うちでは親父が喜ぶことは何でもしてきたんだ。小説のネタになることは何でもさせたし、芸術のためだと思って母も我慢してきたんだよ。信じられないか」

「この世にはあり得ない話などどこにもない」

「そうだよ、その通りさ。ところがある日、事故が起きた。途中で女が目を覚ましてしまったのだ。女は泣き叫んだ。それまで、俺が相手だとばかり思っていたんだな。それが目を覚ましたら隣に見たこともない老人が寝ているので驚いたんだ。女は悪い夢から逃れたいとばかりに焦って①の瓶を取って何錠か飲み干し、そのまま昏睡状態から醒めなかった……」

坂出は苦い顔で、もう温《ぬる》くなったであろうコーヒーを飲み干している。村野は自分もハイライトを吸った。「で、逗子の海岸に運んだのか」

「俺じゃない。亀田に連絡すると、慌てて駆けつけて来た。そして、あいつが捨てに行ったんだ」

「『捨てに行く』だって」と村野はつぶやいたが、坂出には聞こえていない。

「それで親父はすっかり懲《こ》りて二度とやってないよ」と、坂出はなくなったコーヒーを絞り出そうとポットを逆さまにした。「それで終わり」

「待てよ。タキはどうした。この間のサーフボードに乗った娘だ」

「俺は呼んでないよ」と、まるで関係のないことのように答える。

「あんたは呼んでない、という。俺も、連れて行ってない。あんたは警察でそう証言したらしいが」

「俺は推量を述べただけだ。断定したわけじゃないから証言じゃない」

「じゃあ、坂出公彦氏が呼んだのだろう。こっそりと」

坂出は溜め息をついたあと、恨めしそうに村野のほうを見た。「そうだよ、親父が呼んだんだ。嘉子に似たタキを見て、またこっそり電話をしてしまったんだ。亀田に連れて来られてタキは親父の家に入った。そして、睡眠薬を飲もうとしたら、親父がやはり怖くなってやめさせたのだ。それでタキに嘉子のことをしゃべった。タキは驚いて脅えてしまった。嘉子のことを知ったことが亀田にわかったら殺されてしまう」

「違うね」と村野は言った。「違うはずだ。タキは何かに脅えてはいたが、その後、亀田に会って、報酬を受けとっている。タキが脅えていたのは、亀田じゃなくお前に、なんだ。お前に殺されると思って葉山から逃げて帰って来たんだ」

「何を言うんだ！」

坂出は立ち上がった。その拍子にガウンが乱れてパジャマが覗いた。

「本当はお前が嘉子を捨てたんだ。恋人のふりをして、海岸に抱いて連れて行き、横たわる。その晩はそんな奴らで海辺はいっぱいだった。まったく誰にも怪しまれないさ。お前は嘉子の持ち物をすべて捨てた。ただ二つだけ忘れたがね。一つは、時計を逆さまに嵌めてしまったこと。それとアンフェタミンの瓶を捨て忘れたこと。これでかなり窮地に陥りそうになったが、あんたには切り札があった」

坂出は村野を睨みつけながら、ケントの袋を探った。が、空だった。坂出は悔しそうにそれを床に投げた。

「どういう意味だ」

「小島剛毅だよ。お前が嘉子の事件の揉み消しを頼むことぐらいわけはないだろう。あの男はあんたたち葉山グループの闇の世話人だ」

「何を言ってるんだ。お前は頭がおかしいんじゃないか」

「坂出、九月八日の日曜はどこにいた」

「何が言いたい。日曜はいつも夕方にこちらに帰って来る。だから、夕方からはこのホテルにいたよ」

「タキを追いかけて来たんじゃないか。タキを見つけに新宿を探し歩かなかったか」

「そんなことするわけないだろう！」いきなり坂出が村野につかみかかって来た。

村野は坂出を軽く突き飛ばした。坂出はベッドに倒れ、何度もバウンドした。

「俺に手を出すな！」村野は念を押すように指さした。「わかったか。俺に手を出すなよ。これからお前の犯行だという証拠を集めてやる」

村野は軽蔑したように坂出を見ると部屋を出た。実際に腹の底から軽蔑していた。

42

横須賀線で逗子まで来て駅から車に乗り、葉山に着いたのは午後四時だった。

このあいだ来た時はまだ夏の匂いが残っていたが、今はもうすでに海の色は濁っていた。海からの風が冷たく、秋の気配が空気にも海にも濃厚に表れている。

村野は歩く道すがら、黒いネクタイを外してポケットに入れた。二週間前にここに来た時に乗ってきた後藤の車、あの美しいMGA1600は小島に返されると聞いていた。何ひとつ、後藤の自由になる物はなかったのかと思う。

坂出邸は、今日はぴたりと門が閉ざされていた。村野は門柱にある呼び鈴を押した。しばらく待っていたが誰も出て来ない。パーティの夜と同様、勝手にくぐり戸を押して中に入った。瀟洒《しようしや》な数寄屋造りの母屋まで行き、玄関から声をかけたがやはり誰も現れない。留守か。確かめるために村野は庭にまわった。先日、酔っ払いが水泳をしていた池が見えた。

村野は屋敷内が異様に荒れているのに気づいた。芝生は剝げ、池のほとりには乱痴気騒ぎの時の酔っ払いの吐瀉物が干からびて残っている。あれ以来、庭師も入っていないのだろうか。いや、このあいだ来た時はすでに夜だったから、この荒れ方に気づかなかっただけなのかもしれない。

母屋の雨戸はどこも堅く閉ざされている。どこか旅行にでも出かけているのだろうか。そういえば、近年、坂出公彦の噂をほとんど聞かないことを思い出した。若い人の中には、とっくに死んだと思っている者も少なくはないはずだ。

「ごめんください」村野は雨戸の奥に声をかけた。まったく返答がない。「どなたか、いらっしゃいませんか」

雨戸の隙間から光がほんの少し漏れている。村野は何とか雨戸をこじ開けて中を覗いて見た。座敷らしいところに布団が敷かれ、煌々と電灯が灯る下で白髪の老人が横たわっているのが見えた。

これが坂出公彦なのか。これが、白樺派の巨匠で日本文学史上に名を残した小説家の姿なのか。村野は驚いて雨戸をさらにこじ開けた。何とか半身を中に入れたが、老人は村野に気づかない。

「もしもし、坂出先生ですか」

返答はなかった。目をきょろきょろ動かしているから、返答したくても体が麻痺していてできないのかもしれない。

「先生、どうなさったのですか」

大きな声で尋ねても、骨と皮ばかりになった老人は口を開けて虚ろな表情で天井ばかり見ている。病人の周囲を眺めると、水を張った洗面器や清潔なタオルがある。看護人がたまたま出かけているだけのようだ。寝ついたのは最近ではなさそうだ。これは一朝一夕でなった病状ではないと村野は思った。

隣の屋敷に「大竹」と表札が出ている。村野は迷わず呼び鈴を押した。早重には確める電話もしてこなかったが、何とか緑風に会いたかった。

それが芸術家らしいとでもいうのか、家自体は坂出の家よりも簡素で小さく、門よりさらに奥まった植栽の陰にひっそり建っている。玄関の格子戸がガラガラと開けられる音がした。

やがて下駄の音がして、若い女の声がした。「どちら様ですか」

声は早重にそっくりだが、顔の造作はまったく違う女が現れた。早重がふっくらとした陰ならば、こちらは尖った陽とでも言うべきか、まったく正反対の顔だった。これが早重の姉の良美らしい。妹と服装の好みも違うらしく、甘いピンクの服を着ている。

「村野と申しますが、緑風先生に会わせていただきたいと思いまして」

「ああ……」と良美は頷いた。「妹から聞いています。でも突然ですので、会うと申すかどうか。何しろ気難しいんですの」

「そこを何とかお願いできませんか。重要な用件なのです」

「重要と言いますと」良美は不審な顔で村野を見つめた。その目つきは早重にそっくりだった。

「会ってお話ししたいのですが」

「わかりました。聞いてまいります」

案外、物わかりのよい良美が家の中に入って行き、村野は聞き耳を立てた。どこかで子供の泣き声がする。早重が葬儀から帰って来ているのだろうか。やがて、良美が白い服を着せられた女の子を抱いたまま出て来た。村野は思わず子供の顔を見た。澄んだ瞳でじっと村野の顔を見返している。後藤によく似ている気がした。

「どうぞお入りください。お会いすると申しております」

村野は礼を言って良美の後を歩いた。「可愛いお子さんですね。名前は何というのですか」

「ミロです」

「変わったお名前ですね」早重がつけたのに違いない。村野は思わずほほ笑んだ。「このお子さんは早重さんのお嬢さんですね」

「ご存じですの？」良美は固い表情になった。「その話は、父の前ではどうぞなさらないでください」

「わかっています。早重さんはいらっしゃいますか」

「さきほどこの子を置いて、もう東京に戻りました」

「早重さんの様子は如何でしたか」

「そうですねえ……」良美は言い淀んだ。「あの子は父親そっくりなんです。大丈夫のように見えて傷ついていたり……。たぶん、ショックを受けていることでしょう。でも、この話は父の前ではやめてください。もうあの子は存在しないことになってますから。似た者同士なんでお互いに目障りなんでしょう」

座敷に案内して、良美とミロはどこかに消えた。座敷には蚊帳《かや》が吊ってあり、その中に禿頭の大男が入っていた。

「ここで失礼する。蚊が苦手でね」男は体に見合う声を出した。

「どうぞ」と村野はお辞儀をした。「このあたりは蚊が多いのですか」

「いや、蚊が苦手というよりも、蚊帳の中にいるのが好きなんだ。夏からずっと、これを吊ってこの中で飯を食ったり、仕事をしたりしている」

「僕も子供の頃は蚊帳の匂いが好きでした。夏になるとお袋が吊ってくれるのを心待ちにしたものです」

わははっと緑風は笑った。「蚊帳を冬にも吊ってるとどうなるか実験したことがあるんだよ。そしたらね、あんた。あんたが言った蚊帳の匂いが消えてなくなるんだ。いや、本当ですよ。冬の蚊帳はね、匂いがしなくてつまらないんだ。どうも、この匂いは夏の湿気と温度と関係して匂うらしいんだ。それからね、この色合い、いいだろう。何だか青くてぼんやりして気持ちいいだろう。私はこの中で仕事するといい仕事ができるんだよ。ところが、これも冬になると光線がきつくてつまらないんだ。だから、この匂いと色は夏と蚊帳が溶け合った匂いと色なんだよ。不思議だよ」

まるで子供のような人だと村野は蚊帳の中にいる画家を眺めた。浴衣姿で胡座《あぐら》をかき、前にある盆には冷酒らしいガラスの徳利と杯が見えた。早重が嫌って二度と会わないと誓った男がここにいる。が、その男は今のところ魅力的でもあった。

「何の用だって、きみは」緑風は団扇《うちわ》を使ってぱたぱたと扇いだ。曇り空でかなり涼しい日なのだが、並外れた暑がりらしい。

「私は後藤の友人なのです。あなたのお孫さんの父親の後藤です」

「ああ」ひどく落胆したように緑風は鼻を鳴らした。「何だ。あんたはそっちの使いか。

帰ってくれよ。そんな娘がいたことも忘れてた」

「用件はそのことではありません。ただ、そのことは言っておきたかっただけです。あいつの葬式ですからね、今日は」

「じゃ、早く用件を言ってくれ」

すでに緑風は蚊帳の中で大きな貧乏揺すりを始めていたが、村野は知らん顔で言った。

「お隣の坂出さんのお宅のことですが、公彦氏はどうなさったのでしょうか」

「知らんのか。脳梗塞で寝たきりだ。奥方は京都の娘のところに行ったきりで、今は看護婦が二人付いている」

「いつからですか」

「去年の今頃だ。もう一年にはなるな」

俊彦にまんまと騙されたのだ。「それでは変なことを伺いますが、公彦氏が若い女と添い寝するのが趣味だというのは本当ですか」

緑風は笑いだした。「誰でも好きだろう。あんたはどうだ」

「好きですが、趣味ではありません。あなたは」

「趣味ではないが、好きだ」と笑い、「何が言いたいのだ。つまり、隣の文学者が若い女を眠らせて悪さをしていたという話だろう」

「そうです。それにかかわっていた人を教えてください」

「何でそんなことをあんたに教えなくてはならないのだ」緑風は、チンというガラスが触れ合う音をさせて酒を飲んだ。「え、その理由は何だ」

「あなたの孫の父親を殺した男が大いにかかわっているからです。小島剛毅氏にたとえ脅されようと私は真相が知りたいのですよ」

「やれやれ、真相ごっこか。うんざりだなあ」緑風は大声を出した。「だが、俺も人の噂話は好きだ。答えてやろう。……女を人形にするという話はたしかに公彦から聞いたことがある。だが、それはな、公彦じゃないのだ。あそこの息子の趣味なんだ。公彦はそれを隠すために、剛毅にも自分がそういう趣味だというようなことを言ってる。だが違う。あの息子なんだ。あの息子は死んだように眠っている女が相手じゃないと立たないのだ。そして視姦するんだ。因果な病気だよ」

「去年の夏、女の子が睡眠薬の飲み過ぎで死に、逗子の海岸に捨てられていたことがありましたよね。それはご存じですか」

「知ってる。それも息子のせいだ。公彦は心労のあまり狂乱して剛毅に後始末を頼み、それから発作を起こした。哀れなもんだ」

「なるほど……それでは、つい二週間前のパーティで若い女の子がまた呼ばれたのですが、そのことはご存じですか」

「それは知らないなあ。公彦が倒れて以来、隣とは疎遠なんだ。何か馬鹿騒ぎをしていたようだがな。……な、こんなもんでいいかね。もうそんな話は疲れたよ」緑風は蚊帳の中で横になった。そしてつぶやいた。「もう帰れ、帰れ」

すると、どこからか良美が現れた。「もうよろしいですか」

「ええ。緑風氏のおっしゃったことが本当なら、もう結構ですよ。仕方がない」

「しつこい奴だ！　本当に決まってるじゃないか」蚊帳の中から吐き捨てるような声がして、良美が小さく笑った。「じゃ、どうぞお引き取りください」

玄関先で、村野は良美に尋ねた。「隣の俊彦さんはどんな人ですか」

「いつも人を観察している人です。ちょっと怖いですわ」

他人の酔態をせせら笑って眺めていた俊彦の姿を思い出した。眠っている女を見るというのも、観察には違いなかった。


葉山から東京に戻って来ると、すでに八時をまわっていた。とりあえず喪服を脱いでから近所に食事に出かけようと村野は部屋に帰ってきた。

ドアの前に、卓也が待っていた。紺のブレザーに灰色のズボンという改まった格好をしている。その姿を村野はしばらく眺めていた。

「どうしたんだ」と村野はようやく声をかけた。タキの家に卓也が行ったのを見届けて以来だから、会うのは二週間ぶりだった。「随分、待っていたのか」

「いや、たいしたことはないよ。六本木の誠志堂で時間を潰していたから。実は今日、僕も後藤さんのお葬式に行ったんだ。新聞を読んで驚いたから」と卓也は元気のない様子で言った。

「そうか。お前が来ていたのは気がつかなかった」

新聞報道に加えて社葬になったため、参列者は驚くほど多かった。談論社の関係者、遠山軍団は言うに及ばず、各出版社、テレビ局、新聞社などのマスコミ関係に加えて、後藤が足繁く通った飲み屋の知り合いも大勢来ていた。クニ坊や絹江も大泣きに泣いていたから、後藤が生きていたらさぞや照れることだろう。

「善兄さんに声をかけようとしたら、あっという間にどこかに行ってしまったから仕方なくここに来たんだ」

「入れよ」と村野はドアを開けた。「散らかっているが」

卓也が入って来ると、部屋が狭く感じられた。前は細いだけだと思っていたが、急速に大人びた様子があった。村野は卓也の顔を見た。「大人になったな」

「よしてくれよ」と照れたように言った。

「親父と喧嘩してないか」

さらに尋ねると、卓也は、いや、と真面目な顔で首を横に振った。どうやら少し落ち着いたらしい。村野は卓也に椅子を勧めて自身は着替え始めた。コットンパンツと木綿の丸首セーターに着替え終わると、卓也に問うた。

「何か話があって来たんだろう」

「いや、特にないけれど寄っただけだよ」

村野はハイライトに火を点け、煙を吐きながら言った。

「あの晩、タキをここに迎えに来たのはお前だろう。卓也?」

卓也は一瞬驚いた顔をして、それから両手に顔を埋めた。

43

「どうしてわかったんだ……」

卓也がようやく顔を上げた。村野は、卓也の急に青年らしくなった顔を見た。

「隣の女が、タキを迎えに来た男は俺に似ていると言っていた。最初は、亀田というヤクザじゃないかと思った。が、あいつはわざわざ呼ばなくても『月食』で会えるはずだし、タキが呼び出して来るような相手でもない。坂出はまだその頃は葉山で、物理的に無理だ。タキの父や兄は背格好が違うし、殴られたくらいだからたぶん呼んだりはしないだろう。ということは、誰か頼れる相手をタキは呼んだはずなんだ。そう考えていたら、お前が今そこに立っていた。俺にそっくりだった」

卓也は悲痛な顔で俯いたまま、村野の言葉を聞いている。

「お前とタキはパーティで会っただけの間柄じゃなかったんだろう。俺は紀伊國屋書店の喫茶店で話した時に、お前が何か隠していると感じていた。あの時にもっと追及すればよかったんだが、お前とタキはパーティで会ったものだという先入観があったんだ。これで一からやり直しだ」

「全部、話すよ。今日はそのつもりで来たんだ」

村野は冷蔵庫を開けて、最後のキリンビールを出し、卓也にも注いでやった。

卓也は息を吸い込むと一気にしゃべりだした。

「どこから話せばいいのか……そうだな、僕らはよく『ガールズクラブ』を密かにまわし読みしていたんだ。あの雑誌には可愛い女の子がたくさん出ているからさ。特に〈街のアイビーガールズ〉という特集では、いつもセンスのいい女の子ばっかりが登場して、僕らはこの子がいい、いやこっちだ、とか何とか馬鹿みたいに大騒ぎしていたんだ。そのうち、僕は一人のモデルのファンになった。ファン、いや、恋をしたと言ってもいいかもしれない」

卓也は、わかるだろう、とでもいうように村野の顔を見上げた。自嘲的に唇を歪めているところが、卓也を大人に見せていた。

「その子はＴＡＫＩと名乗っていて、ちょっと暗いけれども雰囲気のある素敵な子だった。だが、ＴＡＫＩは滅多に出てないんだ。たとえ出ても、たいしたモデルじゃないから、いつもチョイ役だし。もっと見たい、彼女に会いたい、と思っていたら、こういうことに詳しい奴がある日、耳寄りなことを教えてくれた。ＴＡＫＩが北川事務所という小さなモデルクラブに所属してるっていうんだ。僕は『テイジン・メンズショップ』や

『チロル』の帰りなんかに、時々、北川事務所の前で張った。TAKIが来ないかと期待して。すると、ある日、向こうから本物のTAKIがやって来たんだ。すごく嬉しかったよ。君のファンだと話しかけたら、TAKIが『ありがとう、そんなこと初めて』って恥ずかしそうに言って、僕らは付き合い始めた」

「それはいつのことだ」

「今年の春だよ」と卓也は神妙に言った。「四月から五月にかけて」

「どういう付き合いだった」

「どういうって、複雑だった」卓也は困ったように言った。「僕は普通の付き合いがしたかった。つまり、映画を見たり、喫茶店でだべったり。でも、できなかった。タキが嫌がってなかなか会ってくれなかったから。彼女は睡眠薬中毒でいわゆる不良で、僕のことをお坊っちゃんだと馬鹿にしていた。折角会っても、目が虚ろでラリっている。深夜喫茶で時間を潰して何日も家に帰らないと言っていたし、そういうときは金も持ってなかった。家で殴られたと言って青痣《あおあざ》を作っていることもあった。そんな青痣にまで嫉妬したりして、何とか彼女と親しくなりたかったけれども、僕にはどうしようもなかった」

「つまり、タキのほうでお前に踏み込ませなかったということか」

「そうだよ」卓也は屈辱感を漂わせて言った。「僕では物足りなかったんだ」

「坂出とお前の結びつきは」

村野は飲み干したビールのグラスを弄《もてあそ》ぶ卓也に訊いた。

「タキと知り合って、僕は急激に大学に進むのが嫌になった。お決まりのコースから外れたくなったんだ。服飾に興味があったし、自分のセンスに自信もあった。だから、坂出俊彦のデザイン事務所に入れてもらおうと手紙を書いた。そしたら返事が来て、まだ若いからよく考えなさい、でも一回会おうって書いてあった。で、感激して会ってもらったらどういうわけだか気に入ってくれて、今度、家でパーティをするからおいでって誘われたんだ」

「嬉しかったか」村野が尋ねると、皮肉と受けとったのか、卓也は傷ついたように返事した。

「……そうです」

「タキはどうして来たんだ」

卓也は思い出すようにグラスを見つめている。

「それは偶然だったんだ。最近、タキは何だかバイトが忙しいとかで会ってくれなくなっていた。バイトのことは、何となく噂で、良からぬことじゃないかという気がしていて心配していたところだった。そしたら、坂出さんのパーティにタキがいたので驚いた。タキもびっくりしていて、『良かった。あなたがいて。ここからどうやって帰ろうかと思ってた』って言われたんだ」

「それは何故だ」

「理由は言わなかった。ただ坂出さんをすごく恐れていた」

「例の件を知ったのだな……」と村野は独り言を言った。卓也は顔を上げた。

「何のこと」

「あとで話す。それより、お前を俺が送った後のことを話せ」

「僕が家に戻って来て親父にさんざん叱られて自分の部屋にいたら、幸恵が入って来て、『兄さん、電話よ』と耳打ちした。夜中なんで驚いたけれども、出たらタキなんでもっと驚いた。タキにはうちに電話をする時は妹を呼ぶように、と教えてあったんだけど、まさかあの晩、電話をくれるとは思わなかった。タキは、『今、あんたの叔父さんの部屋にいるけれども、お金がないし、怖いから迎えに来て』と言った。だから、こっそり抜け出して迎えに行った。そして、彼女を『月食』に送った。そこだと金が入るから、と言ったけれども、僕は小遣いを少し貸してやった。……それだけです」

「それだけじゃないだろう」と村野はこめかみを両手で揉みながら言った。「お前はいったん自宅に戻って寝たふりをして、朝になって、また家を抜け出して彼女と会い、寝た。お前の血液型はAB型じゃないのか」

卓也は真っ青になった。「どうしてそのことを……知ってるの」

「いいか。タキを殺した犯人はAB型の精液を残した男とされているんだぞ。だから、俺が疑われたんだ」

「善兄さん……僕は恥ずかしいよ。このこと、すべてが恥ずかしいよ。でも……僕は本当に愛してたんだ」と卓也は下を向いた。

「恥ずかしいことじゃない。彼女を抱いて、それからどうした」

「角筈《つのはず》の旅館に夕方までいて、別れた……」

「タキはどうしたんだ」

「『すごく楽しかった。じゃあね』と僕に手を振り、新宿の街に消えて行った」

「何か言わなかったか。その後、すぐに殺されたんだぞ。まさかお前が殺したんじゃあるまい」

「まさか！」と、卓也は村野の言葉に衝撃を受けたように髪を逆立てた。

「よく考えろ」

卓也は少し考えてから思い出したように言った。

「……『忘れ物をした』と言ってた」

「『忘れ物』？　どこに」

「知らない……」

「何を？」

「……僕にはわからない」

卓也の顔色はまだ戻らなかった。無理もない。通夜でタキの父親に追い返された時の卓也の傷ついた表情が思い出され、何故、あの時にもっと詳しく聞かなかったのかと村野は後悔した。

「おい、飲むか」と、村野はダルマの瓶を出した。ウィスキーを二つのグラスに注ぎながら、タキの消えた行く先を考えていた。

葉山か、帝国ホテルか、『月食』か、『北川事務所』か。案外、①の瓶を拾いに俺の部屋だったかもしれない、と思った。

卓也が思いつめたような顔を村野に向けた。

「善兄さん、どうしたらいいと思う?」

「警察《サツ》には言うな。お前の胸の内に一生しまっとけ」と村野は言った。

44

翌朝、電話があった。

「早重です。先日はごめんなさい」

「少し元気になりましたか」

早重の声に張りがあるのを感じながら村野は言った。

「ええ。あなたに会って吐き出してしまったら何だか少し元気になりました」

「あなたはそういう人らしい」

「申し訳ありません。甘えてしまって」

「いつでもどうぞ」と言うと、しばらくの沈黙の後、「父にお会いになったそうですね」と話が変わった。

「いささか強引にですが、会わせていただきましたよ。お父上は面白いかただ」

「怖さをご存じないのですわ。芸術家だなんてぶってる男は、皆、わがままで嫌な人間ばかりです」

村野は少し笑った。「あなたのお姉さんは、あなたとお父上はそっくりだと……」

「そうかもしれません。私は父の悪口を言って自分の首を絞めているのかも……」と早重は照れたように言った。「姉は母に似ていてマネージャー体質ですの。ですから、父をうまく立ててやっていけるんです。私は父と似ていますから可愛がられましたが、父の仕事とは異質な道を選びましたので風当たりが強いのです。女が何かしようと思うと、とかく父親という壁が立ちはだかるのです」

その言葉は村野に、タキが喜八に殴り飛ばされた瞬間を想起させた。あの父親がタキの大いなる『壁』だったことは間違いないが、その理由は果たしてタキが不良だったことだけだろうか。

「もしもし、村野さん……」

考えこんで沈黙した村野を気遣うように早重が言った。「あなたこそ大丈夫ですか。少しお元気になられましたか」

「ああ、僕は大丈夫です。ちょっと考えごとをしていました。ところで……あなたはこれからどうなさるのですか」

村野は一番尋ねたかったことをようやく口にした。

「私は何とか生きていきます。絵を描いて何とか……それに」

「それに……？」

「やはり、子供がいて良かったと思いました。あの人の何かが残っているような気がします。思えば、こんなことが起きることを想像したわけでもないのに、後藤さんの形見が欲しくて産んだような気もするのです」

「お嬢さんと会いました。後藤に似ていますね」

そうでしょ、と早重は嬉しそうに笑った。それから声を潜めた。

「私は、父が『人形遊び』に関係していたのではないかと心配していたのですが」

「そのことですが、お父上の話だと、それは俊彦の遊びだと言うのです。つまり、公彦氏が俊彦に利用されていたのだとおっしゃっています。特に今は脳梗塞で口が利けませんから、警察でどう供述しようと俊彦の思うがままでしょう」

「そうですか。父さえ関係なければそれでいいのです」早重は辛そうに言った。「雨の夜にあの人の血が敷石を濡らしていたところを思い出して、時々鳥肌が立ちます。何も食べられなくなり、吐き気がします。そのことと父の遊びが関連ある、なんて想像しただけで寒気がしますもの。そうしたら二度と和解できないでしょうね」

二人はこの後、葬儀の後始末の相談をして電話を切った。後藤という二人を結びつけていた男が死に、そして早重が立ち直った以上、この先、早重に会うことはないだろうと思われた。


電車通りを歩いていると、書店に『週刊ダンロン』の最新号が出ているのが見えた。村野は一瞬、ポケットの中の小銭を探りかけたが買うのはやめにした。

《もういい。もう、たくさんだ》

村野は都電の安全地帯に立ち、築地行き八番の都電が来るのを待った。そして、都電に揺られながら東京タワーを眺めた。何か大事なことを忘れているような気がしてならなかった。

久しぶりに銀座の街に出て、喫茶店『門』から小林に電話を入れた。

「村野さん、昨日はどうも」

まだ泣き腫らしたような目をした小林が、灰色のボックス型の背広に赤のレジメンタル・タイというアイビーの教科書のような格好をして現れた。昨日の葬儀でも、顔は見たが話はしていなかった。

「編集部はどうだ」

村野はハイライトをくわえながら尋ねた。店内にちらほらいる男たちも談論社の社員ではないことを確認しての質問だった。

「目茶苦茶です。急に村野さんや後藤さんがいなくなった上に、あんなことになって。皆、動揺しています。危険な取材に行くのを嫌がる人も出ると思いますよ」

「そうだろうな。ところで、君に頼みたいことがあるんだ。いいかな」

「もちろんです。僕は村野さんの命令なら何でもやりますから」

「社外の仕事だからこっそりやってくれ。これだ」と村野は葬式の日に弓削からもらった封筒を出した。小林はそれを読んで驚いたように顔を上げた。

「このことは誰も摑んでませんね。あれだけ警察やマスコミが動いたのにどうしてだろう」

「たぶん、秩父鋼管内で非常に内密な話になっていたのだろう」

「どうしてでしょうか」

「何か問題が起きたからだ。大会社というのは、そういう問題は社外秘にする。だから会社として公けになると困るようなことがあったのではないかと思う。それから、バーホステスの金森洋子はダンスホールで足を踏まれた男の話をしていたが、それはやはり関係ないような気がする。つまり、金森洋子は当初言われていたように、社会党代議士金森ヨウ子と本当に間違われたんじゃないかな。金森ヨウ子は昔、労使関係の弁護士をやっていた。関係があるとしたら、そっちかもしれない」

「なるほど！」と入って来た時は元気のなかった小林の顔が輝き始めた。「もし、そうだとしたら面白いな」

「金森ヨウ子代議士と、記事のスクラップその他を当たってみてくれ。あと鉄鋼新聞とか業界紙だ。頼む。俺は時間がなくて調べられない」

村野がコーヒーを飲み干すと、小林は不思議そうに訊いた。

「今、村野さんは何を調べてるんですか。後藤さんを刺した犯人は捕まりましたよね。あと、村野さんが疑われた女子高生殺人事件の亀田とかいう重要人物も」

「これまでの洗い直しをしているのさ」

「どうしてですか」

「気に入らないからだよ」村野はそう言うと伝票を摑んで立ち上がった。「何が気に入らないのかもわからないんだがね」

要するに、卓也の昨夜言っていたタキの『忘れ物』という言葉が村野のこころを占めているのだった。


三十分後、村野は都電に乗って隅田川を渡っていた。

開け放たれた窓から、ドブの臭いが入ってきて耐えられなかった。客は皆、立って窓を閉めた。「昔はこんなことなかったのに」という不愉快そうな乗客の声が耳に入ってきた。

工場ができて工場排水を流し、みんなが家庭用排水を流し、ゴミをどんどん捨てるから隅田川が死んでしまったのだ、と男は言った。それが証拠に魚もいないし、今はドブ川と同じだ。こないだは死体まで浮いていたそうじゃないか、と。

本所吾妻橋で降り、村野はタキの家まで歩いた。曇り空の涼しい日で、村野は九月五日の蒸し暑さを思い浮かべていた。あの時、京橋駅の中は蒸し風呂のようだった。

やがて、小さな佐藤鉄工所が見えてきた。古びたオート三輪が前に停まっている。村野は見つからないように注意して近づいた。鉄工所の中は、鉄サビ色をしていて、奥で何かの火花が散っていた。

こっそり近づくと、仁が門扉の飾りのような物を作っている最中だった。ランニングシャツに灰色の作業ズボンを穿《は》き、頭を薄汚れた日本手拭いで覆っている。火花を見つめる目元は、手作りの鉄仮面のような物で武装していた。貧相な外見だったが、裸になると案外筋骨逞《たくま》しく、堂々たる仕事ぶりだった。父親の姿は見えない。

村野は母屋に近づいて、玄関から中を覗いてみた。狭い家で、玄関から入ってすぐのところに仏壇が見える。何も供え物がないところを見ると、線香はおろか水もあげていないのかもしれない。

「おい」と後ろから男の声がして、村野は驚いて振り向いた。「何してんだ」

佐藤喜八が刺《とげ》をなくしたような、めっきりくたびれた様子で立っていた。灰色の作業服、首に巻いたタオル、雪駄。談論社に現れた格好と同じだった。が、右手に焼酎の瓶を持っていた。

「佐藤さん、あんたに会いたかったんだ。ちょっといいかな」

「何だよ。何の用だよ」と喜八は怒鳴る元気もなくした様子で無気力に言った。

村野は喜八の腕を取るようにして歩きだした。仁に見られたくなかったからだ。村野に腕を取られたまま、喜八はぜんまい仕掛けのロボットのようにおとなしく歩いて来る。喜八の中で、何かが切れてしまったようだった。

「ここでいいかな」

村野はビール工場の裏の路地に喜八を連れて来た。喜八は立ち止まると、そのまま焼酎をらっぱ飲みした。

「毎日、そんなことをしているのか」

「そうだよ。毎日、酔っ払っているんだ」

「仕事のほうはいいのか」

「いいさ。最近は仁がすべてやってくれるんだ。俺がやるとかえって邪魔だと言われた」

「佐藤さん、あんたに大事なことを訊きたいんだ。答えてくれ」

「うるせえ」と喜八はつぶやいた。「おめえは謝るほうが先だろうが。うちの娘を連れて行きやがって、お陰で娘は死んだんだぜ」

「そのことは申し訳ないと思っている。だが、あんたは実の娘に酷い仕打ちをしていた。俺はとても見ていられなかった」

その言葉を聞いて喜八ははっと驚いたように顔を上げた。「俺が？」

「そうさ、忘れたのか。あんたはタキさんを殴り飛ばして馬乗りになって顔を殴ったのだ。そのままにしていたら、あんたの力じゃ殴り殺したかもしれない」

「馬鹿な。俺の娘なのに」喜八は顔をタオルで覆った。泣いているのか、と村野は顔を覗きこんだ。喜八は目尻から涙を拭いた。「俺は酔うと何をするかわからないんだ」

「そうらしいな」

「だけど、可愛がってきたんだ」

「まあいい。そう思っているのなら、一生思っているがいい。そのほうが楽だからな。ところで、ひとつだけ訊きたい。日曜にタキさんは戻って来なかったか」

「あの日は夕方から飲んで早く寝た。でも、帰ってないよ」と喜八は虚ろに言った。

「うちにはあんたが連れて行ったきり来ないよ」

「そうか。ならいいのだが、『忘れ物をした』とタキさんが言ったらしいので、こっちに戻って来たのかと思ったんだ」

「戻ってこない……それに忘れ物なんかねえよ」

喜八は何度も繰り返した。また焼酎を飲み、口から垂らした滴を汚れたタオルで拭った。そばで見ると、喜八は髪も黒々として案外若い。姿勢も良く、仁に瓜ふたつだった。

「佐藤さん、北支に行ってたんだって」

「……ああ、よく知ってるな。満州事変から工兵で行ってたんだ。まったくあいつらには酷い目に遭わされたよ。ほうほうの体《てい》で逃げてなあ。なのに世の中高度成長ときやがる。ふざけやがって……」

が、それ以上何も言わなかった。

「佐藤さんは、今、幾つなんだ」

「俺は四十五だ」

「まだ若いな。働き盛りなのに、もう引退か。仁さんに仕事を譲ったのか」

「仁の野郎が許してくれないのだ。もう、俺の出る幕じゃねえと言って工場を取りやがった。それで好きなことをやってるんだ」

「ところで、佐藤さんの鉄工所は、秩父鋼管の下請けやってないかい」

「下請け？　そんな立派なことはやらせてもらえねえよ。秩父鋼管なら孫の孫だと抜かしやがるだろう。畜生」

喜八の呂律がだんだん怪しくなってきた。

「『心炎』って雑誌、仁さんのところで見たことないかい」

「何だよ、そりゃあ」と喜八は考えるように曇り空を眺めた。「たぶん、ねえな」

「酔ってない時は何してる」

「さあな。これでも昔はいろいろしたが、もう忘れたよ。タキが死んじまってがっくりしたのさ」

「そうか。元気出せよ。まだ息子がいるじゃないか」

「あいつはちょっと変な奴だからな。俺は頼っちゃいねえよ」と喜八はつぶやいた。そして、そのまま隅田川の方向にふらふらと歩いて行ってしまった。

村野は佐藤鉄工所のそばにまた戻って来た。仁はまだ一心に作業をしている。それを確かめて、隣の煙草屋に寄った。ワイシャツのボタンをきっちり喉首までかけた老人が店番をしていた。村野はハイライトを二つ買い、尋ねた。

「隣の佐藤さんだけど、どんなお宅ですか」

「刑事さんですか」老人が村野の顔を睨んだ。「昨日も来たが」

恐らく市川が仁の内偵に来たのだろう。村野は違う、と言った。

「私は週刊誌です。娘さんのほうのことで」

「ああ、むごいことでしたなあ」と老人は異様に目が大きく見える老眼鏡越しに村野を見ながら言った。「うちの婆さんが泣いて泣いて。タキちゃんのこと不憫《ふびん》に思ってたからねえ」

「どうして」

「だって、変わり者の父親と兄貴だもの」と老人は吐き捨てるように言った。「この辺じゃ皆、困ってますよ。回覧板はまずまわさない。町内清掃もやらない。祭りの費用は出さない。葬式の手伝いにも来ない。タキちゃんが不良娘ったってぐれるのも当たり前だよ。だって、タキちゃんのこと……」

「何ですか」

「いや」と老人は口を噤んだ。村野はしばらく待ったが、老人は口が滑ったことを後悔するように手を振った。「何でもないよ」

「あの仁さんはどんな人ですか」

「あいつは碌《ろく》でなしだ！」いきなり老人が怒ったので村野はびっくりした。「あいつはパチンコでうちの窓ガラスを割ったことがある。それもうちの奴がタキちゃんに浴衣を縫って持ってってたからなんですよ」

「ほう、なぜ？」

「わかるもんかね。何を考えているんだかさっぱりわからないんだ」

「タキさんが殺されたとされている九月八日の日曜ですが、タキさんを夕方以降、見かけませんでしたか」

「さあて……二週間前だろう。どうかなあ、覚えていないです」

老人は壁にかかった『スミダ信金』と書かれた一年カレンダーを眺めた。そこには吉永小百合が白い歯を見せてほほ笑んでいた。

45

部屋に戻って来ると、村野はすぐさま隣の女の部屋を訪ねた。

「あらまあ、村野さん」

女は村野がドアの前に立っているので驚いた様子だった。

女の部屋を初めて見たが、暖簾《のれん》もカーテンもすべてピンクで、それも丸いポンポンの垂れ下がった代物だった。部屋全体が大甘のケーキみたいな住まいだ。こういう部屋に住む女と付き合う男というのは村野には信じられない。テレビからは、バラエティ番組の笑い声が大音量で流れている。

「すみません、ちょっと伺いたいことがありまして」

「何かしら」と笑いつつも、女はやはり警戒の色を隠さなかった。

「よく近所をご覧になっているようなので、もしやと思いまして。九月八日の日曜の夕方、例の娘がこの部屋に戻って来ませんでしたか」

村野はもしかするとタキが睡眠薬の瓶を取りに戻って来たのではないかと思っていた。が、女は首を横に振った。

「あの日はあたし、出たり入ったりしたけど、あなたのお宅にお客が来た様子はなかったわね」

村野は礼を言って部屋に戻った。前は、何となく秋波を送っているような鬱陶《うっとう》しい女だったが、タキの事件以来、村野を見ると脅えている。それにしても、探偵向きの女だと村野は苦笑した。便利ではあった。

昨夜からずっとタキの『忘れ物』が頭を離れなかった。

『月食』は日曜の夜は休みだから『月食』に戻ったのではないことははっきりしている。このアパートでもない。喜八の話では、タキの自宅でもない。としたら、坂出のところだろうか。しかし、タキは坂出を怖がっていたことも確かだ。村野はあの晩のタキの言動を必死に思い出そうとしていた。

《何かがおかしい。中心がぼやけている》

村野は久しぶりに米飯を炊いた。豆腐に葱《ねぎ》と醬油をぶっかけてそれだけで食おうという乱暴な夕飯だ。飯をかっこんでいると、電話が鳴った。

「弓削だよ。このあいだの件は調べがついたか」

村野は、いや、と言った。金森ヨウ子が予想どおり取材を拒否していて、秩父鋼管と沢野三郎、そして金森ヨウ子との関係の解明はまったく進まないのだった。

「何かあるんですか」

「ああ、その前に支払いありがとうよ。助かったよ、あんなに」

村野は弓削の優秀さに支払いをはずんだのだった。おかげで残り少ない貯金はいよいよ底をついてしまったが。

「いいですよ。弓削さんは家にいるだけにしては、なかなかいい仕事をしてくれた」

「そうだろう。家事も子育てもうまいんだ、俺は」と弓削は笑い、「ともかく礼を言うよ。お返しにこれだけはただにして教えてやるよ。あのな、こいつに会いに行ってくれ。

笠原孝博という人物だ。中央線阿佐ヶ谷の南口に住んでいる」

「何者です」

「調査業の男だ」

「つまり探偵ですか」

「そうだ。しかし、企業の探偵だ。秩父鋼管のな。が、合理化で秩父鋼管を馘《くび》になったんだ。だから恨んでいるらしい」

「なぜ、企業の探偵が合理化にあうんだろう」

「うむ。これまで外部に出していたのを、企業の人事部がやることになったからだと」

弓削はそう言って声高に笑った。すでに、肉体の内側にも脂肪がついていることを悟らせる太った笑い声になっていた。

「弓削さん、あんたは本当に優秀ですよ。感謝します」

「それはそうと村善。お前、平和出版から編集長の仕事が来ているそうじゃないか。もっぱらの噂だぞ。どうするんだ」

「断るつもりですが」

「何で。あの会社いいぞ」

「僕はこういう仕事のほうが向いているんです」

「じゃ、永久にこういう生活からおさらばできないな。お互い……」

弓削は笑いながら、まんざらでもなさそうに言って電話を切った。

深夜、市川がやって来た。村野の部屋のブザーを鳴らし、扉が開くまで脇の闇の中にじっと立っている。

この様子も隣の女がどこからか見ているのだろう。が、闇の中に立っているこの人相の悪い男が、まさかベテランの刑事だとは夢にも思わないことだろう。

「入ってもいいか」

「どうぞ」

市川の職業上の屈託といってもいい顔の皺は、ますます深く穿《うが》たれたようだ。むしろ、生来の輪郭をすでに侵していて、疑いを張りつかせた刑事顔になっていた。

「あんたに報告してやろうと思ってな」

市川は擦り減った靴を脱ぐと、茶の合着の上着も脱いだ。裏地のベンベルグには、何度も破れを繕った跡がある。が、それを微塵《みじん》も気にはしていなかった。

「酒は」

「頼む」

「ですが、金がなくなりましたので、ダルマはない。トリスですが」

「構わない。いつも俺は二級酒だ」

村野がグラスにトリスを生《き》のまま注ぐと、市川は一瞬頭を下げてグラスを掲げ、すぐに飲み干した。飲んだ途端にほうっと刺の先が丸まったような落ち着いた様子がある。

もしかすると依存症なのかもしれない。

「何の報告ですか。タキの事件はどうなってるんでしょうかね」

「あっちは暗礁に乗り上げている。亀田が吐かないんだ。いよいよ、坂出の御曹司を引っ張るかもしれない」

「そうですか」

村野は関心がないというように答えた。そちらは卓也とタキのことがばれなければ、それでいいのだ。自分の捜査のほうが先に核心に届きそうな予感がしている。

「草加次郎はどうです」

村野も自分のトリスを飲んだ。どこか不幸を感じさせる安酒の刺激が、今の自分の気分にぴったりだった。

「佐藤仁を明後日しょっぴくことになった」

「本当ですか」と村野は驚いた。「それは早い」

「明日の捜査会議で決定する。佐藤仁の書いた伝票が手に入ったので筆跡鑑定に出したら、黒に近い灰色となった。もうひとつ有力な手がかりはあいつの血液型がＡＢらしいことだ。高校の友人から聞きこんだ」

「指紋は？」

「そいつがなかなか取れないからしょっぴくんだ。あいつは用心深くて、普段から軍手を外さない」

そういえば、昨日見かけた時も軍手をして作業をしていた。

「市川さんの勘はどうです」

「七、三てとこだな。三分は、あいつの性格よ。それが違うような気がする」

村野も同意見だった。佐藤仁の性格は粘着質で陰険なものを感じさせるが、草加次郎の執拗さとは異質の物を感じてしまうのだ。

「だが、それも明後日わかる」

市川は珍しく笑った。熱い石を水につけて、いきなり亀裂が入ったかのような唐突な笑いで、村野は戸惑った。それにしても、警察のやり方もいつもながら強引だった。これまで高校生、工員と何人かしょっぴいてはシロ、という黒星が続いているのにもかかわらずだ。内偵ものものかは、要するに指紋さえ取ればいいと思っているのだ。

「じゃ、失敬する」

市川はトリスを二杯飲むと、グラスをコツンと置いて突然立ち上がった。これは、市川が俺にお礼がわりに情報をリークしてくれているのだ、と村野は思った。

市川が帰った後に七社会の渡辺に電話を入れた。が、渡辺は自宅に帰ったという。村野は手帳を繰って根岸にある渡辺の自宅に電話を入れた。

「先輩、ご自宅にまですみません」

「構わねえよ。久しぶりに風呂に入ったところだ。垢が三センチは浮いた」渡辺はそう言って豪快に笑った。

「今、中央署の市川刑事から聞いたんですが、明後日、草加次郎の容疑者をしょっぴくそうです」

「何だって。聞いてねえな、その話。どんな奴だか知ってるか」

「隅田川女子高生殺しのガイシャの兄貴で佐藤仁。本所で鉄工所をやってます」

「本当かよ。よし、抜くぞ！」

だが、村野は媒体がなくなったせいか、『抜く』という喜びから遠いところにいた。

それよりも真実が知りたかった。佐藤仁は本当に草加次郎か。そしてタキは誰に、いつ、どこで殺されたのか。

46

朝から雨が降っていて気温が低い。九月になって一番の冷え込みだった。

村野はインスタントコーヒーを飲んで、前日の残った飯に味噌汁をかけて食べた。犬に食わせるような飯だが、冷や飯をどう食うかの算段は面倒臭かった。

バーバリのレインコートを出して着ると、左の袖にカツ丼の汁の染みがついているのに気づいた。亀田が潜伏先で投げ付けた『五十番』のカツ丼だ。村野は水道水で洗って匂いだけは落としたが、色がついているのが気になった。まったく朝から気分が悪い。外に出ると思いのほか雨脚が強く、後藤の死んだ夜のことを思い起こさせた。こんな日は早重も辛いことだろう。が、今は早重も村野も時が経つのを耐えて待つしか手がない。

懐が寂しくなっているのに、雨の日はついタクシーを停めてしまう。トップ屋時代の、空間移動を敏速に行いたいという意識の名残がつい手を挙げさせてしまうのだ。村野は苦笑したが、どのみち、雨の日の都電は、軒並み遅れて数珠つなぎになったり、果ては交通渋滞で引き返してきたりで散々だった。この選択が正しいだろう。

村野はタクシーで千駄ヶ谷駅まで行った。途中、神宮の森を抜けると、右手に驚くような意匠の建物が建てられていた。オリンピックのための国立競技場だという。雨の中、必死に突貫工事が行われている。

それでも、タクシーの運転手が横目で見て、心配そうに言った。「オリンピックに間に合うんですかね」

「間に合うかどうか心配な物はまだたくさんあるんだろう」

「そうですね。もう後、一年しかないですもんね。まったく気を揉ませるよね」

運転手は国立競技場の前の「オリンピックまで、あと379日」という残日計を指さした。

千駄ヶ谷駅から国電に乗り、阿佐ヶ谷駅で降りる。村野は弓削に教えられた通り、青梅街道の方向に、欅《けやき》の大木が生い茂る昼なお暗い道を歩いた。

ふと気づくと、村野が差している傘は、先日、鄭の護衛に差し出された絹の傘だ。村野はもう出版界に戻る気はない。鄭の仕事をすることに抵抗はあったが、鄭という男に興味はあった。

目指す家は青梅街道を渡り、住宅街の中のだらだら坂を下った途中にある古い家だ。

「ごめんください」

村野が声をかけると、細君らしい中年の女が出て来た。駅前の果物屋で買った二十世紀梨の包みを渡すと丁寧に礼を言われた。感じのいい女だった。暗く湿った家を奥へ奥へと案内され、書斎らしい部屋に入ると、六十歳代の白髪の男が書き物机の前に座っていた。

「笠原孝博です。わざわざ、すみませんな」

笠原は画用紙を切った手書きの名刺をくれた。『何でも相談・解決士』と書いてある。

「失業中で名刺がありません」村野は断り、「実は秩父鋼管を中途で辞めた人について伺いたいのです」と、早速本題に入った。

「失礼します」さきほどの細君が、村野の持参した梨を切って煎茶と一緒に持ってきた。妻が部屋を出るまで笠原は黙っていた。妻が出て行って足音が聞こえなくなると、ようやく口を開いた。

「いいですよ。あそこは定年退職以外に退職する人は少ないところですから、よく覚えています。何でも聞いてください。もう守るべき信義はなくなりましたから。だって、用がなくなれば切るという態度が信義にもとりますでしょう」

笠原はよほどいやな目に遭ったのか、顔を顰《しか》めて言った。村野はメモを取り出した。

「昭和三十五年に退職している『沢野三郎』という人物なのですが」

「ほう」と笠原は老眼鏡をかけて、自分の手帳を見た。笠原が探す間、村野は話した。

「こちらの調査では、昭和十一年生まれ。S工業高校卒業後、秩父鋼管入社となっています」

「はいはい」と、笠原は捜し当てたらしく、今度は机の下の引き出しを開けてボール紙でできた古めかしい書類入れを取り出した。そして、それを読み始めた。

「昭和二十九年の高卒入社組ですね。脱落者がたくさんいる組だ。……ああ、思い出した。この人はある事件を起こしました」

笠原は厳《おごそ》かに言った。村野はすぐさま訊いた。

「それは労使関係ですか」

ちょうど昭和三十五年は日米安保の年だ。職場も学校も政治の波で大揺れに揺れた年だった。笠原は書類を見ながら、首を横に振った。

「ちょっと違いますね」

「と言いますと」と村野は細君の淹《い》れてくれた茶を飲んだ。旨《うま》かった。

「婦女暴行事件で訴えられています。いや、刑事事件ではなくてですね。会社のほうに、被害者から訴え出られたのです」

意外なことに村野は驚き、笠原の持っている古い書類を思わず覗きこんだ。「詳しく伺ってもよろしいでしょうか」

「個人名を出さなければいいでしょう。ええと、これによりますと……」と笠原は読み上げた。

「鋼材第七課、足立工場勤務の沢野三郎（当時二十四歳）は、近隣の女子中学生に言い寄り、性的行為を強要したとして保護者より会社側に訴え出られた。沢野に対して厳正な処置をしないと、警察に訴え出ると言われたもので、これを笠原が調査」

「調査の結果はどうだったんです」

「ほぼ事実でした。沢野はその生徒を自分の下宿に連れ込んで性的関係を結んだと供述しました。よって、保護者の訴えは正しいと労務で判断され、沢野は馘首《かくしゅ》されました」

まるで警察の調書のような内容だった。笠原の仕事ぶりがわかるというものだ。

「未成年を相手にして、刑事事件にはならなかったのですか」

「保護者のほうで、会社側の沢野の処分に満足して告訴はしないと言ったのです」と、笠原は自慢と言ってもさしつかえないような言い方をした。「といっても、会社のほうも穏便に、ということで随分と仕事上の便も図ったのです」

「どういうことでしょうか……」村野はメモを取っている万年筆を口に当てた。

「つまり、この保護者に仕事をまわしたようですね。保護者の仕事がちょうど鉄工関係でしたのでね。といっても、たったの二年間ですが。ですから、昭和三十五年十月から三十七年九月までです」

「ちょっと待ってください。さきほど、沢野は馘首されたとおっしゃいましたよね。なら、どうして懲戒免職ではなくて、『家事都合により退社』になっているんですか」

「それはですね」笠原は白髪をかきあげた。「沢野が、いたずらを目的としたのではない。純粋に恋愛だったと主張したからです。そこまで言われれば、私らも自由恋愛を処罰することなどできません。ただ、未成年の女子中学生に手を出したのは、秩父鋼管の社員にあるまじき行為だということで退職を勧告したにとどまったということでしょうか。『家事都合』というのはいわば、会社の恩情です。その代わりに、秩父鋼管にいたことは今後内密にするように誓約書をとったんです」

馘にしておいて恩情もないものだと思ったが、「労働組合の反応はそれを聞いてどうでしたか」と村野は訊いた。

「労働組合はこのことを知りません。私の仕事は、その手の事件を、労組に絶対に知らせない、気どられない、ということも含まれてましてね。逆に、組合員の不始末を利用したりね……いろいろと」

笠原はそう言うと、底意を感じさせる目つきでぎろりと村野を睨んだ。企業の調査屋にはかなり特高上がりが入り込んでいる、と聞いたことがあった。笠原もそうかもしれない。あの、人のよさそうな細君は、亭主のこういう仕事を知っているのだろうか。村野は話を変えた。

「沢野さんはその処分をよく甘んじて受けましたね。自由恋愛なら自由恋愛で押し通せば、誰も文句は言えないでしょう」

「保護者が毎日会社に来てうるさかったからね。仕方がなかったんでしょう。それにやはり相手は子供ですからね」

「相手の名前を教えていただけませんか」と村野がいうと、笠原は首を横に振った。

「個人名は出さない約束ですからね。これぱかりはできない」

「わかりました、すみません。ところで、沢野さんが草加次郎に背中を撃たれたのはご存じですか」

「いや、知らない」と笠原は驚いたように村野の顔を見たが、それから真意を悟ったように、「違いますよ。村野さん」と言って笑った。

「沢野という男は悪い奴じゃなかったですよ。女好きの女たらしという印象を持たれては困る。気の弱い、優しい奴でしたわ。ま、あの男は人の恨みを買うようなことはないでしょう。だからこそ、『家事都合』で退職にしたんだもの」

「金森ヨウ子という代議士がいますね。彼女は代議士になる前、ちょうど昭和三十五年頃までは鉄鋼労使関係の弁護をやっていたと思うのですが、彼女がこの問題の間に入ったということはないのですか」

「ああ、あの革新の女代議士ですね」と笠原は蔑《さげす》むように言った。「いや、何の関係もないですよ。うちの労働組合の弁護士もいますが、このことは誰にもばれなかったはずだからね」

そうか。これは繋がらなかった。村野は金森ヨウ子の線は捨てようと思った。が、収穫は十分過ぎるほどあった。

「どうもありがとうございました」と礼を言って立ち上がり、ふと笠原の背後の本棚を見遣ると『心炎』が並んでいるのに気づいた。

「『心炎』をお読みになるのですか」

「いや、こっちのほうの素養はないんでね。うちは女房が読むので送ってもらってます」

女房というのは気づかなかった。そういえば、タキの家は母親がいない。死んだのだろうか。タキの母親が生前、読んでいたということも考えられた。

「ちょっと拝見してもよろしいですか」

というと、笠原はどうぞどうぞ、と椅子を引き、書類をしまった。そして、ゆっくりご覧になっててくださいと言うと中座した。洗面所にでも行ったらしい。

村野は笠原が戻って来ないことを確認すると、そうっと引き出しを開けて、さきほどの書類入れを取り出した。笠原の見ていた箇所を探して個人名を見る。やはり、女子中学生の保護者名は墨田区本所の佐藤喜八となっていた。タキの事件に間違いない。佐藤仁が草加次郎だ、と村野は確信した。

笠原が帰って来る足音を聞きつけ、慌てて書類入れを引き出しの中にしまった。何食わぬ顔をして『心炎』の背表紙を眺めていると、笠原が部屋に入って来た。

「すみません。雨の日は調子が悪くて」やや暗い顔で言い訳をした。「年寄りの病気です。前立腺がね……」

「こんな日にお邪魔して申し訳ありません」と村野は気遣った顔をし、それから本棚を指さした。「この五十号記念号を見せていただいてもよろしいですか」

「どうぞ」と手ずから取ってくれる。村野はやや厚めの束の記念号を開いた。中に、同人の名前があったので眺める。『短歌会員・物故』のところに、『佐藤イネ子』という名前があった。住所は墨田区本所だった。もしかして、と思い、頭にたたきこむ。

村野は礼を言い、剝き出しで申し訳ないと断って千円札を三枚渡した。笠原は押しいただいて、何かあったらまたぜひ、と言った。

夕方、部屋に戻って来ると、郵便受けに手紙が来ていた。

「村野善三様」とやや右上がりの字で宛て名があるが、差出人の名前も住所も書いてなかった。村野はその手紙を持って、階段を駆け上がった。

47

コートのポケットに手紙を入れたままドアの鍵を探していると、ドアの隙間に電報が挟まっているのが見えた。手に取って、部屋に入った。日暮れと雨のせいで中は薄暗い。電灯をつけてから電報を開くと、『週刊ダンロン』編集部からだった。

(何だ、今頃……)

「ダ　イジ　ケンオコル　コウレンラク　ハシモト　バ　ンド　ウ」

草加次郎が佐藤仁だという情報がすでに編集部に入ったのだろうか。後藤も自分もいない今、編集部にそれほど鋭い動きができるとは思えなかった。小林は佐藤仁のことを知っていても口が堅いから絶対にしゃべっていないはずだ。

村野はコートを脱ぐと、あれこれ考えながらゆっくりとハイライトを一本吸った。それから、編集部に電話を入れた。

「はい、『週刊ダンロン』編集部です」と聞き覚えのない声が出た。

村野は今月十一日に警察に呼び出されて自宅待機となった。それからすでに二週間以上経っている。だから編集部に知らない人間が増えても知る由《よし》もない。

「村野だが、橋本さんいるかい」

「はあ……」と自信のない声が橋本に代わる。

「橋本だ。村善か」

「どうしたんです。電報なんて、驚きましたよ」

「すまん。何度電話してもお前に連絡が取れないんでな」

「いったい何事が？」と村野は言いつつ、新聞受けに入り切れなくて三和土《たたき》に落ちた夕刊紙の見出しを眺めた。

「坂出公彦の息子、坂出俊彦が隅田川女子高生殺し容疑でパクられたんだ」

村野は答えずに、片手で器用に夕刊を広げた。その記事は三面に大きな扱いで出ていた。村野の情報により、この事件をいちはやくつかんでいた時報通信だけではない。他紙も皆、大きな扱いだった。

「ついにパクられましたか」

村野はそう言って、記事を眺めた。たぶん、亀田が何かしゃべったのだろう。それでは小島剛毅も庇《かば》いようがない。

「何、呑気なことを言ってるんだ。お前が無実の罪でやられそうになったやつじゃないか。これで事件も解決だろうから、戻ってきてくれ。それで、このヤマを大特集するからアンカーやってくれ」

途中から奪うように受話器を取った坂東デスクに代わった。

「村善。ほっとしたよ、みんな。今度は君が記事にまとめて警察《サツ》に復讐する番だ。何が有名作家の息子をここまで追いつめたか。女子高生をそこまで乱れさせるのはなぜか。事件の異常性を詳しく追求してくれたまえよ」

村野が何も言わないうちに、すぐにまた、橋本に代わった。

「俊彦の睡眠薬遊びと、その取材中に殉職した後藤のこと。それから、女子高校生二人の死と性。これは面白い特集になる。お前がぜひ、やってくれ」

「橋本さん、俺はもう辞めますから。そちらで好きにどうぞ」

「どっかから引き合いが来たか、この話」と橋本が冷水を被ったような口調になった。

「それは無理もないが、これまでの縁を考えてくれ。遠山軍団の生き残りとして何とかやってくれないか」

橋本の言葉は何の意味もなかった。村野は淡々と言った。

「引き合いも何もありませんが、もう週刊誌の仕事は辞めにします。決めました。橋本さん、不義理で申し訳ないが、それじゃ」

村野は電話を切ると、時間をかけて夕刊を読んだ。

捜査本部発表の警察談話はかなりいい線をついていた。やはり亀田が吐いたようだ。俊彦のタキ殺しは証拠不十分になったとしても、嘉子を死なせたことと死体遺棄は免れ得ないだろう。これから世間の矢面に立たされる坂出の顔写真を村野は複雑な思いで見た。

雨の宵にアパートに一人いるのが苦痛になり、村野はまたレインコートを羽織った。

『深海魚』に着くと、時間が早いせいかカウンターは一人の女客が飲んでいるほか、誰もいなかった。だが、いつもの奥の席に後藤がいるような気がして、村野は思わず目を遣った。その視線を聡《さと》い女主人の絹江がすかさず見ている。

「後藤ちゃんがいるような気がするよね」

「ああ」

「幽霊でもいいから、座ってて欲しいよね」と言ったあと、絹江はカウンターの中から丁寧に頭を下げた。「村善。このたびはご愁傷《しゅうしょう》様」

「こちらこそ、どうも。わざわざすみません」

「いい葬式だったわよ。あら、葬式褒めちゃまずいか。いいんだよね」と絹江が無口なバーテンダーに言い、小さく笑った。村野はあたりを見まわした。

「クニ坊、いないのか」

「ここにいるじゃない」とカウンターに座っていた女が振り向いた。真っ赤な服を着ているので、てっきり滅多に見ない女客かと思ったのだった。

「村善、あたし悲しい」

クニ坊はそう言って、村野の腕のなかに身を投げかけてきた。黙って抱きとめていると、しくしくと泣きだした。

「赤い服、似合うじゃないか」

「もう、後藤ちゃんが死んじゃったから、二度と見せられないわ。悔しいよ。だって、後藤ちゃんに言われたんだもの。お前はいつも黒ずくめでカラスみたいだって。たまには赤い服を着てごらんって」と泣く。「これからはずっと赤い服で生きるからね。それがあたしの愛の証し」

と、わけのわからないことを言い、村野の服を涙で濡らした。

「村善、この子は葬式からずっとこんな調子なんだよ。惚れてたんだから許してやって」

「わかってるよ」

「よし、じゃあ今日は精進落としだ！　あ、ちょっと早いか」

絹江がぺろっと舌を出した。その途端にどやどやと常連が入って来て、店内は一気に賑やかになった。

「村善さん、後藤さんのこと聞きました。ご愁傷様で」

万年作家志望の梅根が頭を下げに来る。村野は立って礼を返した。ほかの客たちが釣られて後藤の思い出話を始め、それから話題は最近なりをひそめている〈草加次郎〉に移っていった。

「絶対に独身男。女房子供がいてみろよ、絶対にできないぜ、あんなこと。独身で機械いじりが好きで、友達がいない。それから酒を飲まない」

「何で酒を飲まないんだよ。どうしてそんな断言できるんだよ」

一人が怒った口調で言うと、最初の男が言い返した。

「馬鹿。酒飲んだら楽しくてそんな馬鹿なことやってられるかよ」

「俺は案外年寄りだと思うよ」と誰かが言った。「懐中電灯の『灯』の字が古い『燈』だった。それに草加次郎なんて名前古いよ、センスが」

「年寄りではないよ」梅根が言い返すと、「案外、女だったりしてな」という意見も出た。

「女はそういう馬鹿なことはせんよ。ばばあなら面白いが」梅根がつぶやく。座は大笑いになった。

常連の会話を聞くともなしに聞きながら、村野はよく後藤がそうしていたように、立ったクニ坊を抱えて止まり木に座った。クニ坊がぐったりと身を預けているので、女という生き物が愛しくなり、久しぶりに女を抱きたいと思った。

「ねえ、後藤ちゃんて恋人いたの」

「知らないよ」と村野は言い、バーテンダーの作ってくれたいつものダルマのハイボールを飲んだ。

「あたし、後藤ちゃんの女たちにみんな会って、偲ぶ会でもやりたいわ」

「変なこと考える奴だな」

その時、クニ坊が村野を見上げた。

「ね、なあに。ここ。ごそごそしている」

村野はレインコートのポケットを探って、差出人不明の手紙を入れたままにしていたことを思い出した。

「ちょっと読むから待っててくれ」

村野は真ん中の止まり木を降りて、いつも後藤が座っていたカウンターの端に移動した。クニ坊は常連の男たちのところに行って、真っ赤な服をからかわれている。

村野は封を切った。便箋に十枚ほど、几帳面な字できっちりと書かれていた。手紙の最後を見ると、『敦賀君江』となっていた。

48

村野善三様

前略。

先日はバヤリースごちそうさまでした。おいしゅうございました。

あれから、家に帰ってきて、いろいろと考えていましたが、もしかすると、わたしが言いたいことはほかにたくさんあるのではないかしら、と気がつきました。

それが何かと言われても、ばく然としていて、こんなことなのです、と言い切れないような不安な気持ちです。それでも、どうしても何か伝えたいようないらいらした心持ちになって、わたしはつらくてしかたがありませんでした。

ああ、わたしは何を言いたいのでしょうか。

高校二年にもなって、自分の言いたいことが整理できないなんて。まるで小学生のようで恥ずかしいのですが、ともかくペンをとります。

もし、お読みになって、あまりに退屈で、まと外れで村野様が読みにくいようでしたら、捨ててしまってください。つまり、わたしはお話しし足りなかったような気がしてならないのです。タキちゃんのことを。

タキちゃんはそんな人じゃないのに、タキちゃんの悪い噂だけが一人歩きしています。時間の許す限り、タキちゃんのことを思い出してみます。村野様にわかっていただきたい、と思いながら。

わたしがタキちゃんと会ったのは、一年生の時です。同じクラスで、席も近かったので、休み時間なんかはよく話すようになりました。でも、わたしは地味で真面目に見えるので、タキちゃんはわたしのことを少し煙たがっていたようです。

しかし、ひょんなことから、わたしたちって似ているのだと思ったのです。それは、ある日、わたしの顔に青痣ができていたからで、タキちゃんがめざとく見つけて、いいました。

「君江ちゃん、そこどうしたの」

わたしは困って何もいわないで下を向きました。すると、タキちゃんが横にきてささやきました。

「おとうさんにぶたれたの？　もしそうならあたしは誰にもいわないから、何でもしゃべってちょうだい」

「ううん、ぶつけたの」

と答えると、タキちゃんは何とも言えないような顔をしてわたしを見ました。それは、悲しい、というか、どうして本当のことを言わないの、というか。とても残念そうな顔でした。それでもわたしは自分の恥を言いたくなかったんです。まだ見栄を張っていたんです。

わたしの家は雑貨屋だと村野様に申し上げたと思いますが、本当はうちは飲み屋なのです。だから、わたしは小さい時から働いてきました。

お皿を洗ったり、焼き鳥を焼いたり、お燗番をしたり。もちろん、表には出ない下働きですけど、それが当たり前だと思って、自分で言うのもなんですがよく働いてきました。父がそのくらいよく働くのなら高校に行かせてやると言ってくれました。

嬉しかったけれども、お給金をもらえばそのくらいになるくらい、わたしは一人前に働いてきたのです。わたしがいなければ、父の店は成り立たないと思います。

ところが、わたしが中学三年生くらいになると、父が少し変になりました。

なんて言ったらいいのでしょうか。わたしが男の人と話したといってはぶつのです。

母は、父がこわいので何も言ってくれません。

わたしは男の人にもあまり興味がないので、話したくもないのですが、酔っ払った男の人がわたしに何か話しかけたりすると、あとでかならず殴られるのです。お前が色気を出したからだ、と言うのです。それがいやでいやでたまりませんでした。

こんなことが一生続くのなら耐えられない。わたしはひそかに家をはやく出たいと思っていました。そんな時に、タキちゃんがわたしの顔の痣を目ざとく見つけたので、かえってこころを閉ざしてしまっていたのです。

しかし、わたしが反対に聞く番がやってきました。タキちゃんがある日、学校を休みました。それで翌日登校してくると、頬骨のところが少し赤くなって腫れていたのです。

わたしはすぐにぶたれたのだと気づきました。

ぶたれた顔って、無残に腫れるのです。あの悔しさはぶたれてなければわからないと思います。今度はわたしがタキちゃんに聞きました。

「タキちゃん、頬っぺたどうしたの」

タキちゃんはわたしと違って正直なので、答えました。

「これは親父と兄貴にぶたれたのよ」

「お兄さんもぶつの」

　驚いて聞き返すと、タキちゃんはうなずいてこう言ってました。

「兄のほうが怖いのよ。親父は飲むとたたくけど、飲まない時は一人で好きなことをしているし、放っておけばいいから楽なの。それに、飲む時がしばらく続くとまた全然飲まなくなったりで飲む時だけ注意してればいいのよ。でも、兄は飲まないし、すごくわたしを構うので嫌だわ」

「何が理由でぶつの」って聞いたら、

「兄は私が男の人と話すと、焼きもち焼くの」って言ってました。

　ああ、同じだって思って、私が少し涙ぐむとタキちゃんが驚いたように言いました。

「君江ちゃんのところもそうなの」

　そうだと答えると、

「じゃ、あたしたち、一緒に家を出て、一緒に暮らしましょう」って言うのです。

　わたしも賛成して、お金が五万くらい貯まったら一緒に家出しようよって指きりげんまんまでしたのです。それからわたしたちは親友になりました。親友になると、タキちゃんは何でも話してくれました。こんなことも言ってました。

「中学生の時に、すごく好きな人ができたのよ。十歳くらい年上だけど、大人でとても優しい人だった。わたしが睡眠薬遊びなんかしていると叱ってくれて、こんなことしていたら体がぼろぼろになっちゃうよって注意してくれたりしてすごく嬉しかった。それでこっそり付き合い始めて、その人の下宿で初めて抱かれた日にすごくショックなことが起きたの。兄が後をつけてきていて、その人に殴りかかったの。それで、父がその人の会社に言いつけて、その人は会社をくびになって、どこかに行ってしまったの。だから、わたしはそれ以来、兄が怖いのよ。好きな人ができると、その人に危害を加えるの。そしてわたしにも、お前にあいつはこういうことをしたのかって言って変なことをするの」

タキちゃんのその話は、その後、何度も何度も聞きました。よほど悔しいというか、悲しい思いをしたのだと思います。こんなこともありました。去年、タキちゃんが身の上相談にこっそり相談したことがあるのです。

『美しいティーン』という雑誌の身の上相談でした。答える人が金森ヨウ子という人で、タキちゃんは『お父さんとお兄さんに見張られていて、何もできないしぶたれる。どうしたらいいか』というようなことを相談したのです。

そうしたら、その回答がためになったと、タキちゃんはそれを切り抜いていつも持っていました。わたしも見せてもらいました。たしか、『早く大人になって家を出て、自由に暮らしなさい。そのためには、今のうちに勉強をして大人の準備をすることです。ほんのちょっとの辛抱だから我慢して』と書いてありました。そしたら、その切り抜きもお兄さんに見つかって破られたって言ってました。

でも、タキちゃんはわたしと違っておとなしく言うことを聞く人ではないので、随分、反抗していました。新宿の深夜喫茶に行って外泊したり、睡眠薬をやりすぎて近所をラリって歩いたり。そのたびに、お父さんやお兄さんに殴られるのを承知でやっていたんです。

それがすごくなっていて、最近のタキちゃんは真剣に家を出ることを考えていました。わたしに、早く一緒に行こうねって言って、モデルのアルバイトをしたり、一生懸命貯めていました。

その矢先にこんなことになったので、わたしはとても残念というか、悔やんでも悔やみ切れない気持ちなのです。

売春をしていたという噂があると聞きました。でも、わたしの知ってる限りではしていません。ただ、あの睡眠薬のアルバイトは何回かしたと聞きました。そして、中島という人が事故で死んだとも。村野様に訊かれたときに、どういうわけか咄嗟に、知っています、と言えませんでした。たぶん、タキちゃんのアルバイトのことを知られるのが嫌だったのでしょう。でも、新聞には売春していたというようなことが出ていましたので、そうじゃないのだと私は言いたくてたまりません。

睡眠薬のアルバイトのことは、中島という人のことを聞いて、危ないからやめるようにと言ったのですが、タキちゃんは家を出たいからと言って、あと一回でおしまいだと言ってたんです。もし、そのアルバイトのせいで命を落としたのだとしたら、わたしはすごく悲しいし、どうしたらいいのかわからないのです。

長々と、いろんなことを書いてもうしわけありません。だれかに聞いてもらいたかっただけなのかもしれないです。わたしにとって、タキちゃんは分身でした。タキちゃんが死んで以来、もう半身をもがれたような気持ちで悲しいです。

この手紙が万が一戻って来ると困るので、もうしわけないのですが、表にはわたしの名前は書きません。ごめんなさい。変な手紙で。

ともかく校長先生がおっしゃるように、タキちゃんはそんな売春をしていて変質者に当たったのではないと絶対に思います。

いま、気づきました。わたしは、この手紙をタキちゃんの名誉のために書いているのかもしれません。それでは。

池川女子商業高校二年
敦賀　君江

49

村野は久しぶりに警視庁の暗い廊下を歩いていた。

傘は必要なかったが、霧雨のせいでレインコートがぐっしょりと濡れていた。

二階に駆け上がると、七社会の部屋が見える。中では渡辺が欠伸《あくび》をしながら碁を打っていた。村野に気づき、「おお、村善！」と手を振り、碁の相手に、ちょっと待っててくれ、と言って廊下に出てきた。

「どうも、このあいだは」村野が挨拶すると、渡辺は背中をかきながら言った。

「やっぱり坂出俊彦がしょっぴかれたな。親父は半身不随で動けないって本当かい」

「そうらしいです。一年前から寝込んでいるそうで」

「罪作りな奴だな」と渡辺はワイシャツの袖を下手くそにめくった。「川端康成の文学を地でいってるよな。本当にやる奴がいるんだってみんな驚いているよ」

「俊彦は吐いたんですか」

「いや、それが難航してるらしい。ま、昨日の今日だ。調べが本格化するのはこれからだろう」

「ところで、佐藤仁はどうしました」村野は声を潜めた。

「予定通り、午前八時にパクられた」渡辺は腕時計を見ながら伸びをした。「今、指紋の照合中だ」

「ガサ入れはしましたか」

「まだだ。ガサは指紋照合の後だよ」

「その結果はいつ出るんです」

「もうじきだ」

と、言いながら、待ち切れずに渡辺は結局、歩きだした。村野も一緒に歩いて行く。やがて、捜査四課の「連続爆破事件特別捜査本部」の看板の前に立つ。一刻も早く情報が欲しかった。

しばらく待っていると、廊下を曲がって市川がやって来るのが見えた。鳥打ち帽にいつもの灰色の上着、開襟シャツ。不機嫌に下を向いて怒り肩をさらに怒らせて歩いて来る。

「市川さん。どうでした」

渡辺が話しかけると、市川は乱暴に渡辺の肩を押した。

「どいたどいた」

「機嫌が悪いなあ。もしかして……」渡辺が言うと、市川は村野を睨みつけた。

「村野。佐藤仁はシロだ。お前のアタリもたいしたことはねえな。失望したぜ」

「指紋は」と渡辺。

「かすりもしねえよ」

市川はそのまま捜査本部に入って行こうとした。村野は腕を出して食い止めた。

「待ってくれよ、市川さん」

「何するんだ、てめえ！」とどすの利いた声で脅す市川に村野は尋ねた。

「佐藤仁は釈放されたんですか」

「今、その手続き中だ。もうじき、そのあたりを当たり散らして帰って行くだろうよ。あのガキは、まったく」

「釈放は早い」と村野は言った。

「おいおい、村善」と、渡辺が耳にひっかけてあったハイライトを取って口にくわえた。

「どういう意味だよ。村野……」と市川が、捜査の邪魔をされたと言って激高した時の表情で迫って来た。二人は睨み合った。

「中央署の篠田さんたちを呼んでパクり直してくださいよ」

「どうしてだよ」

「妹殺しです」

「何だと。貴様、俺をからかうのか」

市川が自分よりも大きい村野の襟首を摑んだ。柔道をやっているらしく、シャツを両手で摑んで喉を締め上げる。

「やめろよ、犯人逃すぜ」村野はそう言って両腕を市川の腕の中に入れ、力一杯、振り払った。「早く呼べよ！　どうせ事情聴取するんだろ。なら、一緒にやっちまえよ。それとも面子のほうが大事か」

「どういうことだよ、村善。もしかして兄妹殺人なのか。本当か」

渡辺が、もしかするとスクープをものしたかもしれない、という期待を込めた目で村野を、そして怒りのあまりこめかみの血管が破れそうな市川を見た。

「ともかくパクってやれよ。それから調べろよ」

村野はそう言って歩きだした。市川が追いかけて来る。「どういうことか、はっきり言えよ。村野」

「俺のアタリです。間違っているかもしれない」村野は市川をせせら笑った。「それでもよければ開陳しましょう」

「この野郎！」と殴りかかる市川を渡辺が押さえた。村野は市川を見ながら、警視庁の暗い廊下に立っている。

「どうしたんだ、何事か」

ワイシャツ姿の本庁の刑事が市川と村野を見咎めて立ち止まった。市川がふん、と肩を怒らせ、言葉を捨てるように言った。

「なら、ちょっと待ってろ。勾留できるかどうかやらせてみる。もし、違っていたら、今度こそぶっ殺してやる」

「よし、このまま待とう」と渡辺が言った。「村善。いったいどういうことなのか聞かせてもらうぜ」

村野は屋上で、桜田門の渋滞を眺めていた。都電が車に囲まれて立ち往生している。クラクションが響き、堀にいる鴨が驚いて飛び去った。のろい物を排除する。まるでこの時代を象徴しているかのようだった。

「村善！」と、渡辺が走って来る。振り返った村野は、ハイライトを落として靴で踏んだ。

「村善、やったぞ！」

「どうでしたか」

「すぐにゲロったらしい。泣いてるそうだ。市川が、お前が秘密であちこち嗅ぎまわってたって怒っているとよ。面目丸潰れだからな」

「じゃ、先輩。これで」

「待て、村善。ちょっと待て」渡辺が追いかけて来た。「だったら、俊彦はシロか」

「たぶん、タキ殺しだけは」

「待てよ。どこに行くんだ」

「ちょっと確かめることがあるので」

村野は渡辺を置いてきぼりにして、階段を駆け降りた。そして、そのまま正面玄関から外に出た。霧雨が止んで、空はとっくに晴れている。村野はタクシーを停めた。

「本所吾妻橋」と言うと、タクシーの運転手は警視庁を振り向いて嬉しそうに言った。

「旦那、刑事さんですか」

「いや、違う。そうは見えないだろう」

と村野は答え、渋滞に巻き込まれて早速立ち往生した車の中で目をつぶった。やがて、隅田川のドブ泥の臭いで目が覚めた。が、それだけではない臭いが漂ってくる。

「火事ですね」

運転手の声で村野はなんとなく胸騒ぎがして行く先を見た。霧雨が晴れた後の薄青い九月の空に、不吉な黒い煙がもくもくと上がっているのが見えた。

「早くやってくれないか！」

吾妻橋を渡り、アサヒビールの工場を過ぎると、火事は村野がまさに行こうとしているところだということがわかった。

「ここでいい。降りる」

村野は金を払い、急いで佐藤鉄工所に走った。狭い路地を消防車が埋めつくし、あたりは水浸しだ。が、佐藤鉄工所の火は今や鎮火しつつあり、すでに家は燃えつきていた。鉄工の作業場にあった鉄が熱で燻《くすぶ》り、水がかかってジュージューと嫌な音を立てている。鉄くさい臭いと煙の臭いが充満して、息をするのもやっとだった。

村野は必死にあたりを捜しまわった。佐藤喜八はいない。下駄を履いた煙草屋の老人が呆然と焼け跡を見ていた。村野は話しかけた。

「佐藤さんはどうしましたか」

「たぶん、中です」と節の立った指で焼け跡を指さした。

村野は黒々と焼けた母屋を見た。「焼け死んだのですか」

「そうでしょう。自分で火をつけたんじゃないかって消防の人が言ってます。火のまわりが異常に早いんだそうで」

「酒でも飲んでいたのかな」

「それもあるかもしれないですね。でも、たぶんね、仁さんが逮捕されたショックで思わず自殺したんじゃないだろうか」

横に立っていた妻らしい初老の女が言った。

「タキちゃん死んでからこっち、元気なかったしね」

村野は焼け落ちた家をしばらく見ていた。やがてあちこちでまだ燃えていた火も徐々に収まり、ところどころからぶすぶすと煙が出ていた。村野は諦めて踵《きびす》を返した。

50

村野が赤坂のテレビ局の前を歩いていると、黒のマーキュリーが横に来て停まった。窓がするすると開いて、鄭が顔を出した。

「村野さん、乗りませんか」

すぐに若い男が運転席からまわってきて、ドアを開けた。村野は乗り込んだ。

「久しぶりです。先日はどうも」

「いや、お役に立ったようでこちらも嬉しい」

鄭はそう言うと、手入れのいい自分の爪を見た。満足そうだった。相変わらず、黒の渋い細身の背広を着ている。

「鄭さん、小島氏は後藤の後任など、どうなさいましたか」

「ああ、ご心配なく。見つけてきましたよ、私が」

「あなたが」

鄭が村野の顔を見て笑った。「あなたを取られる前に、先生には他のをあてがっておこうと思ってね」

「ご冗談を」村野はちらと窓の外を見た。マーキュリーは銀座の方向に走っている。

「これからどちらに」

「さあ」と鄭はゲルベゾルテをくわえた。「用事が終わりましてね、事務所にでも帰ろうかと思っていたのですが、よかったらしばらくつきあいませんか。そろそろ、あなたに事の顚末を伺いたいと思っていたのですよ。あなたも話したいのではありませんか。誰かにね」

村野は笑って、自分も潰れたハイライトを取り出した。「鄭さんは口が堅そうだ」

「私はあなたが黙っていろと言ったら、絶対に黙っています。命を懸けても」

「命を懸けるものなどないですよ」

村野がそう言うと、鄭は煙を吐いた。

「ありますよ、村野さん。あなただって本当はそうでしょう」

運転手が振り向いて、どちらへ、と問うた。鄭は先日、小島と会った料亭の名前を告げた。車は急にUターンした。

「今、赤坂で何をしてらしたんです」

「テレビ局で新人歌手の取材をしていたんですよ。三田明という少年です。ご存じですか」

村野はのんびりと言った。鄭が首を横に振る。

「『美しい十代』という歌で、デビューしたばかりです。ヒット間違いなしでしょう」

「村野さんが芸能週刊誌の仕事を?」村野が頷くと、鄭は笑った。「似合わないなあ。あ、笑って申し訳ない」

「いいですよ。自分でもおかしい」

車が『穂坂』に着き、車まわしで停まった。村野と鄭は小島と会った部屋より、小振りの部屋に案内された。鄭は適当に料理を注文しているが、酒だけは村野に好みを聞いた。

「酒は飲みませんのでわからないのです」

「本当にお飲みにならないのですか」

村野がたずねると、鄭はにやっとした。

「酩酊しているのが嫌いなだけなのですよ。いつも素面でいたいんで、自分に禁じております。食えない奴ですが、これは人に言わないでください。そういえば、後藤さんもここに見えたんですよね。亡くなられて何日くらい経ちますか」

「二十五日ですね」村野は即座に答えた。いつもこころの中で数えているからだった。

「そうそう。事件の話をしてくださいよ。私は聞き上手なんだ」

鄭が運ばれてきた酒を村野の杯に満たした。そして、自分のにも少し注いだ。「今日は禁を破りましょう」

村野は杯を干した後、ゆっくりとしゃべりだした。警察の事情聴取以外に事件の話を他人にするのは初めてだった。

「九月五日の夜、僕は地下鉄銀座線で草加次郎の爆破事件に遭遇した。それで、草加次郎を追いかけようと決心したのです。単なる仕事上の興味だけじゃなくて、こういう犯罪を犯す人間に興味を感じたのと、神田駅でもしかすると犯人じゃないかと思う男と擦れ違ったからです」

「どんな男です」と鄭の目が尋常ではない光り方をした。

「ごく普通の男。顔は見なかったが、バイタリスをつけていたので記憶に残りました。一方、僕は自分の甥がからんだ事件に巻き込まれてしまった。ご存じでしょうが、タキという娘が吾妻組のイーピン人形になって殺されてしまった事件です」

「タキはどうして葉山に行ったのでしたかね」

「それには坂出俊彦というグラフィック・デザイナーの話をしなければならない。俊彦は有名作家、坂出公彦の一人息子で、彼自身もモデルやカーレーサーをやっている有名人です。格好もいいし、やることが派手で、女にも金にも不自由しない。若者の憧れだった。ところが、俊彦には秘密があった。眠った女でないと性的に興奮しないのです。作家の父親から受けついだ観察癖と、有名人の息子だという育ちからくる過度の自意識のせいかもしれませんが、その原因を考えるのは僕の仕事の範疇ではない。ともかく、俊彦はそういう性癖があり、そのために吾妻組の『人形遊び』は非常に彼に合っていたのです。ところが、彼は去年の夏、吾妻組から派遣された嘉子という娘に睡眠薬を飲ませ過ぎて死なせてしまいます。そのあたりの事情はお詳しいでしょう」

「いや、私は後藤さんの一件しか知らないんでね」

鄭は村野と自分の杯に酒を満たした。

「俊彦は嘉子が昏睡状態から息をしなくなったのに驚いて、父の公彦に相談したのです。公彦は慌てて小島氏に相談した。小島氏は、殺したわけじゃないから死体はそのあたり、つまり若者がたむろしているあたりに捨ててくればいい、とでも言ったのでしょう。万が一、警察沙汰になれば何とかすると。それを真に受けた俊彦は嘉子の死体を逗子海岸に捨てに行ったのです。でも、ポケットに覚醒剤の錠剤を入れたままにしてしまった。それで、一時は警察に捜査本部ができかかった。が、何とか小島氏のお陰で穏便にことがすんだ」

「私のほうでも吾妻のイーピン遊びは調べました。亀田がイーピンをアメリカ軍人から安く仕入れて、そのあたりの不良娘を使ってやっている。いずれ、潰される運命でしたでしょうがね」

「そう。その亀田にタキは新宿の深夜喫茶で会い、イーピン人形にならないかと誘われたのです。タキは金が欲しかった。だから葉山まで出向いた。タキを見て、俊彦はすごく気に入る。嘉子に似ていて自分の好みだったからです。俊彦は見せびらかすようにハーフのモデルを連れ歩いたりしていたが、本当は嘉子やタキのような少し暗いような細い女が好きだったのでしょう。眠らせて遊ぶにはね」

「うむ」と鄭は酒を飲んだ。酒が顔色にも出ず、綺麗な飲みっぷりだった。

「俊彦はタキを帰したくなくて、一日の遊びのつもりが二日、三日となった。その間、タキは強力な睡眠薬を飲まされ続けていた。だんだんと怖くなり、三日めはあまり飲まずに眠ったふりをしていた。俊彦はそれを知らずに嘉子のことなどを勝手にしゃべり散らしたらしい。嘉子の死の真相を知ったタキは脅えた。自分が知ったということが俊彦にばれたら、自分も殺されるのではないか。いや、亀田に殺されるかもしれない。十七の娘ですから、さぞや怖かったことでしょう。しかし、三日もこの仕事をやれば金は相当もらえる。だから、何とか我慢していたのです。土曜日、乱痴気パーティに僕の馬鹿な甥が出席した。タキも出ていた。それで僕が甥を迎えに行ったところ、タキが一緒に連れて帰ってくれと懇願したわけです。俊彦に脅えて早く帰りたいが、亀田が後払いで金をくれるために、一文無しだったからです」

「ちょっと待って」と鄭は右手を挙げて村野を制止した。「よくわからない。そのタキという娘と、あなたの甥は知り合いだったのですか」

「いや」と村野は嘘をついた。これは命を懸けても守るべき嘘だった。さきほどの鄭の言ったことが蘇り、内心苦笑したがしらを切った。「葉山で知り合ったのです」

「ほう、なるほど」鄭は村野の目をのぞきこむようにじっと見た。

「東京に連れて帰って墨田区の家に送って行くと、三日間も音信不通だったため、たちまち父親に殴られて半殺しになりそうになった。僕は見かねて自分のアパートに連れ帰ったのですが、これが誤りだった。タキの家は、父親と兄とタキの三人暮らしで、異常とも言える愛情をタキに注いでいたのです。彼らは僕がタキの男だと思い、激怒した」

「タキ殺しの犯人はその兄だったという警察発表でしたね。兄はなぜ可愛がっていたタキを殺したのでしょうか」

「そこがどうもわからなかった。というより、最初、僕は俊彦の犯行だろうと思っていたのです。俊彦は日曜の夕方は常宿の帝国ホテルに戻って来る。そこでまた金を与えることでタキを呼び寄せたのではないかと疑っていたのです。しかし、タキは三日間もいて十分に稼いだはずだ。タキは友人にあと一回で睡眠薬の仕事はやめると言っていたそうです。というのも、それで家を出る金が貯まるからだ、と」

「亀田は殺すわけがない。大事な商品ですからね、サクラをやってる連中は滅多なことで女を殺したりはしない。しかもタキは俊彦のお気に入りだ。金づるを殺すわけがないです」

「そうなのです。で、タキは最後の目撃者に『忘れ物』をした、と言ったそうなのです。それが謎だった。どこに何を忘れたのか。最初は葉山かと思った。が、違う。さっきの理由で戻るわけはない。亀田からは深夜喫茶で会って金をもらったはずだから、違う。そうなると家しかないわけです」

「家は父と兄がいるでしょう」

「そうなのです。しかし、帰った。これまで貯めた金を取りに行ったのです。今回は俊彦のおかげで思いがけなく大金が入った。目標は達成した。だから、家を出ようと思って、隠していたへそくりを取りに帰ったのです。あと、タキには兄の仁に対してケリをつけたいという気持ちもあった。友人の話だと、タキは結構、気が強かったらしい。それが暴力では負ける。だから、長く悔しい思いをしてきたという恨みがあったようです。で、日曜の夕方から夜にかけて家に帰った。父親は飲んで眠っていた。案の定、仁とは大喧嘩になった。仁は自分のものだと考えていたタキが出て行くというのでかっとして首を絞めた。死なせてしまってから、変質者の犯行に見せかけようと決心した。それで、重しをつけて隅田川に捨てたのです」

鄭が胡座を組んだ膝に頬杖をついて村野を見た。

「たしかタキという娘の死体には性交した跡があったとか。それで小島先生が変質者ということにできないかと……」

「そうなのです、ＡＢ型の精液が残っていた。僕もＡＢ型ですので疑われた理由はそこにもあった。……ところが、仁の供述では、妹を犯した、というのです。以前から何度もそういうことがあったらしい」

「近親相姦ですか」と鄭が静かに言った。「しかし、別に珍しいことではない。その兄の執着から見て、妹に恋狂いですな」

二人は酒を飲み、しばらく黙っていた。鄭が「嫌な事件だな」とつぶやく。

「僕が仁を疑いだしたのは、タキの友人の手紙を読んでからです。それには、仁は、妹のタキが付き合いだした男をかならず付け狙って報復すると書いてありました。ところが、僕の住所を知ろうと思えば調べられるのに彼は現れなかった。これはおかしいと思いました。もしかすると、タキを殺してしまったから来ないのかもしれないと。それが発端です。でも、タキには可哀想なことをしました。話を聞いてやればよかった……後悔しています」

鄭がゆっくり頷いた。

「私も惚れた女をむざむざ死なせてしまったことがあります。思い出すと、気が滅入って何もできない。だから、酒は飲まないのですよ」

村野は訊き返さなかった。他人の苦しみを知ってどうなるのだ。それで自らの何かが軽減されるわけでもない。鄭は旨そうに煙草の煙を吐き出しながら目を細めた。

「ところで、草加次郎のほうはどうなったのです」

「実は」と村野は鄭を見た。「僕はタキの兄が草加次郎ではないかと疑っていたのです」

「何だって……」と、さすがに鄭が驚いた声を出した。「そんなことがあるのですかね」

「諸条件はすべて揃っていたのですよ。下町にいること。鉄工所をやっていて溶接、ハンダづけの技術があること。火薬類、ピストルの知識があること。これは僕だけの勘ですが、バイタリス。そして何よりも大きな動機があったのです。これは警察も知らないのだが」

「何です」

鄭が愉快そうに訊いた。心地よく酔ってきたらしい。ナイフのような風貌に少し磊落《らいらく》さが加わってきた。

「上野公園で草加次郎に撃たれた清掃人の男に、個人的な恨みがあったのです」

「ほう」

「清掃人の沢野はタキが中学生の時に付き合っていた相手だった。それでタキの父親にねじこまれ、会社をやめさせられたのです」

「面白い。あなたは本当にたいした調査能力をもっている」と、鄭は感心したように村野の顔を見た。そして、浅黒い顔を綻《ほころ》ばせた。

「さあ、それはどうだかわからないが」

「村野さん。だが、草加次郎が捕まったという話は聞かないな。ということは佐藤仁は違ったのですね」

「ああ」と村野は頷いた。「しょっぴいて指紋を取ったら違っていたんです。草加次郎はあれだけ世間を騒がせておきながら、指紋も血液型も筆跡も皆残している」

「そうか、違っていたんですか、しかし……」と鄭は村野の顔を見て、にやっと笑った。

「落ち着いてますね。何か拾ったんでしょう」

「いや」と村野は首を横に振った。

「そう言えば、佐藤仁の父親は放火自殺したのではないですか」

「そうです。だからわからないのですよ」

「どういうことかな」

「これは、ご内密に。鄭さん」と村野は煙草を潰して言った。「僕は草加次郎はタキの父親の佐藤喜八だったのではないかと思っています」

「何だって」と鄭はふっと笑いだした。「仁ではなかったのですね。どうして、ばれなかったのだろう。ガサ入れはなかったのですか」

「まだだった。とりあえず仁の指紋を照合してから、ということで警察が功を焦ったのです。指紋照合の前に令状を取って、ガサでもやってれば父親の犯行だということがわかったかもしれない。でも、佐藤喜八は仁がパクられた時点ですべてを悟り、放火自殺してしまった。すべては灰の中に、です。もしかすると、仁がタキを殺したことも知っていたのかもしれない」

「仁はそのことを知らない？」

「知らないでしょう。あの父親は飲んだくれで、仁にもタキにも厭《いと》われていた。軽蔑していた父親がそんな大事件の犯人だなんて想像もしてないんじゃないか」

「しかし、何のために」

「さあ」と村野は肩をすくめた。「どこかで歯車がずれたのです。女房も死んだ、二人の子供には嫌われている。戦争で苦労して一生懸命やっているのに、世の中は高度成長だと浮かれている。面白くなかったのでしょう。去年、日劇の華僑の集まりで催涙液が流されたことがあった。草加次郎の犯行ではないかと言われています。また、中国の訪日団が脅されたこともある。佐藤喜八は北支で苦労していた。これらが佐藤の犯行かどうかは実証することもできませんが、あり得る。最初は恨みを抱く人への嫌がらせだったのではないでしょうか。そこから世間を騒がせてやる、こんなことかもしれない」

「村野さん、このことは警察は知らないのですね」

「まあね。ただ、中央署の市川という刑事だけは火事現場を見て、顔をひきつらせていた。あいつはもしかするとピンときたかもしれない。しかし、誇りがあるから、いまさら証拠を全部燃やしてしまったとも言えない。今頃、足を棒にして聞き込みを続けていることでしょう。でも、もう絶対に草加次郎は現れない。断言しますよ」

言葉を切った村野が唇を嚙んでいると、察しのいい鄭が顔を見た。

「まだほかに？」

「実は、タキがこう言ったのですよ。『あたしはすごいネタをたくさんもってるの』と。その時は芸能界のゴシップ程度にしか思わなかった。調べを進めるうちに、それは坂出が捨てた死んだ娘のことに違いない、と確信した。でも、もしかしたら……」

鄭が黙ったまま、村野の杯に酒を注いだ。

「父親のことも知っていたのではないか、という気がするのです。あの子はそのことを言いたかったのかもしれないと。聞いてやればよかった。突きはなさずに優しくしてやればよかった、と悔やまれるのですよ」

「自分を責めても仕方がない。なるようになるんです」

「わかっていますが」と村野はつぶやいた。すると、

「村野さん。事務所はどこがいいですか。希望の場所を言ってくれれば用意しますよ。銀座、青山、六本木。どこでもいい」

鄭が真剣な表情で村野の目を見た。

「鄭さん。国東会の仕事をする件はお断りさせてください」村野ははっきり言った。

「僕は自分のためだけに仕事をしたい。しかし、あなたの仕事を引き受けることはあるかもしれません。ただし……」

「ただし?」

「僕が気に入れば、です」

鄭は気持ちのいい声で笑いだした。

「わかりました。うちの事務所は渋谷にあります。今、駅前開発の大事業中なんでね。東口を大きく変える。ねえ、村野さん、近くに来ませんか。時々、内緒の酒を飲みましょう」

「僕は新宿にします。二丁目あたりがいい」

あんなところに、とは鄭は言わなかった。ただ笑っただけだった。

「好きなんです」と村野は言って杯を干した。「俺に合ってる」

51

「オリンピックまで　あと35日」という新宿駅東口の残日計が見える。村野はさっき買った駅売りの夕刊を立ったまま読んだ。〈草加次郎〉という文字が見えたからだ。
「犯人未検挙のまま　『草加次郎』爆破事件　捜査本部を解散
警視庁は爆発狂『草加次郎』による連続爆破事件を、昨年九月以来異例の捜査本部を置いて捜査してきたが、地下鉄京橋駅の爆破事件後ちょうど一年の五日、犯人未検挙のまま一応捜査本部を解散。

この事件はさる三十五年東京・品川の歌手島倉千代子さん宅に爆発物が送られてきたことから始まり、女優吉永小百合さんや鰐淵晴子さん宅にも脅迫状が送られ、昨年九月五日夜には、地下鉄京橋駅で、電車内に乾電池を使った時限爆弾が爆発、十人が重軽傷を負うなど凶悪な脅迫、爆破事件があいついだ。警視庁は捜査四課を中心に百人近い特別捜査班を編成、この一年間に容疑者リストにのった少年工員など約六千五百人を徹底的に捜査したが、いずれも『シロ』となった。

しかし同庁は『草加次郎』が東京浅草の浅草寺境内や、世田谷の電話ボックスに遺留品と指紋を残しているので、今後も捜査は続けると言っている」

そうか、一年経ったか。村野はそうつぶやくと、新聞をゴミ箱に捨てた。短い一年だった。もうじき後藤の命日もやってくる。

村野は人込みを掻き分けて紀伊國屋書店のビルに入った。今はどこに行っても混んでいる。街も人もオリンピックを迎えるというので、狂躁状態になっているかのようだ。ホテルが相次いでオープンし、環状七号線などの新しい道が開通し、もうじき東京・大阪間を四時間で結ぶという新幹線ができあがる。村野の住む新宿二丁目も急速にバラックや古い家屋が取り壊されていた。信じられない変化だった。

エスカレーターを使って上に行く途中、雑誌売り場に目が留まった。『週刊ヤングメン』が創刊されて、若い男たちが列をなして買っているのだった。

カー、ファッション、映画、翻訳小説などの情報が満載で、スキャンダリズムとは無縁の週刊誌だという。早重が表紙のイラストを描いていて評判になった。思えば、スキャンダリズムと無縁で、イラストが表紙になっている男性週刊誌など、村野がトップ屋をやっていた時代には考えられないことだった。

村野は若い男たちの後ろに並んで一冊買い、表紙のイラストに驚いた。薄い青のMGA１６００の前に男が二人立っている粗いタッチのイラストだった。一人は腕組みをし、もう一人はズボンのポケットに手を入れて笑っている。

これは後藤と俺だ、と村野は思った。早重がこういう形で時を重ねているのを見るのは、嬉しかった。

村野はズボンのポケットに手を入れた。すぐ、早重に電話をしてみようと思ったのだ。もし、早重があの目黒の下宿を引っ越していなければ俺の勝ちだ。が、これだけの成功を収めたのだから、引っ越している可能性のほうが高い。ここはひとつ賭けてみよう、と村野は小銭を探った。だが、十円玉が一枚もない。

賭け以前の問題だ。仕方ないさ、と脇に週刊誌を抱えて歩きだした。エレベーターに乗り、洋書売り場を覗く。すると、画集のコーナーに、カルトンを抱えた女が立っていた。白いブラウスに紺の巻きスカート。一年前と同じ格好だった。が、髪形だけが少し違っていた。早重は一心に画集を探している。

「早重さん」

ずっと見ていたかったが、とうとう堪え切れなくなって村野は声をかけた。

「あら。お久しぶり」

早重は相変わらず、ふっくらした顔に鋭い目をしていたが、そのアンバランスさは少し失せて、自信のようなものが目元に加わっていた。

「お元気でしたか」

「ええ、元気よ。あなたは辞められたのね。今、どうしているのですか」

「新宿で調査業をやっているのですよ。早重さんの方は仕事が成功してよかった」

村野は今買ったばかりの週刊誌を見られないように背後に隠した。

「まだまだです。私の仕事ってゴールがないのです」

早重は力に溢れた様子で村野を見上げた。

燃えつきた灰の底にダイヤモンドが潜む。村野はかつての後藤が焦がれたように、それを手に入れたいと思った。思い切って口に出した。

「早重さん。まだ目黒にいらっしゃるのですか」

「ええ。ミロを引き取って一緒に暮らしています」

「引っ越されたかと思いました」

「どうして?」と早重は村野の目を見つめた。「あなたが電話をくれるかもしれないのに」

村野は笑いだした。久しぶりに気持ちよく笑った気がした。

「食事でも如何でしょう」

そんな月並みなセリフが出てきて、初めて早重に会った男のように照れた。

解　説

武田砂鉄

誰が言ったか、「涙の強盗」という形容が気に入って、頻繁に使ってしまう。不治の病で誰かが死ぬ、離ればなれになっていた家族が数十年ぶりに再会する、慎ましい生活を送っていた夫婦を襲った悲劇と奇跡……その手のドラマや小説を受け止めて、涙を流す。でもそれは、心底揺さぶられた結果として流れた涙ではなく、こちらの感情とは裏腹に奪われていく涙である。主体的に流しているのではない。そりゃあ、人が白血病で亡くなれば、悲しい。連れ添った妻と会えなくなるとなれば、寂しい。だから、泣く。そういう装置をまったく作為的に適材適所に放り込んでくる作り手は、私たちの涙を見て「思いが伝わった」と感激の涙を流すのかもしれないが、貴方の涙は本物でも、こちらの涙は本物ではないのである。

何丁目の夕日だったか失念してしまったが、あの頃は素晴らしかった、夢があった、希望があった、と万事が前向きだった昭和の時代を見せるのもまた、不治の病と同様に「涙の強盗」の常套手段である。昭和の終盤に生まれた私は、その手の強盗に遭いやすい。古き良き時代のプロジェクトを大仰なＢＧＭで男たちの友情として帰結させる取り組みにも、うっかり多くの涙を奪われてきた。

過ぎてしまった時代の輪郭に、後々から歩み寄っていくことは難儀だ。多くの人物評伝がそうであるように数珠つなぎで人間を辿ることはできても、輪郭をしっかりとつかみとることは難しい。そこでの好都合が、強盗が多発する遠因となる。ドラマチックなストーリーとして昭和が突きつけられる時、史実とともに感情も改ざんされていく。だからこそ私は、感情をいたずらにまぶしてくるそれらよりも、ルポライターやノンフィクション作家が熱を込めた作品から、時代の輪郭を察知しようと試みてきた。ある断片から漂う時代の余熱を感じ、少しでも本人の主観から嗅ぎ取ろうとする。

そういう読み方を続けてきた身からすれば、桐野夏生が紡ぐ物語は、往々にしてルポルタージュである。桐野の作品は時折、「現実を凌駕する」と評される。作品に記した後で同じような事件が現実に起こるから、という指摘もあるようだが、占いの答え合わせをするような分析は浅はかにも思える。時代への嗅覚の積み重ねが現実をまたぐ、ということではないか。桐野は当然、涙を盗まない。読者の感情を盗まない。むしろ、その感情は、貴方の体内にも宿っているものではないですかと、こちらの腹の中をまさぐり、指し示してくる。見透かされた後で小説から立ち上がる情景が、読み手にとっての時代の輪郭となる。読み終えた後で、その明度に畏怖の念を抱く。

本作で描かれる１９６３年の情景もまた然り。本作は『顔に降りかかる雨』『天使に見捨てられた夜』『ダーク』などに登場する私立探偵・村野ミロの義父・村野善三を描いた作品だ。東京五輪を翌年に控え、街全体が浮つくなか、村野は週刊誌「週刊ダンロン」の〝トップ屋〟として、街でネタを拾い集めては原稿用紙に向かい続けていた。63年9月、地下鉄銀座線で爆破事件に遭遇、未解決事件として世間を騒がせていた連続爆弾魔・草加次郎を追いながら、自らも女子高生殺人の容疑者として睨まれてしまう。

実際の出版史・ジャーナリズム史に準じた設定が続く。57年、大学を出た村野は、週刊誌づくりの人材を探していた潮流出版の門を叩く。当時は、新聞社系週刊誌が軒並み成功しており、その波に出版社が後追いで乗っかろうとしている時期にあった。情報源やデータベース、遊軍記者を持たなかった出版社に週刊誌作りは難しいと言われていたが、それを覆した存在が〝トップ屋〟だった。

村野に対して開口一番「俺の作る週刊誌は面白いよ」と吐いたのが遠山良巳。遠山は「新聞社の出す週刊誌なんざ四角四面でつまらない。あいつら週刊誌を新聞のアタマで考えてやがるのさ。その点、読み物作りじゃ出版社に敵わないんだ。見てな、今に抜くからさ」と凄む。遠山の一番弟子となった村野は、「遠山軍団」の両輪となった後藤伸朗と共に、発刊準備から携わった「週刊ダンロン」を動かすと、雑誌は瞬く間に60万部を超え、週刊誌の中で売り上げトップに躍り出る。

実際の〝トップ屋〟旋風には、梶山季之、草柳大蔵、竹中労、吉原公一郎、五島勉といった名前が並んでいた。桐野は、本作に登場する遠山軍団のボス・遠山良巳のモデルは梶山季之であり、後藤伸朗のイメージは草柳大蔵だったと後に語っている（「文藝」2008年春季号）。新聞社系週刊誌に敵うはずもないと言われていた後発雑誌が見事に隆盛し、新聞社系を負かしたのは〝トップ屋〟の存在が大きい。そんな一つの潮流を興した彼らは、あたかも男っぽく勇ましい職業であるかのように、誤解されるようになる。

偽りの花形イメージに大いに寄与したのが、丹波哲郎が主演を務めた連続ドラマ、その名も『トップ屋』だった。このドラマを誰よりも茶化したのが〝トップ屋〟本人たちだった、というのが皮肉だ。梶山季之はドラマを見て、「拳銃をぶッ放したり、暴力団と殴り合うような威勢のいいトップ屋なんて、存在するはずがない」し、「脚色して、非現実的な〝現代の英雄〟をつくりあげたのだろうが、現実にトップ屋の仕事をしている人々にとっては、有難迷惑な話」と心底憂鬱そうだ（梶山季之『トップ屋戦士の記録』徳間文庫）。梶山のもとを訪ねてきた草柳大蔵もこのドラマを見て、同様に憤慨する。

「泣かせるねえ、全く！　四頁十五万円でトップ記事が売れたら蔵が二つ三つ建ってらァ。俺たちの地味な苦労を知らねえで……。あれじゃァスーパーマンだよ。第一、警視庁や監察医務院が、あんなにアッサリ資料をくれるかッてんだ。世間からあんな風に誤解されてるとしたら、俺はもうトップ屋を止めるよ」（同前）

トップ屋は、そんなに高尚な扱いを受けちゃいなかった。桐野が紡ぐ〝トップ屋〟像は勿論その辺りを誤らない。殺しを疑われた村野は、刑事からの取り調べでこのように罵られる。

「トップ屋なんて犬と同じさ。てめえの益になることしかやらねえ。うまい肉があればすぐそっちに尻尾を振るのさ」「社会の害虫だ」

〝現代の英雄〟であるはずがないのだ。正義のために悪を倒すのでも、より良い明日を迎えるためでもない。人様の下世話な好奇心を満たすために、地を這い、木屑を拾い集めるようにネタを探し、文字を書き、売り捌く。竹中労はルポライターという職業を語るにあたって、「モトシンカカランヌー」という沖縄の言葉を引っ張った。モトシンカカランヌーとは「資本《もとで》のいらない商売、娼婦・やくざ・泥棒のことだ。顔をしかめるむきもあるだろうが、売文という職業もその同類だと、私は思っている」（竹中労『決定版　ルポライター事始』ちくま文庫）。

経済白書に「もはや戦後ではない」というフレーズが登場した56年、「太陽の季節」で石原裕次郎が映画デビューし、上り調子の華々しい時代が本格的に幕を開ける。64年の東京五輪までは膨らみ続けるに違いないと決め込んだ人々は、その勢いを妄信する。だが、その反面、東京が抱えていたのは、激動の中で地に足を着ける難しさである。本書にはこうある。

「ものすごい速度で東京は変わっていた。道路はどこも穴だらけで、古い建物はどんどん取り壊されていく。昨日見た風景が今日はもう変わっているから、自分の記憶が違っていたのだろうかと不安になって街角で佇むことすらある」

東京五輪の前年の63年は、加速する経済成長の膿みが鋭利な事件として表出した一年でもあった。まずは本書の題材となっている草加次郎事件。62年11月、島倉千代子の後援会事務所に爆弾が届いたのを皮切りに、63年の秋まで、劇場、デパート、地下鉄などが次々と爆破される。脅迫状に残された「草加次郎」の筆跡や指紋が検出されていたにもかかわらず、事件は迷宮入りしてしまう。下町・入谷での「吉展ちゃん誘拐事件」が起きたのもこの年。出稼ぎ労働で福島から上京するも、自身が持つ障害や抜け出せない貧困に嫌気がさした小原保が起こした誘拐殺人事件だ。前例の少ない営利誘拐に警察もマスコミも翻弄されたが、そこには、東京から置いてけぼりにされる地方出身者の鬱屈があった。埼玉県狭山市では高校一年生の女性が帰宅途中に行方不明になり、身代金の要求を受ける。後に逮捕されたのが石川一雄、この事件は冤罪が疑われる事件として裁判が長期化した。

大きな催事に向かうとき、そのために心をひとつにしようと大勢が試みるとき、そこからこぼれ落ちる人が出てくる。あの時代、捨てられる人々の臭いを嗅ぎ取ることは、トップ屋の仕事のひとつでもあった。村野の眼に映る東京の描写が実に生臭い。本書の単行本が刊行されたのは95年だが、桐野は本書を書くにあたり、「メンズクラブ」の編集部に出向き「街のアイビーリーガーズ」をコピーするなどして、当時の東京の風俗や風景を拾い集めたという。五輪の翌年に札幌から東京に越してきた桐野にしてみれば、五輪前夜の東京は具体像ではなくイメージの産物でしかないはず。しかし、丹念な資料探索によって紡がれた東京は、カラー映像のように鮮明である。

近年、桐野夏生は、自身の体感や記憶に基づく小説を記している。『抱く女』では、72年・吉祥寺を舞台に、学生運動に没頭する男たちの横で生きづらさを抱える女性を描いた。「夜の谷を行く」（「文藝春秋」２０１６年3月号で連載完結）では、連合赤軍事件に名を連ねた女性たちを今一度凝視し、指輪をはめたり、髪を梳かすなどして「女」をちらつかせた結果として、惨死を余儀なくされた若者たちの歪んだ秩序を改めて活写した。いずれも私小説ではないが、同時代を生きた事実が突き動かした小説と言えるだろう。

社会の居心地の悪さ、およびそこに潜む虚無、女という性が否応無しに感知させられる差異、桐野作品に通底するのがこれらの要素だとすれば、なぜ桐野は、95年の時点で、見知らぬ過去の男たちの群像を描けたのだろう。この生臭さはいかにして立ちこめたのだろう。

桐野は、取材をする上で「足裏の感覚や、においは忘れない」「触覚と嗅覚が一番大事」（「新潮45」２０１５年9月号）と語る。この感覚を前にして、今一度、竹中労の言葉が想起される。竹中は、フィクションとノンフィクションの境目を溶かすように、繰り返し「ルポルタージュは主観だ」と言っていた。

「なべて表現は作為の所産であって、〝虚実の皮膜〟に成立する。事実もしくは真実は、構成されるべき与件《データ》でしかありません。そもそも……、無限に連環する森羅万象を有限のフレームに切りとる営為は、すぐれて虚構でなくてはならない。活字にせよ映像にせよ、ルポルタージュとは主観であります。実践といいかえてもよい、ありのままなどという、没主体であってはならない」(「現代／ルポライター論」『別冊新評　ルポライターの世界』)

桐野作品は涙を盗まない。そして「ありのままなどという、没主体」を描かない。小説が「虚実の皮膜」だと認知しているからこそ、桐野はそのフレームに圧倒的なリアリティを注ぐ。フレームがグロテスクに光る。読者は時に、そのフレームを外す。あるいは、外される。

〝トップ屋〟の生き様を描いた桐野の筆致もまた、竹中のルポライティングがそうであったように、力強い主観だ。桐野は、あの時代の東京を生きていなかったというのに、その眼差しは、時代を貫く。２０２０年五輪に向かって、再び享楽的に疾走したがる中枢の姿がちらつく昨今がむず痒い。五輪前夜の臭いがキナ臭さも含めて立ちこめているこの小説は、今、改めて、いくつものメッセージを滲ませているのではないか。この鋭利な小説を、今こそ体に刺したい。

(ライター)

単行本　一九九五年十月　文藝春秋刊

本書は、一九九八年十月に刊行された文庫の新装版です

なお、この話はフィクションであり、実在する個人、団体等とはいっさい関係ありません。
また、本作品には、差別的表現あるいは差別的表現ととらえられかねない箇所が含まれていますが、それは、作品に描かれた時代が抱えた社会的・文化的慣習が反映されたもので、作品自体は差別を助長するものではありません。

（編集部より）

文春文庫

水《みず》の眠《ねむ》り 灰《はい》の夢《ゆめ》

定価はカバーに
表示してあります

2016年4月10日 新装版第1刷
2020年12月15日 第2刷

著 者 桐《きり》野《の》夏生《なつお》
発行者 花田朋子
発行所 株式会社 文藝春秋

東京都千代田区紀尾井町3-23 〒102-8008
TEL 03・3265・1211㈹
文藝春秋ホームページ http://www.bunshun.co.jp

落丁、乱丁本は、お手数ですが小社製作部宛お送り下さい。送料小社負担でお取替致します。

印刷製本・凸版印刷

Printed in Japan
ISBN978-4-16-790593-4